TRAUMA

DU MÊME AUTEUR

Persona. Les Visages de Victoria Bergman 1, Actes Sud, 2013 ; Babel noir n° 117.
Trauma. Les Visages de Victoria Bergman 2, Actes Sud, 2014.
Catharsis. Les Visages de Victoria Bergman 3, Actes Sud, 2014.

Titre original :
Hungerelden
Éditeur original :
Ordupplaget, Stockholm

ISBN 978-2-330-05124-2

ERIK AXL SUND

TRAUMA

LES VISAGES
DE VICTORIA BERGMAN 2

roman traduit du suédois
par Rémi Cassaigne

BABEL NOIR

À nous qui avons trahi.

Elle reste souvent le regard fixe, après quoi ses beaux yeux sont changés. Ils prennent un éclat mystérieux, incompréhensible. L'iris s'emplit de flammes tristes, un feu affamé qui cherche un combustible pour la lumière de l'âme, qu'elle ne s'éteigne pas. Personnellement, elle aurait préféré que nous ne fassions pas la fine bouche devant la mort : un dîner d'adieu et que tout finisse.

HARRY MARTINSON, *Aniara.*

Chute libre

Le cauchemar est vêtu d'un manteau bleu cobalt, un peu plus sombre que le ciel du soir au-dessus de Djurgården et la baie de Ladugårdsviken. Il est blond aux yeux bleus avec un petit sac à l'épaule. Les chaussures rouges trop petites blessent ses talons, mais elle a l'habitude, et les ampoules font désormais partie de sa personnalité. La douleur la garde éveillée.

Elle sait que pardonner suffirait à la libérer, elle et les pardonnés. Des années durant, elle a tenté d'oublier, toujours en vain.

Elle ne le voit pas elle-même, mais sa vengeance est une réaction en chaîne.

Une boule de neige s'est mise en mouvement voilà le quart d'une vie dans une cabane à outils du pensionnat de Sigtuna et l'a emportée avec elle avant de continuer à rouler vers l'inévitable.

On peut se demander ce que ceux qui ont serré la boule de neige entre leurs mains savent aujourd'hui de sa course. Probablement rien. Ils ont sans doute simplement tourné la page. Oublié l'événement comme si ce n'avait été qu'un jeu innocent qui avait commencé et fini là, dans cette cabane à outils.

Mais elle est en mouvement. Le temps pour elle n'y fait rien, il ne guérit pas les plaies.

La haine ne fond pas. Au contraire, elle durcit en cristaux de glace coupants qui entourent tout son être.

La soirée est un peu fraîche, et l'air rendu humide par les averses éparses qui se sont succédé au cours de l'après-midi. Des cris arrivent des montagnes russes, elle se relève, se dépoussière et regarde autour d'elle. Reste un instant immobile, inspire profondément et se souvient de ce qu'elle fait là.

Elle sait ce qu'elle doit faire.

Juste en dessous de la haute tour d'observation en travaux, elle aperçoit la scène, un peu plus loin. Deux vigiles emmènent un homme. À ses côtés court une petite fille en pleurs. Sans doute sa fille.

Les ampoules colorées du parc d'attractions jettent des reflets vifs sur l'asphalte mouillé.

Elle comprend que le moment d'agir est tout proche, même si ce n'était pas ce qu'elle avait prévu. Le hasard lui a facilité les choses. C'est si simple que personne ne comprendra ce qui s'est passé.

Elle voit le garçon un peu plus loin, seul devant la grille de la Chute libre.

Pardonner ce qui est pardonnable n'est pas pardonner, songe-t-elle. L'authentique pardon est de pardonner l'impardonnable. Ce dont seul Dieu est capable.

Le garçon a l'air perdu et elle se dirige lentement vers lui tandis qu'il tourne le regard ailleurs.

Par ce geste, il lui a rendu presque ridiculement facile de s'approcher en douce, et la voilà quelques mètres seulement derrière lui. Il lui tourne toujours le dos, comme s'il cherchait quelqu'un du regard.

Le vrai pardon est impossible, fou et inconscient, pense-t-elle. Et comme elle s'attend à ce que les coupables montrent des remords, il ne pourra jamais s'accomplir. La mémoire est et demeure une plaie qui refuse de guérir.

Elle attrape fermement le garçon par le bras.

Il sursaute et se tourne tandis qu'elle lui enfonce la seringue dans l'avant-bras gauche.

Quelques secondes, il la regarde, étonné, avant que ses jambes ne se dérobent. Elle le retient et l'assoit doucement sur un banc voisin.

Personne ne l'a vue faire.

Tout est parfaitement normal.

Elle sort quelque chose de son sac et le place soigneusement sur son visage.

Le masque en plastique rose représente le groin d'un cochon.

Gröna Lund

La commissaire Jeanette Kihlberg sait précisément où elle était quand elle a appris l'assassinat du Premier ministre Olof Palme : dans un taxi à mi-chemin de Farsta, à côté d'un homme qui fumait des menthols. Une fine pluie et la nausée d'avoir bu trop de bières.

Thomas Ravelli qualifiant de justesse aux tirs au but la Suède face à la Roumanie lors de la Coupe du monde de 1994, elle l'avait vu sur une télévision noir et blanc d'un bar de Kornhamnstorg, et le patron avait offert sa tournée.

Quand l'*Estonia* avait coulé, elle était alitée avec une grippe, en train de regarder *Le Parrain*.

Ses souvenirs les plus précis sont également le concert des Clash au stade de Johanneshov, un baiser collant de gloss à une boum en primaire et la première fois qu'elle a ouvert la porte de la villa de Gamla Enskede en se disant qu'elle était chez elle.

Mais l'instant de la disparition de Johan restera à jamais une tache noire. Cinq minutes disparues. Volées par un poivrot au parc d'attractions de Gröna Lund. Par un plombier de Flen en goguette dans la capitale.

Un pas de côté, le regard en l'air. Johan et Sofia sont en train de monter dans la nacelle, et elle a le vertige alors qu'elle est en sécurité au sol. Un vertige inversé. La tour semble si fragile, les sièges si rudimentaires et les risques d'une défaillance technique si catastrophiques.

Puis soudain un bruit de verre cassé.

Des cris.

Quelqu'un pleure, Jeanette voit la nacelle continuer à s'élever. Deux hommes se bousculent et Jeanette s'apprête à intervenir. Jeanette jette un coup d'œil vers le haut. Les jambes de Johan et Sofia vues d'en dessous. Ballantes. Quelque chose fait rire Johan.

Bientôt tout en haut.

"Je vais te tuer, salopard !"

Jeanette voit que l'un des hommes ne se contrôle pas. L'alcool a rendu ses jambes trop longues, ses membres trop raides et son système nerveux trop lent.

Il trébuche et s'étale de tout son long.

La nacelle s'immobilise.

L'homme se relève, le visage écorché par les graviers et l'asphalte.

Des enfants pleurent.

"Papa !"

Une petite fille, pas plus de six ans, avec une barbe à papa rose à la main.

"Allez, on y va ? Je veux rentrer !"

L'homme ne répond pas, regarde autour de lui à la recherche de son adversaire, de quelqu'un sur qui déverser sa frustration.

Par réflexe policier, Jeanette agit sans hésiter. Elle attrape l'homme par le bras. "Hé là ! dit-elle doucement, du calme !" Elle veut le ramener à la raison. Pas avoir l'air de lui faire des reproches.

L'homme se tourne et Jeanette voit ses yeux troubles et injectés de sang. Tristes et déçus, presque honteux.

"Papa…" répète la petite fille, mais l'homme ne réagit pas, les yeux dans le vague.

“Mais t’es qui, toi, putain ?” Il se dégage. “Va te faire foutre !”

Son haleine est chargée, ses lèvres couvertes d’une écume blanchâtre.

“Je voulais seulement…”

Au même moment, là-haut, elle entend la nacelle se détacher, et les cris ravis de joie mêlée de peur détournent un instant son attention.

Elle voit Johan, les cheveux dressés sur la tête hurlant bouche bée.

Et elle voit Sofia.

Elle entend la petite fille. “Non, papa, non !”

Mais elle ne voit pas l’homme lever le bras.

La bouteille atteint Jeanette au-dessus de la tempe. Elle titube. Du sang coule sur sa joue. Mais elle ne perd pas connaissance, au contraire.

D’une main sûre, elle fait une clé à son agresseur et le plaque à terre. Un vigile du parc d’attractions vient bientôt lui prêter main-forte.

C’est alors, cinq minutes plus tard, qu’elle le découvre : Johan et Sofia ont disparu.

Trois cents secondes.

Waldemarsudde

Comme ces gens privés de bonheur toute leur vie durant et pourtant capables de toujours garder espoir, Jeanette Kihlberg nourrit dans sa vie professionnelle une hostilité sans partage à la moindre expression de pessimisme.

Voilà pourquoi elle n'abandonne jamais et pourquoi elle réagit ainsi quand l'inspecteur Schwarz la provoque en se plaignant ostensiblement du mauvais temps, de la fatigue et de l'absence de progrès dans la recherche de Johan.

Jeanette Kihlberg voit rouge.

"Mais, merde ! Dégage, rentre chez toi, tu nous sers à rien là !"

Effet garanti. Schwarz recule, la queue entre les jambes, et à ses côtés Åhlund n'en mène pas large. Sous le coup de la colère, sa plaie à la tempe l'élance sous le bandage.

Jeanette se calme un peu, soupire et d'un geste chasse Schwarz. "Compris ? Tu es dispensé de ton service jusqu'à nouvel ordre."

"Allez, viens..." Åhlund entraîne Schwarz par le bras.

Après quelques pas, il se retourne vers Jeanette et s'efforce d'avoir l'air positif. "On va se joindre aux autres du côté de Beckholmen, on sera peut-être plus utiles là-bas ?

— Vas-y toi, pas lui. Schwarz rentre chez lui. Compris ?"

Åhlund hoche la tête en silence et Jeanette se retrouve bientôt toute seule.

Les yeux creusés, transie de froid, elle attend à la pointe du musée Vasa l'arrivée de Jens Hurtig qui, apprenant la disparition de Johan, a aussitôt interrompu ses vacances pour participer aux recherches.

En voyant un peu plus tard la voiture de police banalisée approcher lentement, elle sait que c'est lui, accompagné d'une autre personne : un témoin qui affirme avoir vu un jeune garçon seul près de l'eau la veille au soir. Par radio, Hurtig ne lui a pas donné grand espoir. Pourtant elle s'y accroche, vaille que vaille.

Elle essaie de se ressaisir et de reconstituer la chronologie de ces dernières heures.

Johan et Sofia avaient disparu, d'un coup. Au bout d'une demi-heure, elle avait dans les règles de l'art fait appeler Johan dans les haut-parleurs du parc d'attractions, puis avait attendu à l'accueil, sur les nerfs. Au moindre indice lui rappelant Johan elle se précipitait, pour chaque fois revenir bredouille. Quelques vigiles étaient arrivés juste avant que les derniers soubresauts d'espoir n'aient raison d'elle : ils étaient repartis ensemble chercher au hasard. Ils avaient alors trouvé Sofia étendue sur le gravier d'une allée, au milieu d'un attroupement à travers lequel Jeanette s'était frayé un passage en jouant des coudes. Ce visage dont l'instant précédent elle attendait le salut avait au contraire renforcé son inquiétude et son incertitude. Sofia était dans un état second. Jeanette doutait même qu'elle soit capable de la reconnaître, et encore moins de leur indiquer où était Johan. Jeanette n'était pas restée près d'elle, il fallait qu'elle continue à chercher.

Une autre demi-heure était passée avant qu'elle ne contacte ses collègues de la police. Mais ni elle, ni la vingtaine de policiers qui avaient dragué la baie aux abords du parc d'attractions et organisé une battue à travers Djurgården n'avaient trouvé Johan. Pas non plus les voitures qui avaient patrouillé le centre-ville avec son signalement.

Et l'appel à témoins sur les radios locales, sans résultat jusqu'à quarante-cinq minutes plus tôt.

Jeanette sait qu'elle a agi correctement, mais comme un robot. Un robot paralysé par ses sentiments. La contradiction même. Dure, froide et rationnelle en surface, mais guidée par des impulsions chaotiques. La colère, l'irritation, la peur, l'angoisse, la confusion et la résignation ressenties au cours de la nuit se fondent en une masse indistincte.

Le seul sentiment consistant est celui de son insuffisance.

Et pas seulement vis-à-vis de Johan.

Jeanette pense à Sofia.

Comment va-t-elle ?

Jeanette l'a appelée plusieurs fois, sans résultat. Si elle savait quelque chose de Johan, elle se serait certainement manifestée ? Ou bien a-t-elle besoin de rassembler ses forces pour dire ce qu'elle sait ?

Et merde, laisse tomber ça, pense-t-elle en chassant l'impensable. Concentre-toi.

La voiture s'arrête, Hurtig descend.

“Merde. Ce n'est pas beau à voir.” Il montre d'un geste sa tête bandée.

Elle sait que ça a l'air plus grave que ça ne l'est réellement. La plaie causée par la bouteille a été recousue sur place et le bandage est couvert de sang, comme sa veste et son tee-shirt. “T'inquiète pas, ça va, dit-elle. Tu n'étais pas obligé d'annuler tes vacances à Kvikkjokk à cause de moi.”

Il hausse les épaules. “Arrête ton char. Et qu’est-ce que je foutrais, là-haut ? Des bonshommes de neige ?”

Pour la première fois depuis douze heures, Jeanette sourit. “Tu étais arrivé où ?

— Långsele. J’ai juste eu à descendre sur le quai et sauter dans un bus vers le sud.”

Une accolade rapide. Rien besoin d’ajouter, elle sait qu’il a compris sa profonde gratitude.

Elle ouvre la portière et aide la vieille dame à descendre de voiture. Hurtig lui a montré une photo de Johan : son témoignage est vague. Elle n’a même pas su indiquer la couleur des vêtements de Johan.

“C’est là que vous l’avez vu ?” Jeanette montre le rivage pierreux près du ponton où le bateau-phare *Finngrund* est amarré.

La vieille dame hoche la tête en grelottant de froid. “Il était couché au milieu des cailloux, il dormait, je l’ai secoué. C’est du joli, je lui ai dit. Ivre, si jeune et déjà…

— Oui, oui, s’impatienta Jeanette. Et il a dit quelque chose ?

— Eh non, juste grogné. S’il a parlé, je n’ai rien entendu.”

Hurtig sort deux photos de Johan et les lui montre à nouveau. “Et vous n’êtes pas certaine que ce soit ce garçon-là ?

— Ben non, comme je disais, c’est la même couleur de cheveux, mais le visage… Difficile à dire. C’est qu’il était ivre.”

Jeanette soupire, puis les précède sur le sentier qui longe la grève. Ivre ? Johan ? N’importe quoi !

Elle aperçoit Skeppsholmen, de l’autre côté, nimbé dans une brume grise.

Putain, comment peut-il faire aussi froid ?

Elle descend vers le rivage et grimpe sur les rochers. "C'était là qu'il était ? Vous en êtes certaine ?

— Oui, affirme la vieille femme. À peu près là."

À peu près ? pense Jeanette, découragée, en la regardant essuyer ses grosses lunettes sur la manche de son manteau.

Elle sent le désespoir l'envahir. Tout ce qu'ils ont, c'est une petite vieille qui n'y voit pas clair. Jeanette aura beau faire, c'est tout simplement un piètre témoin.

Elle s'accroupit, à la recherche d'une trace attestant la présence de Johan. Un vêtement, son sac, les clés de la maison. N'importe quoi.

Mais elle ne voit que des rochers lisses, polis par les vagues et la pluie.

Hurtig se tourne vers la vieille femme. "Et après, il est parti d'ici ? Vers Junibacken ?

— Non..." La femme sort un mouchoir de son sac à main et se mouche bruyamment. "Il est parti en titubant. Tellement ivre qu'il tenait à peine debout..."

Jeanette perd son calme. "Mais il est bien parti dans cette direction ? Vers Junibacken ?"

La vieille dame opine du chef et se mouche à nouveau.

Au même moment passe un véhicule de secours en route vers l'intérieur de l'île, à en juger par sa sirène.

"Encore une fausse alerte ?" demande Hurtig en regardant le visage fermé de Jeanette, qui secoue la tête, découragée.

C'est la troisième fois qu'ils entendent la sirène d'une ambulance, et aucune des précédentes ne concernait Johan.

"J'appelle Mikkelsen, dit Jeanette.

— La criminelle ? s'étonne Hurtig.

— Oui. À mes yeux, il est plus apte à s'occuper de ce genre d'affaires." Elle se lève et retourne à grandes enjambées vers la route.

"Un crime sur mineur, tu veux dire?" Hurtig semble regretter ses propos. "Enfin, je veux dire, on ne sait pas encore de quoi il s'agit.

— Peut-être pas, mais ce serait une erreur de ne pas envisager cette hypothèse. C'est Mikkelsen qui a coordonné les recherches sur Beckholmen, Gröna Lund et Waldemarsudde."

Hurtig hoche la tête et la regarde, compatissant.

Laisse tomber, songe-t-elle en regardant ailleurs. Je ne veux pas de ta foutue pitié. Sinon je vais craquer.

"Je l'appelle."

En prenant son portable, Jeanette constate qu'il est mort et, au même moment, la radio se met à grésiller dans la voiture de Hurtig, à une dizaine de mètres.

Un poids sur la poitrine, elle comprend.

Comme si tout le sang de son corps descendait et voulait la plaquer à terre.

On a retrouvé Johan.

Hôpital Karolinska

Les secours avaient d'abord cru le garçon mort.

On l'avait trouvé près du vieux moulin de Waldemarsudde, respiration et pouls presque imperceptibles.

Il souffrait de sévère hypothermie et avait visiblement vomi plusieurs fois durant cette nuit de fin d'été inhabituellement froide.

On redoutait que les sucs gastriques n'aient abîmé les poumons.

Juste après dix heures, Jeanette Kihlberg était montée dans l'ambulance qui allait conduire son fils en réanimation à l'hôpital Karolinska de Solna.

La chambre est plongée dans le noir, mais la lueur du faible soleil de l'après-midi se fraye un passage par les persiennes, striant d'orange le torse nu de Johan. Avec la pulsation des voyants du respirateur artificiel, Jeanette Kihlberg a l'impression d'être dans un rêve.

Elle caresse le dos de la main de son fils et jette un coup d'œil aux instruments de mesure à son chevet.

Sa température corporelle se rapproche de la normale, un peu en dessous de trente-six degrés.

Elle sait qu'il avait beaucoup d'alcool dans le sang : presque trois grammes en arrivant à l'hôpital.

Elle n'a pas fermé l'œil, sent son corps engourdi, incapable de dire si le cœur qui s'emballe dans sa poitrine bat au même rythme qu'à sa tempe. Des pensées qu'elle ne reconnaît pas tournent dans sa tête, mélange de frustration, colère, peur, confusion et découragement.

Elle était un être rationnel. Jusqu'à aujourd'hui.

Elle le regarde étendu. C'est la première fois qu'il est à l'hôpital. Non, la deuxième. La première fois, c'était voilà treize ans, à sa naissance. Tout était alors si calme. Elle était tellement bien préparée qu'elle avait anticipé la césarienne avant même que les médecins n'aient pris leur décision.

Mais là, elle est prise complètement au dépourvu.

Elle serre plus fort sa main. Elle est toujours froide, mais il a l'air détendu et respire paisiblement. Et la chambre est silencieuse. Rien que le ronron des machines.

“Écoute…, chuchote-t-elle, sachant que même inconscient il entend peut-être, ils pensent que tout va bien se passer.”

Elle interrompt sa tentative de donner espoir à Johan.

Ils *pensent* ? Ils n'en savent rien, oui !

L'arrivée à l'hôpital a été chaotique. Ils ont commencé par coucher Johan la tête en bas pour aspirer ses voies respiratoires.

Aspiration. Les sucs gastriques pouvaient avoir attaqué les muqueuses pulmonaires.

Dans le pire des cas.

Ses questions confuses, les explications factuelles mais creuses des médecins.

Sa colère et sa frustration conduisaient toujours à la même question : Mais bordel, pourquoi vous ne savez rien ?

Ils pouvaient lui parler de monitoring cardiaque, de gaz carbonique et de perfusion et lui expliquer comment une sonde dans l'œsophage contrôlait la température interne pendant que la machine cœur-poumons travaillait à la stabiliser.

Ils pouvaient parler d'hypothermie critique, des effets sur le corps d'un long séjour dans l'eau froide suivi d'une nuit de pluie et de vent violent.

Ils pouvaient lui expliquer qu'en dilatant les veines, l'alcool accélérait la chute de la température et qu'en faisant chuter la glycémie il augmentait les risques de lésions cérébrales.

Parler, expliquer.

Qu'ils pensaient le danger potentiellement écarté, qu'à première vue la gazométrie artérielle et la radio pulmonaire étaient positives.

Qu'est-ce que cela voulait dire ?

La gazométrie artérielle ? À première vue ? Danger potentiellement écarté ?

Ils pensent. Mais ne savent rien.

Si Johan entend, il a entendu tout ce qu'ils ont dit dans cette chambre. Elle ne peut pas lui mentir. Elle pose la main sur sa joue. Ça, ce n'est pas un mensonge.

Elle est interrompue dans ses pensées par l'arrivée de Hurtig.

"Comment va-t-il ?

— Il vit, il va s'en tirer. Ça va, Jens. Tu peux rentrer chez toi."

Bandhagen

La foudre frappe la terre environ cent fois par seconde, ce qui fait autour de huit millions de fois par jour. L'orage le plus violent de l'année arrive ce soir sur Stockholm et, à dix heures vingt-deux, la foudre tombe à deux endroits en même temps : à Bandhagen, au sud de la ville, et près de l'hôpital Karolinska à Solna.

L'inspecteur Jens Hurtig est sur le parking, sur le point de rentrer chez lui, quand son téléphone sonne. Avant de répondre, il s'installe au volant de sa voiture. Il voit que c'est le commissaire principal Dennis Billing, et suppose qu'il vient aux nouvelles.

Il place son oreillette et répond. "Hurtig.

— Il paraît que vous avez retrouvé le garçon de Jeanette. Comment va-t-il ?" Le chef semble inquiet.

"Il est endormi, elle est avec lui." Hurtig met le contact. "Dieu soit loué, sa vie ne semble pas en danger.

— Bien, bien. Alors elle sera sûrement de retour d'ici quelques jours." Le commissaire fait claquer sa langue. "Et toi, comment ça va ?

— Comment ça ?

— Tu es fatigué, ou tu as la force d'aller voir un truc du côté de Bandhagen ?

— De quoi s'agit-il ?

— Je veux dire, comme Kihlberg est indisponible, c'est

pour toi l'occasion de faire un tour de piste. Ça peut faire bien dans les rapports, si tu vois ce que je veux dire.

— Je vois très bien." Jens Hurtig s'engage sur la rocade nord. "C'est quoi ?

— On a trouvé une femme morte, peut-être violée.

— OK, je fonce.

— Ça, c'est le tempo que j'aime. Tu es un gars bien, Jens. À demain.

— D'accord.

— Et puis..." Le commissaire principal Dennis Billing déglutit. "Dis à Nénette que je trouve parfaitement normal qu'elle reste quelques jours chez elle à veiller sur son fils. Entre nous, je trouve qu'elle devrait mieux s'occuper de sa famille. J'ai entendu dire qu'Åke l'a quittée.

— Qu'est-ce que tu veux dire ?" Les insinuations de son chef commencent à sérieusement fatiguer Hurtig. "Tu veux que je lui dise de rester chez elle parce que tu trouves qu'une femme ne devrait pas travailler, mais rester prendre soin de son mari et de ses enfants ?

— Putain, Jens, laisse tomber. Je croyais qu'on se comprenait, nous deux, et...

— Qu'on soit tous les deux des mecs ne veut pas dire qu'on partage les mêmes opinions.

— Non, bien sûr." Le commissaire principal soupire. "Je me disais juste...

— Oui, oui. À plus." Hurtig raccroche sans laisser le temps à Dennis Billing de s'enferrer davantage.

À la sortie vers Solna, il aperçoit le port de plaisance Pampas Marina et ses rangées de voiliers.

Un bateau, se dit-il. Je vais m'acheter un bateau.

Il pleut des cordes sur le terrain de sport du lycée de Bandhagen. L'inspecteur Jens Hurtig rabat la capuche de son blouson et claque la portière de sa voiture. Il reconnaît les lieux.

Plusieurs fois, il est venu assister à des matchs que disputait Jeanette dans l'équipe mixte de la police. Il se souvient d'avoir été étonné de la voir si bien jouer, mieux même que la plupart des joueurs masculins, la plus créative de tous dans son rôle de milieu de terrain. C'était elle qui faisait les ouvertures là où elle était seule à voir une fenêtre de tir.

Il avait pu constater la façon étonnante dont ses caractéristiques de chef se reflétaient sur le terrain de foot. Elle avait du poids sans écraser les autres.

Quand ses camarades avaient violemment protesté contre une décision de l'arbitre, elle était intervenue pour calmer la situation. Même l'arbitre l'avait écoutée.

Il se demande comment elle va. Il a beau ne pas avoir d'enfant, ni l'intention d'en avoir, il comprend comme ça doit être dur pour elle. Qui prend soin d'elle, maintenant qu'Åke est parti ?

Il sait que ces affaires de garçons assassinés l'ont durement éprouvée.

Et voilà que ce qui arrive à son fils lui fait souhaiter être pour elle plus qu'un simple assistant. Un ami, aussi.

Il déteste les hiérarchies, même si toute sa vie il est gentiment resté dans le rang. Les gens ne se valent pas et, en fin de compte, tout ne dépend que d'une chose. L'argent. Tu es ta fiche de paye.

Il songe aux garçons non identifiés. Aucune valeur dans la société suédoise. Hors du système. Mais un disparu est forcément disparu pour quelqu'un.

La société de classes n'a pas été abolie, les classes ont juste changé de nom. Nobles, prêtres, bourgeois et paysans ou classe supérieure et classe inférieure. Travailleurs et capitalistes.

Hommes et femmes. Peu importe.

Aujourd'hui, les modérés se proclament nouveau parti des travailleurs, alors qu'ils défendent en premier lieu les gros portefeuilles des nantis. Au plus bas de la société, il y a ceux qui n'ont même pas de portefeuille. Les sans-papiers.

En se hâtant vers les bâtiments qui jouxtent le terrain de sport, Hurtig déprime.

Schwarz et Åhlund l'attendent, abrités au vestiaire, et lui font signe de les rejoindre.

"Putain, quel sale temps !" Hurtig s'essuie les yeux. Un éclair illumine le ciel, il sursaute.

"Tu as peur de l'orage, le petit chef ?" Schwarz lui boxe le bras en souriant.

"Qu'est-ce qui s'est passé ?"

Åhlund hausse les épaules. "Une femme morte. Sans doute violée avant d'avoir été tuée. On ne voit pas grand-chose pour le moment, mais les gars sont en train d'installer une tente. Il faut attendre un peu."

Hurtig hoche la tête en resserrant sa veste. Il avise les gros projecteurs tout le long du terrain de foot, et envisage d'envoyer chercher un concierge pour les allumer. Mais non, ce serait s'attirer des problèmes. Les journalistes ont forcément entendu l'alerte sur les fréquences de la police, ils seront là d'une minute à l'autre. Une émeute n'est pas forcément ce dont ils ont besoin pour le moment. Le mieux est de régler ça aussi discrètement que possible.

"Qui va venir ? Pas Rydén, n'est-ce pas ?"

Åhlund secoue la tête. "Non, Billing a dit que ce serait Ivo Andrić, puisqu'on a déjà travaillé avec lui.

— Je croyais qu'il était en vacances ?"

La dernière fois que Hurtig avait parlé au légiste bosniaque, il lui avait dit qu'après l'enquête sur les garçons assassinés, il prendrait un long congé bien mérité.

Ivo Andrić avait considéré le classement de l'affaire comme un échec personnel.

"Non, je ne crois pas." Åhlund sort un paquet de chewing-gums. "Par contre, j'ai entendu dire qu'il avait démissionné quand on nous a forcés à abandonner l'enquête. Putain, des fois je me dis qu'on aurait dû en faire autant. Vous en voulez ?" Il tend son paquet.

Hurtig avait connu le même découragement et la même résignation.

L'ordre était venu d'en haut, et il avait compris qu'on arrêtait l'enquête parce qu'il s'agissait de réfugiés illégaux. Des enfants sans identité, réclamés par personne, et donc pas aussi importants que s'il s'était agi de blondinets aux yeux bleus de Mörby ou Bromma. Putain d'idiots, se dit-il. Des handicapés émotionnels.

Même si on ne parvenait pas à retrouver l'assassin, on pouvait au moins leur rendre leur nom. Mais tout ça coûte de l'argent, et ces enfants ne signifiaient rien pour personne.

Persona non grata.

La dignité de la personne humaine est un concept à géométrie variable.

Hurtig fait un saut à la petite tente blanche de la police scientifique pour prendre des nouvelles, puis revient avec un geste d'impuissance, au moment où un violent éclair baigne le terrain de foot d'une lueur blanche.

Il se met à l'abri et fronce les sourcils : il n'est pas à l'aise.

"Andrić arrive bientôt et, selon les techniciens, tout est clair. Ils ont la situation en main. On aura les premières conclusions dans quelques heures.

— Comment ça, tout est clair ? demande Schwarz, interloqué.

— La femme est déjà identifiée. Elle avait à côté d'elle son sac à main avec ses papiers. D'après son permis de conduire, elle s'appelle Elisabeth Karlsson. Tout semble indiquer qu'elle a été violée avant d'être tuée. Mais Andrić pourra nous confirmer ça." Hurtig frotte ses mains gelées. "Les techniciens font leur boulot, deux patrouilles cynophiles ratissent le secteur, et au commissariat on s'occupe de trouver des proches à contacter. Que reste-t-il à faire ?

— On va prendre un café ?" Schwarz se dirige sans sourciller vers sa voiture.

L'eau de pluie vomie par les gouttières forme de grosses flaques sur le gravier.

Mais comment fait-il ? se demande Hurtig en lui emboîtant le pas.

Bandhagen

En entrant sur le parking du lycée de Bandhagen, Ivo Andrić aperçoit Hurtig, Schwarz et Åhlund. Ils sont en train de s'en aller à bord d'une voiture de police. Il répond à Hurtig qui le salue de la main, puis va se garer le long du grand bâtiment en brique.

Avant de descendre de voiture, Andrić embrasse du regard le grand terrain de foot sombre et détrempé. D'un côté, la petite tente de la police scientifique, de l'autre une triste cage de foot abandonnée, filet déchiré. Il pleut des cordes, sans signe d'accalmie : il a l'intention de rester à l'abri aussi longtemps que possible. Il se sent fatigué et se demande au fond ce qu'il fait là. Il sait que beaucoup le considèrent comme l'un des meilleurs légistes du pays. Mais avec son expérience acquise à l'étranger, on pourrait lui confier d'autres missions.

À l'étranger, se dit-il. En Bosnie. Autrefois chez lui.

Et le voilà, accablé de fatigue, les yeux collés. Il songe aux derniers événements, à ces affaires de garçons assassinés.

On avait trouvé le premier dans un buisson près de l'entrée du métro Thorildsplan, presque momifié.

Puis le Biélorusse de l'île de Svartsjö, suivi du garçon embaumé près du terrain de pétanque de Danvikstull. Tous les trois avaient subi des coups d'une extrême violence.

Enfin Samuel Bai, l'enfant-soldat retrouvé pendu dans un grenier du quartier du Monument, près de Skanstull.

Pendant plusieurs semaines d'été, ces quatre cas ont occupé tout son temps, et Ivo Andrić est toujours convaincu qu'il s'agit d'un seul et même meurtrier.

L'enquête avait été conduite par Jeanette Kihlberg. Sur elle, rien à dire : elle avait fait un bon travail, mais l'enquête avait par ailleurs été parsemée d'erreurs et de négligences et s'était soldée au bout de quelques semaines par un résultat nul.

Un commissaire principal et un procureur n'avaient pas fait leur travail, des suspects haut placés avaient menti sur leur alibi. L'absence d'énergie qu'il avait observée et le refus de mettre en œuvre les méthodes disponibles avaient eu raison de ses dernières illusions et totalement détruit sa confiance déjà vacillante en l'État de droit.

Quand le procureur avait classé l'affaire, il était resté abasourdi.

Ivo Andrić resserre son blouson et enfile sa casquette de base-ball. Il ouvre sa portière, sort sous la pluie battante et court à moitié vers la scène de crime.

Elisabeth Karlsson est couchée sur le côté, sur le gravier humide près du terrain de foot, son bras gauche formant un angle si peu naturel qu'il est sans aucun doute brisé. Pas d'autres blessures apparentes.

Ivo Andrić effectue les constatations d'usage sur la scène de crime. La femme a été victime d'agression sexuelle, mais il faudrait attendre d'être au sec à l'institut médicolégal de Solna pour déterminer la cause de la mort. Il donne l'ordre de transporter le corps, et des infirmiers l'emballent dans un sac de plastique gris.

Ivo Andrić regagne sa voiture d'un pas plus rapide.

Il a eu une idée qu'il voudrait vite vérifier.

Vita Bergen

Sofia Zetterlund a de gros trous de mémoire. Des trous noirs dans ses rêves ou durant ses interminables promenades. Parfois, le trou s'élargit quand elle sent un parfum ou que quelqu'un la regarde d'une certaine façon. Des images se reconstituent quand elle entend des sabots sur le gravier ou voit une silhouette de dos dans la rue. Alors, c'est comme si une tornade s'engouffrait impitoyablement à travers ce point qu'elle nomme "moi". Elle sait qu'elle a vécu quelque chose d'innommable.

Il était une fois une petite fille qui s'appelait Victoria. Pour ses trois ans, son père a construit en elle une pièce. Une pièce déserte et glacée où il n'y avait que douleur. Avec les années, la pièce s'est entourée de solides murs de chagrin, pavée d'un désir de vengeance et couverte d'un épais toit de haine.

Une pièce si hermétique que Victoria n'a jamais pu s'en échapper.

C'est là qu'elle est aujourd'hui.

Ce n'était pas moi, pense Sofia. Ce n'était pas ma faute. Au réveil, son premier sentiment est la culpabilité. Son corps tout entier est prêt à fuir, à se défendre.

Elle se redresse, tend la main vers la boîte de paroxétine et en avale deux cachets avec sa salive. Elle retombe alors sur l'oreiller et attend que la voix de Victoria se taise. Pas complètement, elle ne le fait jamais, mais assez pour qu'elle puisse s'entendre elle-même.

Entendre la volonté de Sofia.

Mais que s'est-il donc passé ?

Souvenir d'odeurs. Pop-corn, gravier mouillé. Terre.

On a voulu la conduire à l'hôpital, mais elle a refusé.

Puis plus rien. Le noir complet. Elle ne se souvient pas d'être rentrée à l'appartement et encore moins comment elle est rentrée de Gröna Lund.

Quelle heure est-il ?

Le portable est sur la table de nuit. Un Nokia, vieux modèle, le téléphone de Victoria Bergman. Elle va s'en débarrasser. Le dernier lien avec son ancienne vie.

L'écran indique 07 : 33 et un appel manqué. Elle clique pour afficher le numéro.

Elle ne le reconnaît pas.

Au bout de dix minutes, elle est assez calme pour se lever. L'appartement sent le renfermé, elle ouvre la fenêtre du séjour sur Borgmästargatan. La rue est silencieuse et pluvieuse. À gauche, l'église de la reine Sofia s'élève majestueusement sur les hauteurs de Vita Bergen au milieu de la verdure fatiguée de cette fin d'été et, de la place Nytorget, un peu plus loin, parviennent des odeurs de pain frais et de pots d'échappement.

Quelques voitures en stationnement.

Au râtelier, en face, l'un des douze vélos a un pneu crevé. Il ne l'était pas hier. Les détails s'impriment, qu'elle le veuille ou non.

Et si on le lui demandait, elle pourrait dire dans l'ordre la couleur de chaque vélo. De droite à gauche, ou l'inverse.

Elle n'aurait même pas besoin de réfléchir.

Elle sait qu'elle a raison.

La paroxétine l'adoucit, calme son cerveau et rend le quotidien gérable.

Elle décide de prendre une douche quand son téléphone sonne. Son téléphone professionnel, cette fois.

Il sonne encore quand elle entre sous la douche.

L'eau brûlante a un effet revigorant : en se séchant, elle songe qu'elle sera bientôt toute seule. Libre de faire exactement ce qu'elle veut.

Voilà trois semaines que ses parents sont morts dans l'incendie de leur maison. Ils étaient au sauna : d'après le rapport préliminaire, le feu est dû à un court-circuit dans le radiateur électrique qui le chauffait.

La maison de son enfance à Värmdö est en ruine, toutes ses affaires sont en cendres.

Outre l'assurance de la maison, dans les quatre millions de couronnes et le terrain dont la valeur s'élève à plus d'un million, ses parents avaient neuf cent mille couronnes d'économies et un portefeuille de titres approchant les cinq millions.

Sofia a chargé l'avocat de la famille, Viggo Dürer, de liquider au plus vite ces actions et de verser la somme réalisée sur son compte personnel. Elle va sous peu disposer de presque onze millions de couronnes.

Assez d'argent pour être à l'abri du besoin jusqu'à la fin de ses jours.

Elle peut fermer son cabinet.

Déménager où bon lui semble. Recommencer sa vie. Devenir une autre.

Mais pas encore. Bientôt, peut-être, mais pas encore. Pour le moment, elle a besoin des routines que crée le travail. Des heures où elle n'a pas besoin de penser, où elle peut se mettre en veille. N'avoir qu'à faire ce qu'on attend d'elle lui confère le calme nécessaire pour garder Victoria à distance.

Une fois sèche, elle s'habille et va à la cuisine.

Elle lance un café, allume son ordinateur portable sur la table de la cuisine.

Sur les Pages jaunes, elle voit que le numéro inconnu est celui de la police de proximité de Värmdö. Son ventre se noue. Ont-ils découvert quelque chose ? Et quoi ?

Elle va se servir une tasse de café en décidant d'attendre. De remettre le problème à plus tard.

Elle s'assoit devant l'ordinateur, ouvre le dossier VICTORIA BERGMAN et regarde les vingt-cinq fichiers texte.

Tous numérotés, sous le nom LA FILLE-CORNEILLE.

Ses propres souvenirs.

Elle sait qu'elle a été malade, qu'il lui a été nécessaire de rassembler tous ses souvenirs. Plusieurs années durant, elle s'est entretenue avec elle-même, a enregistré ses monologues pour ensuite les analyser. C'est par ce travail qu'elle a fait la connaissance de Victoria et s'est faite à l'idée qu'elles devraient pour toujours vivre ensemble.

Mais aujourd'hui qu'elle sait ce dont Victoria est capable, elle ne se laissera pas manipuler.

Elle sélectionne tous les fichiers du dossier, inspire profondément et finit par appuyer sur EFFACER.

Une boîte de dialogue lui demande si elle est sûre de vouloir détruire le dossier.

Elle réfléchit.

Elle a déjà songé à détruire ces comptes rendus de ses entretiens avec elle-même, mais n'en a jamais eu le courage.

“Non, je ne suis pas sûre”, dit-elle à voix haute, avant de sélectionner NON.

Elle peut souffler.

Maintenant, c'est pour Gao qu'elle s'inquiète. Le garçon sans passé entré dans sa vie par hasard. Mais était-ce vraiment un hasard ?

Elle l'a rencontré dans le train de banlieue, dans un état de parfaite lucidité, elle a vu sa vulnérabilité. Arrivés en gare de Karlberg, ils se sont pris par la main et ont conclu un contrat sans paroles.

Depuis, il vit dans la chambre secrète cachée derrière la bibliothèque.

Leurs exercices quotidiens l'ont rendu fort et résistant. Et il a en même temps développé une force mentale inouïe.

Tout en réfléchissant, elle fait chauffer une grande casserole de porridge, en remplit une thermos qu'elle lui porte. Il est couché sur son lit dans la chambre obscure et capitonnée. À ses yeux, elle voit qu'il est parti très loin.

Par sa présence, son total dévouement et sa violente intransigeance, Gao est devenu l'outil obéissant de Victoria.

Victoria et Gao sont deux corps étrangers implantés en elle, mais si son corps accepte Victoria, il rejette Gao.

Que va-t-elle faire de lui ? À présent, il est plus un poids qu'un atout.

Elle a beau avoir nettoyé plusieurs heures durant, l'odeur d'urine persiste sous celle du détergent.

À terre s'empilent les dessins qu'il fait, bien rangés.

Elle pose la thermos par terre, devant le lit. Il a de l'eau dans le coin toilettes.

En sortant, elle rabat la bibliothèque qui cache la porte et met le crochet. Avec ça, il tiendra jusqu'au soir.

La langue

ment et médit et Gao Lian, de Wuhan, doit se méfier de ce que les gens disent.

Rien ne doit pouvoir le surprendre, car il a le contrôle et il n'est pas un animal.

Il sait que les animaux sont incapables de prévoir. L'écureuil fait une réserve de noisettes pour l'hiver dans un tronc creux, mais si le trou gèle, il ne comprend plus rien. Hors d'atteinte, les noisettes n'existent plus. L'écureuil abandonne et meurt.

Gao Lian comprend qu'il doit être prêt à l'imprévu.

les yeux
voient l'interdit et Gao doit les fermer et attendre que ça disparaisse.

Le temps signifie l'attente, donc il n'est rien.

Le temps n'est absolument rien. Gratuit. Nul. Vide.

Ce qui doit arriver est le contraire absolu du temps.

Quand ses muscles se bandent, que son ventre se serre et que sa respiration rapide le gorge d'oxygène, il ne va plus faire qu'un avec tout. Son pouls, jusqu'alors si lent, va croître jusqu'à un fracas assourdissant et tout va arriver en même temps.

En cet instant, le temps n'est plus ridicule, il est tout.

Chaque seconde a une vie propre, une histoire avec un début et une fin. Une hésitation d'un centième de seconde aura des conséquences dévastatrices. Fera la différence entre la vie et la mort.

Le temps est le meilleur ami de l'indécis, incapable d'agir.

La femme lui a fourni papier et crayons et, des heures durant, il peut dessiner dans le noir. Il va puiser les motifs en lui. Des gens qu'il a rencontrés, des choses qui lui manquent et des sentiments oubliés.

Un petit oiseau dans son nid avec ses oisillons.

Quand il a fini, il met le papier de côté et recommence.

Jamais il ne s'arrête pour contempler ce qu'il a dessiné.

La femme qui le nourrit n'est ni vraie ni fausse et, pour Gao, le temps avant elle n'existe plus. Plus d'avant, plus d'après. Le temps n'est rien.

Tout chez lui s'absorbe dans le mécanisme propre des souvenirs.

Bistro Amica

Jeanette quitte la chambre de Johan et se dirige vers le café, à l'entrée principale de l'hôpital. Elle est flic, et femme : impossible de mettre son travail de côté, même dans de telles circonstances. Elle sait qu'on pourrait par la suite l'utiliser contre elle.

Quand les portes de l'ascenseur s'ouvrent sur le va-et-vient du hall d'entrée, elle lève les yeux et regarde les mouvements, les sourires. Elle emplit ses poumons de cet air plein de vie. Elle a du mal à se l'avouer, mais elle a besoin d'échapper une demi-heure à cette veille inquiète au chevet de son fils dans l'atmosphère immobile de cette chambre d'hôpital.

Hurtig apporte sur un plateau deux tasses de café fumantes et deux roulés à la cannelle, qu'il pose entre eux avant de s'asseoir. Jeanette trempe ses lèvres dans le café brûlant. Ça lui réchauffe le ventre et lui donne envie d'une cigarette.

Hurtig prend sa tasse en la dévisageant. Elle n'aime pas ce regard critique.

"Bon. Comment va-t-il ? demande Hurtig.

— C'est sous contrôle. Pour le moment, le pire est de ne pas savoir ce qui lui est arrivé."

Elle retrouve cette sensation de l'époque où Johan était tout petit. Elle se souvient quand il accourait en pleurs, inconsolable et incapable de raconter ce qui lui était arrivé. Il ne trouvait pas les mots. Elle pensait cette époque révolue.

Mais non.

Même Sofia n'avait pas pu raconter ce qui s'était passé. Comment Johan pourrait-il mettre des mots dessus ?

"Je comprends, mais ça peut attendre pour en parler qu'il aille mieux et puisse rentrer à la maison, non ?

— Oui, bien sûr." Jeanette soupire avant de reprendre. "Mais rester toute seule dans ce silence me rend folle.

— Åke n'est pas passé ? Ou tes parents ?"

Jeanette hausse les épaules. "Åke expose en Pologne. Il voulait rentrer, mais maintenant qu'on a retrouvé Johan… Il ne voyait plus trop ce qu'il pouvait faire. Et mes parents sont en voyage organisé en Chine. Partis pour deux mois."

Jeanette voit que Hurtig s'apprête à dire quelque chose, mais elle l'interrompt.

"Comment ça s'est passé à Bandhagen ?"

Hurtig met un sucre dans son café et remue. "Ivo n'a pas tout à fait fini, alors on attend.

— Et que dit Billing ?

— À part que tu devrais rester à la maison t'occuper de Johan et que c'est ta faute si Åke veut divorcer ?" Hurtig soupire et boit son café.

"Il a dit ça, cette langue de pute ?

— Ouais. Cash." Il lève les yeux au ciel.

Jeanette se sent lasse, incapable.

"Bordel", murmure-t-elle en laissant errer ses yeux autour d'elle.

Hurtig se tait. Il brise un bout de brioche qu'il fourre dans sa bouche. Elle voit qu'il a quelque chose sur le cœur.

"Qu'est-ce qu'il y a ? Qu'est-ce que tu rumines ?

— Tu n'as pas décroché, hein ? dit-il, hésitant. Ça se voit. Tu enrages qu'on nous ait enlevé l'enquête." Il ôte quelques miettes accrochées dans sa barbe.

"Qu'est-ce que tu veux dire ?" Jeanette est tirée de sa torpeur.

"Ne fais pas l'idiote. Tu sais très bien ce que je veux dire. Lundström est un vrai salaud, mais ce n'est pas lui qui...

— Laisse tomber ! le coupe Jeanette.

— Mais..." D'un geste de la main Hurtig renverse un peu de café.

Jeanette prend machinalement une serviette en papier pour essuyer. L'idée la traverse que désormais elle n'aura peut-être plus que ses propres bêtises à essuyer. Elle chasse cette pensée avant qu'elle ne s'enracine. Se concentre.

"Jens, écoute..." Elle réfléchit. "Je suis aussi frustrée que toi et je trouve ça dégueulasse, mais en même temps je ne suis pas bête au point de ne pas admettre qu'il est économiquement injustifiable de...

— Des gosses réfugiés. Des putain de gosses réfugiés... économiquement injustifiable. Je vais gerber." Hurtig se lève, Jeanette voit combien il est indigné.

"Assieds-toi, Jens, je n'ai pas fini." Elle s'étonne d'avoir un ton si ferme alors qu'elle se sent au bout du rouleau.

Hurtig se rassoit en soupirant.

"Voilà ce qu'on va faire... Je dois m'occuper de Johan, je ne sais pas combien de temps ça prendra. Tu as cette femme de Bandhagen, c'est bien sûr la priorité." Elle marque une pause avant de continuer. "Mais tu sais aussi bien que moi qu'il nous restera du temps pour autre chose... Tu vois ce que je veux dire ?" Les yeux de Hurtig se mettent à briller et quelque chose s'allume en elle. Un sentiment presque oublié. L'enthousiasme.

"Tu veux dire qu'on continue, mais en douce ?

— Oui, c'est ça. Mais il faut que cela reste entre nous. Si ça se sait, on est grillés tous les deux."

Hurtig sourit. "Le fait est que j'ai déjà envoyé quelques questions dont j'espère avoir les réponses cette semaine.

— Bien, Jens, dit Jeanette en souriant elle aussi. Je t'aime bien, mais il faut faire ça avec doigté. Qui as-tu contacté ?

— D'après Ivo Andrić, le gars de Thorildsplan avait des traces de pénicilline dans le sang, en plus des anesthésiants et autres fichues drogues.

— De la pénicilline ? Et qu'est-ce que ça veut dire ?

— Que le gars a été en contact avec les services de santé. Probablement avec un médecin qui travaille avec des réfugiés clandestins, sans papiers. Je connais une fille qui travaille pour l'Église suédoise et qui m'a promis de m'aider en me donnant quelques noms.

— Super. De mon côté, je suis toujours en contact avec l'UNHCR à Genève." Jeanette voit des perspectives lentement se redessiner. L'avenir existe, et pas seulement ce présent sans fond. "Et puis j'ai une idée."

Hurtig l'écoute attentivement.

"Qu'est-ce que tu dirais de faire établir un profil du tueur ?"

Hurtig la regarde, interloqué. "Mais comment persuader un psy de participer officieusement à…" commence-t-il, avant de tilter : "Ah, je vois, tu penses à Sofia Zetterlund ?"

Jeanette hoche la tête. "Oui, mais je ne lui ai pas encore demandé. Je voulais d'abord voir avec toi.

— Putain, Jeanette, dit Hurtig avec un grand sourire, tu es la meilleure chef que j'aie jamais eue."

Jeanette sait qu'il est sincère.

"Ça fait chaud au cœur. J'en ai bien besoin en ce moment."

Elle pense à Johan, à Åke, au divorce et tout ce que cela implique. Pour l'heure, elle ne sait rien de son avenir privé. Ces heures passées à veiller seule sur Johan sont-elles une préfiguration de son existence à venir ? La solitude définitive. Åke s'est installé chez sa nouvelle compagne, la galeriste Alexandra Kowalska. *Conservatrice*, dit sa carte de visite. Ça fait penser à *taxidermiste*. Qui donne une apparence de vie à un animal mort.

"On sort s'en griller une ?" Hurtig se lève, comme s'il avait senti la nécessité de couper court aux pensées de Jeanette.

"Mais tu ne fumes pas ?

— Parfois il faut faire des exceptions." Il sort un paquet de sa poche et le lui tend. "Je n'y connais rien en cigarettes, mais je t'ai acheté ça."

Jeanette regarde le paquet et éclate de rire. "Au menthol ?"

Ils enfilent leurs blousons et sortent devant l'entrée. La pluie s'est calmée et, à l'horizon, on aperçoit une bande de ciel plus dégagée. Hurtig allume une cigarette pour Jeanette, puis pour lui. Il inspire profondément une bouffée, tousse et recrache la fumée par le nez.

"Tu vas rester dans la maison ? Tu as les moyens ? demande-t-il.

— Je ne sais pas. Mais pour Johan, il faut que j'essaie de joindre les deux bouts. Et puis ça décolle pour Åke, ses tableaux commencent à se vendre.

— Oui, j'ai lu la critique dans *Dagens Nyheter*. Du pur lyrisme.

— C'est un peu raide de sponsoriser son travail pendant vingt ans sans en récolter les fruits."

La galeriste et conservatrice Alexandra avait contacté Åke pendant l'été, puis tout était allé très vite. Åke était devenu l'étoile montante de l'art contemporain suédois et avait quitté Jeanette pour cette femme plus jeune et plus jolie.

Elle n'aurait jamais cru que Johan et elle comptent si peu pour lui, qu'il soit capable de partir ainsi en leur tournant le dos.

Hurtig la regarde, écrase sa cigarette et lui tient la porte.

"Sic transit…"

Il la serre dans ses bras et elle en a besoin, sans pourtant ignorer que les manifestations de tendresse peuvent être aussi creuses que des arbres morts. Incapable de distinguer le vivant du mort, se dit-elle en se blindant avant de replonger dans le silence de la chambre, au chevet de Johan.

Institut médicolégal

Chaque action passée engendre des milliers de possibilités, d'où découlent ensuite autant de conclusions nouvelles.

Pour Ivo Andrić, la mort a toujours le même aspect, même si ce qui l'a causée est toujours unique.

Ivo Andrić quitte Bandhagen pour Solna. Il songe à ce qu'il vient de voir. La cause du décès dépasse souvent l'imagination la plus folle.

D'après ses constatations sur les lieux, il pense savoir déjà ce qui est arrivé à cette femme, avec un certain soulagement. Cela aurait pu être bien pire.

Une fois à Solna, il se hâte de rejoindre la morgue, pour confirmer son hypothèse. Tout ce qu'il lui faut, c'est un meilleur éclairage.

Ivo Andrić examine le corps nu d'Elisabeth Karlsson sur la table en inox : en moins d'une minute, il comprend qu'il a vu juste.

Un motif rouge sombre en forme de fougère court sur son ventre et sa poitrine, et il remarque à son poignet gauche une profonde brûlure de la taille d'une pièce d'une couronne. Tout est clair comme de l'eau de roche.

C'est un véritable cas d'école.

Elisabeth Karlsson bat des records de malchance.

Vita Bergen

Sofia Zetterlund éteint son ordinateur et rabat l'écran. À présent qu'elle a décidé malgré tout de ne pas effacer les fichiers concernant Victoria Bergman, elle se sent plus légère.

Mais est-ce du bonheur qu'elle ressent ? Elle ne sait pas.

Voilà moins d'un an, elle était heureuse. Elle le croyait en tout cas, c'était sans doute le principal ?

Que tout se soit depuis avéré illusion ne signifie pas que ce qu'elle ressentait était faux. Elle était sincère, prête à tout pour ce Lasse avec qui elle vivait. Mais Lasse avait démonté pièce à pièce leur existence commune, et elle n'avait pu qu'y assister, impuissante.

Tout s'était effondré et avait été souillé.

Beaucoup de ses souvenirs sont vagues et, en songeant aux six derniers mois, elle ne voit que des images sans contours. Des photos floues.

Elle se lève et va remplir l'évier.

Lars Pettersson, son compagnon durant plus de dix ans, son meilleur ami et l'homme auquel étaient liés tous ses rêves. Lars, le commercial vivant une semaine sur deux en Allemagne. Le rassurant Lasse qui devait être le père de son enfant. Qui lui offrait toujours des fleurs.

L'eau brûlante lui rougit les mains, mais elle se force

à les garder immergées. Elle se met à l'épreuve, se force à supporter.

Lars Pettersson, déjà marié, avec une maison et une famille à Saltsjöbaden. Qui s'en allait une semaine sur deux non pas en Allemagne, mais pour les rejoindre, et qui n'avait jamais le temps de partir en vacances avec elle.

Lars Pettersson, père de Mikael.

Sa seule raison d'entamer une liaison avec Mikael était de se venger de Lasse. À présent, tout cela lui semble absurde. Vide, vain. Lasse est mort et Mikael a lentement mais sûrement cessé de l'intéresser, même si elle reste tentée de lui révéler qui elle est vraiment.

Ces derniers mois, ils ne se sont vus que sporadiquement, Mikael étant très occupé et souvent en déplacement. Le reste du temps, c'est elle qui avait beaucoup à faire et, lors de leurs rares discussions, il s'est montré brusque et fâché, ce qui lui laisse à penser qu'il voit quelqu'un d'autre.

Je romps, se dit-elle en sortant enfin les mains de l'évier. Elle ouvre dessus le robinet d'eau froide. D'abord c'est un répit agréable, puis le froid prend le dessus et à nouveau elle se force à supporter. La douleur doit être vaincue.

Plus elle y pense, moins Mikael lui manque. Je suis sa belle-mère, se dit-elle, et en même temps son amante. Mais lui révéler la vérité est impossible.

Elle ferme le robinet et vide l'évier. Au bout d'un moment, ses mains reprennent leur couleur normale et, quand la douleur disparaît, elle se rassied à la table de la cuisine.

Le téléphone est posé devant elle : elle devrait appeler Jeanette. Mais elle rechigne. Elle ne sait pas quoi lui dire. Ce qu'elle devrait lui dire.

L'angoisse la prend au creux du ventre. La main dessus, elle se met à trembler, elle a des palpitations, ses forces l'abandonnent comme si on lui avait tranché une veine. Sa tête la brûle, elle perd le contrôle, n'a aucune idée de ce que son corps va faire.

Se cogner la tête contre les murs ? Se jeter par la fenêtre ? Crier ?

Non, il lui faut entendre une vraie voix. Une voix qui atteste qu'elle existe toujours, qu'elle est tangible. C'est la seule chose qui puisse à présent faire taire les bruits en elle. Elle attrape son téléphone. Jeanette Kihlberg répond après une dizaine de sonneries.

Il y a de la friture sur la ligne. Un grésillement en bruit de fond, interrompu parfois par des claquements.

"Comment va-t-il ?" C'est tout ce que Sofia trouve à dire.

Jeanette Kihlberg a elle aussi comme de la friture dans la voix. "On l'a retrouvé. Il est en vie, couché près de moi. Pour le moment, ça me suffit."

Ton enfant est près de toi, se dit-elle. Et Gao est avec moi.

Ses lèvres bougent. "Je peux venir aujourd'hui, s'entend-elle dire.

— Volontiers. Passe dans une heure.

— Je peux venir aujourd'hui." Sa propre voix se répercute entre les murs de la cuisine. S'est-elle répétée ? "Je peux venir aujourd'hui. Je peux…"

Johan a disparu toute une nuit, que Sofia a passée chez elle avec Gao. Ils ont dormi. Rien d'autre. Ou bien ?

"Je peux venir aujourd'hui."

L'incertitude l'envahit et elle réalise aussitôt qu'elle n'a pas la moindre idée de ce qui s'est passé après que Johan et elle se sont installés dans la nacelle de la Chute libre.

Au loin, elle entend la voix de Jeanette. "D'accord, à plus tard. Tu me manques.

— Je peux venir aujourd'hui." Le téléphone est

silencieux. En regardant l'écran, elle constate que la conversation a duré vingt-trois minutes.

Elle va dans l'entrée enfiler ses chaussures et son blouson. Sur l'étagère à chaussures, ses bottes sont humides, comme si elles venaient de servir.

Elle les examine. Une feuille jaunie est collée au talon du pied gauche, les œillets des lacets sont des deux côtés pleins d'herbe et d'aiguilles de pin, les semelles terreuses.

Du calme, se dit-elle. Il a beaucoup plu. Combien de temps faut-il à une paire de bottes pour sécher ?

Elle attrape son blouson. Lui aussi est humide. Elle l'observe de plus près.

Une déchirure d'environ cinq centimètres sur une manche. Dans la doublure de coton éventrée, elle trouve quelques graviers.

Quelque chose dépasse de la poche.

Qu'est-ce que ça peut bien être ?

Un polaroïd.

Bordel…

La photo la montre elle, âgée de dix ans, sur une plage déserte. Il y a beaucoup de vent, ses longs cheveux blonds sont presque à l'horizontale. Une rangée de pieux brisés dépasse du sable et, au loin, on voit un phare aux rayures rouges et blanches. On devine des silhouettes de mouettes dans le ciel gris.

Son cœur s'emballe. L'image ne lui dit rien, ce lieu lui est totalement étranger.

Danemark, 1988

Sans trouver le sommeil, elle guettait ses pas en faisant semblant d'être une horloge. Quand elle était couchée sur le ventre, il était six heures, sur le côté gauche, neuf heures, sur le dos minuit. Sur le côté droit, trois heures puis de retour sur le ventre, six heures. Sur le côté gauche neuf heures, sur le dos à nouveau minuit. Si elle parvenait à contrôler l'horloge, il se trompait d'heure et la laissait tranquille.

Il est lourd, son dos est poilu, il est en sueur et pue l'ammoniaque après avoir peiné deux heures durant sur la machine d'épandage. On entendait ses jurons du hangar jusque dans sa chambre.

Les os saillants de ses hanches frottent durement contre son ventre tandis qu'elle regarde par-dessus ses épaules secouées de saccades.

Le drapeau danois qui tapisse le plafond est une croix du diable, rouge sang et blanc os.

C'est plus facile de faire comme il veut. Lui caresser le dos et lui gémir à l'oreille. Ça fait bien gagner cinq minutes.

Quand les ressorts du vieux lit ont cessé de grincer, qu'il est sorti, elle file à la salle de bains. Il faut se débarrasser de l'odeur du fumier.

Il est mécanicien, originaire de Holstebro : elle l'appelle le Porc de Holstebro, en référence à la race porcine régionale, parfaite pour la boucherie.

Elle a noté son nom dans son journal intime, avec tous les autres, et en tête de la liste son cochon de patron, qu'elle est censée remercier de la laisser habiter chez lui.

L'autre a fait des études, il est juriste, ou quelque chose comme ça, et travaille en Suède quand il ne vient pas à la ferme tuer des porcs. Dans son dos, elle l'appelle la Caboche.

La Caboche est fier de travailler selon de vieilles méthodes éprouvées. Le porc du Jutland doit être brûlé, et non ébouillanté, pour être débarrassé de ses soies.

Elle ouvre le robinet et se récure les mains. Le bout de ses doigts a gonflé à force de travailler avec les cochons. Ce sont leurs poils qui se coincent sous les ongles et provoquent des inflammations, qu'on porte ou non des gants.

Elle les a tués. Étourdis d'une décharge électrique puis vidés de leur sang. Puis fait place nette, nettoyé les bondes, évacué les déchets. Une fois, il l'a laissée en tuer un au pistolet d'abattage, et elle a été à deux doigts de le retourner contre lui. Juste pour voir si ses yeux deviendraient aussi vides que ceux des cochons.

Après s'être sommairement récurée, elle se sèche et regagne sa chambre.

Je n'en peux plus, se dit-elle. Il faut que je parte d'ici.

Tandis qu'elle s'habille, elle entend démarrer la vieille voiture du Porc de Holstebro. Elle écarte les rideaux et regarde par la fenêtre : la voiture quitte la ferme et la Caboche retourne au hangar s'occuper de la séparation du fumier.

Elle décide d'aller se promener vers la pointe de Grisetåudden et peut-être pousser jusqu'au pont d'Oddesund.

Le vent mordant se glisse sous ses vêtements. Elle a beau porter un cardigan sous son anorak, elle grelotte avant même d'être arrivée derrière la maison.

Elle rejoint la voie ferrée, dont elle suit le talus jusqu'à la pointe. Elle passe régulièrement devant des tranchées et des bunkers de la Seconde Guerre mondiale. La pointe rétrécit, elle a bientôt de l'eau des deux côtés et, quand la voie ferrée tourne à gauche vers le pont, elle aperçoit le phare à quelques centaines de mètres devant elle.

Elle descend sur la plage et découvre qu'elle est absolument seule. Arrivée au petit phare rouge et blanc, elle se couche dans l'herbe et regarde le ciel bleu. Elle se souvient d'avoir été couchée ainsi et d'avoir entendu des voix dans la forêt.

Comme aujourd'hui, il y avait du vent et c'étaient les cris joyeux de Martin qu'elle entendait.

Pourquoi avait-il disparu ?

Elle ne sait pas, mais elle croit que quelqu'un l'a noyé. Il a disparu près du ponton au moment où la Fille-corneille est arrivée.

Mais ses souvenirs sont diffus. Il y a un trou noir.

Elle fait doucement rouler un brin d'herbe entre ses doigts et le regarde changer de couleur dans le soleil. Tout en haut de la tige, une goutte de rosée et, dessous, une fourmi immobile. Il lui manque une de ses pattes arrière.

“À quoi penses-tu, petite fourmi ?” chuchote-t-elle en soufflant légèrement sur la tige.

Elle se couche de côté et place doucement le brin d'herbe sur une pierre. La fourmi se met à bouger et se carapate sur la pierre. Avoir une patte en moins ne semble pas la gêner.

“Qu'est-ce que tu fais là ?”

Une ombre tombe sur son visage quand elle entend sa voix. Un vol d'oiseaux lui passe au-dessus de la tête.

Elle se lève et l'accompagne jusqu'au bunker. C'est fait en dix minutes, il n'est pas très endurant.

Il lui parle de la guerre, de toutes les souffrances subies par les Danois pendant l'occupation allemande et des femmes qui ont été violées.

“Et toutes ces salopes de filles à Boches, soupire-t-il. Des putes, voilà ce que c'était. Elles en ont baisé des milliers.”

Il lui a plusieurs fois parlé de ces femmes danoises qui avaient couché avec des soldats allemands et, depuis longtemps, elle a compris qu'il était lui-même fils d'un Allemand, mioche de Boche, la Caboche.

Au retour, elle marche quelques pas en arrière en rajustant ses vêtements sales. Son pull est déchiré, elle espère qu'ils ne vont rencontrer personne. Elle a mal un peu partout, parce qu'il a eu la main plus dure que d'habitude et que le sol est caillouteux là-bas.

Le Danemark est l'enfer sur terre, se dit-elle.

Quartier Kronoberg

À neuf heures et demie, le téléphone de Jens Hurtig sonne : c'est Ivo Andrić, de l'institut médicolégal de Solna.

"Salut, Ivo ! Qu'est-ce que tu m'amènes de beau, aujourd'hui ?"

Le rôle de chef lui plaît, même si ce n'est que provisoire.

"Il s'agit d'Elisabeth Karlsson. C'est toi qui t'en occupes?

— En l'absence de Jeanette, oui. Qu'est-ce que tu as trouvé ?"

Ivo Andrić respire fort dans l'écouteur. "Bon. En premier lieu, qu'elle a eu un rapport sexuel juste avant de mourir.

— Avant d'être assassinée, tu veux dire ?

— Ce n'est pas si simple." Hurtig l'entend pousser un gros soupir. "C'est plus compliqué que ça.

— Je t'écoute."

Jens Hurtig sait qu'il peut faire confiance à Ivo Andrić. Le ton réfléchi du légiste lui fait comprendre que c'est important.

"Donc elle a eu un rapport sexuel. Peut-être consenti, peut-être pas. Pour l'instant, je ne sais pas si…

— Mais ses vêtements étaient déchirés.

— Du calme. Laisse-moi t'expliquer."

Il regrette de l'avoir interrompu. À force, il aurait dû

savoir qu'Ivo Andrić était toujours précis, même s'il se perdait dans des détails.

"Pardon, dit-il. Continue.

— Où en étais-je ? Ah oui. Elle a eu un rapport sexuel. Peut-être contre son gré. Elle a des marques rouges, comme si elle avait reçu une fessée. Mais impossible de savoir s'il s'agit d'un viol. Des fois les gens ont de drôles d'idées... En tout cas, d'après les écorchures sur son dos et ses cuisses, ça s'est passé dehors. Nous avons relevé des traces d'aiguilles de sapin et de gravier. Mais maintenant ça devient invraisemblable." Ivo Andrić se tait.

"Quoi ? Son assassinat ?

— Non, non. C'est autre chose, tout à fait autre chose. Une rareté.

— Une rareté ?

— Tout à fait. Tu t'y connais en électricité ?

— Pas trop, à vrai dire."

Ivo se racle la gorge. "Mais tu sais sans doute qu'un paratonnerre sert à conduire l'éclair vers la terre pour y disperser sa charge ?

— Vers la terre ? D'accord..." Hurtig tambourine impatiemment du bout des doigts sur le rebord de son bureau.

"C'est quand la foudre frappe directement le sol qu'elle est la plus dangereuse. Le bétail, les vaches par exemple, est en contact avec le sol par les quatre pattes, et la tension électrique est donc très dangereuse pour elles."

Mais où veut-il en venir ? se demande Hurtig, avant de comprendre soudain ce qu'Ivo Andrić s'apprête à lui raconter.

"D'habitude, un homme survit à la foudre s'il n'a que deux pieds en contact avec le sol, conclut le légiste. Mais dans notre cas, la victime se trouvait malheureusement à quatre pattes, ou sur le dos, et son cœur a lâché sur le coup."

Hurtig n'en croit pas ses oreilles. "Quoi ? Violée puis frappée par la foudre ?

— J'en ai peur. Une rareté, je te dis. Elle a joué de malchance, mais attention, comme je te disais, impossible de dire si elle a été violée. Par contre on sait qu'elle n'a pas été assassinée.

— Dans ce cas, nous n'avons plus qu'à attendre la fin de l'autopsie. Tu promets de me rappeler si tu as du nouveau ?

— OK. Bonne chance." Ivo Andrić raccroche.

Jens Hurtig se cale au fond de son fauteuil et réfléchit en regardant le plafond.

Quand un viol est suivi d'un meurtre, on peut soupçonner que la victime connaissait son agresseur, qui l'a tuée pour cette raison.

Hurtig appelle le poste d'Åhlund.

"Qui a auditionné le mari d'Elisabeth Karlsson ?"

Åhlund se racle la gorge. "C'est Schwarz qui s'en est occupé. Il y a du nouveau ?

— Oui, si on veut. Je vous dirai plus tard, mais pour le moment, je veux que vous me rameniez le mari, et cette fois, je veux lui causer moi-même.

— OK, je m'en occupe."

Hôpital Karolinska

“Fichu orage !” dit Sofia Zetterlund en entrant dans la chambre d’hôpital. Elle arbore un sourire hésitant. Jeanette Kihlberg la salue de la tête, sur la réserve. Bien sûr, elle est contente de revoir Sofia, mais son visage a quelque chose d’étrange, quelque chose de nouveau qu’elle ne sait comment interpréter.

La pluie bat aux vitres et la pièce s’illumine parfois à la lueur d’un éclair. Elles sont face à face.

Sofia regarde Johan d’un air inquiet et Jeanette s’approche pour lui passer la main dans le dos.

“Bonjour toi, ça fait plaisir de te voir”, chuchote-t-elle. Sofia répond à son geste en serrant Jeanette dans ses bras.

“Quel est le pronostic ?” demande-t-elle.

Jeanette sourit. “Si tu parles de la météo, c’est moyen.” Son ton enjoué s’éteint tout seul. “Mais en ce qui concerne Johan, ça se présente bien. Il commence à se réveiller. On voit ses yeux bouger sous ses paupières.” Le visage de Johan a enfin repris quelques couleurs, et elle lui caresse le bras.

Les médecins se sont enfin risqués à donner sans ambiguïté un avis positif sur son état, et Jeanette apprécie la compagnie de quelqu’un qui est plus qu’une simple collègue. Avec qui elle n’est pas censée jouer au chef.

Sofia se détend et redevient égale à elle-même.

"Ne te bile pas pour ça, dit Jeanette. Ce n'est pas ta faute s'il a disparu."

Sofia la regarde avec gravité. "Non, peut-être pas. Mais j'ai honte d'avoir paniqué. Je voudrais être quelqu'un de fiable, ce qui n'est visiblement pas le cas."

Jeanette songe à la réaction de Sofia. Elle l'avait retrouvée en pleurs, étendue face contre terre. Désespérée.

"J'espère que tu me pardonneras de t'avoir laissée en plan, dit Jeanette. Mais Johan avait disparu et…

— Pour l'amour du ciel, l'interrompt Sofia. Je me débrouille toujours." Elle regarde Jeanette droit dans les yeux. "N'oublie jamais ça, je me débrouille toujours, il ne faut pas t'en faire pour moi, quoi qu'il arrive."

Jeanette est presque effrayée par la gravité du ton et du regard.

"J'arrive à gérer mes grandes gueules de patrons en mal de coaching, je peux bien me gérer moi-même."

Jeanette est soulagée de voir Sofia plaisanter.

"Visiblement, moi, je ne suis même pas capable de gérer un poivrot, rit Jeanette en montrant son bandage.

— Et pour toi, quel est le pronostic?" dit Sofia. À présent, ses yeux aussi sourient.

"Une bouteille sur la tête. Quatre points de suture qu'on enlèvera d'ici deux semaines."

Un nouvel éclair illumine la chambre. La fenêtre vibre et la lumière vive éblouit Jeanette.

Murs blancs, plafond et sol blancs. Le visage pâle de Johan. Ses rétines restent impressionnées.

"Mais qu'est-ce qui t'est arrivé, en fait?" Jeanette ose à peine regarder Sofia en posant la question. Les voyants rouges du respirateur clignotent. L'ombre du corps de Johan dans le lit, la silhouette noire de Sofia devant la fenêtre. Elle se frotte les yeux pour y voir clair. Elle distingue à présent les traits de Sofia.

“Ah, ça, soupire-t-elle en levant les yeux au plafond comme pour chercher ses mots. Je n’aurais jamais cru avoir aussi peur de mourir. Tout simplement.

— Tu n’y pensais pas, avant ?” Jeanette la regarde et, aussitôt, sa propre peur de l’inévitable se met à battre dans sa poitrine.

“Si, mais pas comme ça. Pas si fort. On dirait que l’idée de la mort n’est pas claire avant d’avoir eu des enfants, et voilà que je me retrouvais là-haut avec Johan et…” Sofia se tait et pose sa main sur la jambe de Johan. “Soudain, la vie avait un sens nouveau, j’ai été prise au dépourvu.” Elle se tourne vers Jeanette et sourit. “Peut-être que ça m’a fait un choc de réaliser tout d’un coup que la vie avait un sens.”

Pour la première fois, Jeanette sent que Sofia n’est pas juste une psychologue avec qui il est facile de parler.

Elle porte aussi quelque chose en elle, un manque, un désir, peut-être un deuil.

Elle aussi a des expériences sur lesquelles travailler, des vides à combler.

Elle a honte de ne pas l’avoir compris plus tôt. Que Sofia ne pouvait pas toujours donner.

“Être en permanence forte, revient à ne pas vivre du tout”, parvient-elle à dire après un long moment dans les bras de Sofia, qui la serre plus fort : elle a compris que c’était pour la consoler.

Soudain un gémissement du côté de Johan. Une fraction de seconde, elles se regardent avant de comprendre. La pierre tombe sans bruit en elle. Jeanette se penche sur lui.

“Mon cœur, murmure-t-elle en lui caressant la poitrine. Bienvenu, mon bonhomme. Maman est là, elle t’attend.”

Elle fait venir un médecin qui lui explique que c’est

une étape normale du réveil, mais qu'il faudra de nombreuses heures avant de pouvoir communiquer avec lui.

"La vie revient lentement en nous, dit Sofia une fois le docteur reparti.

— Oui, peut-être, dit Jeanette, en décidant de lui dire ce qu'elle sait. Au fait, tu sais qui est dans le service d'à côté ?

— Aucune idée. Quelqu'un que je connais ?

— Karl Lundström, dit Jeanette. Je suis passée devant sa chambre un peu plus tôt aujourd'hui. C'est quand même bizarre. À deux couloirs d'ici, Karl Lundström est couché dans les mêmes draps que Johan, et on les traite tous les deux avec le même soin. La vie a la même valeur pour tout le monde."

Sofia sourit. "Tu veux dire qu'on peut être une pourriture et pourtant mériter de vivre ?

— Oui, quelque chose comme ça." Jeanette s'en veut aussitôt. Quelle vision du monde – comme si elle n'avait pas confiance dans l'État de droit.

"Nous vivons dans un monde d'hommes, répond Sofia. Où Johan ne vaut pas plus qu'un pédophile. Où personne ne vaut plus qu'un pédophile ou un violeur. On ne peut que valoir moins."

Jeanette rit. "Qu'est-ce que tu veux dire ?

— Eh bien, si on est une victime, on vaut moins que le pédophile lui-même. On préfère protéger l'auteur présumé que la victime présumée. Un monde d'hommes."

Jeanette hoche la tête, sans être certaine de bien comprendre. Elle regarde Johan sur son lit. Victime ? Elle n'a pas encore vraiment osé le penser. Victime de quoi ? Elle pense à Karl Lundström. Non, impossible. Elle pense à autre chose.

"Mais au fond, c'est quoi, ton expérience des hommes ? se risque-t-elle à demander.

— Je suppose que je les hais”, répond Sofia. Son regard est vide. “Collectivement, je veux dire, continue-t-elle en tournant à nouveau le regard vers Jeanette. Et toi ?”

Jeanette n’est pas prête à se voir ainsi renvoyer la question. Elle regarde Johan, songe à Åke, à ses chefs et ses collègues. Bien sûr, il y a des salauds, mais pas tous. Son monde n’est pas celui dont Sofia parle.

Quelle est donc la part d’ombre de Sofia ?

“Tout tourne autour du fric, du mâle, reprend Sofia sans lui laisser le temps de répondre. Regarde dans ton portefeuille, qu’est-ce que tu trouves ? Un roi, probablement.

— Ou Jenny Lind ? Selma Lagerlöf ? tente Jeanette.

— Des petites coupures de rien du tout. Les touristes prennent Selma Lagerlöf pour un homme. Ils se demandent à quelle dynastie elle appartient : celle des Bernadotte ?

— Tu plaisantes ?” Cela lui semble si invraisemblable que Jeanette en rit.

“Non, pas du tout. Mais je suis une mégère enragée.”

L’expression de ses yeux est difficilement déchiffrable.

Haine ou ironie, folie ou sagesse. Quelle différence ? songe Jeanette.

“J’ai envie de m’en griller une. Tu m’accompagnes ?” propose Sofia en la tirant de ses pensées.

En tout cas, on ne s’ennuie pas avec elle. Pas comme Åke.

“Non… Vas-y, toi. Je reste avec Johan.”

Sofia Zetterlund enfile son manteau et s’en va.

Stockholm, 1987

Le sorbier a été planté le jour de sa naissance. Une fois, elle a tenté d'y mettre le feu, mais l'arbre a refusé de brûler.

Le compartiment est chaud, plein des odeurs des précédents voyageurs. Victoria ouvre la fenêtre pour aérer, mais les odeurs restent incrustées dans le velours des banquettes.

La migraine qu'elle a depuis qu'elle s'est réveillée une corde au cou sur le sol de cette salle de bains d'hôtel à Copenhague commence à s'estomper. Mais sa bouche est encore sensible et sa dent de devant cassée l'élance. Elle passe la langue dessus. Un éclat s'est détaché, à peine rentrée elle devra faire réparer ça.

Le train s'ébranle et quitte lentement la gare, tandis qu'un crachin commence à tomber.

Je peux faire ce que je veux, se dit-elle. Tout laisser derrière moi, ne jamais le revoir. Le permettrait-il ? Elle ne sait pas. Il a besoin d'elle, elle de lui.

En tout cas en ce moment.

Une semaine plus tôt, avec Hannah et Jessica, elle a pris le ferry de Corfu à Brindisi, puis le train vers Rome et Paris. Pluie grise tout le long. Juillet ressemblait au mois de novembre. Deux jours creux à Paris. Hannah et Jessica, ses deux camarades de l'internat de Sigtuna, avaient hâte de rentrer et c'est gelées et mouillées qu'elles sont montées dans le train gare du Nord.

Victoria se blottit dans un coin et se couvre la tête de son blouson. Après un mois d'InterRail à travers l'Europe, c'est la dernière ligne droite.

Tout le voyage, Hannah et Jessica ont été comme des poupées de chiffon. Molles, mortes, tenues seulement par les fils cousus par quelqu'un d'autre. Des sacs de toile bourrés de kapok. Elle en a eu assez et, en gare de Lille, elle a décidé de descendre du train. Un routier danois l'a prise en stop jusqu'à Amsterdam. À Copenhague elle a changé ses derniers chèques de voyage et pris une chambre d'hôtel.

La voix lui a dit quoi faire. Mais elle s'est trompée.

Elle a survécu.

Le train approche de l'embarcadère du ferry à Helsingør. Elle se demande si sa vie aurait pu être différente. Sans doute pas. Mais peu importe à présent. Elle fait désormais corps avec sa haine, comme le tonnerre et l'éclair. Comme le poing fermé et le coup.

Son père a poignardé son enfance et la lame du couteau vibre toujours.

En Victoria, plus rien ne sourit.

Le voyage jusqu'à Stockholm prend toute la nuit, elle dort tout le temps. Le contrôleur la réveille juste avant l'arrivée, avec le vertige et la nausée. Elle a rêvé, mais ne se souvient pas de quoi, son rêve lui a juste laissé ce malaise dans tout le corps.

Il est tôt, l'air est froid. Elle descend du train avec son sac à dos et se dirige vers le vaste hall voûté. Comme prévu, personne n'est venu l'attendre. Elle prend l'escalator pour descendre dans le métro.

Depuis Slussen, le bus pour Värmdö et Grisslinge prend une demi-heure, qu'elle consacre à inventer quelques anecdotes innocentes sur son voyage. Elle sait qu'il voudra tout savoir et ne se contentera pas d'un récit sans détails.

Victoria descend du bus et marche lentement le long de la rue familière : voici l'Arbre-à-Grimpette et le Rocher-Escalier. La petite colline qu'elle avait baptisée la Montagne et le ruisseau jadis appelé le Fleuve.

Du haut de ses dix-sept ans, quelque part, elle a encore deux ans.

La Volvo blanche est dans l'allée et elle les aperçoit tous les deux dans le jardin. Il lui tourne le dos, tandis que maman, accroupie, arrache les mauvaises herbes d'une plate-bande. Victoria pose son sac à dos sur la véranda.

Ce n'est qu'alors qu'il l'entend et se retourne.

Elle lui sourit et salue de la main, mais il la regarde sans expression avant de retourner à son travail.

Maman lève le nez de sa plate-bande et la salue d'un petit signe de tête. Victoria lui répond de même, prend son sac à dos et entre dans la maison.

À la cave, elle le vide dans la corbeille à linge sale. Elle se déshabille et entre sous la douche.

Un brusque courant d'air fait trembler le rideau de la douche. Elle comprend qu'il est là, juste devant.

"Ça s'est bien passé ?" dit-il. Son ombre s'abat sur le rideau et elle sent son ventre se nouer. Elle ne veut pas répondre, mais malgré les humiliations qu'il lui a fait subir, elle ne peut pas face à lui garder un silence qui le ferait sortir du bois.

"Ouais, ouais. Bien." Elle s'efforce d'avoir l'air gaie et décontractée, comme s'il n'était pas à quelques dizaines de centimètres de son corps nu.

"Et l'argent a suffi pour tout le voyage ?

— Oui. Et il m'en reste même un peu. J'avais aussi ma bourse et…

— Bien, Victoria. Tu es…" Il se tait et elle l'entend renifler.

Est-ce qu'il pleure ?

"Tu m'as manqué. C'était vide, ici, sans toi. Oui, à tous les deux, tu nous as manqué.

— Mais maintenant, je suis rentrée." Elle tente d'être gaie, mais le nœud de son ventre se serre, car elle sait ce qu'il veut.

"Bien, Victoria. Finis ta douche et habille-toi, après on veut te parler, maman et moi. Maman fait chauffer de l'eau pour le thé." Il se mouche et renifle.

Oui, il pleure, se dit-elle.

"D'accord, j'arrive tout de suite."

Elle attend qu'il soit parti pour couper l'eau et se sécher. Elle sait qu'il peut revenir d'une seconde à l'autre, aussi se dépêche-t-elle de s'habiller. Sans se donner la peine d'en chercher une propre, elle remet la culotte qu'elle a portée tout le voyage depuis le Danemark.

Ils l'attendent en silence, assis à la table de la cuisine. Tout ce qu'on entend, c'est la radio sur le rebord de la fenêtre. Sur la table, la théière et l'assiette de biscuits aux amandes. Maman lui sert une tasse, ça sent fort la menthe et le miel.

"Bienvenue à la maison, Victoria." Maman lui tend l'assiette de biscuits sans la regarder dans les yeux.

Victoria tente de croiser son regard. Encore et encore.

Elle ne me reconnaît pas, pense Victoria.

Il n'y a que cette assiette.

"Ça a dû te manquer, des vrais…" Maman perd le fil de sa phrase, pose l'assiette et balaie de la table des miettes invisibles. "Après toutes les choses bizarres que…

— Ça ira très bien." Victoria parcourt la cuisine des yeux puis le regarde. "Vous aviez quelque chose à me dire." Elle trempe le biscuit glacé au sucre dans son thé.

Un gros morceau se détache et coule au fond de sa tasse. Fascinée, elle le regarde se dissoudre : il ne reste bientôt qu'un dépôt de miettes tout au fond, comme si le morceau n'avait jamais existé.

"Nous avons un peu réfléchi pendant ton absence, maman et moi, et nous avons décidé de partir d'ici quelque temps."

Il se penche au-dessus de la table et maman hoche la tête, comme en écho.

"Partir ? Mais où ?

— On m'a confié la direction d'un projet en Sierra Leone. On va y habiter six mois pour commencer, puis on pourra encore y rester autant, si on veut."

Il réunit ses fines mains devant lui, elles ont l'air vieilles et ridées.

Si dures, si pressées. Brûlantes.

Elle frissonne à l'idée qu'il va la toucher.

"Mais je me suis inscrite à la fac à Uppsala, et…" Les larmes lui montent aux yeux, mais elle ne veut pas se montrer faible. Cela lui donnerait une occasion de la consoler. Elle regarde le fond de sa tasse, remue du bout de sa cuillère la bouillie de biscuit.

"C'est au fin fond de l'Afrique et je…"

Elle sera entièrement à sa merci. Sans connaître personne ni pouvoir fuir où que ce soit.

"Nous avons arrangé ça. Tu pourras suivre quelques cours par correspondance."

Il la regarde de ses yeux bleu délavé. Il a déjà décidé, elle n'a pas son mot à dire.

"Quels cours ?" Sa dent l'élance, elle se frotte le menton de la main.

Ils ne lui ont même pas demandé comment allait sa dent.

"Un cours de base en psychologie. Nous pensons que ça te conviendra."

Il pose devant lui ses poings fermés en attendant sa réponse.

Maman se lève et va poser sa tasse dans l'évier. Sans un mot elle la rince, la sèche soigneusement puis la range dans le placard.

Victoria ne dit rien. Elle sait que protester ne sert à rien.

Mieux vaut garder sa colère pour qu'elle croisse en elle. Un jour, elle lâchera le barrage et le feu se répandra sur le monde, et ce jour-là elle sera impitoyable et sans pardon.

Elle lui sourit. "Bon, d'accord. Et puis ce n'est que pour quelques mois. Ça peut être bien de changer d'air."

Il hoche la tête et se lève de table pour marquer la fin de la conversation.

"Bon, chacun peut vaquer à ses occupations, dit-il. Victoria a peut-être besoin de se reposer un peu. Moi je retourne au jardin. À six heures, le sauna sera chaud et nous pourrons continuer notre discussion. Ça ira ?" Il adresse un regard impérieux à Victoria, puis à maman.

Elles hochent la tête.

Le soir venu, elle a du mal à s'endormir et elle se retourne dans son lit.

Elle a mal, il a été brutal. Sa peau ébouillantée la brûle et son bas-ventre lui fait mal. Mais elle sait que ça passera pendant la nuit. À condition qu'il soit satisfait et réussisse à s'endormir.

Elle renifle le petit chien en authentique peau de lapin.

Elle note intérieurement tous les outrages, attendant avec impatience le jour où lui et tous les autres ramperont pour lui demander grâce.

Hôpital Karolinska

Tuer un homme est simple. Le problème est surtout d'ordre mental, et ces données peuvent énormément varier d'un individu à l'autre. Pour la plupart des gens, il faut franchir un grand nombre de barrages. L'empathie, la conscience, la réflexion font généralement obstacle à l'usage de la violence mortelle.

Mais pour certains, ce n'est pas plus compliqué que d'ouvrir un pack de lait.

C'est l'heure des visites, il y a beaucoup de monde. Dehors, il pleut à verse et la tempête fouette les vitres. Un éclair illumine par intermittence le ciel noir, presque aussitôt suivi d'un roulement de tonnerre.

L'orage est tout proche.

Un plan de l'hôpital est affiché dans l'ascenseur. Comme elle ne veut pas demander son chemin, elle vérifie qu'elle ne s'est pas trompée.

Le sol ciré brille, une odeur de détergent flotte dans le couloir. Une main crispée sur un bouquet de tulipes jaunes, elle baisse les yeux pour ne pas croiser de regard.

Son manteau est ordinaire, comme son pantalon et ses chaussures blanches à semelles de caoutchouc souple. Personne ne fait attention à elle et si, contre toute attente, quelqu'un venait par la suite à se souvenir d'elle, il serait incapable de donner un signalement précis.

Elle est n'importe qui, habituée à être ignorée. Désormais cela ne lui fait plus rien, mais elle a jadis souffert de cette indifférence.

Il y a longtemps, elle était seule, mais plus maintenant.

En tout cas pas comme autrefois.

Arrivée en réanimation, elle s'arrête, regarde autour d'elle et s'assoit dans un des fauteuils de l'entrée. Écoute et observe.

L'orage redouble et quelques alarmes de voiture se déclenchent sur le parking. Elle ouvre prudemment son sac pour vérifier qu'elle n'a rien oublié, mais tout y est.

Elle se lève et entre d'un pas décidé dans le service. Elle se déplace presque sans bruit avec ses semelles souples. Elle entend des voix au loin. Le son d'une télévision, le ronron de l'air conditionné et les claquements irréguliers des néons.

Elle regarde autour d'elle. Le couloir est désert.

Sa chambre est la deuxième porte à gauche. Vite, elle entre, referme derrière elle et s'arrête, aux aguets. Rien d'inquiétant.

Pas un bruit. Comme prévu, elle le trouve seul dans la chambre.

Une veilleuse à la fenêtre éclaire la pièce d'une lueur jaune fiévreuse et la fait sembler encore plus confinée.

Accrochée au pied du lit, sa fiche, qu'elle consulte.

Karl Lundström.

À côté du lit, différents appareils et deux perfusions branchées à son cou, près de la clavicule. Deux sondes translucides sortent de son nez et une autre de sa bouche. Elle est verte et un peu plus grosse.

Ce n'est qu'un bout de viande, se dit-elle.

Un bip régulier, hypnotique, est émis par l'un des appareils qui le maintiennent en vie. Elle sait qu'elle ne peut pas juste les débrancher. L'alarme se déclencherait et le personnel arriverait immédiatement.

Même chose si elle tente de l'étouffer.

Elle le regarde. Ses yeux bougent sous ses paupières closes. Peut-être est-il conscient de sa présence ?

Peut-être même comprend-il pourquoi elle est là, sans possibilité de rien faire.

Elle pose son sac au pied du lit, l'ouvre et en sort une petite seringue avant de s'approcher du porte-perfusion.

Du remue-ménage dans le couloir. Elle s'immobilise, tend l'oreille, prête à cacher la seringue si quelqu'un entrait, mais en trente secondes tout redevient calme.

Rien que le bruit de la pluie et du respirateur.

Elle consulte les poches des perfusions.

Morphine et Nutrition.

Elle pique sa seringue en haut de la deuxième poche et y injecte le contenu. L'aiguille retirée, elle agite doucement le tout pour que la morphine se mélange au glucose.

La seringue rangée dans son sac, elle va prendre le vase sur la table de nuit et le remplit d'eau aux toilettes.

Puis déballe son bouquet et le dispose dedans.

Avant de quitter la pièce, elle sort son polaroïd.

Le flash se déclenche en même temps qu'un éclair, la photo est crachée et commence lentement à se révéler sous ses yeux.

Elle la regarde.

L'éclair a complètement surexposé les murs de la chambre et les draps du lit, tandis que Karl Lundström et le vase de fleurs jaunes sont parfaitement éclairés.

Karl Lundström. Lui qui, plusieurs années durant, a abusé de sa fille. Qui ne l'a pas regretté.

Qui a voulu mettre fin à sa vie minable par une pathétique tentative de pendaison.

Qui a raté ce qui est pourtant à la portée de n'importe qui.

Ouvrir un pack de lait.

Mais elle va l'aider à aller jusqu'au bout de son idée. Mettre un point final.

En rouvrant doucement la porte, elle entend sa respiration ralentir.

Elle va bientôt complètement cesser, libérant quantité de mètres cubes d'air pour les vivants.

Gamla Enskede

Ils sont assis en silence dans la voiture. On n'entend que le bruit des essuie-glaces et le faible grésillement de la radio. Jens Hurtig conduit, Jeanette est assise à l'arrière avec Johan. Elle remarque qu'un peu d'eau entre par la vitre de la portière.

Hurtig tourne dans Enskedevägen et jette un œil sur Johan.

"Alors ça va, à ce que je vois ?" Il sourit dans le rétroviseur.

Johan hoche la tête sans rien dire, puis se détourne et regarde dehors.

Que lui est-il donc arrivé ? pense Jeanette, à nouveau sur le point d'ouvrir la bouche pour lui demander comment il va. Mais cette fois elle s'abstient. Elle ne veut pas le presser de questions. Ce n'est pas en insistant qu'elle le fera raconter, elle sait que c'est à lui de faire le premier pas. Cela prendra le temps qu'il faudra. Peut-être n'a-t-il aucune idée de ce qui s'est passé, mais elle sent qu'il ne lui dit pas tout.

Le silence dans la voiture est pesant quand Hurtig s'engage dans l'allée de la villa.

"Mikkelsen a appelé ce matin, dit-il en coupant le contact. Lundström est mort cette nuit. Je voulais te le dire avant que tu ne le lises dans les journaux du soir."

Quelque chose s'effondre en elle. Le crépitement violent de la pluie sur le pare-brise lui fait un instant croire que la voiture est toujours en mouvement, alors qu'elle sait qu'elle est garée devant la porte du garage. Sa seule piste dans la chasse du meurtrier des jeunes garçons est morte.

Un coup de vent balaie l'eau du pare-brise et fait augmenter la pression dans l'habitacle. Jeanette bâille pour se déboucher les oreilles. La pluie faiblit, et l'illusion du mouvement disparaît. Son pouls diminue en cadence avec l'eau qui ruisselle sur les côtés du pare-brise.

"Attends là, s'il te plaît, je reviens tout de suite, dit-elle en ouvrant la portière. Viens, Johan, on rentre."

Johan la précède dans la maison. Sans un mot, il ôte ses chaussures, pend son manteau trempé et va dans sa chambre.

Elle reste un instant à le regarder faire.

Quand elle revient près du garage, la pluie est redevenue un petit crachin. Hurtig fume près de la voiture.

"C'est devenu une habitude ?"

Il sourit et lui tend une cigarette.

"Alors comme ça, Karl Lundström est mort cette nuit ?

— Oui, apparemment, ce sont ses reins qui ont fini par lâcher."

À deux couloirs de là. La nuit où Johan s'est réveillé.

"Rien de bizarre, donc ?

— Non, probablement rien. Sans doute tous ces médicaments dont ils le gavaient. Mikkelsen nous a promis un rapport pour demain, et… c'est tout, je voulais juste que tu saches.

— Rien d'autre ?

— Non, rien de spécial. Sauf qu'il a eu une visite juste avant de mourir. L'infirmière qui l'a trouvé dit qu'il a reçu un bouquet pendant la soirée. Des tulipes jaunes.

De sa femme ou de son avocat. Les seuls à être inscrits ce soir-là dans le registre des visites.

— Annette Lundström ? Elle n'est pas internée ?

— Non, pas internée au sens clinique. À l'isolement, plutôt. Mikkelsen dit qu'Annette Lundström n'a presque pas quitté la villa de Danderyd depuis plusieurs semaines, sauf pour aller voir son mari. Ils sont allés la voir ce matin pour lui annoncer, et... ça sentait vraiment le renfermé."

Quelqu'un a offert des fleurs jaunes à Karl Lundström, songe Jeanette. La couleur de la trahison.

"Alors ? demanda Hurtig. Contente d'être rentrée, hein ?

— Très contente." Elle se tait. Pense encore à Johan. "Est-ce que je suis une mauvaise mère ?"

Hurtig part d'un rire hésitant. "Mais non, enfin ! Johan est ado. Il s'est sauvé, a rencontré quelqu'un qui l'a fait boire. Il s'est saoulé, tout a foiré et il a honte."

C'est ça, remonte-moi le moral, pense Jeanette. Mais ça ne colle pas.

"C'est de l'humour ?"

Elle voit tout de suite que non.

"Non, Johan a honte. Ça se voit."

Elle s'appuie contre le capot. Il a peut-être raison, après tout. Hurtig tambourine sur le toit de la voiture.

"Et comment ça se passe, avec la femme de Bandhagen ?" dit-elle, remarquant combien il est facile de retomber dans son rôle professionnel. Comme ça fait du bien de se concentrer sur autre chose que son inquiétude.

"Schwarz a entendu son mari, mais je vais le convoquer à nouveau.

— Alors j'aimerais bien en être.

— Bien sûr, mais tu n'es pas au courant de l'enquête.

— Envoie-moi par mail tout ce que tu as, que je lise ça ce soir."

Quand ils se sont séparés, elle retourne à l'intérieur et va à la cuisine remplir un verre d'eau pour Johan.

Il s'est endormi. Elle pose le verre sur sa table de nuit et lui caresse la joue.

Puis elle descend à la cave et se dépêche de lancer une machine avec le linge sale de Johan. Son maillot d'entraînement et ses chaussettes de foot. Et les chemises laissées par Åke.

Elle secoue le fond du paquet de lessive, ferme le hublot et s'assoit devant le tambour. Les traces d'une vie passée tournoient devant elle.

Elle pense à Johan. Silencieux dans la voiture jusqu'à la maison. Pas un mot. Pas un regard. Il l'a disqualifiée. Consciemment mise à l'écart.

Ça fait mal.

Vita Bergen

Sofia Zetterlund a fait le ménage, payé les factures, essayé de régler les questions pratiques.

À l'heure du déjeuner, elle appelle Mikael.

"Tu es toujours en vie ?" Elle entend qu'il est fâché.

"Il faut qu'on parle...

— Ce n'est pas le moment, là. Je dois aller à un déjeuner d'affaires. Tu ne pourrais pas appeler plutôt le soir ? Tu sais quand même à quoi ressemblent mes journées.

— Le soir aussi, tu es très pris. J'ai déjà laissé des messages...

— Écoute, Sofia..." Il soupire. "À quoi on joue, là ? Est-ce qu'on ne ferait pas mieux de laisser tomber tout ça ?"

Elle reste muette et déglutit plusieurs fois. "Qu'est-ce que tu veux dire ?

— Eh bien, visiblement, nous n'avons pas le temps de nous voir. Alors pourquoi s'obstiner ?"

Quand elle comprend ce qu'il veut dire, elle ressent un grand soulagement. Il ne l'a précédée que de quelques secondes. Il veut rompre. Simplement. Sans faire d'histoires.

Elle laisse échapper un grand éclat de rire. "Mikael, c'est justement pour ça que j'essayais de te joindre. Tu n'as pas cinq minutes, qu'on en parle ?"

Après cette conversation, Sofia s'assied sur le canapé.

Faire la lessive. Le ménage. Payer des factures. Arroser les plantes. Rompre. Des actions pratiques comparables.

Elle ne pense pas qu'il lui manquera.

Sur la table, le polaroïd trouvé dans la poche de son blouson.

Qu'est-ce que je vais en faire ?

Elle ne comprend pas. C'est elle sur la photo, et pourtant non.

D'un côté, ses souvenirs ne sont pas fiables, l'enfance de Victoria Bergman est encore pleine de lacunes, mais de l'autre, elle se connaît assez bien pour savoir que les détails visibles sur cette photo sont incontestablement de ceux qui devraient éveiller en elle un souvenir.

Elle porte un anorak rouge avec des rabats blancs, des bottes en caoutchouc blanches et un pantalon rouge. Elle ne s'habillerait jamais comme ça. On dirait qu'on l'a déguisée.

Le phare aussi à l'arrière-plan est rouge et blanc, ce qui donne à penser que l'image a été pensée en fonction des couleurs.

On ne voit pas grand-chose, à part la plage avec les pieux brisés. Le paysage est dépouillé, des dunes basses avec de hautes herbes jaunies.

Cela pourrait être sur l'île de Gotland, la côte sud de l'Angleterre ou au Danemark. En Scanie ? En Allemagne du Nord ?

Des endroits où elle est allée, mais pas enfant.

On dirait la fin de l'été, peut-être l'automne, vu ses vêtements. Il a l'air d'y avoir du vent, de faire froid.

La petite fille a le sourire aux lèvres, mais ses yeux ne sourient pas. En y regardant de plus près, ils semblent désespérés.

Comment cette photo a-t-elle atterri dans ma poche

de blouson ? Y était-elle depuis longtemps ? L'y ai-je mise à Värmdö, avant que la maison ne brûle ?

Non, je ne portais pas ce blouson.

Victoria, se dit-elle. Raconte-moi ce dont je ne me souviens pas.

Pas de réaction.

Pas un seul sentiment.

Quartier Kronoberg

Le meurtre est une sous-catégorie du crime, mais sa gravité en a fait, à juste titre, le crime par excellence : dès lors, il est politiquement important pour la police criminelle que le taux d'élucidation des meurtres soit élevé.

En Suède, environ deux cents meurtres sont commis chaque année et, dans presque tous les cas, leur auteur est proche de la victime.

Leif Karlsson a de bonnes raisons d'avoir l'air triste quand Jeanette et Hurtig s'installent en face de lui dans la salle d'interrogatoire.

Karlsson entre dans la catégorie des suspects "possibles", qui peut en pratique s'appliquer à presque n'importe qui, Jeanette le sait bien.

Elle ouvre une bouteille d'eau, attrape le magnétophone et feuillette le dossier avec les notes ajoutées la veille, une fois Johan endormi.

Ils se regardent en silence.

Leif Karlsson a quarante ans, une taille un peu en dessous de la moyenne. Il porte une veste noire et un jean usé qui lui va mal.

Jeanette suppose que son travail sédentaire de professeur de français et d'anglais au collège plus un penchant pour les sauces grasses et les bons vins expliquent sa bedaine naissante. À première vue, on le dirait absolument innocent.

Leif Karlsson semble plus du genre à ouvrir la fenêtre pour faire sortir une mouche qui dérange plutôt qu'à l'écraser d'un coup de journal.

Son regard est droit, il lui tient tête sans pour autant sembler agressif. D'expérience, elle sait que les personnes qui se sentent menacées ou sur le point d'être démasquées prennent souvent une attitude agressive. L'attaque comme meilleure défense quand il n'y a pas d'autre issue.

Mais Leif Karlsson a l'air de n'avoir rien à cacher et c'est lui qui prend la parole.

"Ai-je besoin d'un avocat ?" demande-t-il.

Jeanette regarde Hurtig, qui hausse les épaules.

"Pourquoi croyez-vous en avoir besoin ? dit Jeanette en se tournant vers lui.

— Je suppose que je suis ici à cause d'Elisabeth, mais je ne comprends pas bien pourquoi. Un de vos collègues, Schwarz, je crois, m'a déjà entendu et je ne sais pas..." Il fait un geste interrogatif. Jeanette voit qu'il a les yeux brillants. "Je n'ai jamais été mêlé à aucune affaire criminelle, voyez-vous, et je ne sais pas comment les choses se passent.

— Nous disposons d'éléments nouveaux qu'ignorait notre collègue Schwarz."

Hurtig sursaute, tandis que Jeanette fait semblant de lire ses papiers.

Elle hoche toute seule la tête et attend une réaction, mais Karlsson se contente d'attendre en silence. Elle remarque que Hurtig commence à s'impatienter.

Jeanette lève les yeux. "Comment était votre relation ? commence-t-elle.

— Que voulez-vous dire ?" Il la dévisage. "Ce n'est pas dans vos papiers ? continue-t-il en montrant le dossier.

— Bien entendu, mais j'aimerais vous l'entendre dire vous-même." Jeanette se tait, puis reformule sa question. "Comment était votre vie amoureuse ?"

L'homme secoue la tête, lève les yeux au ciel avec un sourire découragé. "Vous voulez savoir si nous couchions ensemble ?

— Exactement. Alors ? Vous le faisiez ?

— Oui.

— Souvent ?

— Mais qu'est-ce que ça a à voir avec..." Il soupire profondément et continue. "Oui, nous couchions ensemble, aussi souvent qu'on le fait après quinze ans de vie commune."

Souvent est assez relatif, songe Jeanette.

La dernière année, avec Åke, elle a peut-être couché une fois par mois.

Parfois même moins souvent.

Jeanette se souvient de l'époque de leur rencontre. Ils passaient leur temps au lit, se levaient à peine pour manger. Mais c'était une autre époque.

Puis est arrivé Johan, la carrière, toutes les contraintes de la vie quotidienne, et ils n'ont plus trouvé le temps. Jeanette sent son cœur se serrer en songeant combien il est facile de laisser une relation s'émousser et sombrer dans la routine.

Elle se penche en arrière et cherche son regard. Quand elle finit par le capter, elle le regarde au fond des yeux et prend son souffle.

"Soit je raconte ce qu'il s'est à mon avis passé, soit vous le faites et on n'en parle plus.

— Mais qu'est-ce que vous voulez dire ?" répond-il, et Jeanette voit le mal qu'il a à ne pas cligner des yeux. De la sueur commence à perler sur sa lèvre supérieure.

"Si je vous dis consultation pour les femmes battues

de Södermalm début mai, ça vous dit quelque chose ?" Jeanette le voit qui résiste : elle comprend qu'elle a eu raison. "Ou le groupe de parole des femmes de Blekingegatan. Mais là, c'était en mars, n'est-ce pas ?"

Il la fixe, le regard vide.

"La permanence violences conjugales en avril, puis à nouveau Blekingegatan. Et encore deux visites à l'hôpital sud." Elle attend avant de continuer. "Vous voulez que je…"

Leif Karlsson renifle et se cache le visage dans les mains. "Arrêtez !" supplie-t-il.

Hurtig se tourne vers Jeanette, secouant la tête d'un air interloqué.

Jeanette recule sa chaise, se lève et rassemble ses papiers. "Je crois que nous en avons fini." Elle regarde Hurtig. "Appelle Schwarz pour qu'il finisse son boulot. C'est mieux."

Kungsgatan

Après plusieurs années d'excavation à travers les hauteurs de Brunkeberg, Kungsgatan a été inaugurée en novembre 1911. Pendant les travaux, on a découvert les traces d'un village viking situé à l'emplacement actuel de la place Hötorget.

La rue, qui s'appelait à l'origine Helsingegathum, a été rebaptisée Luttnersgatan au début du XVIIIe siècle, une rue mal famée faite d'échoppes et de baraques en bois.

L'écrivain Ivar Lo-Johansson a évoqué cette rue, la bohème autour de l'église Sainte-Claire et les prostituées du quartier.

Dans les années 1960, quand le centre-ville a été déplacé plus au sud vers Hamngatan, la rue est tombée en décrépitude, mais la rénovation des années 1980 lui a redonné un peu de son lustre.

Le procureur Kenneth von Kwist descend du métro à la station Hötorget. Comme d'habitude, il a du mal à se repérer. Il y a bien trop de sorties et son sens de l'orientation ne fonctionne pas sous terre.

Quelques minutes plus tard, il est devant Konserthuset.

Il pleut. Il ouvre son parapluie et s'engage lentement sur Kungsgatan vers l'ouest.

Il n'est pas pressé.

Il traîne plutôt les pieds pour aller à son bureau : il

est inquiet. Il a beau tourner le problème dans tous les sens, quoi qu'il fasse il est le dindon de la farce.

Il croise Drottninggatan, Målargatan et Klara Norra Kyrkogatan.

Que se passera-t-il s'il ne fait rien du tout et se contente de cacher les documents dans le dernier tiroir de son bureau ?

Il y a bien sûr une chance qu'elle n'en entende jamais parler et, avec le temps, d'autres affaires surviendront, poussant les anciennes dans l'oubli.

Mais s'agissant de Jeanette Kihlberg, peu probable qu'elle laisse tomber.

Elle a pris bien trop à cœur cette affaire de garçons assassinés et elle est bien trop têtue. Trop dévouée à son travail.

Il n'a rien trouvé de compromettant à son sujet.

Pas une seule faute professionnelle.

Dans la police depuis trois générations. Son père et son grand-père ont servi à Västerort, et il n'y a rien non plus à signaler de leur côté.

Il passe devant le théâtre Oskar et le casino Kosmopol.

Tout ça est un sacré sac de nœuds, et il est le seul à pouvoir régler le problème.

Ou bien quelque chose lui a-t-il échappé ?

Un angle d'attaque qu'il aurait raté ?

Pour le moment, Jeanette est occupée par son fils, mais quand il sera remis, elle reprendra le travail et, tôt ou tard, elle aura connaissance des données nouvelles.

Il ne peut pas l'empêcher.

Ou bien ?

Quartier Kronoberg

Après l'interrogatoire de Leif Karlsson, Jeanette va attendre Hurtig dans son bureau. Elle est satisfaite, elle a repris la main sur le groupe d'enquête et, surtout, elle a eu raison. Sa boussole intérieure a vu juste.

Elle est étonnée que Leif Karlsson n'ait même pas réagi : après des années de mauvais traitements, sa femme meurt par hasard. Tuée par la foudre. Sans cela, les violences auraient continué et il n'aurait peut-être jamais été arrêté. Alors qu'il avait suffi à Jeanette de passer quelques coups de fil dans la matinée. À l'hôpital sud, puis au groupe de parole des femmes de Blekingegatan. Pas plus difficile que ça.

Qu'un type comme Schwarz ait raté ça, passe encore, mais que Hurtig ait lui aussi négligé de contrôler le passé d'Elisabeth Karlsson est inquiétant.

Elle se console en se disant que tout le monde a le droit à un passage à vide. Elle en a eu beaucoup elle-même. Toute l'enquête sur les meurtres des jeunes garçons n'est-elle pas au fond qu'un long passage à vide ?

On frappe à sa porte. Entre le commissaire principal Dennis Billing.

Jeanette remarque son bronzage.

“Ah ? Tu es revenue ?” demande-t-il, essoufflé. Il tire un siège et s'y affale. “Comment vas-tu ?”

Jeanette se doute bien qu'il ne s'agit pas seulement d'une question sur son bien-être.

"La situation est sous contrôle. J'attends que Hurtig vienne me rendre compte de l'interrogatoire de Leif Karlsson par Schwarz.

— Le mari de la femme de Bandhagen ?" Billing semble sceptique. "Tu crois qu'il a quelque chose à voir avec ça ?

— J'en suis sûre. Et en ce moment même il est en train d'expliquer à Schwarz comment il l'a violée dans le bosquet voisin du terrain de foot où on l'a trouvée. Elle voulait sans doute le quitter, avait peut-être rencontré quelqu'un d'autre. Il la suit, la bat, la met à terre et la viole. Puis elle se fait foudroyer.

— Incroyable." Billing se secoue, se lève et s'apprête à partir. "Et maintenant ?" Il ouvre la porte du couloir sur Hurtig, qui allait entrer. "Bon boulot, Jens." Le commissaire principal Dennis Billing tourne le dos à Jeanette et donne une tape sur l'épaule d'un Hurtig surpris. "Vite fait, bien fait, exactement comme j'aime.

— Et tu as autre chose pour nous ?" Jeanette se cale au fond de son siège en contemplant le large dos de Billing. Une grande auréole de sueur juste au-dessus de la ceinture. Signe qu'il passe trop de temps assis.

"Non, pas vraiment. C'est plutôt calme en ce moment, peut-être que vous feriez mieux de retourner à vos vacances."

Jeanette et Hurtig secouent la tête en même temps, mais c'est Hurtig qui prend la parole. "Pas question. Je prendrai plutôt mes vacances cet hiver.

— Moi aussi, glisse Jeanette. Je ne supportais pas d'être en congé."

Billing se retourne et la regarde. "Bon, d'accord. Prenez votre mal en patience pendant quelques jours, en attendant qu'il se passe quelque chose. Classez vos dossiers.

Réinstallez Windows. Relax, quoi. Salut." Sans attendre de réponse, il écarte Hurtig et s'en va.

Hurtig ferme derrière lui avec un petit sourire et tire une chaise.

"Il a avoué ?" Jeanette s'étire, redresse le dos et croise les bras derrière la tête.

"Affaire classée." Hurtig s'assied et poursuit. "Il va être mis en examen pour plusieurs viols et violences sur sa femme et, s'il maintient sa version devant le tribunal, un cas de séquestration." Hurtig se tait. Il semble réfléchir. "Je pense que ça lui a fait du bien de nous raconter."

Jeanette a du mal à ressentir de la compassion pour un homme pareil.

Se sentir rejeté n'est pas une excuse, se dit-elle en imaginant Åke et Alexandra. Ça fait partie de la vie.

"Très bien, comme ça on peut le mettre de côté et avoir un peu de temps pour les garçons."

Elle ouvre un tiroir de son bureau et en sort un dossier rose qui fait pouffer Hurtig.

Elle sourit. "J'ai appris à donner l'air inintéressant aux documents sensibles. Personne ne se donnerait la peine d'ouvrir ça." Elle entreprend de feuilleter les documents.

"Il y a plusieurs points à approfondir, dit-elle. Annette et Linnea Lundström. Ulrika Wendin. Kenneth von Kwist.

— Ulrika Wendin ?" Hurtig a l'air interloqué.

"Oui, je crois qu'elle ne nous a pas tout raconté."

Jeanette l'a rencontrée deux fois, toujours au sujet de sa plainte déposée contre Karl Lundström.

Ulrika Wendin, quatorze ans à l'époque, avait rencontré Karl Lundström sur Internet et était convenue d'un rendez-vous avec une camarade dans un restaurant.

Cette amie était partie, mais Ulrika avait suivi Lundström dans une chambre d'hôtel où d'autres hommes attendaient.

Ulrika avait été droguée et violée.

La jeune fille pensait que la scène avait été filmée.

Le procureur avait abandonné l'enquête préliminaire du fait de l'alibi fourni à son mari par Annette Lundström. Le procureur Kenneth von Kwist.

Jeanette poursuit : "Peut-être Ulrika Wendin peut-elle nous en dire plus, autant sur von Kwist que sur Karl Lundström. Il va falloir y aller au feeling.

— Et von Kwist ?" Hurtig fait un geste d'impuissance. Ce procureur n'a pas arrêté de freiner des quatre fers durant l'enquête sur les meurtres des jeunes garçons, et son seul nom fait enrager Jeanette.

"Il y a quelque chose de louche entre von Kwist et la famille Lundström. Je ne sais pas quoi, mais..." Jeanette respire à fond avant de continuer : "Et puis il y a un autre nom qu'il faut contrôler.

— Lequel ?

— Victoria Bergman."

Hurtig a l'air perplexe. "Victoria Bergman ?

— Oui. La veille de la disparition de Johan, j'ai reçu la visite d'un certain Göran Andersson, de la police de Värmdö. Je n'ai pas pu approfondir, à cause du chaos autour de Johan, mais il m'a dit que Victoria Bergman n'existait pas.

— N'existait pas ? Mais on lui a parlé !

— Bien sûr, mais j'ai vérifié le numéro, il n'existe plus. Elle vit, mais sous un autre nom. Il s'est passé quelque chose il y a vingt ans et elle a disparu de tous les fichiers. Quelque chose a poussé Victoria Bergman à plonger dans la clandestinité.

— Son père ? Bengt Bergman. Il a abusé d'elle.

— Oui, c'est probablement à cause de lui. Et quelque chose me dit que la piste Bergman n'est pas complètement morte.

— La piste Bergman ? Mais quel rapport avec notre enquête ?

— Encore une fois, c'est du feeling. Pense ce que tu veux, mais je me demande pourquoi ces deux noms n'arrêtent pas de nous sortir sous le nez presque toujours au même moment. Fatalité ? Hasard ? Peu importe. Le lien entre notre affaire et les familles Bergman et Lundström existe, j'en mettrais ma main au feu. D'ailleurs, sais-tu qu'ils ont toujours fait appel au même avocat ? Viggo Dürer. Ça ne peut pas être un hasard. J'ai chargé Åhlund de se renseigner sur Dürer."

Jeanette sait que Hurtig saisit la gravité de ce qu'elle dit.

"Bengt Bergman comme Karl Lundström, en plus de leurs filles, ont abusé d'autres enfants. Tu te souviens de la plainte contre Bengt Bergman au sujet des deux petits Érythréens, le frère et la sœur ? Comme d'habitude, Birgitta Bergman a fourni un alibi. Même chose avec Annette Lundström, qui défend toujours son mari, même s'il reconnaît avoir été mêlé à un trafic sexuel d'enfants du Tiers Monde.

— Je comprends. Il y a là une piste à suivre. La seule différence, c'est que Karl Lundström reconnaissait les faits tandis que Bengt Bergman les niait.

— Oui. C'est un sacré sac de nœuds, mais je pense qu'il y a un point commun. Tout ça est lié, et lié à notre affaire. Il y a un cadavre dans le placard. Il s'agit de grosses légumes, Bergman à la tête de l'agence Sida, Lundström dans le BTP chez Skanska. Beaucoup de fric. Éviter la honte aux familles. On parle ici d'enquêtes négligentes, peut-être même volontairement sabotées."

Hurtig hoche la tête.

"Et il y a autour de ces familles des gens qui n'existent pas, continue-t-elle. Victoria Bergman n'existe pas. Et un enfant sans nom qu'on achète sur Internet, qu'on castre et qu'on cache dans un buisson, cet enfant n'existe pas non plus.

— Tu crois à la théorie du complot ?"

Elle ne relève pas l'ironie éventuelle de Hurtig.

"Non. Plutôt à l'holisme.

— L'holisme ?

— Je crois que la totalité est supérieure à la somme des parties. Si on ne comprend pas le contexte global, on ne pourra jamais comprendre les détails. Tu suis ?"

Hurtig semble pensif. "Ulrika Wendin. Annette et Linnea Lundström. Viggo Dürer. Victoria Bergman. Par où commence-t-on ?

— Je propose par Ulrika Wendin. Je l'appelle tout de suite."

Des abus sur des enfants, se dit-elle. Du début à la fin, il ne s'agit que de cela. Deux enfants non identifiés, le jeune Biélorusse Youri Krylov et Samuel Bai, ex enfant-soldat en Sierra Leone. Et trois femmes ayant subi des abus sexuels dans leur enfance. Victoria Bergman, Ulrika Wendin et Linnea Lundström.

On frappe à la porte, Åhlund entre.

"Tu as fait vite, dit-elle, en le regardant avec intérêt.

— C'était vite fait parce que Viggo Dürer est mort.

— Mort ?

— Oui, il a été retrouvé carbonisé avec sa femme dans leur voilier, il y a deux semaines. Devant Simrishamn.

— Un accident ?

— Oui, une fuite dans un tuyau de gazole. Le bateau s'est embrasé en quelques secondes. Ils n'avaient aucune chance."

Åhlund lui tend un papier avec un numéro de téléphone. "Appelle le responsable de l'enquête. Un certain Gullberg."

Jeanette compose le numéro. Autant régler ça tout de suite.

Gullberg s'avère être un sympathique bavard qui lui explique avec un accent de Scanie à couper au couteau que les secours en mer ont reçu deux semaines plus tôt un appel d'urgence émis depuis le téléphone de Viggo Dürer. Celui-ci a déclaré que le bateau avait pris feu et qu'il avait besoin d'aide. Mais quand les sauveteurs sont arrivés, le bateau s'était déjà embrasé et les deux corps étaient presque entièrement carbonisés.

Sur le port de plaisance, on a retrouvé le lendemain une voiture enregistrée au nom de Henrietta Dürer, avec dans une valise les effets personnels du couple, dont des documents d'identité.

"Ce qui a confirmé qu'il s'agissait bien des époux Dürer, ce sont leurs alliances." Gullberg claque de la langue, content de lui. "Avec nom et date. Comme ils n'avaient aucun parent, les corps ont été incinérés après l'autopsie.

— Et c'était bien un accident ? demande Jeanette.

— D'après les techniciens, le feu a pris dans le réservoir de gazole. Un vieux bateau. De mauvais tuyaux. Nous ne soupçonnons aucun acte criminel, si c'est ce que vous insinuez.

— Je n'insinue rien du tout", dit Jeanette avant de raccrocher.

Café Zinken

La dernière fois que Jeanette est venue à ce petit bar de quartier près du stade de Zinkensdamm, c'était avec Åke après un match de hockey. L'armoire à glace préposée au service leur avait barré l'entrée et expliqué en haussant les épaules : fermé pour cause de bagarre.

Un client imbibé s'était endormi verre à la main et affalé par terre. À son réveil, persuadé qu'on l'avait frappé, il s'était jeté sur le premier venu et en trente secondes de pugilat le sol du bar avait été décoré de rouge et jonché d'éclats de verre.

Aujourd'hui le bar est ouvert et le serveur, blasé, lui indique une petite table près de la fenêtre.

Elle doit attendre quarante-cinq minutes l'arrivée d'Ulrika Wendin. Jeanette remarque aussitôt que la jeune fille a beaucoup maigri. Elle porte le même pull qu'à leur dernière rencontre, mais il semble à présent de plusieurs tailles trop grand.

Ulrika s'installe en face de Jeanette. "Putain de contrôleur ! lâche-t-elle en se débarrassant de son sac. J'ai passé une demi-heure avec un connard qui ne voulait pas valider mon billet. Mille deux cents couronnes d'amende parce qu'un crétin de chauffeur de bus n'est pas capable de se servir d'un tampon.

— Qu'est-ce que vous prenez ?" Jeanette plie son

journal. “Je vais casser la croûte, ça vous tente ? Je vous invite.”

Le sourire sur le visage amaigri de la jeune fille semble forcé, son regard papillonne et ses gestes dénotent l’impatience. “La même chose que vous.”

Jeanette comprend qu’elle a beau jouer les dures, cette fille ne va pas bien.

“Et vous, la fliquesse ? Comment ça va ?”

Jeanette appelle le serveur et demande des menus. “Bien, merci. Je suis en plein divorce et tout part un peu en vrille. Mais à part ça, tout va bien.”

Ulrika regarde le menu d’un air absent. “Pour moi, des frites sauce béarnaise.”

Elles commandent et Jeanette se cale au fond de sa banquette.

“Ça va si on va fumer en attendant que la bouffe arrive ?” Ulrika se lève sans laisser à Jeanette le temps de répondre. Tout chez elle montre qu’elle ne tient pas en place.

“D’accord.”

Elles sortent. Ulrika s’assied sur le rebord de la fenêtre du bar et Jeanette lui tend un paquet de cigarettes.

“Ulrika, je sais que c’est peut-être difficile, mais j’aimerais que nous parlions un peu de Karl Lundström. Vous disiez vouloir tout nous dire. L’avez-vous fait ?”

Ulrika Wendin allume une cigarette et regarde nonchalamment Jeanette à travers la fumée. “Quelle importance, maintenant qu’il est mort ?

— Cela ne nous empêche pas de continuer l’enquête. Avez-vous jamais parlé à quiconque de ce qui s’est passé ?”

La fille inspire une profonde bouffée et soupire. “Non, vous savez, l’enquête préliminaire a été abandonnée. Personne ne me croyait. Même pas ma mère, je pense. Le procureur m'a baratinée, a parlé d'aides sociales pour les filles comme moi, mais en fait, tout ce qu'il voulait, c'était m'envoyer chez un psy pour comportement déviant. Pour lui, je n'étais qu'une pute de quatorze ans. Et ce salaud d'avocat…

— C'était quoi, le problème ?

— J'ai lu son rapport."

Jeanette hoche la tête. Même si ce n'est pas l'habitude, il arrive qu'un avocat de la défense intervienne dès l'enquête préliminaire. "Oui, la note de la défense, continuez.

— Ça disait que je n'avais aucune crédibilité, que des problèmes… Tout y passait, échec scolaire, alcoolisme. Il ne m'avait jamais rencontrée, mais me présentait comme une merde. Qui ne valait pas un clou. J'ai été tellement blessée que j'ai décidé de ne jamais oublier son nom."

Jeanette songe à Viggo Dürer et Kenneth von Kwist. Des affaires classées sans suite.

Y en a-t-il eu d'autres ? Il faut qu'elle vérifie. Qu'elle passe au peigne fin le passé de l'avocat et du procureur.

"Viggo Dürer est mort, dit-elle.

— Il ne manquera à personne."

Ulrika écrase sa cigarette sur le rebord de la fenêtre. "On rentre ?"

Leurs plats les attendent. Jeanette commence à manger, tandis qu'Ulrika ignore son assiette de frites. Elle regarde par la fenêtre. Réfléchit en tambourinant nerveusement du bout des doigts sur la table.

Jeanette ne dit rien. Attend.

"Ils se connaissaient", dit Ulrika au bout d'un moment.

Jeanette pose sa fourchette et regarde la fille, d'un air encourageant. "Comment ça ? Qui ?"

Ulrika Wendin hésite, puis sort son téléphone. Un portable dernier cri, véritable ordinateur de poche.

Comment a-t-elle pu s'offrir ça ?

Ulrika pianote sur l'écran puis le tourne vers Jeanette.

"J'ai trouvé ça sur Flashback. Lisez.

— Flashback ?

— Oui, lisez, vous allez comprendre."

Sur l'écran du téléphone s'affiche une page Internet avec une série de commentaires.

L'un d'eux donne une liste de Suédois censés financer une fondation, Sihtunum Diaspora.

La liste contient une vingtaine de noms. En la parcourant, Jeanette comprend ce que veut dire Ulrika.

En plus des deux noms dont elle parle, Jeanette en reconnaît un troisième.

Vita Bergen

Sofia Zetterlund est sur le canapé du séjour, dans le noir, le regard fixe. Depuis son retour, elle ne s'est pas souciée d'allumer. L'obscurité est presque complète, à part la lueur de l'éclairage public.

Sofia sent qu'elle ne peut plus résister. Elle sait aussi qu'il est irrationnel de tenter de refouler.

Elles sont forcées de collaborer, Victoria et elle. Sinon, les choses ne feront qu'empirer.

Sofia se sait malade. Et elle sait ce qu'il faut faire.

Victoria et elle sont le produit complexe d'un passé commun, mais se sont séparées en deux personnalités distinctes dans une tentative désespérée de faire face à un quotidien brutal.

Elles ont des façons de se défendre et de guérir différentes. Sofia a maintenu la maladie à distance en s'accrochant à des routines. Le travail à son cabinet lui donne un cadre qui met en sommeil son chaos intérieur.

Victoria est guidée par la haine et la fureur, les solutions simples et une logique en noir et blanc qui peut tout trancher en dernier recours.

Victoria hait la faiblesse de Sofia, sa volonté de se fondre dans la masse, de s'adapter. Son obstination à tenter de refouler les outrages et son acceptation indifférente du rôle de victime.

Depuis le retour de Victoria, Sofia se méprise et ne sait plus où elle va. Tout part à vau-l'eau.

Rien ne va plus de soi.

Deux volontés que tout oppose doivent être satisfaites et ne faire plus qu'une. Une équation insoluble.

On dit qu'une personne est faite de ses peurs : Sofia a construit sa personnalité sur la peur d'être Victoria. Victoria a toujours été latente en Sofia, comme un repoussoir.

Sans Victoria, Sofia cesserait d'être, ne serait plus qu'une coquille vide.

Creuse.

D'où vient Sofia Zetterlund ? se demande-t-elle. Elle ne s'en souvient pas.

Elle se caresse le bras.

Sofia Zetterlund. Elle fait tourner le nom dans sa bouche, frappée par l'idée qu'elle est elle-même la création d'une autre. Que son bras appartient en fait à une autre.

Tout a commencé avec Victoria.

Je suis le produit de quelqu'un d'autre, pense Sofia. D'un autre moi. L'idée est vertigineuse, elle peine à respirer.

Où trouver le point de rencontre ? Où y a-t-il en Victoria un besoin que comble Sofia ? Il lui faut trouver ce point, mais pour cela, elle doit cesser d'avoir peur des pensées de Victoria. Oser la regarder dans les yeux l'esprit ouvert. Se mettre à la portée de ce qu'elle a passé son existence à fuir.

Pour commencer, il faut qu'elle retrouve le moment où ses souvenirs deviennent les siens, et non ceux de Victoria.

Elle pense au polaroïd. Dix ans, vêtue d'horribles vêtements rouges et blancs, sur une plage. C'est clair, elle ne s'en souvient pas. Ce temps et cette séquence appartiennent à Victoria.

Sofia se caresse l'autre bras. Les stries claires des cicatrices sont à Victoria. Elle avait l'habitude de se scarifier avec des lames de rasoir ou des bouts de verre derrière la maison de tante Elsa à Dala-Floda.

Quand Sofia est-elle apparue ? À l'époque de l'internat de Sigtuna ? Lors du voyage en train avec Hannah et Jessica ? Tous ces souvenirs sont vagues, et Sofia se rend compte que sa mémoire n'adopte une structure logique qu'à l'époque de ses études, vers vingt ans.

Sofia Zetterlund s'est inscrite à l'université et a vécu cinq ans en cité U à Uppsala, avant de déménager à Stockholm. Internat à l'hôpital de Nacka, puis deux ans en psychiatrie médicolégale à Huddinge.

Après, elle a rencontré Lasse et ouvert son cabinet privé.

Quoi d'autre ? La Sierra Leone, naturellement.

Sa vie lui paraît soudain si courte et si vide, et c'est à cause d'une seule personne. Son père, Bengt Bergman, lui a volé la moitié de sa vie et l'a condamnée à passer l'autre prisonnière de routines. Travail, argent, ambition, être douée, plus ses maladroites tentatives d'avoir à côté une vie amoureuse. Tenir ses souvenirs à distance en veillant à toujours être le plus occupée possible.

À vingt ans, Sofia a été assez forte pour remplacer Victoria, la laisser derrière elle et commencer sa vie.

Elle devait avoir pris pied en elle depuis longtemps.

À l'université, elle n'était plus que Sofia Zetterlund, qui camouflait Victoria, oubliant les abus de son père. Qui, en effaçant l'existence de Victoria, avait perdu son contrôle.

Café Zinken

Trois noms. Trois hommes.

D'abord Karl Lundström et Viggo Dürer. Deux personnes dont les destins semblent curieusement liés. Mais en même temps, ce n'est peut-être pas si étonnant, pense Jeanette. Ils étaient tous deux membres de la même fondation, se sont rencontrés, ont dîné ensemble. Quand Lundström avait des difficultés, il s'adressait au seul avocat qu'il connaisse. Viggo Dürer. C'est bien comme ça que les choses fonctionnent. Services rendus et renvois d'ascenseur.

Sur la liste des sponsors de cette fondation inconnue au bataillon, Sihtunum Diaspora, il y a aussi Bengt Bergman.

Le père de Victoria, récemment disparu.

Jeanette sent l'espace de la pièce rétrécir.

"Comment avez-vous trouvé ça ?" Jeanette regarde la jeune femme en face d'elle.

Ulrika Wendin sourit. "Sur Google, tout simplement."

Je dois être une mauvaise flic, se dit Jeanette.

"Flashback ? On peut faire confiance à ce site ?" Ulrika rit.

"Bon, c'est vrai, c'est un peu le caniveau, mais on y trouve aussi du vrai. C'est surtout des ragots sur les bourdes des people. On les traîne dans la boue en les citant par leur nom, après quoi les journaux du soir font pareil sous prétexte que c'est déjà sur le net. Des fois, on se demande si ce ne sont pas les journalistes eux-mêmes qui commencent."

Jeanette se dit que la fille a raison. "Et qu'est-ce que c'est que cette organisation? Sihtunum Diaspora?"

Ulrika attrape sa fourchette et commence à picorer son assiette de frites. "Une fondation quelconque. Je n'ai pas trouvé grand-chose dessus…"

Il y a forcément quelque chose, pense Jeanette. Je vais mettre Hurtig sur le coup.

Ulrika lève les yeux de son assiette :

"Comment Viggo Dürer est-il mort?

— Son bateau a brûlé. Un accident. La police de Scanie l'a retrouvé devant Simrishamn.

— A-t-il souffert?

— Je ne sais pas. Probablement.

— Et c'est certain?

— Oui. Lui et sa femme ont été incinérés et enterrés."

Jeanette regarde la maigreur de la fille. Son regard est vide, comme si elle voyait à travers l'assiette, tandis que du bout d'une frite elle dessine des rayures dans la béarnaise.

Cette fille a besoin d'aide.

"Euh… Vous avez songé à aller en thérapie?"

Ulrika jette un coup d'œil à Jeanette et hausse les épaules.

"En thérapie? J'aimerais voir ça!

— J'ai une amie psychologue qui a l'habitude de travailler avec les jeunes. Je sais qu'il y a des choses qui vous pèsent. Ça se voit." Jeanette fait une pause avant de continuer. "Combien pesez-vous? Quarante-cinq kilos?"

Nouveau haussement d'épaules nonchalant. "Non, quarante-huit." Ulrika sourit de biais et Jeanette a un élan de sympathie. "Je ne sais pas si c'est fait pour moi. Je dois être trop bête pour qu'on m'aide de cette façon."

Tu as tort, songe Jeanette. Sacrément tort.

Malgré ses blessures, Jeanette devine une force chez la jeune fille. Elle va s'en tirer, pourvu qu'on lui tende la main.

"La psychologue s'appelle Sofia Zetterlund. Vous pourriez la voir dès la semaine prochaine, si vous voulez."

Elle bluffe, mais connaît assez Sofia pour savoir qu'elle pourra compter sur elle. Pour autant qu'Ulrika fasse la démarche.

"Vous voulez bien que je lui donne votre numéro ?"

Ulrika se tortille sur sa chaise. "OK, OK… mais pas d'embrouilles, hein ?"

Jeanette rit.

"Non, promis. Elle est sérieuse."

Vita Bergen

Sofia va se regarder dans le miroir de l'entrée. Elle sourit à son reflet, découvrant la dent que Victoria s'est fendue dans une chambre d'hôtel de Copenhague. Le cou où elle avait passé le nœud coulant. Noueux, musclé.

Elle déboutonne son corsage, passe ses mains dessous. Sent son corps de femme mûre, se souvient des caresses de Lasse, de Mikael, de Jeanette.

Sa main hésitante court sur sa peau. Elle ferme les yeux et rentre en elle-même. C'est vide. Elle ôte son chemisier et se regarde. Suit ses contours dans le miroir.

La fin du corps est définitive. Là où finit la peau commence le monde.

Tout ce qu'il y a à l'intérieur, c'est moi.

Moi.

Elle croise les bras sur sa poitrine et se prend les épaules dans les mains, comme une étreinte. Ses mains montent sur ses joues, ses lèvres. Elle ferme les yeux. Un haut-le-cœur la submerge. Un goût aigre dans la bouche.

En même temps familier et étranger.

Lentement, Sofia enlève son pantalon et sa culotte. Se regarde dans le miroir. Sofia Zetterlund. D'où viens-tu ? Quand Victoria t'a-t-elle passé le relais ?

Sofia examine sa peau comme une carte de la vie de Victoria et de la sienne.

Elle tâte ses pieds, ses talons douloureux, dont la corne n'est jamais assez épaisse pour ne pas être à nouveau écorchée.

Ce sont les talons de Sofia.

Ses mains glissent le long des chevilles, s'arrêtent aux genoux. Elle touche leurs cicatrices, sent les graviers où ils s'étaient écorchés la fois où Bengt l'avait prise parderrière et écrasée de tout son poids dans l'allée.

Les genoux de Victoria, se dit-elle.

Les cuisses. Douces sous sa main. Elle ferme les yeux et sait à quoi elles ressemblaient, après. Les bleus qu'elle avait tenté de cacher. Sent à l'intérieur les ligaments douloureux, comme quand il la prenait par là plutôt que par les jambes.

Les cuisses de Victoria.

Elle remonte, vers le dos, y trouve des irrégularités qu'elle n'avait jamais remarquées.

Elle ferme les yeux et retrouve là une odeur de terre chaude, cette odeur si particulière qu'elle n'a senti qu'avec la terre rouge de la Sierra Leone.

Sofia se souvient de la Sierra Leone, mais pas de ces cicatrices sur son dos, elle ne voit pas le message que Victoria tente de lui envoyer. Parfois, il faut se contenter de symboles, se dit-elle en se rappelant son réveil au fond d'un trou couvert, persuadée qu'elle allait être enterrée vivante par les enfants-soldats qui faisaient régner la terreur. Elle sent ce poids en elle, les ténèbres menaçantes, l'odeur de tissu moisi. Elle avait réussi à se tirer de là.

Elle considère aujourd'hui cela comme un exploit surhumain mais, alors, elle n'avait pas eu conscience d'entreprendre l'impossible.

Elle était la seule à avoir survécu.

La seule à avoir su franchir l'abîme et reprendre pied dans la réalité.

Sierra Leone, 1987

Quand ils allaient à vélo à la plage, ils lui demandaient sur quel porte-bagages elle voulait monter. Avec lui, ou avec elle ?
Elle ne voulait blesser personne et se mettait à pleurer.

“Finis ton assiette, Victoria.” Il la dévisage de l’autre côté de la table du petit-déjeuner. “Après, tu pourras aller mettre une tablette de chlore dans la piscine. J’irai piquer une tête après la réunion de ce matin.”

Il fait déjà plus de trente-cinq degrés dehors et il s’éponge le front. Elle répond d’un hochement de tête en triturant la bouillie fumante, écœurante. Chaque bouchée gonfle dans sa bouche. Elle déteste la cannelle sucrée qu’il la force à saupoudrer dessus. Ses collègues de l’agence Sida vont bientôt arriver et il va sortir de table. Alors elle pourra jeter le reste.

“Comment vont tes études ?”

Elle ne le regarde pas en face, mais sent qu’il l’observe. “Ça va, répond-elle d’une voix détimbrée. On lit Maslow. Ça parle des besoins, de la motivation.” Elle ne pense pas qu’il connaisse Maslow et espère que son ignorance va lui clouer le bec.

Elle a raison. “La motivation, marmonne-t-il. Ça, tu

en aurais bien besoin." Il détourne le regard et replonge dans son assiette.

Le besoin, songe-t-elle.

Les besoins primaires doivent être satisfaits pour que l'homme puisse se réaliser.

Cela semble évident, mais elle ne comprend pas le but à atteindre.

En même temps, elle sait pourquoi elle ne comprend pas. C'est sa faute.

Tout en faisant semblant de finir sa bouillie, elle réfléchit à ce qu'elle a lu sur la hiérarchie des besoins, qui commence par les besoins physiologiques. Des besoins comme la nourriture, le sommeil, dont il la prive systématiquement.

Puis vient le besoin de sécurité, puis le besoin affectif et d'appartenance, puis le besoin d'estime. Tout ce dont il l'a privée et dont il continue à la priver.

Au sommet de la hiérarchie, le besoin d'accomplissement de soi, un terme qu'elle n'a pas même la capacité de comprendre. Elle ne sait pas qui elle est ni ce qu'elle veut, son accomplissement personnel est hors de portée puisque au-delà d'elle, extérieur à son moi. Il l'a privée de tous ses besoins.

La porte de la véranda s'ouvre et entre une petite fille, quelques années plus jeune que Victoria.

"Ah, te voilà !" s'écrie-t-il avec un grand sourire en se tournant vers la bonne. Depuis le premier jour, Victoria l'aime bien.

Bengt lui aussi a pris goût à cette petite fille fluette et gaie, et il lui fait la cour à coups de compliments et de commentaires mielleux.

Le premier soir, au dîner, il a décidé que, pour des raisons pratiques, elle quitterait les communs et viendrait s'installer dans la grande maison. Depuis, Victoria dort plus tranquillement que jamais et maman aussi semble satisfaite de l'arrangement.

Grosse vache aveugle. Un jour tout ça va te retomber dessus et tu paieras pour avoir fermé les yeux.

La fillette entre dans la cuisine. Elle semble d'abord effrayée, mais se calme un peu en apercevant Victoria et Birgitta.

"Tu rangeras la table, continue-t-il, tourné vers elle, mais un bruit de moteur et de pneus sur le gravier l'interrompt. Zut, les voilà déjà !"

Il se lève, s'approche de la fillette et lui passe la main dans les cheveux. "Tu as bien dormi ?" Victoria devine qu'elle n'a probablement pas fermé l'œil de la nuit. Ses yeux sont gonflés et injectés de sang, elle semble inquiète quand il la touche.

"Assieds-toi et mange."

Il adresse un clin d'œil à la fille et lui glisse un billet qu'elle fait aussitôt disparaître avant de s'asseoir à table à côté de Victoria.

"Regardez-moi ça, dit-il avant de sortir. Tu pourrais en apprendre un chapitre à ma Victoria, sur l'appétit." Il montre son assiette de la tête et disparaît en riant dans le hall.

Victoria sait que la soirée sera pénible. Quand il est d'aussi bonne humeur dès le matin, la journée finit le plus souvent en cauchemar noir.

Il se comporte comme un foutu colonialiste, se dit-elle. L'agence Sida, les droits de l'homme ? Juste une couverture pour se balader partout comme un sale esclavagiste.

Elle regarde la fillette fluette, à présent concentrée sur son petit-déjeuner.

Que lui a-t-il fait ? Elle a des ecchymoses sur le cou et une petite plaie sur le lobe de l'oreille.

"Bon, ce que j'en dis, moi... soupire maman. Je vais m'occuper de la lessive. Vous êtes sages ?"

Victoria ne répond pas. Bon, ce que j'en dis ? Tu ne dis jamais rien. Tu es une ombre muette, aveugle, sans contours.

La fille a fini son assiette, Victoria lui passe la sienne. Son visage s'éclaire alors et Victoria sourit en la voyant se jeter sur la bouillie grise nageant dans le lait tiède.

"Tu veux peut-être m'aider avec la piscine ? Je te montrerai comment on fait." La fille la regarde par-dessus l'assiette en opinant du chef.

Quand elle a fini, elles sortent au jardin. Victoria lui montre où sont les tablettes de chlore.

L'agence humanitaire Sida dispose de plusieurs maisons aux environs de Freetown. Ils habitent une des plus grandes, mais la plus isolée. Le bâtiment blanc de trois étages est entouré d'un haut mur d'enceinte, et son entrée gardée par des hommes armés en treillis.

À l'intérieur, un grand jardin avec de hauts palmiers et d'épais rhododendrons.

Devant la grande véranda dallée, une piscine en forme de haricot.

Un petit sentier descend vers l'angle sud-est, où des communs abritent le personnel : un cuisinier, une gouvernante et un jardinier.

Victoria entend les voix dans la maison. La conférence a été déplacée ici, car Freetown n'est pas assez sûre en ce moment.

"Arrache le coin de l'emballage, ordonne Victoria. Puis mets doucement la tablette dans l'eau."

Elle voit une hésitation dans les yeux de la fille et se souvient que l'utilisation de la piscine est strictement interdite au personnel de maison.

"Mais je te dis que tu peux, insiste Victoria. C'est aussi ma piscine, et je te dis que tu peux."

La fille se fend du sourire triomphant de celle qu'on autorise pour un instant à pénétrer le saint des saints. D'un geste exagéré, elle trempe sa main dans l'eau. Elle la balance plusieurs fois avant de lâcher la tablette qu'elle suit des yeux couler lentement vers le fond. Elle ressort sa main humide et la regarde.

"Elle est bonne ?" demande Victoria. On lui répond d'un hochement de tête prudent.

"On se baigne avant qu'il arrive ?" continue-t-elle.

La fille hésite puis, au bout d'un moment, secoue la tête en bredouillant quelque chose comme c'est interdit. Victoria a encore du mal à comprendre son accent et sa façon de mélanger l'anglais à sa langue maternelle.

"Avec moi, c'est permis, dit-elle en jetant un œil vers la maison tout en commençant à se déshabiller. On s'en fiche d'eux, on entendra bien quand ils auront fini."

Elle plonge dans la piscine et fait deux longueurs sous l'eau.

Là, elle se sent en sécurité, son ventre frôle le fond, elle expulse l'air de ses poumons et laisse son corps couler.

Elle s'imagine à l'intérieur d'une cloche de plongée en fonte posée au fond, remplie d'une poche d'air rassurante où elle serait la seule à respirer.

Elle flotte quelques instants juste au-dessus du fond, jouit de la pression de l'eau à ses oreilles.

L'eau entre elle et le monde extérieur constitue un rempart compact.

Quand elle commence à manquer d'oxygène, elle se remet à nager et, en approchant du bord, elle voit que la fille a trempé une jambe. Victoria émerge à côté d'elle, sous le soleil éblouissant. La fille est assise sur l'échelle et sourit à contre-jour.

"*Like fish*, dit-elle en montrant Victoria, qui rit à son tour.

— Plonge, toi aussi. On dira que je t'ai forcée." Elle prend appui sur le bord du bassin et se propulse en arrière. "Allez, viens !"

La fille descend d'un degré, mais n'a pas l'air de vouloir plonger.

"Cannot swim", dit-elle, comme si elle avait honte.

Victoria fait demi-tour et revient vers le bord. "Tu ne sais pas nager ? Alors il faut que je t'apprenne."

La fille se laisse vite convaincre, mais elle refuse de se baigner juste en culotte et soutien-gorge comme Victoria.

"Enlève au moins tes sandales, et enfile ça." Elle lui jette le fin débardeur qu'elle portait juste avant.

Pendant que la fille se dépêche d'ôter sa robe et de passer le débardeur, Victoria a le temps de voir qu'elle a de gros bleus sur le ventre et les reins. Une sensation étrange l'envahit.

D'abord de la colère pour ce qu'il a fait, puis du soulagement de n'avoir pas été battue, elle.

Puis vient la honte, rampante, mêlée d'un sentiment jamais encore éprouvé. Elle a honte d'être la fille de son père, mais ce n'est pas tout. Quelque chose lui fait perdre l'envie de lui apprendre à nager.

Elle regarde cette créature souriante debout au bord de la piscine, barbotant dans son débardeur aux couleurs de l'internat de Sigtuna.

La voir ainsi descendre dans le petit bain avec son débardeur la met soudain mal à l'aise. Victoria essaie de comprendre ce qu'il trouve à cette fille. Elle est belle et intacte, elle est plus jeune et ne rechigne pas, comme Victoria a commencé à le faire.

Pour qui tu te prends, à vouloir me remplacer ? pense-t-elle.

La fille avance avec plus d'assurance à présent, l'eau lui

arrive à la poitrine et le grand débardeur remonte à la surface. Avec un rire gêné, elle tente en vain de le rabattre.

“Viens par ici.” Victoria s'efforce d'avoir l'air gentille, mais cela ressemble davantage à un ordre.

Un souvenir remonte à sa mémoire : un petit garçon qu'elle aimait, mais qui l'avait trahie et ensuite s'était noyé. Comme ce serait simple, songe-t-elle.

“Laisse-toi aller en avant, je te tiens par en dessous.”

Victoria se place à côté de la fille, qui hésite. “Allez, ne sois pas trouillarde. Je te retiens.”

Lentement, elle s'enfonce dans l'eau.

Elle semble légère comme un petit enfant dans les bras de Victoria.

La fille bouge les bras et les jambes selon ses instructions mais, dès que Victoria la laisse flotter, elle cesse aussitôt de nager et se met à se débattre. Cela énerve chaque fois Victoria, mais elle ne dit rien. Lentement mais sûrement, elle la guide vers le grand bain.

Là, elle n'a plus pied, pense Victoria, qui se maintient hors de l'eau en battant des jambes.

Alors elle lâche prise.

Quartier Kronoberg

"Sihtunum Diaspora ? Qu'est-ce que ça veut dire ?" Jens regarde Jeanette avec perplexité.

"C'est le suédois ancien pour Sigtuna et le mot grec qui signifie dispersion, exil. C'est en gros l'association des anciens de l'internat de Sigtuna.

— C'est quoi, cet internat ? Celui où était Jan Guillou ?

— Non, c'est un autre. C'est là que le roi a étudié. Le lycée classique de Sigtuna est l'internat le plus grand et le plus renommé de Suède. Fréquenté en leur temps par Olof Palme, Peter et Marcus Wallenberg, si ces noms te disent quelque chose." Jeanette et Hurtig échangent des sourires entendus.

Il ferme la porte du bureau et s'assied en face d'elle. "Tu veux dire que le roi soutient cette fondation ?

— Non, tous les noms de la liste ne sont pas aussi célèbres, mais je suis sûre que tu en connais au moins trois."

Hurtig siffle en parcourant la liste des donateurs.

"Dürer, Lundström et Bergman versent apparemment de grosses sommes depuis le milieu des années 1970, continue Jeanette. Mais cette fondation n'est pas enregistrée auprès des autorités régionales, ce qui est fort étrange.

— Autre chose ?

— Ils avaient une propriété au Danemark, mais qui a

été vendue depuis. Le seul bien de valeur était le voilier *Gilah*, le bateau sur lequel Dürer et sa femme ont péri.

— Comment as-tu trouvé tout ça ?

— Principalement grâce à Ulrika Wendin. Tu connais Flashback ?"

Hurtig hoche la tête. "Le site poubelle ?

— Ulrika en a parlé à peu près en ces termes. Veux-tu savoir qui de tes voisins est pédophile, ou quel people a la plus grosse, tu y trouveras sans doute la réponse..." Le rire de Hurtig l'interrompt. "Qu'est-ce qui est si drôle ?

— Liam Neeson en a une grosse. Brad Pitt une petite. J'ai déjà vérifié.

— Putain, un vrai gosse." Elle ne peut s'empêcher de lui sourire. Elle avait juste pris un exemple au hasard. "Bon, bon. Tu sais donc qu'on y trouve beaucoup de rumeurs et de ragots, mais aussi du vrai. Les utilisateurs de Flashback publient des informations encore confidentielles sur des crimes en cours d'instruction. Même des PV d'interrogatoires, qui n'ont vraiment rien à faire là. L'un des utilisateurs s'intéressait particulièrement à Karl Lundström, et a posté plusieurs infos en cours d'enquête. Entre autres la liste des donateurs de la fondation et une description de leurs activités. Cet utilisateur s'inquiète de ce qu'ils fabriquent tous avec un pédophile comme Lundström.

— Intéressant. Et qu'y a-t-il dans les statuts de cette fondation ?"

Jeanette prend un papier et lit à haute voix. "L'objectif de la fondation est de combattre la pauvreté et d'œuvrer à de meilleures conditions de vie pour les enfants partout dans le monde.

— Un pédophile qui aide les enfants, en somme ?

— Deux pédophiles, au moins. La liste contient vingt noms, dont deux sont à coup sûr ceux des pédophiles.

Bergman et Lundström. Ça fait dix pour cent. Les autres noms me sont inconnus, à part Dürer, l'avocat. Peut-être y en a-t-il d'autres d'intéressants ? Tu vois ce que je veux dire ?

— Compris. Autre chose ?

— Rien que je ne sache déjà." Jeanette se penche par-dessus le bureau et baisse la voix. "Hurtig, tu as l'air de connaître ce site, et tu t'y connais plus que moi en informatique. Tu crois qu'on peut retrouver la trace d'un utilisateur ? Tu pourrais le faire ?"

Hurtig sourit, sans répondre à la question. "Ce n'est pas parce que je suis un homme que je m'y connais davantage en informatique."

Elle suppose qu'après avoir des années durant remarqué son souci de l'égalité des sexes il veut la mettre devant ses propres contradictions.

"Non, pas parce que tu es un homme. Parce que tu es plus jeune. Tiens, tu joues encore à des jeux vidéo."

Hurtig semble gêné aux entournures. "Des jeux vidéo ? Moi ?

— Arrête ton char ! En ville, tu t'attardes devant les vitrines des magasins de jeux et tu as des cals au bout des doigts, parfois même des ampoules. Un jour, au déjeuner, tu as remarqué que le pizzaïolo ressemblait à ton personnage dans GTA. Tu es un gros joueur, Hurtig, un point c'est tout."

Il rit à présent, presque détendu. "Bon, d'accord, mais ça reste ma vie privée, non ? Et puis jouer à des jeux n'est pas la même chose qu'être bon en informatique…

— Tu es tous les jours fourré devant ton ordinateur", l'interrompt Jeanette.

Hurtig est interloqué. "Comment tu le sais ?"

Jeanette hausse les épaules. "Mon petit doigt me l'a dit. Je t'ai entendu causer informatique avec Schwarz. Entre autres, tu trouvais que notre système d'enregistrement des heures supplémentaires datait de l'âge des cavernes.

— D'accord, mais..." Il semble hésiter. "Pister l'utilisateur ? Ce n'est pas une violation des données informatiques ?

— Personne n'a besoin d'être au courant. Avec une adresse IP, on trouvera peut-être un nom. Ça nous fera peut-être avancer, peut-être pas. On ne va pas en faire un plat. Il ne s'agit ni de harcèlement, ni d'espionnage. Tout ce que je veux, c'est un nom.

— Ce n'est pas très catholique, tout ça."

Et contraire à la loi, pense Jeanette. Mais la fin justifie parfois les moyens.

"D'accord, je vais essayer, poursuit Hurtig. Si ça ne marche pas, je connais peut-être quelqu'un qui pourra nous aider.

— Parfait. Ensuite, il y a la liste des donateurs. Vérifie-la aussi, pendant que tu y es, moi je m'occupe de joindre Victoria Bergman."

Hurtig parti, elle entre Victoria Bergman dans le fichier de la police : comme prévu, sans résultat.

Il y a certes deux Victoria Bergman enregistrées, mais leurs âges ne correspondent pas.

L'étape suivante est de contrôler l'état civil. Jeanette se connecte au fichier de l'administration fiscale, qui recense tous les Suédois vivants.

Elle y trouve trente-deux Victoria Bergman.

La plupart avec l'orthographe plus commune Viktoria, ce qui ne suffit pourtant pas à les exclure. L'orthographe peut changer – Jeanette songe à une camarade du collège qui d'un trait de plume avait changé ses *s* en *z* : la banale Susanne s'était transformée en Zuzanne, plus exotique. Quelques années plus tard, Zuzanne avait fait une overdose d'héroïne.

Elle continue sa recherche et obtient les déclarations d'impôts des personnes concernées.

Il n'en manque qu'une.

La vingt-deuxième de la liste, une Victoria Bergman enregistrée à Värmdö.

La fille du violeur Bengt Bergman.

Jeanette remonte un an avant, mais c'est la même chose. Cette Victoria Bergman de Värmdö néglige apparemment de déclarer ses revenus.

Elle remonte dix ans en arrière : rien.

Aucune donnée.

Rien qu'un nom, un numéro personnel et une adresse à Värmdö.

Piquée au vif, Jeanette cherche dans tous les fichiers à sa disposition, mais elle a beau faire, tout confirme les dires de Göran Andersson, de la police de Värmdö.

Victoria Bergman a toujours vécu à la même adresse, jamais gagné ni dépensé une couronne, aucun arriéré d'impôt, pas la moindre visite à l'hôpital depuis presque vingt ans.

Elle décide de contacter le fisc pendant la journée pour savoir s'il peut s'agir d'une erreur.

Puis elle se rappelle avoir parlé à Hurtig de faire établir un profil du meurtrier, et elle pense à Sofia.

C'est peut-être le moment.

Ce qui n'était au début qu'une idée en l'air n'est peut-être pas si bête, après tout. D'après ce qu'elle sait, Sofia a suffisamment d'expérience pour établir un profil provisoire.

En même temps, se focaliser sur une seule description et faire une confiance aveugle à une expertise psychologique peut être catastrophique.

Jeanette songe au cas de Niklas Lindgren, *alias* l'homme de Haga. L'enquête n'avait-elle pas été rendue plus difficile par un profil psychologique complètement à côté de la plaque ?

Plusieurs des meilleurs experts du pays considéraient qu'il devait s'agir d'un marginal, d'un loup solitaire.

Quand on l'a arrêté pour huit agressions, viols et tentatives de meurtres, il s'est avéré que c'était un père de famille sans histoire.

Il faut donc rester sur ses gardes et ne pas se laisser influencer par Sofia Zetterlund.

Enfin, ça passe ou ça casse, et elle n'a de toute façon rien à perdre. Et puis il faut qu'elle lui parle d'Ulrika Wendin. Elle décroche, compose le numéro du cabinet et se met à la fenêtre.

Dehors, le parc Kronoberg est désert, à part un jeune homme qui promène distraitement son chien tout en pianotant sur son téléphone. Jeanette regarde le chien qui n'arrête pas d'accrocher sa laisse à une poubelle, tentant désespérément d'attirer l'attention de son maître.

C'est Ann-Britt qui répond, mais elle transfère aussitôt l'appel.

“Sofia Zetterlund.”

Jeanette est heureuse d'entendre sa voix. Elle aime son timbre doux et sombre.

“Allô ?

— Bonjour, c'est moi, rit Jeanette. Tu t'y connais en profils criminels ?

— Quoi ?”

Sofia rit à son tour. Jeanette la trouve calme et décontractée.

“C'est toi, Jeanette ?

— Mais oui, qui d'autre ?

— J'aurais dû m'en douter. Droit au fait, comme d'habitude.” Sofia se tait et Jeanette l'entend qui se penche en arrière. Son fauteuil grince. “Les profils criminels ?

reprend-elle. En fait, je n'y connais pas grand-chose, mais je suppose qu'on étudie les caractéristiques démographiques, sociales et comportementales les plus probables du meurtrier. Puis on concentre les recherches dans le groupe concerné, et avec un peu de chance…

— Dans le mille ! l'interrompt Jeanette, contente que Sofia se soit d'emblée mise à spéculer. En fait, aujourd'hui, on appelle ça analyse de cas. Ça sonne plus aride que profil, mais c'est moins chargé d'espoir." Elle réfléchit avant de développer. "Le but est, comme tu l'as dit, de réduire le nombre des suspects, en espérant ainsi orienter l'enquête vers une personne en particulier.

— Tu ne te reposes donc jamais ?" s'exclame Sofia.

Il s'est à peine passé quelques jours depuis que Johan est sorti de l'hôpital, et Jeanette s'est déjà jetée à corps perdu dans le travail. C'est *ça* qu'elle veut dire ? Qu'elle est rationnelle, à sang-froid ? Mais qu'est-ce qu'elle pourrait faire d'autre ?

"Tu sais bien comment je suis, finit-elle par répondre, ne sachant pas bien si elle doit se vexer ou se sentir flattée. Mais sur ce coup, j'ai vraiment besoin de ton aide. Pour diverses raisons, je ne peux m'adresser à personne d'autre." Elle comprend qu'il faut jouer cartes sur table. C'est vrai, si Sofia ne s'en charge pas, Jeanette n'a pas de solution de rechange.

"D'accord, répond Sofia avec une certaine hésitation. Je suppose que tout ceci repose sur la théorie selon laquelle ce que nous faisons dans notre vie est en accord avec notre personnalité. Du genre, une personne maniaque aura normalement un bureau toujours impeccablement rangé et portera rarement une chemise froissée.

— Tout à fait, répond Jeanette. Et en reconstituant comment a été exécuté un meurtre, on peut tirer des conclusions sur son auteur. On a pu observer que les personnes déviantes commettent des crimes d'une manière conforme à leur personnalité.

— Je suppose que vous avez en outre recours à la statistique."

Jeanette est fascinée par l'esprit vif de Sofia et sa rapide capacité d'analyse.

"Bien sûr.

— Et tu veux que je t'aide ?

— Il s'agit d'un tueur en série présumé, et nous avons quelques noms. Quelques signalements et deux ou trois autres choses." Elle marque une pause rhétorique pour souligner l'importance de ce qu'elle va dire à présent. "L'analyste doit éviter d'examiner les suspects. Cela crée tout simplement un filtre qui gêne sa vision d'ensemble."

Jeanette entend Sofia respirer plus fort, sans rien dire.

"On pourrait se voir chez moi plus tard dans la soirée pour continuer d'en parler ? propose Jeanette pour capter l'attention de Sofia, au cas où elle hésiterait. Il y a aussi autre chose que je voudrais te demander.

— Ah, quoi ?

— On en parlera ce soir, si ça va pour toi ?

— D'accord. Je viendrai", répond Sofia d'un ton soudain dénué de tout enthousiasme.

Elles raccrochent et Jeanette est une fois de plus frappée : elle ne sait rien de Sofia.

Ses brusques sautes d'humeur.

Au téléphone, elle est plus qu'insaisissable.

S'éprendre d'une personne peut prendre deux minutes, la connaître des années.

À mesure que Jeanette tente de se rapprocher de Sofia, la tâche lui semble insurmontable.

C'est comme observer le ciel et lentement apprendre à reconnaître les constellations, leur nom, leur histoire.

Ce n'est qu'après qu'elle se sentira rassurée.

Mais elle ne peut pas laisser tomber. Elle veut au moins essayer.

Elle décide d'appeler la mère d'Åke pour que Johan passe le week-end chez ses grands-parents. Il se sent bien chez eux, et c'est ce dont il a besoin en ce moment. Qu'on passe du temps avec lui, qu'on soit attentif. Tout ce qu'elle ne peut pas lui donner.

La mère d'Åke est contente de pouvoir rendre ce service, elle passera prendre Johan dans la soirée.

Maintenant, se renseigner sur Victoria Bergman.

La plateforme téléphonique de l'administration fiscale ne fait pas de détail, et la commissaire Jeanette Kihlberg se range bien gentiment dans la queue.

Une voix artificielle métallique, aimable mais incorruptible, l'informe que trente-sept agents sont actuellement à son service et qu'elle a le numéro 29. Son temps d'attente est estimé à quatorze minutes. Jeanette branche le haut-parleur et en profite pour arroser ses fleurs et vider sa corbeille à papier tandis que la voix monotone continue son compte à rebours.

Vous avez le numéro 22. Temps d'attente onze minutes.

Quelqu'un a dû un jour enregistrer tous les nombres imaginables, songe-t-elle au moment où, après avoir frappé, Hurtig entre dans son bureau.

En entendant la voix dans le haut-parleur il fait comprendre par gestes qu'il ne veut pas déranger, mais Jeanette lui montre qu'il n'y a pas de problème.

"Je vais bientôt rentrer, je passais juste aux nouvelles, chuchote-t-il en reculant vers le couloir.

— Attends ! dit-elle, et il se rassoit. Sofia Zetterlund vient chez moi ce soir. Elle a promis de nous aider à établir un profil.

— C'est officiel ?

— Non, c'est de ma propre initiative, et ça reste entre toi et moi.

— Je ne sais pas de quoi tu parles." Il éclate de rire et continue. "J'aime bien ta façon de penser, Jeanette. Espérons que ça donne quelque chose.

— On verra. C'est la première fois pour elle, mais je lui fais confiance, et je pense que cela peut contribuer à nous donner de nouvelles perspectives."

Un bip dans le téléphone, suivi d'un grésillement. "Bonjour, de quoi s'agit-il ?"

Jeanette se présente, l'agent s'excuse pour l'attente et demande pourquoi elle n'a pas utilisé la ligne directe. Jeanette explique qu'elle en ignorait l'existence et qu'après tout, cela lui a donné le temps de se recueillir un peu dans la contemplation.

L'agent du fisc rit et lui demande ce qu'il peut faire pour elle. Elle lui demande toutes les informations disponibles sur Victoria Bergman, née en 1970, recensée à Värmdö. Il la prie de patienter.

Il revient après quelques minutes. Il semble interloqué. "Je suppose qu'il s'agit de Victoria Bergman, 700607 ?

— Sans doute. J'espère.

— Dans ce cas, il y a un petit problème.

— Ah ? Et de quel genre ?

— Eh bien, tout ce que je trouve, c'est un renvoi vers le tribunal de Nacka. Rien d'autre.

— Oui, mais que dit ce renvoi, exactement ?"

L'agent se racle la gorge. "Je vous le lis. Conformément à la décision du tribunal de Nacka, cette personne bénéficie d'une identité protégée. Toute question la concernant doit en conséquence être adressée à l'autorité susnommée.

— C'est tout ?

— Oui." L'agent soupire laconiquement.

Jeanette remercie, raccroche, appelle le standard et demande qu'on lui passe le tribunal de Nacka. Si possible la ligne directe.

Le greffier du tribunal n'est pas aussi serviable que l'agent du fisc, mais promet de lui envoyer dès que possible tout ce qui concerne Victoria Bergman.

Fichu bureaucrate, pense Jeanette en souhaitant au greffier une agréable soirée, avant de raccrocher.

À quatre heures vingt, elle reçoit un mail du tribunal.

Jeanette Kihlberg ouvre le document attaché. À sa grande déception, elle constate que les informations fournies par le tribunal de Nacka tiennent en trois lignes :

VICTORIA BERGMAN, 1970-XX-XX-XXXX

CONFIDENTIEL.

TOUTES LES DONNÉES MACULÉES.

Gamla Enskede

Établir un profil est particulièrement utile s'agissant de crimes en série. L'idée est d'analyser dans ce qu'on sait des victimes et des scènes de crime ce qui peut révéler une caractéristique du meurtrier.

Comment le meurtre a-t-il été commis ? Comment la victime a-t-elle été traitée avant et après sa mort ? Y a-t-il trace d'une dimension sexuelle ou rituelle ? Peut-on supposer que le meurtrier connaissait sa victime ?

À partir des éléments recueillis par la police scientifique, on utilise les données de la psychologie et de la psychiatrie médicolégale pour produire un portrait du criminel qui pourra servir au cours de l'enquête.

Jeanette entend la voiture arriver, elle entre dans l'allée et se gare à côté de son Audi.

Une portière claque, puis des pas sur le gravier et la sonnerie retentit dans le hall.

Son ventre se serre, elle se sent nerveuse.

Avant d'ouvrir à Sofia, elle rajuste un peu ses cheveux devant le miroir.

J'aurais peut-être dû me maquiller, se dit-elle. Mais comme elle ne le fait pas d'habitude, cela aurait fait bizarre. Et puis elle sait à peine s'y prendre. Un peu de rouge à lèvres et de mascara, mais après ?

Elle ouvre, Sofia Zetterlund entre en refermant derrière elle.

“Bonsoir, et bienvenue.” Jeanette serre Sofia contre elle, mais pas trop longtemps. Elle ne veut pas être trop démonstrative.

Démonstrative de quoi ? pense-t-elle en lâchant prise.

“Tu veux un verre de vin ?

— Volontiers.” Sofia la regarde avec un petit sourire. “Tu m’as manqué.”

Jeanette répond d’un sourire en se demandant d’où lui vient ce trac. Elle observe Sofia et lui trouve les traits tirés. Une bouffée d’inquiétude – elle a toujours connu Sofia impeccable.

Jeanette va à la cuisine, suivie de Sofia.

“Où est Johan ?

— Il passe le week-end chez ses grands-parents, répond Jeanette. La mère d’Åke vient de passer et il est parti avec presque sans dire au revoir. Apparemment, il n’y a qu’à moi qu’il refuse de parler.

— Patience, ça passera, crois-moi.”

Sofia détaille la cuisine, comme si elle voulait éviter de regarder Jeanette dans les yeux. “Tu en sais davantage, sur ce qui s’est passé à Gröna Lund ?”

Jeanette soupire et débouche une bouteille de vin. “Il dit qu’il a rencontré une fille qui lui a offert de la bière. Puis il ne se souvient de rien. En tout cas, c’est ce qu’il dit.”

Jeanette tend un verre à Sofia.

“Et tu le crois ? dit-elle en le prenant.

— Je ne sais pas. Mais à présent il va nettement mieux et j’ai décidé de ne pas jouer les mères rabat-joie. Ce n’est pas en insistant que j’en tirerai quoi que ce soit. Je suis tellement contente qu’il soit de retour à la maison.” Jeanette l’invite à s’asseoir à la table de la cuisine.

“Et qu’en dit Åke ?” Sofia s’assoit et pose les bras sur la table.

“Rien, dit Jeanette en secouant la tête. Il est persuadé que c’est le début de sa crise d’adolescence.

— Et toi, qu’en penses-tu ?” Sofia regarde Jeanette dans les yeux en posant la question.

“Je ne sais pas. Mais je vois bien que ça ne sert à rien de remuer ça pour le moment. Johan a besoin de stabilité.”

Sofia semble pensive. “Veux-tu que je lui trouve un rendez-vous avec un psy ?

— Non, surtout pas. Il pousserait des cris. Ce que je veux dire, c’est qu’il a besoin de normalité, par exemple d’une maman qui serait là le soir quand il rentre de l’école.

— Donc Johan et toi vous êtes d’accord que tout est ta faute ?” dit Sofia.

Jeanette s’arrête au milieu de son geste. Ma faute, songe-t-elle en goûtant le mot. Il a un goût amer, un goût d’évier qui déborde et de sol crasseux. Un goût de maman qui tombe de sommeil, vieille sueur, tabac froid et couches sales.

Elle regarde Sofia et s’entend lui demander ce qu’elle veut dire.

Sofia pose en souriant sa main sur celle de Jeanette. “Ne t’inquiète pas, la console-t-elle. Ce qui s’est passé est peut-être une réaction à votre divorce, et il t’en fait porter la responsabilité parce que tu es la plus proche.

— Tu veux dire qu’il trouve que je l’ai trahi ?

— Oui, répond Sofia, toujours de la même voix douce. Mais bien sûr, c’est irrationnel. C’est Åke qui a trahi. Peut-être Johan vous considère-t-il, toi et Åke, comme un tout. Vous êtes en bloc les parents qui l’ont trahi. La trahison d’Åke devient votre trahison comme parents…" Elle marque une pause avant de poursuivre. "Excuse-moi. Je donne l'impression de prendre ça à la plaisanterie.

— Pas de problème. Mais comment fait-on pour sortir de cette situation ? Comment pardonne-t-on une trahison ?" Jeanette boit une grande gorgée de vin avant de reposer son verre d'un geste découragé.

La douceur disparaît du visage de Sofia et sa voix se durcit.

"On ne pardonne pas la trahison. On apprend à vivre avec."

Elles restent silencieuses et Jeanette regarde Sofia au fond des yeux.

Jeanette comprend, malgré elle. La vie est faite de trahisons, et si on n'apprend pas à faire avec, la vie devient presque impossible.

Jeanette se penche en arrière et pousse un profond soupir pour éliminer la tension et l'inquiétude accumulées toute la journée au sujet de Johan.

Elle inspire à fond et son cerveau se met en route.

Elle dit : "Viens, on monte."

Sofia lui sourit.

Elles sont bientôt au lit, nues. Le sang circule dans son corps d'une façon toute nouvelle, et pourtant si familière. Une sensation pure et originelle de délivrance, de désir comblé.

Que se passe-t-il ? pense Jeanette. C'est comme si ses gestes allaient de soi, sans qu'elle les contrôle. Ça se passe, c'est tout.

Elle explore Sofia les yeux fermés. Laisse ses mains, ses lèvres et sa peau voir à leur place. Le cou de Sofia est chaud et vibre sous sa bouche. Ses seins sont doux et salés. C'est un corps solide, un corps puissant qu'elle veut faire sien. Le ventre se soulève et s'abaisse lentement et, du bout des doigts, elle sent un doux duvet, plus dru sous le nombril.

Sa langue est bientôt en elle et les veines au creux de ses cuisses sont parcourues d'éclairs.

Elle a le vertige. Comme si tout flottait, et c'est le cerveau qui cède au corps, et non l'inverse. L'espace alentour n'existe plus.

Leurs gestes sont doux et évidents. Elle s'abîme dans cette chaleur. Remarque à peine quand Sofia roule sur le flanc et se retourne.

Viens plus près.

Sofia comprend. Chaque muscle de son corps comprend.

Tout ruisselle et elles se fondent en un cœur unique qui palpite, un seul être qui bouillonne.

Elle croit pleurer.

Des larmes de délivrance, de gratitude, et le temps n'existe plus. Plus tard, elle se souviendra d'une nuit à la fois éternelle et brève comme un battement de paupières.

Après, le lit est chaud et humide. Jeanette rabat la couverture. La main de Sofia caresse son ventre d'un mouvement lent et doux.

Elle baisse les yeux vers son corps nu. Elle est mieux couchée que debout. Son ventre est plus plat, le pli de la césarienne est lissé.

En plissant les yeux, elle n'est pas mal du tout. Mais à y regarder de près, on ne voit que taches de rousseur, varices et cellulite.

Les mots lui manquent pour décrire son corps.

Il a juste l'air d'avoir beaucoup servi.

Celui de Sofia est plus net, presque celui d'une adolescente, et pour l'heure luisant de sueur. Sur ses bras et son dos, Jeanette aperçoit des petites traces blanches, comme des cicatrices.

"Dis-moi, risque prudemment Jeanette. J'aimerais que tu rencontres une fille que je connais, ou plutôt je lui ai promis qu'elle pourrait te voir, c'était peut-être idiot de ma part mais..."

Elle s'interrompt pour avoir l'assentiment de Sofia et la voit hocher la tête.

"Cette fille est dans un sale état, et je ne la pense pas capable de s'en sortir seule.

— Quel genre de problèmes a-t-elle?" Sofia se retourne dans le lit et plonge les bras sous l'oreiller. Le contour de ses hanches nues distrait Jeanette.

"Euh, je ne sais pas en détail, à part qu'elle est tombée sur Karl Lundström.

— Hou là! réplique Sofia. Bon, ça me suffit. Je regarde mon agenda demain et je te rappelle."

Le visage de Sofia est mystérieux. Son sourire est presque timide.

"Tu es quelqu'un de bien, toi", dit Jeanette, que la disponibilité de Sofia ne surprend pas. Quand il s'agit de rendre service, elle n'hésite pas.

"Je suppose que Lundström n'est plus suspecté pour les meurtres, puisque tu veux faire établir un profil?"

Jeanette ricane. "Mouais, d'abord il est mort, mais au fond, je crois qu'il n'a fait que servir de bouc émissaire. Que sais-tu des criminels sexuels?

— Encore une fois droit au fait et sans salamalecs." Sofia se remet sur le dos et réfléchit avant de poursuivre. "Il y en a de deux types. Les organisés et les chaotiques. Les organisés viennent de milieux sociaux bien rangés, du moins en surface, et en général n'ont pas le profil du meurtrier. Ils planifient leurs crimes et laissent peu de traces. Ils attachent et torturent leurs victimes avant de les tuer, et vont les chercher dans des endroits où rien ne permet, eux, de les retrouver.

— Et les autres?

— Les criminels sexuels chaotiques. Le plus souvent issus de milieux plus difficiles, ils tuent au hasard. Il arrive même qu'ils connaissent leurs victimes. Tu te souviens du Vampire?

— Non, pas vraiment.

— Il a tué ses deux belles-sœurs, bu leur sang, et je crois même qu'il a mangé…" Sofia se tait, fait une grimace dégoûtée, avant de continuer. "Bien sûr, beaucoup de meurtriers ont des traits relevant des deux types, mais l'expérience montre que cette division reste la plupart du temps pertinente, et je suppose que chaque type de meurtrier laisse des traces différentes sur le lieu du crime?"

À nouveau elle est frappée par la vivacité de Sofia.

"Dis donc, tu es vraiment incroyable! Tu es sûre, tu n'as jamais fait de profilage?

— Jamais. Mais je sais lire, j'ai fait quelques études en psychologie, j'ai travaillé avec des psychopathes, et patati et patata."

Elles éclatent de rire. Jeanette sent combien elle aime Sofia. Ses tête-à-queue entre sérieux et plaisanterie.

Sa capacité à prendre la vie tellement au sérieux qu'il est même possible d'en rire. De rire de tout.

Elle songe à l'apparence taciturne d'Åke, à sa posture grave – d'où lui venait-elle, lui qui n'avait jamais assumé aucune responsabilité?

Elle détaille les traits de Sofia.

Le cou mince, les pommettes hautes.

Les lèvres.

Elle regarde ses mains aux ongles soigneusement manucurés, vernis d'une couleur claire aux reflets nacrés. Si nettes, se dit-elle, avec le sentiment d'avoir déjà pensé ça.

Elle est couchée devant elle, ouverte. Ce que cela donnera, l'avenir le dira.

"Et comment travaillez-vous ?"

Sofia interrompt le fil de ses pensées et Jeanette se sent rougir.

"L'équipe étudie tous les indices. Tout ce qu'on sait du lieu du crime, le rapport d'autopsie, les interrogatoires, le passé des victimes. Le tout dans le but de rassembler assez d'éléments pour reconstituer le crime. Comprendre le plus exactement possible ce qui a eu lieu avant, pendant et après."

Sofia caresse le front de Jeanette. "Et qu'avez-vous ?"

Jeanette réfléchit, se dit qu'elle préférerait parler d'autre chose, mais elle a besoin de l'aide de Sofia.

"À part Samuel, trois autres jeunes garçons assassinés. Le premier a été trouvé dans une plate-bande près de l'IUFM, momifié.

— Il a donc été conservé enfermé quelque part ?

— Oui, un autre était sur l'île de Svartsjö, un Biélorusse. Le troisième a été trouvé près de Danvikstull.

— Des réfugiés illégaux ? Tous, sauf Samuel, donc ?"

Jeanette est étonnée par la froideur de Sofia. Samuel était en thérapie chez elle, et pourtant elle ne montre aucune émotion. Aucun regret, aucune inquiétude de n'en avoir pas fait assez pour lui.

Elle refoule son malaise et continue. "Ouais, et un autre point commun est que tous ont été violemment battus et imbibés d'anesthésiant.

— Autre chose ?

— Ils avaient sur le dos des marques de fouet."

Allemagne, 1945

On bouscula, poussa et conduisit hors des baraques un ramassis de créatures qui n'avaient presque plus figure humaine.

Le bus blanc marqué d'une croix rouge ne garantissait pas le passage, car plus aucune loi internationale n'existait. Une croix rouge sur le toit blanc d'un camion constituait une cible facile pour l'aviation britannique, qui avait le contrôle total de l'espace aérien. En revanche, les barrages routiers allemands n'étaient pas un problème, car la colonne de véhicules était escortée par la Gestapo.

Gilah Berkowitz était plus forte que la plupart de ses codétenus, une des rares encore consciente.

Au départ de Dachau, ils étaient quarante-quatre hommes, quarante-cinq en la comptant. Au moins quatre étaient morts, et quelques autres agonisaient. Tous souffraient de furoncles, de plaies infectées et de diarrhée chronique : en l'absence d'un ravitaillement rapide, beaucoup allaient mourir.

Elle-même était très mal en point. Quatre gros anthrax au cou, son ventre complètement dérangé et l'infection qu'elle avait au bas-ventre depuis plusieurs semaines l'inquiétaient. Elle avait des ulcérations bleuâtres à l'aine, comme une gangrène, mais ne pouvait être soignée dans ce bus puisque son bas-ventre n'était pas comme celui des autres.

Personne ne devait savoir. Le seul qui savait ne survivrait probablement pas à la guerre.

Si son secret avait été si bien gardé pendant son séjour au camp, c'était grâce à un officier qui d'emblée s'était entiché d'elle. Ou de lui, c'était selon. Le gros gardien aimait les hermaphrodites, ou forficules, comme il disait : il avait saisi l'occasion d'avoir son forficule personnel en échange d'un peu de nourriture, de temps en temps.

C'était le gros qui lui avait provoqué ces plaies au bas-ventre mais, malgré la honte, elle n'avait jamais tenté de s'enfuir du camp. En revanche, maintenant qu'on parlait de les libérer, elle était prête à faire un effort pour fuir. La liberté n'était jamais servie sur un plateau, il fallait la choisir soi-même.

La prendre.

Gamla Enskede

La soirée avec Jeanette Kihlberg réserve d'autres surprises. Ce n'est pas seulement que Jeanette lui confie la tâche d'établir ce profil psychologique, ce qui lui donnera accès à tout le dossier de ces meurtres de jeunes garçons.

Elle se sent aussi de plus en plus attirée par Jeanette, et elle comprend pourquoi. Une attirance physique. Contradictoire. Elle sait que Jeanette a deviné la noirceur en elle.

Sofia est dans le canapé, assise à côté d'une personne qui lui plaît. Rassurée de deviner les battements de son cœur sous la mince épaisseur de son pull, mais incapable de saisir qui est Jeanette Kihlberg et ce qu'elle cherche. Jeanette l'étonne, la défie, tout en semblant sincèrement la respecter. D'où l'attirance.

Sofia inspire profondément et les parfums emplissent ses poumons. La respiration de Jeanette se mêle au bruit de la pluie contre le rebord de la fenêtre.

Elle a instinctivement accepté quand Jeanette lui a demandé de l'aider dans son enquête, mais elle commence déjà à le regretter.

D'un point de vue purement rationnel, la proposition de Jeanette devrait la terroriser, elle le sait. Mais en même temps, il y a peut-être moyen de profiter de la situation. Elle saura tout sur l'enquête de police et sera en mesure de les induire en erreur.

Jeanette expose avec calme et objectivité les détails des meurtres.

Lui fait ainsi sentir qui elle est, qui elle ne devrait pas être.

Qui elle ne veut pas être.

"Ils avaient sur le dos des marques de fouet."

Tout au fond de sa conscience, des portes s'ouvrent. Elle se souvient des marques sur son propre dos.

Elle veut laisser en arrière ses anciens moi, se dénuder complètement.

Sofia comprend qu'elle ne pourra jamais fusionner avec Victoria tant qu'elle n'aura pas accepté ce qu'elle a fait. Elle doit comprendre, considérer les actes de Victoria comme les siens.

"Ils avaient aussi été mutilés. Leurs parties génitales coupées."

Sofia voudrait fuir, ce serait plus simple, refermer la porte sur Victoria, la verrouiller tout au fond d'elle-même en espérant qu'elle s'estompe peu à peu.

Il faut à présent qu'elle fasse comme l'acteur qui lit un scénario et laisse lentement le personnage mûrir en lui.

Et il faut pour cela plus que de l'empathie.

Il s'agit bel et bien de *devenir* l'autre personne.

"Un des garçons était desséché, mais un autre a été embaumé d'une manière presque professionnelle. Son sang a été vidé et remplacé par du formol."

Elles restent un moment silencieuses. Sofia a les mains moites. Elle les essuie sur ses cuisses avant de parler.

Les mots lui viennent tout seuls. Les mensonges viennent automatiquement.

"Il faut que j'étudie toutes ces informations mais, à première vue, il s'agit d'un homme entre trente et quarante ans. L'accès à l'anesthésiant suggère qu'il travaille dans le secteur médical : médecin, infirmier, vétérinaire, ou autre. Mais, encore une fois, il faut que j'analyse tout ça de plus près. Ensuite je reviendrai vers toi."

Jeanette la regarde avec gratitude.

Tvålpalatset

Sofia Zetterlund déjeune à son cabinet. Le planning de la journée est serré depuis que Jeanette Kihlberg l'a persuadée de prendre Ulrika Wendin.

Tandis qu'elle tasse les restes de son repas rapide au fond de la corbeille à papier, une fenêtre de dialogue s'ouvre à l'écran de son ordinateur portable.

Un mail vient d'arriver.

Parmi une montagne de spams non ouverts, une salutation impersonnelle de Mikael et, tout en haut de la liste, un message qui la fait sursauter.

Annette Lundström ?

Elle ouvre le mail.

Bonjour, je sais que vous avez rencontré mon mari à deux reprises. J'aurais besoin de vous parler de Karl et Linnea et vous serais très reconnaissante de me contacter dès que possible au numéro ci-dessous.

Cordialement,

Annette Lundström

Intéressant, se dit-elle en regardant sa montre. Une heure moins cinq. Ulrika va bientôt arriver, mais elle prend quand même son téléphone et compose le numéro.

Une jeune fille maigre attend sur le canapé en lisant un magazine.

"Ulrika ?"

La fille hoche la tête, pose sa lecture et se lève.

Sofia observe le corps fluet d'Ulrika, sa posture hésitante, note qu'elle n'ose pas lever les yeux en passant devant elle pour entrer dans la salle de consultation.

Sofia referme la porte derrière elle.

Ulrika s'assied jambes croisées, les bras sur les accoudoirs et les mains jointes sur les genoux. Sofia l'imite.

Il s'agit de créer un effet miroir, de copier les signaux physiques comme les gestes ou les expressions du visage. Ulrika Wendin doit se reconnaître en Sofia, sentir qu'elle est de son côté. Ainsi, Ulrika elle-même se mettra peu à peu à refléter Sofia et, par d'imperceptibles modifications de son langage corporel, elle parviendra alors à amener la jeune fille à se détendre un peu.

Pour le moment, jambes et bras sont fermés, les coudes durement pointés vers les murs, comme des épines.

Son corps tout entier transpire le manque de confiance en soi.

On ne peut pas se protéger davantage que ça, pense Sofia en décroisant les jambes avant de se pencher en avant.

"Bonjour Ulrika, commence-t-elle. Bienvenue."

L'enjeu du premier entretien est d'amener Ulrika Wendin à lui faire confiance. D'emblée. Sofia la laisse librement orienter la conversation sur les terrains où elle se sent en confiance.

Sofia écoute, penchée en arrière, intéressée.

Ulrika lui raconte qu'elle ne rencontre presque jamais personne.

Il lui arrive de se sentir seule, mais chaque fois qu'elle se retrouve en société, elle est prise de panique. Elle a été admise à suivre un cours à l'université pour adultes. Le premier jour, elle y est allée, ravie à l'idée d'apprendre et de se faire des amis, mais à l'entrée de l'établissement, son corps a dit non.

Elle n'a jamais osé entrer.

"Je ne comprends pas comment j'ai osé aller jusqu'ici", dit Ulrika en pouffant nerveusement.

La fille pouffe pour atténuer la gravité de ce qu'elle vient de dire. "Vous souvenez-vous de ce que vous avez pensé en poussant la porte pour entrer ici ?"

Ulrika réfléchit sérieusement à la question.

"*On va voir ce qu'on va voir*, je crois, dit-elle, étonnée. Mais ça semble super-bizarre, pourquoi j'aurais pensé ça ?

— Vous êtes la seule à pouvoir le dire", dit Sofia en souriant.

Elle a en face d'elle une fille qui a pris une décision.

Qui ne veut plus être une victime.

De ce que raconte Ulrika, Sofia déduit qu'elle a toute une série de problèmes. Cauchemars, pensées obsessionnelles, crises de vertige, crampes, troubles du sommeil, désordres alimentaires.

Ulrika dit que la seule chose qu'elle parvient à avaler sans problème est la bière.

Cette fille a besoin d'un soutien régulier et solide.

Il faut que quelqu'un lui ouvre les yeux pour lui montrer qu'une autre vie est possible, là, à portée de la main.

Idéalement, Sofia souhaiterait la voir deux fois par semaine.

S'il se passe un temps trop long entre les séances, il y a un gros risque qu'elle commence à les remettre en question et à hésiter, ce qui compliquerait notablement le processus.

Mais Ulrika refuse.

Sofia a beau faire, Ulrika n'accepte pas plus d'une séance

toutes les deux semaines, même quand elle promet de ne pas la faire payer.

En partant, Ulrika dit quelque chose qui inquiète Sofia.

“Il y a une chose…”

Sofia lève les yeux de ses notes. “Oui ?”

Ulrika semble si petite. “Je ne sais pas… J’ai parfois du mal à… à savoir ce qui s’est vraiment passé.”

Sofia lui demande de fermer la porte et de se rasseoir.

“Je vous écoute, dit-elle aussi doucement qu’elle peut.

— Je… je crois parfois que c’est moi qui les ai incités à m’humilier et à me violer. Je sais bien que ce n’est pas vrai, mais parfois, en me réveillant le matin, je suis certaine de l’avoir fait. J’ai tellement honte… puis je comprends que ce n’est pas vrai.”

Sofia regarde fermement Ulrika. “C’est bien de me raconter ça. Ressentir ça est normal quand on a vécu ce que vous avez vécu. Vous endossez la culpabilité. Je comprends bien que vous dire que c’est normal ne rend pas la chose moins désagréable, mais vous pouvez me faire confiance. Et surtout, il faut me faire confiance quand je vous dis que vous n’avez rien fait de mal.”

Sofia attend une réaction d’Ulrika, mais elle reste sur sa chaise et hoche mollement la tête.

“Vous êtes sûre de ne pas vouloir revenir dès la semaine prochaine ? essaie à nouveau Sofia. J’ai deux séances libres, une mercredi, l’autre jeudi.”

Ulrika se lève. Elle regarde par terre, gênée, comme si elle avait fait une gaffe. “Non, je ne crois pas. Il faut que j’y aille.”

Sofia se retient d’aller lui prendre le bras pour souligner la gravité de la situation. Il est encore trop tôt pour ce genre de gestes. Elle inspire profondément et se ressaisit. “D’accord. Appelez-moi si vous changez d’avis. Je vous réserve les horaires en attendant.

— Au revoir, dit Ulrika en ouvrant la porte. Et merci."

Ulrika s'éclipse. Sofia reste à son bureau, l'entend entrer dans l'ascenseur qui descend en ronronnant.

Le *merci* prudent d'Ulrika l'en convainc : elle a atteint son objectif. Par ce seul mot, Sofia devine qu'Ulrika n'a pas l'habitude qu'on la regarde pour ce qu'elle est vraiment.

Sofia décide de la rappeler demain pour savoir si elle a réfléchi à la situation et serait prête à venir malgré tout dès la semaine prochaine. Si ça ne marche pas, elle pourra toujours proposer à Jeanette de passer la voir pendant la semaine. Il ne faut pas lâcher prise avec elle.

Sofia veut aider une vie nouvelle à naître de ces cendres.

Sofia s'entoure de ses bras et tâte les cicatrices irrégulières de son dos.

Les cicatrices de Victoria.

Sierra Leone, 1987

Elle attrapa les cheveux du garçon, si fort qu'elle en arracha une touffe. Dans sa main, les cheveux étaient comme de petits fils. Elle le frappa à la tête, au visage et sur le corps, longtemps. Déboussolée, elle se leva, quitta le ponton et alla chercher une grosse pierre au bord de la rivière. Ce n'est pas moi, dit-elle en laissant le corps du garçon couler dans l'eau. Maintenant, il va falloir nager…

La fille se met aussitôt à agiter les bras et les jambes, mais boit la tasse et coule.

Victoria s'éloigne d'un mètre pour regarder.

À deux reprises, la fille refait surface en toussant, pour à nouveau couler après avoir vainement tenté de rejoindre le bord. Elle s'emmêle dans le débardeur trop grand, trempé, qui l'empêche de remonter.

Mais juste alors, Victoria nage calmement vers elle, l'attrape sous les bras et lui sort la tête de l'eau. Elle a du mal à rester tranquille et tousse convulsivement. Victoria comprend qu'elle a dû avaler beaucoup d'eau et se dépêche de la sortir de la piscine.

La fille ne tient pas sur ses jambes et s'effondre sur les dalles au bord du bassin. Elle se couche sur le flanc, prise d'un violent vomissement. D'abord l'eau chlorée, puis les filaments gris et gluants de la bouillie mangée au petit-déjeuner.

Victoria garde sa main posée sur son front.

“Là, ça va aller. J’ai fini par réussir à te sortir de là.”

Au bout de quelques minutes, la fille se calme et Victoria la berce dans ses bras. “Tu comprends… dit Victoria. Tu m’as donné un de ces coups de pied, j’ai failli m’évanouir.”

La fille sanglote et, après un moment, renifle un *pardon* silencieux.

“Ce n’est rien, dit Victoria en la serrant contre elle. Mais il ne faudra le dire à personne.”

La fille secoue la tête. *“Sorry”*, répète-t-elle, et la haine de Victoria retombe.

Dix minutes plus tard, Victoria nettoie les dalles au tuyau d’arrosage. La fille est habillée sur la chaise longue, sous le parasol de la véranda. Ses cheveux courts sont déjà secs et, quand elle sourit à Victoria, elle a l’air d’avoir honte. De regretter d’avoir fait une bêtise.

Frapper et caresser, d’abord protéger puis détruire. C’est lui qui m’a appris ça.

Les voix se sont tues au salon, les fenêtres sont fermées, Victoria espère que personne n’a rien entendu. On entend la porte se refermer et quatre hommes montent dans la grosse Mercedes noire garée dans l’allée. Son père reste sur le perron à la regarder disparaître par la grille. Tête basse et mains dans les poches, il redescend les marches et se dirige vers la piscine. Il a l’air déçu.

Elle coupe l’eau et rembobine le tuyau autour du cylindre en tôle fixé au muret de la véranda. “Alors, cette réunion ?” Elle entend le ton insolent de sa voix.

Il ne répond pas et se déshabille en silence. La fille regarde ailleurs quand il ôte son slip pour enfiler un maillot de bain. Victoria ne peut s’empêcher de pouffer à la vue de cette relique des années 1970 moulante et fleurie dont il refuse de se séparer.

Soudain il se retourne et fait deux pas vers elle.

Elle voit dans ses yeux ce qui va se passer.

Il a déjà essayé une fois de la frapper, mais elle a esquivé le coup. Elle a pris une casserole et lui a cogné la tête avec. Depuis, il n'a plus essayé.

Jusqu'à aujourd'hui.

Non, pas le visage, pense Victoria avant que tout ne devienne rouge et qu'elle ne tombe à la renverse contre le muret de la véranda.

Un autre coup l'atteint au front, le suivant au ventre. Des éclairs devant les yeux, elle se plie en deux.

Couchée sur les dalles de pierre, elle entend le grincement de l'enrouleur du tuyau d'arrosage, puis son dos la brûle et elle pousse un cri. Il reste sans rien dire derrière elle, et elle n'ose pas parler. La chaleur se répand sur son visage et son dos.

Elle entend son pas lourd passer près d'elle et descendre vers la piscine. Il a toujours été trop peureux pour plonger, il prend l'échelle pour entrer dans l'eau. Elle sait qu'il va faire comme d'habitude dix longueurs, ni plus, ni moins : elle compte en silence ses brasses et le gémissement sourd qu'il pousse à chaque demi-tour. Quand il a fini, il sort et revient vers elle. "Regarde-moi !"

Elle ouvre les yeux et tourne la tête. Son corps s'égoutte sur son dos, c'est agréable par cette chaleur. Il s'accroupit à côté d'elle et lui lève doucement la tête.

Il soupire en passant une main sur son dos. Elle sent que l'embouchure du tuyau d'arrosage lui a ouvert une longue plaie sous l'omoplate gauche.

"Tu es salement amochée." Il se relève et lui tend la main. "Viens, on va te mettre un pansement."

Une fois qu'il s'est occupé de sa plaie, elle reste sur le

canapé, enveloppée dans sa serviette, où elle cache son sourire. Frapper, caresser, protéger et détruire, répète-t-elle sans bruit tandis qu'il lui raconte que les négociations ont échoué et que pour cette raison ils vont bientôt rentrer.

Elle se réjouit du fiasco du projet à Freetown.

Rien n'a marché.

Il dit que c'est à cause de l'inflation galopante et de la chute des exportations de diamant.

La contrebande de devises fortes comme le dollar mine l'économie locale. On utilise des billets comme papier-toilette, c'est moins cher.

Il dit que l'argent disparaît, que les gens disparaissent et que le slogan du nationalisme constructif et d'un ordre nouveau sonne aussi creux que les caisses de l'État.

Il lui raconte que l'échec du projet d'irrigation de l'agence Sida dans le Nord du pays est monté en épingle.

Trente personnes sont mortes empoisonnées, on parle de sabotage et de malédiction. Le projet est interrompu et le retour anticipé de presque quatre mois.

Quand il a quitté la pièce, elle regarde sa collection de fétiches.

Vingt sculptures sur bois, des corps de femmes, sa collection alignée sur le bureau, prête à être emballée.

Colonialiste, pense Victoria. Venu ici collecter des trophées.

Il y a aussi un masque grandeur nature. Un masque temné, qui rappelle le visage de leur petite bonne.

Tandis qu'elle passe les doigts sur la surface rugueuse, elle imagine ce visage vivant. Elle caresse les paupières, le nez et la bouche. Le bois s'échauffe sous ses doigts, les fibres se font vraie peau sous son toucher.

Elle n'en veut plus à la bonne, car elle a compris qu'il n'y avait aucune rivalité entre elles.

Elle l'a compris quand il l'a frappée à terre, près de la piscine.

C'est elle qui compte le plus pour lui, leur bonne n'est qu'un jouet, une poupée de bois ou un trophée.

Il rapportera le masque en Suède.

Le pendra quelque part, dans le salon peut-être.

Quelque chose d'exotique à montrer à ses invités.

Mais, pour Victoria, ce masque de bois sera davantage qu'un bibelot décoratif. De ses mains, elle peut lui donner vie et âme.

S'il rapporte le masque, elle pourrait aussi bien ramener la fille. Elle est sans droits, presque une esclave. Elle ne manquera à personne, car elle est aussi orpheline.

La fille a raconté à Victoria que sa mère était morte en couches et que son père avait été exécuté, déclaré coupable d'avoir volé une poule après l'épreuve de l'eau rouge.

C'est une pratique ancestrale : à jeun, on lui avait fait ingurgiter une grande quantité de riz, puis on l'avait forcé à boire une demi-barrique d'eau mélangée d'écorces de kola. Vomir de l'eau rouge est alors signe d'innocence, mais il en avait été incapable. On l'avait alors tué à coups de pelle.

Elle n'a personne ici pour s'occuper d'elle, se dit Victoria. Elle viendra avec eux en Suède et s'appellera Solace.

Cela signifie consolation. Avec Solace, elle partagera sa maladie.

Elle rapportera aussi autre chose avec elle en Suède.

Une graine semée en elle.

Gamla Enskede

Les lumières sont éteintes : Jeanette Kihlberg comprend que Johan n'est pas encore rentré. Le week-end chez ses grands-parents n'a pas changé grand-chose. Il est toujours aussi replié sur lui-même et elle se sent complètement désemparée. C'est comme si elle ne voulait pas s'avouer le problème. Beaucoup d'ados se sentent mal dans leur peau, mais pas son petit garçon.

En voyant la maison plongée dans le noir, elle s'inquiète d'abord, puis se souvient qu'il a parlé dans la matinée d'un jeu vidéo oublié chez un camarade.

Elle se gare dans l'allée, pousse un profond soupir et se dit que ce n'est peut-être pas plus mal qu'il ne soit pas encore là. Cela lui donne un moment pour réfléchir.

Il faut faire attention à ce qu'elle dit à Johan.

À propos de ce qui s'est passé quand il a disparu. À propos d'Åke et du divorce.

Il est si fragile en ce moment, le moindre malentendu pourrait le détruire complètement. Il n'a probablement pas pu encore réaliser qu'Åke et elle allaient se séparer pour de bon : ils ont toujours été là pour lui.

Elle coupe le contact et reste un instant dans la voiture.

Était-ce sa faute ? A-t-elle trop travaillé, comme l'insinuait Billing, et pas assez consacré de temps à sa famille ?

Elle songe à Åke qui a saisi l'occasion de quitter une vie terne, sans histoire, avec femme et enfant, en banlieue.

Non, se dit-elle. Ce n'est pas ma faute.

Elle extrait le paquet de cigarettes de la boîte à gants et baisse la vitre. La première bouffée la fait tousser. Ça n'a pas du tout bon goût : elle écrase la cigarette dans l'herbe avant d'en avoir fumé la moitié.

Quelques gouttes s'écrasent sur le pare-brise et, tandis qu'elle réfléchit à ce qu'elle va dire à Johan, la pluie forcit.

Une fois à l'abri, elle allume les lumières et va dans la cuisine réchauffer la soupe aux pois de la veille. Ses points de suture commencent à cicatriser et la démangent énormément.

Elle se verse un verre de bière et ouvre le journal.

La première chose qu'elle voit est une photo du procureur von Kwist, qui signe une tribune sur les carences de la sécurité dans les prisons suédoises.

Fichu bouffon, se dit-elle en refermant le journal pour se mettre à table.

La porte d'entrée s'ouvre alors. Johan est rentré.

Elle pose sa cuillère et va à sa rencontre. Il est trempé de la tête aux pieds. Même une fois ses chaussures ôtées, il patauge dans ses chaussettes.

"Mais Johan… Enlève tes chaussettes. Ça va faire une mare."

Ne rabâche pas, se dit-elle. "Bah, c'est pas grave, je m'en occuperai. Tu as mangé ?"

Il répond d'un hochement de tête las, enlève ses chaussettes et lui passe vite devant pour aller aux toilettes.

Elle ouvre la porte d'entrée pour essorer les chaussettes sur le perron, puis les pend au radiateur derrière l'étagère à chaussures avant d'aller chercher une serpillière. Le ménage fini, elle retourne à la cuisine, réchauffe à nouveau sa soupe et s'assied pour continuer à manger. Son ventre crie famine.

Après dix minutes passées entre sa soupe et son journal, elle se demande ce que Johan fabrique aux toilettes. Pas de bruit de douche, rien.

Elle frappe à la porte. “Johan ?”

Elle l'entend bouger à l'intérieur.

“Qu'est-ce que tu fais ? Il s'est passé quelque chose ?”

Il finit par parler, mais si bas qu'elle ne l'entend pas.

“Johan, tu ne pourrais pas ouvrir ? Je n'entends pas.”

Après quelques secondes, il enlève le verrou, sans ouvrir la porte.

Elle reste quelques instants en silence à fixer la porte. Une barrière entre nous, songe-t-elle. Comme d'habitude.

Quand elle finit par ouvrir, elle le trouve blotti sur le siège des toilettes. Elle voit qu'il a froid et le couvre d'une serviette.

“Qu'est-ce que tu disais ?” Elle s'assoit sur le rebord de la baignoire.

Il respire profondément et elle comprend qu'il a pleuré. “Elle est bizarre, dit-il tout bas.

— Bizarre ? Mais qui ?

— Sofia.” Johan détourne les yeux.

“Sofia ? Qu'est-ce qui te fait penser à elle ?

— Rien de particulier, mais elle est devenue trop bizarre, continue-t-il. Là-haut, au sommet de la Chute libre. Elle m'a crié dessus en m'appelant Martin…”

Sofia a paniqué, songe Jeanette. Rien d'autre. Elle remonte la serviette qui a glissé des épaules étroites de Johan.

“Et après, que s'est-il passé ?

— La dernière chose dont je me souvienne, c'est ce type qui t'a frappée avec sa bouteille. Après, je crois que

Sofia est partie en courant et qu'elle est tombée… Et après je me suis réveillé à l'hôpital."

Elle regarde son fils. "Johan, c'est très bien d'en parler."

Elle le serre fort contre elle, puis ils fondent en larmes en même temps.

Edsviken

Le soleil de l'après-midi disparaît derrière la grande villa 1900 abritée des regards au bord de l'eau. Une petite allée de gravier bordée d'érables descend vers la maison. Sofia Zetterlund gare sa voiture dans la cour, éteint le moteur et regarde par le pare-brise. Le ciel est gris acier et la pluie torrentielle s'est un peu calmée.

C'est donc ici qu'habite la famille Lundström ?

La grande villa en bois a été récemment rénovée. Peinte en rouge avec les angles blancs, deux étages, une véranda vitrée et une tour sur l'aile est, où se trouve la porte d'entrée. Un peu plus loin, elle aperçoit un hangar à bateau parmi les arbres. Le terrain comprend encore un autre bâtiment et une piscine ceinte d'une haute clôture. La maison semble déserte, comme si personne ne s'y était jamais installé. Sofia jette un œil à sa montre pour s'assurer qu'elle n'est pas en avance, mais non, elle a même quelques minutes de retard.

Elle descend de voiture et, tandis qu'elle monte le grand escalier de pierre, la lumière s'allume dans le hall de la tour, la porte s'ouvre et une petite femme maigre emmitouflée dans une couverture sombre apparaît dans l'embrasure de la porte.

"Entrez et refermez derrière vous, dit Annette Lundström. Vous pouvez vous débarrasser dans la pièce sur la gauche."

Sofia tire la porte tandis qu'Annette Lundström traverse le hall en titubant et part vers la droite. Partout s'empilent des cartons de déménagement. Sofia accroche son manteau, prend son sac à main sous le bras et lui emboîte le pas.

Annette Lundström a quarante ans, mais elle en fait plutôt soixante. Les cheveux emmêlés, elle semble fatiguée, affalée sur un canapé encombré de vêtements.

"Installez-vous", lui dit-elle tout bas en lui indiquant un fauteuil de l'autre côté de la table. Sofia regarde avec perplexité l'abat-jour posé dessus.

"Oui, mettez ça par terre, dit Annette en toussant. Pardon pour le désordre, je vais déménager."

Il fait froid, Sofia comprend que le chauffage est déjà coupé.

Elle songe à la situation de la famille Lundström. Poursuites pour pédophilie et pédopornographie puis tentative de suicide. Inceste. Karl Lundström se pend dans sa cellule. Il finit dans le coma et décède. Négligence médicale, chuchote-t-on.

La fille prise en charge par les services sociaux.

Sofia regarde la femme en face d'elle. Elle avait dû être belle, avant de sombrer.

Sofia ôte la lampe du fauteuil.

"Vous voulez du café ?" Annette tend la main vers la cafetière à moitié pleine sur la table.

"Oui, volontiers.

— Prenez une tasse dans ce carton."

Sofia se penche. Dans un carton sous la table, de la vaisselle dépareillée emballée sans soin. Elle trouve une tasse ébréchée qu'elle tend à Annette.

Le café est à peine buvable. Complètement froid.

Sofia fait comme si de rien n'était, boit quelques gorgées et repose la tasse.

"Pourquoi vouliez-vous me voir ?"

Annette tousse à nouveau et resserre la couverture autour d'elle.

"Comme je vous l'ai dit au téléphone... Je voudrais vous parler de Karl et Linnea. Et puis j'ai aussi une prière à vous faire.

— Une prière.

— Plus tard... Du lait ?

— Non merci, je le bois noir.

— Eh bien voilà..." Le regard d'Annette se fait plus perçant. "Je sais comment fonctionne la psychiatrie médicolégale. La mort n'annule pas le devoir de réserve. Karl est mort, mais vous demander ce qu'il vous a dit ne servirait à rien. Mais je me demandais... Après votre entretien, il m'a dit quelque chose, comme quoi vous l'aviez compris. Que vous aviez compris son... oui, son problème."

Sofia frissonne. Il fait vraiment froid dans cette maison.

"Je n'ai jamais compris son problème, continue Annette, et maintenant qu'il est mort, je n'ai plus besoin de le défendre. Mais je ne comprends pas. Pour moi, ce n'est arrivé qu'une fois. À Kristianstad, quand Linnea avait trois ans. C'était une erreur, et je sais qu'il vous en a parlé. Qu'il ait eu ces horribles films était une chose, je pouvais peut-être le supporter. Mais pas que lui et Linnea... Je veux dire, Linnea l'aimait bien. Comment avez-vous fait pour comprendre son problème ?"

Sofia sent la présence de Victoria.

Annette Lundström l'énerve.

Si Karl Lundström et Bengt Bergman étaient le même genre d'hommes, Annette Lundström et Birgitta Bergman étaient le même genre de femmes. Juste une différence d'âge.

Je sais que tu es là, Victoria, pense Sofia. Mais laisse-moi m'occuper de ça toute seule.

“J'ai déjà vu ça, finit-elle par répondre. Souvent. Mais ne tirez pas trop de conclusions de ce qu'il vous a dit. Je ne l'ai vu que deux fois, et il n'était pas trop dans son assiette. Ce qui compte, à présent, c'est Linnea. Comment va-t-elle ?”

Annette Lundström semble très faible. “Excusez-moi”, chuchote-t-elle. Ses joues tremblent mollement quand elle tousse, ses cernes sont bleu foncé, son corps affaissé.

Il y a une différence essentielle entre Annette Lundström et Birgitta Bergman. La mère de Victoria était grasse, tandis que cette femme n'a plus que la peau sur les os.

À force de maigrir, elle va finir par s'autodétruire.

Sofia oublie rarement un visage et elle est tout à coup certaine d'avoir déjà vu Annette Lundström quelque part.

“Comment va Linnea ? répète Sofia.

— C'était justement ce que je voulais vous demander.

— Votre prière ?”

Son regard se fixe à nouveau. “Oui… Si vous avez compris le problème de Karl, vous comprenez peut-être ce qui est en train de se passer avec Linnea. J'espère, en tout cas… Ils me l'ont enlevée, elle est actuellement en pédopsychiatrie à Danderyd. Elle ne veut rien savoir de moi et on ne me donne presque pas de nouvelles. Pourriez-vous essayer de la voir ? Vous devez avoir des contacts ?”

Sofia réfléchit, mais sait que c'est impossible tant que Linnea elle-même ne le demande pas.

La fille est prise en charge par les services sociaux et, quand les psychologues de Danderyd la jugeront en état, elle sera confiée à une famille d'accueil.

“Je ne peux pas débarquer comme ça et demander à lui parler, dit Sofia. Je ne pourrais la rencontrer que si elle en exprimait le souhait et, franchement, je ne vois pas comment ce serait possible.

— Je vais aller leur parler", dit Annette.

Sofia voit qu'elle est sérieuse.

"Il y a autre chose..., continue Annette. Quelque chose que je voudrais vous montrer." Elle se lève du canapé. "Attendez ici, je reviens."

Annette sort de la pièce. Sofia l'entend fouiller dans les cartons du hall.

Au bout d'une minute, elle revient avec une petite boîte qu'elle pose sur la table.

Elle s'assoit et ouvre le couvercle, sur lequel le nom de sa fille est inscrit à l'encre.

"Ça..." Annette sort quelques feuilles jaunies. "Ça, je ne l'ai jamais compris."

Elle pousse la cafetière et aligne trois dessins sur la table.

Tous trois aux crayons de couleur, signés "Linnea" d'une écriture enfantine.

Linnea cinq ans, Linnea neuf ans et Linnea dix ans.

Sofia est frappée par la richesse des détails et le réalisme inhabituel pour cet âge. "Elle est douée, constate-t-elle aussitôt.

— Je sais. Mais ce n'est pas pour cela que je vous les montre, répond Annette. Peut-être pouvez-vous les regarder un moment tranquille. Je vais refaire du café en attendant."

Annette se lève, soupire et s'en va en traînant les pieds.

Sofia prend un premier dessin.

Il est signé Linnea 5 ans, avec un cinq à l'envers et représente une fille blonde au premier plan, à côté d'un gros chien. De la bouche du chien pend une langue gigantesque que Linnea a couverte de petits points. Papilles, pense Sofia. À l'arrière-plan, une grande maison et, devant, quelque chose qui ressemble à une petite fontaine. Le chien est attaché à une longue chaîne, et Sofia remarque tout particulièrement le soin apporté par la fillette au dessin des maillons, de plus en plus petits avant de disparaître derrière un arbre.

Linnea a écrit quelque chose à côté de l'arbre, mais Sofia n'arrive pas à voir quoi.

De là, une flèche qui désigne l'arbre, derrière lequel apparaît un bossu souriant à lunettes.

À l'une des fenêtres de la maison apparaît un personnage tourné vers le jardin. Cheveux longs, bouche joyeuse et joli petit nez. Contrairement au reste du dessin, riche en détails, Linnea ne l'a pas pourvu d'yeux.

D'après ce qu'elle sait de la famille Lundström, Sofia n'a pas de mal à deviner que le personnage à la fenêtre représente Annette Lundström.

Qui n'a rien vu. Qui ne veut pas voir.

Dès lors, la scène dans le jardin est d'autant plus intéressante.

Linnea a voulu montrer ce qu'Annette Lundström ne voyait pas, mais quoi ?

Un homme bossu à lunettes et un chien avec une grosse langue tachetée ?

À présent, elle voit ce qui est écrit : U1660.

U1660 ?

Stockholm, 1988

Prom'nons-nous dans les bois pendant que le loup n'y est pas, si le loup y était, il nous mangerait, mais comme il n'y est pas, il nous mangera pas.

Dans la villa de Värmdö, Victoria Bergman observe les fétiches au mur du séjour.

Grisslinge est une prison.

Elle ne sait pas quoi faire de toutes les heures mortes de la journée. Le temps la traverse comme un fleuve irrégulier.

Certains jours, elle ne se souvient même pas de s'être réveillée. D'autres qu'elle s'est endormie. Certains jours disparaissent.

D'autres jours, elle étudie ses livres de psychologie, fait de longues promenades, descend jusqu'au bord de l'eau ou va jusqu'au rond-point de la voie rapide avant de revenir sur ses pas. Ces promenades l'aident à penser, l'air froid sur ses joues lui rappelle les limites de son être.

Elle n'embrasse pas le monde entier.

Elle va décrocher le masque qui ressemble à Solace, de Sierra Leone, et se le met sur le visage. Ça a une forte odeur de bois, comme un parfum.

Le masque renferme une promesse d'une autre vie,

ailleurs, dont Victoria sait qu'elle lui sera à jamais inaccessible. Elle est enchaînée à lui.

Elle voit à peine par les petits trous des yeux. Elle entend sa propre respiration, sa chaleur lui revient en une pellicule humide sur les joues. Dans le hall, elle se met devant le miroir. Le masque lui rétrécit la tête. Comme si à dix-sept ans elle avait le visage d'une fillette de dix ans.

"Solace, dit Victoria. Solace Aim Nut. Maintenant nous voilà jumelles, toi et moi."

La porte s'ouvre alors. Il est rentré du travail.

Victoria enlève aussitôt le masque et se sauve dans le séjour. Elle sait qu'elle n'a pas le droit de toucher à ses affaires.

"Qu'est-ce que tu fais ?" Il a l'air contrarié.

"Rien", répond-elle en raccrochant le masque à sa place. Elle entend grincer le râtelier à chaussures et les cintres en bois s'entrechoquer. Puis ses pas dans l'entrée. Elle s'installe sur le canapé et attrape un journal sur la table basse.

Il entre dans la pièce. "Tu parlais à quelqu'un ?" Il inspecte la pièce des yeux avant de s'asseoir à côté d'elle.

"Qu'est-ce que tu fais ?" demande-t-il à nouveau.

Victoria croise les bras et le regarde fixement. Elle sait que ça le rend nerveux. Elle jubile en voyant la panique l'envahir : il tapote nerveusement l'accoudoir, se tortille sans dire un mot.

Mais au bout d'un moment, elle sent croître son inquiétude. Elle remarque que sa respiration s'accélère. On dirait que son visage abandonne. Il se décolore et s'affaisse.

"Que va-t-on faire de toi, Victoria ? dit-il avec découragement, en cachant son visage dans ses mains. Si le psychologue ne te remet pas vite d'aplomb, je ne sais vraiment pas quoi faire", soupire-t-il.

Elle ne répond pas.

Elle voit que Solace les regarde en silence.

Elles se ressemblent, elle et Solace.

"Tu peux descendre allumer le sauna ? dit-il d'un ton décidé, en se relevant. Maman est en train de rentrer. On va bientôt manger."

Victoria se dit qu'il doit y avoir moyen de s'en sortir. Qu'un bras surgisse à l'improviste pour la tirer de là, l'arracher d'ici, ou que ses jambes soient assez fortes pour l'emmener au loin. Mais elle a oublié comment faire pour partir, oublié comment se donner un but.

Après le dîner, elle entend maman s'affairer à la cuisine. Toujours à nettoyer, épousseter, ranger en rond. Elle a beau faire le ménage, tout reste comme avant.

Victoria sait que tout ça forme une bulle rassurante où maman peut se blottir pour ne pas voir ce qui se passe autour d'elle, et qu'elle n'entrechoque jamais tant ses casseroles que quand Bengt est à la maison.

Elle descend à la cave. Maman a encore oublié de balayer dans les fentes entre les marches de l'escalier, où restent encore coincées des aiguilles du sapin de Noël.

Bengt l'avait abattu dans la réserve naturelle de Nacka, qu'il trouvait idiote, si près d'une grande ville. C'est contre-productif, empêche le développement des infrastructures et l'exploitation foncière. Ça coûte cher et constitue une entrave en période de haute conjoncture.

Être allé y chercher ce sapin était un acte de protestation.

Elle descend au sauna, se déshabille et l'attend.

Dehors, c'est le froid de février, mais ici, la température est montée à presque quatre-vingt-dix degrés. C'est grâce au nouveau radiateur du sauna, si efficace, qu'il se vante d'avoir branché illégalement au réseau électrique – une connaissance lui a expliqué comment faire. Bien fait pour ces communistes qui ne comprennent pas qu'il faut libéraliser l'industrie électrique.

Comme la santé et les transports.

Mais son éclair de génie pue.

Le tuyau d'évacuation de la cuisine passe juste devant le sauna et la chaleur du nouveau radiateur renforce l'odeur d'égout.

Une puanteur d'oignon et de divers déchets alimentaires, lard, betteraves, crème aigre mêlée à une odeur qui rappelle l'essence.

Puis il la rejoint. Il a l'air triste. À l'autre bout du tuyau, maman s'active à la vaisselle tandis qu'il ôte sa serviette.

Quand elle ouvre les yeux, elle est dans le séjour, une serviette autour du corps. Elle comprend que ça a encore eu lieu. Elle sent la brûlure au bas-ventre, ses bras douloureux. Bien contente d'avoir été absente pendant ces minutes ou ces heures.

Solace pend à sa place au mur du séjour et Victoria monte seule dans sa chambre. Elle s'assoit au bord du lit, jette la serviette par terre et se glisse sous la couette.

Les draps sont frais, elle se couche sur le côté et regarde vers la fenêtre. Le froid glacial de février fait presque éclater les carreaux : elle entend gémir le verre sous son étreinte violente. Moins quinze.

Une fenêtre divisée en six carreaux. Six tableaux encadrés où elle a vu les saisons changer depuis son retour. Par les deux carreaux du haut elle voit la cime de l'arbre, dans ceux du milieu la maison des voisins, le tronc et les chaînes de sa vieille balançoire. Dans les carreaux du bas la neige blanche et le siège en plastique rouge de la balançoire ballotté par le vent.

Cet automne, il y avait de l'herbe jaunie, puis des feuilles mortes. Puis à partir de novembre un manteau de neige différent chaque jour.

Seule la balançoire ne change pas. Elle pend au bout de ses chaînes derrière les six petits carreaux de la fenêtre qui ressemblent à des barreaux couverts de givre.

Glasbruksgränd

L'automne balaie le lac de Saltsjö et couvre Stockholm d'un lourd manteau froid et humide.

De Glasbruksgatan, sur les hauteurs de Katarinaberg, au pied de Mosebacke, on devine à peine la presqu'île de Skeppsholmen à travers la pluie, et Kastellholmen, un peu plus loin, se perd dans une brume grise.

Il est à peine plus de six heures.

Elle s'arrête sous un réverbère, sort le papier de sa poche et vérifie encore l'adresse.

Oui, elle est au bon endroit, il n'y a plus qu'à attendre.

Elle sait qu'il finit à six heures et rentre chez lui un quart d'heure plus tard.

Bien sûr, il a peut-être une course à faire en chemin, mais elle n'est pas pressée. Elle a attendu si longtemps qu'une heure de plus ou de moins…

Et s'il ne la laissait pas entrer ? Tout est basé sur l'hypothèse qu'il va l'y inviter, et elle se maudit de n'avoir pas réfléchi à un plan B.

La pluie redouble, elle resserre son manteau bleu cobalt et piétine pour se réchauffer, tandis que le trac lui retourne le ventre.

Que faire si elle a besoin d'aller aux toilettes ? Elle regarde autour d'elle, mais pas de café ou autre dans les environs. À part quelques voitures en stationnement, la rue est complètement déserte.

Tandis qu'elle repasse son plan en visualisant ce qu'elle va faire, une voiture noire s'approche au pas. Les vitres sont fumées, mais à travers le pare-brise elle devine un homme seul. La voiture s'arrête à son niveau et se gare à reculons sur une place libre. Trente secondes plus tard la portière s'ouvre et il descend.

Elle reconnaît aussitôt Per-Ola Silfverberg et s'approche. Il la regarde, s'arrête, se protège les yeux d'une main pour mieux voir.

Ses inquiétudes se révèlent infondées : il lui sourit.

Le sourire de Per-Ola Silfverberg ravive des souvenirs. Une grande maison à Copenhague, une ferme dans le Jutland et un abattoir à cochons. La puanteur d'ammoniaque et sa poigne solide sur le grand couteau quand il lui a montré comment le planter en remontant en biais, pour atteindre le cœur.

“Ça fait un bail !” Il va la saluer chaleureusement en la serrant fort dans ses bras. “Tu es là par hasard, ou tu as parlé avec Charlotte ?”

Elle se demande si sa réponse change quelque chose, et conclut que non. Il n'aura pas la possibilité de vérifier.

“Le hasard, façon de parler, dit-elle en le regardant dans les yeux. J'étais dans les parages et je me suis souvenue que Charlotte m'avait dit que vous déménagiez ici, alors voilà, je suis passée voir s'il y avait quelqu'un.

— Mais tu as sacrément bien fait !” Il rit, la prend sous le bras et commence à traverser la rue. “Malheureusement Charlotte ne rentre que dans quelques heures, mais viens donc prendre un café.”

Elle sait qu'il est à présent président du conseil d'administration d'une grosse société d'investissements, un homme habitué à être obéi sans discussion. Il n'y a pas de raison de ne pas le suivre chez lui, cela rend tout plus facile que si elle avait dû le proposer elle-même.

"Bon, je n'ai pas d'impératif, pourquoi pas ?"

Son contact et l'odeur de son après-rasage lui donnent envie de vomir.

Elle sent ses intestins gargouiller, il faudra avant tout qu'elle passe aux toilettes.

Il tape le code d'entrée, lui tient la porte et la suit dans l'escalier.

L'appartement est immense. Tandis qu'il la fait visiter, elle compte sept pièces avant d'arriver au séjour. Il est décoré avec goût, design scandinave lumineux, des meubles coûteux mais discrets.

Deux grandes baies vitrées avec vue sur tout Stockholm et sur la droite un vaste balcon avec de la place pour au moins quinze personnes.

"Excuse-moi, mais j'aurais besoin de passer aux toilettes, dit-elle.

— Ne t'excuse pas. À droite dans l'entrée." Il lui montre. "Un café ? Ou tu préfères autre chose ? Un verre de vin, peut-être ?"

Elle se dirige vers l'entrée. "Du vin, volontiers. Mais seulement si tu en prends aussi.

— Bien sûr, je vais chercher ça."

Elle entre aux toilettes, sent son cœur battre et dans le miroir au-dessus du lavabo voit perler la sueur sur son front.

Elle s'assied sur la cuvette et ferme les yeux. Les souvenirs affluent, le visage souriant de Per-Ola Silfverberg, pas le sourire aimable de l'homme d'affaires qu'il vient de lui montrer, mais l'autre, froid, vide.

Elle songe qu'avec cet homme elle a lavé les boyaux des porcs avant qu'on en fasse du boudin, ou des saucisses. Le revoit lui montrer avec son sourire insensible comment préparer le pâté de tête.

Quand elle a fini, tandis qu'elle se lave les mains, elle entend une sonnerie dans l'appartement.

L'hygiène est l'alpha et l'oméga de la boucherie, elle mémorise tout ce qu'elle touche. Après, elle essuiera toutes les empreintes digitales.

Per-Ola Silfverberg est au milieu de la pièce et hoche la tête en grognant, téléphone à l'oreille. Elle va se camper devant une des grandes toiles du séjour et fait semblant d'examiner attentivement le tableau tout en tendant l'oreille.

Si c'est Charlotte, tout tombe par terre.

Mais ouf, elle comprend vite qu'il s'agit d'une relation d'affaires.

La seule chose qui l'inquiète, c'est qu'il a dit qu'il avait de la visite et qu'il rappellerait plus tard dans la soirée.

Il remet le téléphone dans sa poche, sert le vin et lui tend un verre.

"Maintenant, il faut me raconter ce qui t'amène et où tu étais passée toutes ces années."

Elle lève son verre, plonge son nez dedans. Un chardonnay, sans doute.

L'homme qu'elle hait la regarde boire une petite gorgée sans le quitter des yeux. Elle fait claquer sa langue en laissant le liquide se charger d'oxygène pour mieux exprimer ses arômes.

"Je suppose qu'il y a une raison pour venir nous voir après tout ce temps", dit l'homme qui lui a fait du mal.

Elle cerne le caractère du vin. Fruité avec des touches de melon, pêche, abricot et citron. Elle devine aussi un léger parfum de beurre.

Lentement, voluptueusement, elle avale.

"Par où veux-tu que je commence ?"

En remontant en biais vers la droite…

Glasbruksgränd

L'alarme arrive à l'hôtel de police de Kungsholmen juste avant neuf heures.

Une femme crie au téléphone qu'elle vient de rentrer chez elle et a trouvé son mari mort.

D'après l'officier de permanence, la femme, entre deux sanglots, a utilisé le mot boucherie pour expliquer ce qu'elle avait sous les yeux.

Jens Hurtig est en train de rentrer quand il entend l'alarme mais, comme il n'a pas de projet particulier pour la soirée, il se dit que c'est l'occasion d'avoir un peu de compagnie.

Ça fera du bien d'aller passer deux semaines dans un pays chaud : il a décidé de prendre ses vacances quand le temps serait le pire ici.

Même si l'hiver à Stockholm est assez doux en général, sans aucun rapport avec l'enfer de neige de son enfance à Kvikkjokk, il y a chaque année quelques semaines où il ne supporte plus la capitale royale.

En essayant de décrire le climat de Stockholm à ses parents, qui ne sont jamais descendus au sud de Boden, il leur a dit que ça ne ressemblait à rien.

Ce n'est pas l'hiver, mais rien d'autre non plus.

C'est juste horrible. Froid, pluvieux, et, cerise sur le gâteau, ce vent glacial qui arrive de la Baltique.

Il fait cinq, on dirait moins cinq.

C'est à cause de l'humidité. Toute cette foutue flotte.

La seule ville du monde où l'hiver est pire, c'est peut-être Saint-Pétersbourg, de l'autre côté de la Baltique, au fin fond du golfe de Finlande, sur un marécage. Les Suédois ont été les premiers à y installer une ville, avant que les Russes ne prennent le relais. Aussi masochistes que les Suédois.

Il faut bien profiter de son malheur, quoi.

La circulation sur le pont central est bloquée, comme d'habitude. Il met sa sirène pour se dégager mais, avec la meilleure volonté du monde, les gens n'ont nulle part où aller pour le laisser passer.

Il conduit en zigzag jusqu'à la sortie vers le port, où il tourne à gauche pour remonter Katarinavägen. La circulation est moins dense, il accélère, pied au plancher.

En passant devant La Mano, le monument aux Suédois tombés pendant la guerre d'Espagne, il est à plus de cent quarante.

Il jouit de la vitesse, un des privilèges du métier.

La pluie incessante rend la chaussée glissante : place Tjärhovsplan il part en aquaplanning, sur le point de perdre le contrôle du véhicule. Il rétrograde et quand il sent ses pneus à nouveau adhérer, il prend à droite dans Tjärhovsgatan. La rue est à sens unique, comme Nytorgsgatan, mais il s'y engage à contresens en espérant juste ne croiser personne.

Il se gare devant la porte, où stationnent déjà deux voitures de patrouille, gyrophares allumés.

Dans l'entrée, il croise un collègue qu'il ne connaît pas, en train de sortir. Sa casquette dans sa main crispée, il est livide. Blanc tirant sur le vert : Hurtig s'écarte pour le laisser atteindre la rue avant de vomir. À mi-chemin, dans la cage d'escalier, il l'entend hoqueter dans le caniveau.

Pauvre gars, se dit-il. La première fois, ce n'est jamais drôle. Enfin, merde, ça ne le devient jamais. On ne s'y fait pas. On se blinde peut-être un peu, ce qui ne fait en aucun cas de vous un meilleur flic, mais facilite les choses.

L'accoutumance et le jargon qui va avec peuvent, de l'extérieur, passer pour de l'insensibilité. Mais c'est aussi une stratégie de mise à distance.

En entrant dans l'appartement, Jens Hurtig est bien content de l'avoir, cette accoutumance.

Dix minutes plus tard, il comprend qu'il faut qu'il appelle Jeanette Kihlberg à l'aide. Quand elle lui demande ce qui se passe, il lui décrit la scène comme la pire saloperie de toutes les saloperies qu'il a vues dans sa saloperie de carrière.

Gamla Enskede

Je t'en prie, Johan, pense-t-elle. Nous agissons mal, nous les adultes, mais ce n'est pas pour autant la fin du monde. Ça va s'arranger, tu verras.

"Pardon. Je n'ai jamais souhaité ça..." Elle se penche et l'embrasse sur la joue. "Sache que je ne t'abandonnerai jamais. Je serai toujours là pour toi, et Åke aussi, c'est promis."

Elle n'en est pas complètement convaincue, mais au fond d'elle-même elle ne croit pas qu'Åke laisse jamais tomber Johan. Il n'en est pas capable, c'est tout.

Elle se lève doucement de son lit et, avant de refermer la porte, elle se retourne pour le regarder.

Il s'est déjà endormi. Elle est encore à songer comment s'y prendre avec lui quand le téléphone sonne.

Jeanette décroche et constate avec déception que c'est Hurtig. Un instant, elle a espéré que ce soit Sofia.

"Oui? Qu'est-ce qui se passe encore? Dis-moi que c'est important, sinon je..."

Hurtig l'interrompt aussitôt. "Oui, c'est important."

Il se tait et Jeanette entend derrière lui des voix sous le choc. Selon Hurtig, Jeanette ne peut pas ne pas revenir en ville.

Ce qu'il a vu est inhumain.

"Un cinglé a poignardé le type, au moins cent coups

de couteau, puis l'a découpé en morceaux avant de repeindre tout l'appartement au rouleau !"

Bordel, pense-t-elle. Pas maintenant.

"J'arrive au plus vite. Donne-moi vingt minutes."

Et voilà, encore une fois je laisse tomber Johan.

Elle raccroche et écrit un mot à son fils, au cas où il se réveillerait dans la soirée. Comme il lui arrive d'avoir peur du noir, elle allume partout avant de partir pour Södermalm.

Un meurtre au couteau, il ne manquait plus que ça. Comme si s'occuper de Johan ne suffisait pas. Sans compter l'enquête abandonnée.

Et surtout Victoria Bergman. Là, le tribunal de Nacka avait donné un coup d'arrêt.

La pluie a commencé à se calmer, mais il reste de grandes flaques, et elle n'ose pas rouler trop vite. L'air est froid. Le thermomètre du chantier naval de Hammarby indique onze degrés.

Les feuillages des arbres prennent des couleurs d'automne et quand, du haut du pont de Johanneshov, elle embrasse la ville du regard, elle trouve la vue d'une beauté à couper le souffle.

Edsviken

“Encore un peu ?” Annette Lundström tousse, en renversant presque tout le café.

“Oui, merci.”

Annette s’assoit et la sert.

“Qu’en pensez-vous ?

— Je ne sais pas…”

Sofia examine les deux autres dessins. L’un représente une pièce avec une compagnie de trois hommes, une fillette couchée sur un lit et un personnage qui détourne la tête. L’autre est plus abstrait et plus difficile à interpréter, mais on y retrouve le même personnage à deux reprises. Au centre, il est représenté sans yeux, entouré d’un fouillis de visages et dans le coin inférieur gauche il est en train de disparaître du dessin. Seule une moitié de corps est visible, pas le visage.

Elle compare avec le premier dessin. Le même personnage sans yeux regardait d’une fenêtre une scène dans un jardin. Un gros chien et un homme derrière un arbre. U1660 ?

“Qu’est-ce que vous ne comprenez pas dans ces dessins ?” demande Sofia par-dessus sa tasse de café.

Annette Lundström sourit, hésitante. “C’est ce personnage sans yeux. À une occasion, je l’ai montré à Linnea en lui faisant remarquer qu’elle avait oublié de dessiner les yeux, mais elle a juste répondu que c'était exprès. Je suppose que c'est un autoportrait, que cette figure c'est elle. Mais je ne comprends pas ce qu'elle veut dire. Il doit bien y avoir quelque chose. Je ne sais pas si c'était sa façon de dire qu'elle ne voulait pas savoir ce qui se passait."

Elle est aveugle, ou quoi ? se dit Sofia. Cette femme a passé sa vie à fermer les yeux. Et voilà qu'elle s'imagine pouvoir compenser en expliquant à une psy qu'elle trouve quelque chose de bizarre dans les dessins de sa fille ? Une façon de confirmer mollement qu'elle voit elle aussi, mais qu'elle tombe des nues. Elle se défausse entièrement sur son mari.

"Et ça, vous savez ce que cela veut dire ? demande Sofia en lui montrant l'inscription près du tronc de l'arbre sur le premier dessin. U1660 ?

— Oui, je n'y comprends pas grand-chose, mais ça, au moins, oui. À l'époque, Linnea ne savait pas écrire, alors elle a recopié son nom. C'est celui du personnage un peu bossu, derrière l'arbre.

— Et qui est-ce ?"

Sourire crispé d'Annette. "Il n'y a pas écrit U1660, mais VIGGO. C'est Viggo Dürer, le mari de mon amie. C'est la maison de Kristianstad que Linnea a dessinée. Ils venaient souvent nous voir là-bas, alors qu'ils habitaient au Danemark à l'époque."

Sofia tique. L'avocat de ses parents.

Méfie-toi de lui.

Soudain, Annette semble triste.

"Henrietta, une de mes meilleures amies, était mariée avec Viggo. Je crois que Linnea avait un peu peur de lui, et c'est pour cela qu'elle ne veut pas le voir sur le dessin. Elle avait aussi peur du chien. C'était un rottweiler, il est vraiment ressemblant." Annette prend le dessin pour le regarder de plus près. “Et là, c’est la piscine que nous avions sur le terrain.” Elle montre ce que Sofia avait d’abord pris pour une fontaine. “N’est-ce pas qu’elle dessinait bien ?”

Sofia hoche la tête. “Mais si vous pensez que le personnage sans yeux à la fenêtre est Linnea, qui est donc la fille près du chien ?”

Annette sourit tout à coup. “Ça doit être moi. Je porte ma robe rouge.” Elle pose le premier dessin et prend le deuxième. “Et là, je suis couchée sur le lit pendant que les gars font la fête.” Elle rit, un peu gênée par ce souvenir.

Sofia est dégoûtée en la regardant. Son regard reste vide derrière ce rire et sa maigreur rappelle un oiseau décharné. Une autruche qui s’enfouit la tête dans le sable.

Pour Sofia, le sujet des dessins de Linnea est clair comme de l’eau de roche. Annette Lundström échange sa place avec celle de sa fille et prend pour Linnea ce personnage sans yeux, détourné et fuyant.

Annette Lundström est incapable de voir ce qui se déroule sous ses yeux.

Mais Linnea a tout compris depuis qu’elle a cinq ans.

Sofia sait qu’il lui faudra rencontrer Linnea Lundström, avec ou sans l’aide de sa mère.

“Je peux photographier ces dessins ?” Sofia attrape son portable dans son sac. “J’aurai peut-être une autre idée plus tard.

— Oui, je vous en prie.”

Sofia prend quelques photos avec son téléphone puis se lève.

“Je dois y aller. Vous vouliez me parler d’autre chose ?

— En fait, non, dit Annette. Mais comme je disais, j’aurais espéré que vous puissiez rencontrer Linnea.”

Sofia se tourne vers elle.

“Voilà ce qu’on va faire. Nous allons nous rendre ensemble à Danderyd. La médecin-chef en psychiatrie est une vieille connaissance. Nous lui expliquerons la situation et elle me laissera peut-être voir Linnea, si nous jouons finement nos cartes.”

Quand Sofia Zetterlund s’engage sur Norrtäljevägen, il est presque six heures. La visite chez Annette Lundström a duré plus longtemps que prévu, mais a été très fructueuse.

Viggo Dürer ? Pourquoi n’arrive-t-elle pas à se souvenir de lui ? Elle a fait avec lui au téléphone l’inventaire après décès. Le souvenir de son après-rasage. Old Spice et eau-de-vie. Rien d’autre.

Mais Sofia comprend que Victoria a connu Viggo Dürer. Ça doit être ça.

Elle passe devant l’hôpital de Danderyd, traverse le pont de Stocksund. À Bergshamra elle doit freiner net avant un bouchon formé à cause de travaux sur la route. Les voitures se traînent.

Elle ne tient pas en place, allume la radio. Une douce voix féminine parle de désordre alimentaire. L’incapacité à manger et boire par peur d’avaler, une phobie provoquée par un traumatisme. Des réflexes de base court-circuités. Ça a l’air si simple.

Sofia songe à Ulrika Wendin et Linnea Lundström.

Deux jeunes filles dont les troubles ont pour cause un même homme, qu’elle a récemment examiné à l’hôpital de Huddinge. Karl Lundström.

Ulrika Wendin ne mange pas. Linnea Lundström est muette.

Ulrika et Linnea sont les conséquences des actes d’un seul homme dont elles vont bientôt lui raconter la suite de l’histoire.

La voix douce à la radio et les lumières des voitures qui se traînent dans le brouillard nocturne font tomber Sofia dans un état presque hypnotique.

Elle voit deux visages émaciés aux orbites creusées, et la silhouette maigre d'Ulrika se confond avec celle d'Annette Lundström.

Elle comprend alors soudain qui est Annette Lundström. Ou plutôt était.

C'était voilà presque vingt ans. Son visage était plus rond, elle riait.

Les coquillages

au fond de ses oreilles écoutent les mensonges. Il ne doit pas laisser entrer le faux, car il atteindrait vite le ventre et empoisonnerait le corps.

Il a appris à ne plus parler, et essaie à présent d'apprendre à ne plus écouter les mots.

Quand il était petit, il allait souvent à la pagode de la Grue-Jaune, à Wuhan, pour écouter un moine.

Tout le monde disait le vieil homme fou. Il parlait une langue que personne ne comprenait, sentait mauvais et était sale, mais Gao Lian l'aimait bien parce qu'il faisait siennes ses paroles.

Le moine lui donnait des sons qui devenaient siens en atteignant ses oreilles.

Quand la femme blonde fait ses sons doux sur de belles mélodies, il pense au moine et son cœur s'emplit alors d'une chaleur agréable qui n'est qu'à lui.

Gao dessine un grand cœur noir avec les craies qu'elle lui a données.

le ventre
digère les mensonges si on ne fait pas attention, mais elle lui a appris à se protéger en mélangeant les sucs gastriques avec les autres liquides corporels.

Gao Lian de Wuhan goûte l'eau, et elle est salée.

Ils restent longtemps face à face et Gao lui donne de sa propre eau.

Au bout d'un moment, il n'en produit plus. C'est à présent du sang qui lui coule de la gorge, un goût rouge un peu sucré.

Gao cherche un goût aigre, puis amer.

Quand elle l'a laissé seul, il reste assis par terre et roule une craie entre ses doigts jusqu'à ce que sa peau soit noire.

Chaque jour, il fait de nouveaux dessins et remarque qu'il arrive de mieux en mieux à transcrire ses images intérieures sur le papier. Sa main et son bras ne sont plus des obstacles. Son cerveau n'a plus besoin de dire à la main ce qu'elle doit faire. Elle obéit sans discuter ses instructions. C'est si simple. Il ne fait que déplacer par le bras et la main les images d'un point au fond de son imagination jusqu'au papier.

Il apprend à utiliser les ombres noires pour renforcer le blanc et crée de nouveaux effets par la rencontre de ces contraires.

Il dessine une maison en flammes.

Institut médicolégal

Le corps partiellement dépecé repose sur un chariot en acier inoxydable. Des incisions béantes le long des bras et des jambes indiquent où Ivo Andrić a dégagé des parties du squelette de Per-Ola Silfverberg pour déterminer plus précisément la nature de ses blessures.

Les mains et les paumes de Per-Ola Silfverberg portent de profondes coupures qui montrent qu'il a essayé de se défendre en attrapant la lame, et il est clair qu'il s'est battu pour sauver sa vie face à un adversaire plus fort.

Celui ou ceux qui l'ont tué lui ont tranché les veines de l'avant-bras droit, et son corps porte un grand nombre de coups de couteau, comme si on s'était acharné sur lui.

L'autopsie montre de nombreux bleus, et Ivo Andrić relève des traces de strangulation.

Un coup violent lui a brisé plusieurs phalanges et plusieurs petits hématomes à la cage thoracique suggèrent que l'agresseur l'a plaqué au sol.

Probablement tué puis dépecé.

La façon dont l'abdomen a été vidé, les organes et les intestins prélevés, suggère une personne ayant des connaissances en anatomie. En même temps, il y a les traces d'un acharnement aveugle.

Le corps a été dépecé avec un objet coupant, comme un grand couteau à simple tranchant. Le sens des coups de couteau suggère fortement que le dépeçage a été effectué par au moins deux personnes.

Devant un tel déchaînement de violence, on ne peut que penser à un individu aux penchants sadiques.

Dans son rapport à Jeanette Kihlberg, Ivo Andrić écrit : “Sadisme, dans ce contexte, signifie qu'un individu est stimulé par le fait d'infliger à autrui douleurs et humiliations. On doit ajouter que l'expérience médicolégale montre que les meurtriers de ce type ont une forte tendance à répéter leur acte d'une manière plus ou moins identique sur des victimes comparables. S'agissant d'un cas si grave et si rare, les précédents doivent soigneusement être étudiés, ce qui requiert du temps. Je reviens vers vous.”

Ivo Andrić songe au dépeçage de Catherine da Costa. Un des suspects avait travaillé ici, à Solna, et avait même eu l'ancien chef d'Ivo comme directeur de thèse.

Deux personnes avec des connaissances en anatomie différentes.

Quartier Kronoberg

INDUSTRIEL SAUVAGEMENT ASSASSINÉ. Sous le gros titre, Jeanette lit un résumé complet de la vie et de la carrière de Per-Ola Silfverberg. Issu d'une famille aisée, il a étudié après le lycée l'économie industrielle et le chinois et a très tôt compris l'intérêt d'exporter sur les marchés asiatiques.

Il s'est installé à Copenhague, où il est devenu PDG d'une usine de jouets.

Après une enquête criminelle abandonnée par la suite, il a déménagé en Suède avec sa femme. C'était voilà treize ans et on n'indiquait nulle part de quoi il avait été soupçonné. En Suède, il a vite acquis une réputation de bon chef d'entreprise et s'est vu confier des fonctions de direction de plus en plus prestigieuses.

Jens Hurtig entre, Schwarz et Åhlund sur les talons.

"Ivo Andrić a envoyé son rapport et j'ai eu le temps de le lire ce matin." Hurtig lui tend une liasse de papiers.

"Bon, alors tu peux nous résumer ce qu'il nous raconte d'intéressant."

Schwarz et Åhlund sont tout ouïe. Hurtig se racle la gorge avant de commencer. Jeanette lui trouve l'air un peu défait. De son côté, elle est soulagée que la victime soit un homme adulte et non un autre enfant.

"Pour commencer, Ivo Andrić décrit l'appartement,

mais nous y étions, alors je saute." Il se tait, change l'ordre des papiers puis reprend. "Voyons voir, ici, je le cite, « lors de l'abattage des porcs, on enfonce le couteau selon un angle spécial, pour atteindre les grosses artères autour du cœur ».

— Tous les hommes sont des cochons, tu ne crois pas? ricane Schwarz, sur quoi Hurtig se tourne vers Jeanette et attend son commentaire.

— J'aurais tendance à être d'accord avec Schwarz sur le fait qu'il semble s'agir d'un meurtre symbolique, mais je doute que son sexe soit la faute principale de Per-Ola Silfverberg. Je penserais plutôt à l'expression « cochon de capitaliste », mais ne nous braquons pas dans cette direction."

Jeanette fait signe de la tête à Hurtig de continuer sa lecture.

"L'autopsie de Per-Ola Silfverberg montre un autre type de blessure inhabituel, au niveau du cou. Le couteau a été planté sous la peau puis retourné, après quoi la peau a été retroussée vers le bas." Il regarde l'équipe assemblée. "Ivo n'a jamais vu ça. La façon de trancher les veines du bras de la victime est également inhabituelle. Cela suggère certaines connaissances anatomiques.

— Donc pas un médecin, mais éventuellement un chasseur ou un boucher", glisse Åhlund.

Hurtig hausse les épaules. "Ivo suggère aussi qu'il y a peut-être plus d'un auteur. Le nombre des coups de couteau, et le fait que certains semblent portés par un droitier et d'autres par un gaucher le laissent penser.

— Donc il peut s'agir d'un agresseur avec de bonnes connaissances anatomiques et d'un autre sans? demande Åhlund tout en prenant des notes dans un carnet.

— Peut-être", hésite Hurtig en se tournant vers Jeanette, qui opine en silence. Suppositions en l'air, rien d'autre, songe-t-elle.

“Que dit sa femme ? demande-t-elle. A-t-elle l’impression que Per-Ola Silfverberg était menacé ?

— Nous n’avons rien pu tirer d’elle hier, répond Hurtig. Mais nous lui parlerons un peu plus tard.

— Elle a un alibi ?

— Oui. Trois amies qui affirment toutes avoir été avec elle au moment du meurtre.

— En tout cas, la serrure était intacte, il est donc plausible que c’était quelqu’un qu’il connaissait”, commence Jeanette, interrompue par des coups à la porte. Après quelques secondes de silence, Ivo Andrić entre dans la pièce.

Jeanette voit Hurtig souffler de soulagement après la tension causée par cet exposé.

Elle ne le connaissait pas sous ce jour.

“Je passais par là, dit Ivo.

— Alors, tu as autre chose ? demande Jeanette.

— Oui, une idée un peu plus claire, j’espère, soupire Ivo en ôtant sa casquette de base-ball avant de s’asseoir à côté de Jeanette. Supposez que Silfverberg rencontre son agresseur dans la rue puis monte de son plein gré jusque chez lui en sa compagnie. Le corps de la victime ne montrant aucune trace de liens, il doit s’agir d’une rencontre normale qui a dégénéré.

— Dégénéré, c’est le moins qu’on puisse dire”, glisse Schwarz.

Ivo Andrić ne relève pas et continue. “Je pense quand même que le meurtre a été planifié.

— Qu’est-ce qui te fait dire ça ?” Åhlund lève le nez de son carnet.

“L’auteur ne montre aucun signe d’ébriété ni de maladie mentale. Nous avons trouvé sur place deux verres de vin, tous les deux soigneusement essuyés.

— Et que peux-tu dire du dépeçage en lui-même ?” continue Åhlund.

Jeanette écoute en silence. Observe ses collègues.

“Le dépeçage qui suit le meurtre n’est pas le dépeçage classique pour transporter le corps. Il a probablement eu lieu dans la baignoire.”

Ivo Andrić décrit en détail l’ordre dans lequel les parties ont été débitées et comment le meurtrier les a disposées dans l’appartement. Comment, toute la nuit durant, on a passé l’appartement au peigne fin pour déceler la moindre trace significative. Le siphon du lavabo a été inspecté, ainsi que la bonde d’évacuation de la salle de bains.

“Ce qui est remarquable, c’est la manière dont la cuisse a été détachée de la hanche avec très peu de coups de couteau, avec la même habileté que le tibia du genou.”

Ivo se tait et Jeanette conclut en jetant deux questions à la cantonade.

“Que nous dit donc le dépeçage sur l’état d’esprit du criminel ? Va-t-il recommencer ?”

Jeanette les regarde l’un après l’autre, dans les yeux.

Ils restent muets d’impuissance dans l’atmosphère étouffante de la pièce.

Lac Klara

En dépit de son nom qui évoque une eau limpide, le lac Klara est un marécage insalubre, inutilisable pour la pêche comme pour la baignade.

Les importants rejets d'eaux usées, les industries des environs et le trafic sur la voie rapide de Klarastrand y ont causé une importante pollution : taux élevés de soufre, de phosphore, nombreux métaux lourds et goudrons. La transparence y est presque nulle, exactement comme au bureau du procureur, juste à côté.

Une enquête a une hiérarchie. Il y a un chef, un certain nombre d'enquêteurs et, pour chaque affaire, c'est le procureur qui dirige l'enquête préliminaire et détermine le degré de transparence.

Kenneth von Kwist feuillette les photos du corps de Per-Ola Silfverberg.

C'est juste trop, pense-t-il. Je n'en peux plus.

Si le procureur avait la capacité de transformer son sentiment en image symbolique, il se verrait lui-même brisé en petits morceaux comme les éclats d'un miroir touché par une balle. Mais il n'a pas cette capacité, et il se contente de s'inquiéter d'avoir eu de mauvaises fréquentations.

Sans Viggo Dürer, il aurait pu rester bien tranquillement à son poste à attendre la retraite.

D'abord Karl Lundström, puis Bengt Bergman, et maintenant Peo Silfverberg. Tous lui ont été présentés par Viggo Dürer, mais le procureur ne les a jamais considérés comme des amis proches. Il avait eu affaire à eux, ça suffisait.

Cela suffisait-il pour un journaliste curieux? Ou pour une enquêtrice pointilleuse comme Jeanette Kihlberg?

D'expérience, il sait que les seules personnes fiables sont les parfaits égoïstes. Ils suivent toujours un schéma déterminé, on sait toujours à quoi s'en tenir.

Mais quand on tombe sur quelqu'un comme Jeanette Kihlberg, avec ses grandes idées de justice, la situation devient beaucoup moins prévisible. Les seuls qu'on peut avoir de bonnes chances de tromper, ce sont les égoïstes pur jus.

Il ne peut donc pas réduire Jeanette Kihlberg au silence avec la méthode habituelle. Il faut juste qu'il fasse en sorte qu'elle n'ait jamais accès aux documents sur lesquels il est assis et il sait que ce qu'il s'apprête à faire est considéré comme criminel.

Il sort du tiroir inférieur de son bureau un dossier vieux de trente ans et allume le broyeur de documents, qui démarre en sifflant. Avant de nourrir la machine, il lit ce que le défenseur danois de Per-Ola Silfverberg avait déclaré.

Les accusations sont nombreuses, imprécises, donc difficilement réfutables. L'essentiel de l'accusation s'appuie sur les dépositions de la fille et la foi qu'on peut leur accorder.

Il glisse lentement le papier dans la machine, qui le mastique bruyamment et recrache de fines bandelettes illisibles.

Feuille suivante.

L'autre preuve mise en avant par l'accusation peut aussi bien renforcer qu'affaiblir la foi dans les déclarations de la fille. Lors de son audition, elle a évoqué certains actes censés avoir été commis sur elle par Per-Ola Silfverberg. Elle n'a cependant pas pu achever son audition. Certaines de ses déclarations n'ont en conséquence pu être prises en considération qu'à travers l'enregistrement vidéo de sa déposition.

Et une autre fournée de bandelettes.

La défense a principalement fait valoir, s'agissant de cet enregistrement, que les questions posées par la police sont tendancieuses et les réponses forcées. En outre, que la fille a un motif pour désigner Per-Ola Silfverberg comme l'auteur des faits. Si la fille parvenait à faire reconnaître Per-Ola Silfverberg comme la cause de sa mauvaise santé psychique, elle pourrait quitter sa famille d'accueil et rentrer en Suède.

Chez elle, en Suède, pense le procureur Kenneth von Kwist en éteignant le broyeur.

Stockholm, 1988

Il n'y a aucune bonne raison de tout recommencer, avait-il dit. Tu m'as toujours appartenu, et tu m'appartiendras toujours. Elle se sentait comme deux personnes. Une qui l'aimait et une qui le haïssait.

Le silence est un vide.

Il respire bruyamment par le nez pendant tout le trajet vers Nacka et ce bruit captive toute son attention.

Arrivés à l'hôpital, il coupe le moteur.

"Et voilà", dit-il, et Victoria descend de voiture. La portière se referme avec un bruit sourd et elle sait qu'il va se retrouver seul dans le silence.

Elle sait aussi qu'il va rester là, elle n'a pas besoin de se retourner pour s'assurer que la distance entre eux deux augmente bien. Son pas se fait plus léger à mesure qu'elle s'éloigne de lui. Ses poumons s'enflent et s'emplissent d'un air si différent qu'en sa présence. Si frais.

Sans lui, je ne serais pas malade, songe-t-elle.

Sans lui elle ne serait rien, elle le sait, mais elle évite d'aller au bout de cette pensée.

La thérapeute qui la reçoit a passé l'âge de la retraite.

Soixante-sept ans, un regard intelligent. Après un début laborieux, Victoria trouve de plus en plus facile de se confier.

En entrant dans son cabinet, ce sont ses yeux que Victoria voit en premier.

Ce sont eux qu'elle cherche avant tout. En eux, elle peut se poser.

Les yeux de cette femme aident Victoria à se comprendre elle-même. Ils sont sans âge, ils ont tout vu, on peut leur faire confiance. Ils ne paniquent pas, ne lui disent pas qu'elle est folle, mais pas non plus qu'elle a raison ni qu'ils la comprennent.

Les yeux de cette femme ne bluffent pas.

Voilà pourquoi elle peut regarder en eux et se sentir calme.

"Quand t'es-tu sentie bien pour la dernière fois?" Elle commence chaque fois par une question qui donne le *la* de toute la séance.

Victoria ferme les yeux, comme on lui a dit de faire chaque fois qu'elle n'arrive pas à répondre immédiatement aux questions qu'on lui pose.

Réfléchis, rentre en toi-même, dis ce que tu ressens, ne cherche pas à bien répondre.

Il n'y a pas de bien. Pas de mal.

"La dernière fois que j'ai repassé les chemises de papa, il a dit qu'elles étaient parfaites." Victoria sourit, car elle sait qu'il ne restait plus un pli et que leurs cols étaient parfaitement amidonnés.

Ces yeux lui offrent une attention totale, ils ne sont là que pour elle.

"Si tu pouvais choisir quoi faire jusqu'à la fin de ta vie, est-ce que ce serait repasser des chemises?

— Non, sûrement pas! s'exclame Victoria. Repasser les chemises, que c'est chiant!" Et aussitôt elle réalise ce qu'elle vient de dire, pourquoi elle l'a dit et ce qu'elle aurait dû dire. "Je dérange son bureau et ses tiroirs, continue-t-elle sur sa lancée, pour voir s'il remarque quelque chose en rentrant à la maison. Il ne voit presque jamais rien, même pas la fois où j'ai classé toutes ses chemises sur l'échelle des gris. De blanc à noir en passant par toutes les nuances de gris."

Les yeux la regardent avec intérêt. "Intéressant. Mais en tout cas, il t'a complimentée la dernière fois que tu lui as repassé ses chemises.

— Oui, ça oui.

— Et comment vont tes études? bifurque la vieille sans réagir à la réponse de Victoria.

— Bof." Victoria hausse les épaules.

"Quelle appréciation as-tu eue à ton dernier examen?"

Victoria hésite.

Elle s'en souvient bien sûr, mais ne sait pas comment le dire.

Cela semble si ridicule.

La femme attend sa réponse, Victoria inspire l'air de la pièce, l'oxygène circule dans son sang et réveille progressivement chaque partie de son corps.

Elle sent ses jambes, ses bras, les muscles qui bougent quand elle s'ôte du front une mèche de cheveux.

"Il y avait écrit *Parfait*, dit-elle avec ironie. *Une remarquable compréhension des processus neuronaux, et des réflexions personnelles passionnantes qu'on aimerait voir développées dans un travail de plus grande ampleur*."

La thérapeute la regarde avec de grands yeux et joint ses mains.

"Mais c'est fantastique, Victoria, tu n'as pas été contente qu'on te rende ta copie avec une appréciation pareille?

— Mais, essaie Victoria. Quelle importance? C'est pour de faux.

— Victoria, dit gravement la psychologue. Je sais que tu m'as parlé de ta difficulté à distinguer ce qui est pour de faux de ce qui est pour de vrai, comme tu dis, ou ce qui est important pour toi et ce qui ne l'est pas, comme je dis moi… Si tu y réfléchis, est-ce que ce n'en serait pas justement un exemple ? Tu dis que tu te sens bien quand tu repasses des chemises, mais au fond, tu ne veux pas le faire. Et dans tes études, que tu aimes, tu as d'excellents résultats, mais…" Elle lève un doigt pour capter le regard de Victoria. "Tu ne t'autorises pas à te réjouir quand on te complimente sur ce que tu aimes faire."

Ces yeux, pense Victoria. Ils voient tout ce qu'elle n'a jamais vu, juste pressenti. Ils la grandissent quand elle tente de se réduire et lui montrent précautionneusement la différence entre ce qu'elle imagine voir, entendre et sentir et ce qui se produit vraiment dans la réalité des autres.

Victoria aimerait voir avec des yeux anciens, sages. Comme la psychologue.

Le soulagement qu'elle ressent dans le bureau de la psychologue ne dure que les vingt-huit marches jusqu'à la sortie.

Il l'attend dans la voiture.

Son visage est impassible, lourd, et elle aussi se pétrifie en le voyant.

Puis le silence du retour.

Des rues, des maisons, des familles défilent.

Ils traversent Hjortängen et Backaböl.

Elle voit les gens évidents.

Ceux qui marchent dans la rue comme s'ils avaient un droit inné d'être là.

Elle voit une fille de son âge bras dessus bras dessous avec sa mère.

Elles ont l'air tellement à l'aise.

J'aurais pu être cette fille, pense Victoria.

Elle réalise qu'elle aurait pu être n'importe qui.

Mais voilà ce qu'elle est devenue.

Elle maudit l'ordre des choses, maudit le hasard, mais serre les dents et essaie d'éviter de respirer son odeur.

"On va tenir un conseil de famille au déjeuner", dit-il en descendant de voiture. Il remonte son pantalon si haut qu'on voit le contour de son paquet. Victoria détourne les yeux et se dirige vers la maison.

À gauche, le sorbier planté à sa naissance. Les baies sont mûres, d'un rouge provocant, comme pour clamer que l'arbre est le vainqueur et Victoria la perdante.

La maison est un trou noir qui anéantit tous ceux qui y entrent. Elle ouvre la porte et se laisse engloutir.

À leur arrivée, maman ne dit rien, mais le repas est prêt. Ils s'attablent. Papa, maman et Victoria.

Assis comme ça, ils ont l'air d'une famille.

L'engourdissement se répand lentement dans tout son corps. Elle espère qu'il atteindra le cœur avant qu'il ne prenne la parole.

"Victoria", commence-t-il alors que son cœur bat toujours. Il pose ses mains jointes aux veines saillantes sur la table. Quoi qu'il dise, ce ne sera pas un conseil, mais un ordre.

"Nous pensons qu'un petit changement d'air te ferait du bien, continue-t-il, et maman et moi sommes arrivés à la conclusion que le mieux était d'unir l'utile à l'agréable." Maman hoche la tête devant son regard impérieux et lui ressert des pommes de terre.

"Tu te souviens de Viggo ?" demande-t-il à Victoria.

Elle se souvient de Viggo.

Un Danois qui venait régulièrement à la maison quand elle était petite.

Jamais quand maman était là.

“Oui, je me souviens de lui. Qu’est-ce qu’il a ?” Elle ne comprend pas comment elle réussit à formuler des mots, des phrases, mais quelque chose se réveille en elle.

“J’y venais. Viggo a une ferme dans le Jutland, et il aurait besoin d’une gouvernante. Rien de bien difficile, vu ton état actuel.

— Mon état actuel ?” Elle sent à présent la colère recouvrir son engourdissement d’une trame fluorescente.

“Tu sais bien ce qu’on veut dire, dit-il en haussant la voix. Tu parles toute seule. Tu as des copains imaginaires, à dix-sept ans. Tu as des accès de colère et tu te comportes comme un bébé !”

Elle grince des dents et fixe la table.

Il pousse un soupir de découragement devant son silence.

“C’est ça, le coupable se tait toujours. Mais nous ne voulons que ton bien et Viggo a des contacts à Ålborg qui pourront t’aider. Tu vas descendre chez lui ce printemps, et basta.”

Ils restent silencieux tandis qu’il boit un thé pour finir le repas. Il coince un morceau de sucre entre ses lèvres et fait passer le thé à travers, jusqu’à ce qu’il se dissolve.

Elles font silence pendant qu’il boit. Bruyamment, comme toujours.

“C’est pour ton bien”, conclut-il, avant de se lever et d’aller rincer sa tasse à l’évier en leur tournant le dos. Il ferme le robinet, s’essuie les mains et s’appuie contre l’évier. “Tu n’es pas encore majeure. Nous sommes responsables de toi. Pas de discussion.”

Ça, je sais, pense-t-elle. Pas de discussion, il n’y en a jamais eu.

Quartier Kronoberg

Quand Ivo Andrić, Schwarz et Åhlund quittent la salle de réunion, Hurtig se penche au-dessus de la table et s'adresse à Jeanette à voix basse. "Avant de continuer sur Silfverberg, où en sommes-nous de notre ancienne affaire ?

— Calme plat. En tout cas de mon côté. Et toi ? Tu as du nouveau ?"

Elle le voit s'éclairer. Fier de son travail. Utile.

Quelque chose dans son regard trahit une nonchalance feinte qu'elle sait signe d'impatience.

Nouvelle confirmation qu'il est le partenaire qu'il lui fallait.

"De bonnes et de mauvaises nouvelles, dit-il. Par quoi veux-tu que je commence ?

— Pas par un cliché, en tout cas", le coupe Jeanette. Il perd contenance et elle lui adresse un grand sourire. "Pardon, je blaguais. Commence par les mauvaises. Tu sais bien que c'est ce que je préfère.

— D'accord. D'abord la carrière juridique de Dürer et von Kwist. À part cinq ou six affaires classées dont ils étaient tous les deux parties prenantes, rien de bizarre. Et d'ailleurs ça n'a rien de surprenant, car ils s'occupaient du même type de crimes. J'ai trouvé plusieurs autres avocats chargés de plaider dans des affaires dont von Kwist était procureur. Tu peux vérifier, mais je crois que tu ne trouveras rien de ce côté."

Jeanette hoche la tête. "Continue.

— La liste des donateurs. La fondation Sihtunum Diaspora est soutenue par un groupe d'anciens élèves de l'internat de Sigtuna, des chefs d'entreprise et des hommes politiques, des gens ayant réussi, au passé sans tache. Peu d'entre eux ont un lien direct avec l'internat, mais on peut supposer qu'ils connaissent un ancien élève ou ont un autre contact qui y mène."

Chou blanc pour le moment, pense Jeanette en faisant signe à Hurtig de continuer.

"Pour l'adresse IP, c'était un peu compliqué. L'internaute qui a publié la liste des donateurs n'avait rien publié d'autre et j'ai un peu ramé pour l'identifier. Devine où ça nous conduit ?

— Dans un cul-de-sac ?"

Il fait un geste d'impuissance. "Un 7-Eleven de Malmö. Je suppose que c'est un cul-de-sac, puisque tu sais aussi bien que moi qu'ils ne conservent pas leurs bandes de vidéosurveillance d'un jour sur l'autre s'il ne s'est rien passé d'anormal. Avec vingt-neuf couronnes, rien de plus facile que d'acheter un ticket à un distributeur et de s'installer une heure devant un ordinateur.

— Mais nous connaissons en tout cas le moment exact où la personne qui a publié la liste se trouvait à Malmö. C'est toujours ça, non ? Tu as fini avec les mauvaises nouvelles ?

— Oui.

— Tu peux me mettre tout le dossier sur mon bureau demain matin ? Je voudrais faire des vérifications, pour en avoir le cœur net. Ne le prends pas mal, tu sais que je te fais confiance, mais quatre yeux voient mieux que deux et deux cerveaux pensent mieux qu'un seul.

— Naturellement.
— Et les bonnes nouvelles ?”
Jens Hurtig ricane. “Per-Ola Silfverberg est un des donateurs.”

Avant que Jeanette Kihlberg ne quitte l’hôtel de police, Dennis Billing l’informe du cadrage financier de l’enquête sur l’affaire Silfverberg. Dans sa voiture, elle se dit que le budget initial promis par Billing est dix fois supérieur à celui qui lui a été alloué pour l’enquête sur les meurtres de jeunes garçons.

Des enfants sans papiers ont moins de valeur qu’un gros bonnet suédois doté d’un gros compte en banque, constate-t-elle tandis qu’enfle sa colère.

Si seulement Billing lui avait donné les crédits pour procéder à un profilage correct de l’assassin, elle n’aurait pas eu à s’en occuper avec les moyens du bord.

Voilà Sofia amenée à faire le travail sans rémunération ni reconnaissance : Jeanette trouve cela gênant. Elle décide de ne pas presser Sofia, de lui laisser le temps qu’il lui faudra.

Elle songe aux facteurs qui décident à la fin de la valeur d’une vie humaine.

Est-ce le nombre de personnes en deuil à l’enterrement, la somme laissée aux héritiers, l’intérêt médiatique suscité par le décès ?

L’influence sociale du défunt ? Son origine ou la couleur de sa peau ?

Ou la somme des ressources policières engagées dans l’enquête criminelle ?

La mort de la ministre des Affaires étrangères Anna Lindh s’est soldée par une dépense de quinze millions de couronnes quand la Cour suprême a condamné son assassin Mijailo Mijailović à l'internement psychiatrique : les milieux policiers sont unanimes pour considérer cela comme une somme modérée, comparée aux trois cent cinquante millions que l'assassinat du Premier ministre Olof Palme a jusqu'à présent coûté à la société.

Vita Bergen

À son réveil, le corps de Sofia Zetterlund est courbaturé comme si elle avait couru des kilomètres dans son sommeil. Elle se lève et va dans la salle de bains.

Merde, quelle tête, pense-t-elle en se voyant dans la glace.

Ses cheveux sont en bataille et elle a oublié de se démaquiller avant d'aller se coucher. Le mascara s'est tartiné en œil au beurre noir et le rouge à lèvres couvre le menton d'une pellicule rose.

Mais que s'est-il donc passé hier soir ?

Elle ouvre le robinet et laisse un peu l'eau froide couler sur ses mains avant de les joindre en coupe pour se rincer le visage.

Elle se revoit chez elle en train de regarder la télévision. Mais après ?

Elle se sèche le visage, se retourne et écarte le rideau de douche. La baignoire est à moitié pleine d'eau. Une bouteille de vin vide est au fond, et l'étiquette qui flotte à la surface atteste que c'est le rioja très cher qui attendait dans le bas du bar depuis plusieurs années.

Ce n'est pas moi qui bois, se dit-elle. C'est Victoria.

Quoi à part quelques bouteilles et un bain ? Est-ce que je suis sortie cette nuit ?

Elle ouvre la porte et regarde dans l'entrée. Rien d'anormal.

Mais dans la cuisine, elle trouve un sac plastique devant le placard de l'évier et, avant même de l'ouvrir, elle comprend qu'il ne contient pas des ordures.

Des vêtements trempés qu'elle extirpe un à un du sac.

Son pull noir, un débardeur noir et son pantalon de jogging gris foncé. Avec un long soupir de découragement, elle les étale sur le sol de la cuisine pour les examiner de plus près.

Ces vêtements ne sont pas sales, mais dégagent une odeur aigre. Sans doute parce qu'ils sont restés toute la nuit dans le sac plastique. Elle les essore dans l'évier au-dessus d'une bassine.

L'eau qui en sort a une couleur brun sale et quand elle la goûte, elle devine une pointe de sel, sans pouvoir dire si cela vient d'un dépôt de sueur ou d'un séjour dans l'eau de mer.

Elle comprend qu'elle n'arrivera pas à savoir ce qu'elle a fait pendant la nuit, rassemble les vêtements et les met à sécher, puis vide la baignoire et jette la bouteille vide.

Elle regagne alors sa chambre, ouvre les persiennes et jette un œil au radio-réveil. Huit heures moins le quart. C'est tranquille. Dix minutes sous la douche, dix autres devant le miroir, puis taxi jusqu'à son cabinet. Premier client à neuf heures.

Linnea Lundström doit venir à une heure, mais avant? Elle ne sait pas.

Elle ferme la fenêtre et respire à fond.

Ça ne va pas. Ça ne peut plus durer. Victoria doit partir.

Une demi-heure plus tard, Sofia Zetterlund est dans le taxi. Elle inspecte son visage dans le rétroviseur tandis que la voiture descend Borgmästargatan.

Elle est satisfaite de ce qu'elle voit.

Son masque est en place mais, derrière, elle est secouée.

Elle se rend compte que rien n'a changé.

La seule différence, c'est que désormais elle a conscience de ses trous de mémoire.

Avant, ces blancs étaient une part d'elle-même si évidente que son cerveau ne les enregistrait même pas. Ils n'existaient tout simplement pas. À présent ils sont là, trous noirs et inquiétants dans sa vie.

Elle comprend qu'il lui faut apprendre à faire avec. Réapprendre à vivre, faire la connaissance de Victoria Bergman. L'enfant qu'elle était jadis. La femme adulte qu'elle est ensuite devenue, à l'insu du monde et d'elle-même.

Les souvenirs de la vie de Victoria, de son enfance au sein de la famille Bergman, ne sont pas classés comme des archives photographiques où il suffirait de sortir un dossier portant une certaine date ou la mention d'un certain événement et de regarder les images. Les souvenirs de son enfance lui reviennent en douce, s'immiscent en elle quand elle s'y attend le moins. Ils reviennent parfois tout seuls, d'autres fois c'est un objet ou un mot dans la conversation qui la projette dans le passé.

Dix minutes plus tôt, en attendant le taxi, elle a pelé une orange dans la cuisine. Le parfum du fruit lui a rappelé le jus d'orange bu un été à Dala-Floda quand elle avait huit ans. C'était la Coupe du monde de football en Argentine. Papa l'avait laissée tranquille parce que la Suède jouait un important match de qualification mais, après la défaite, il avait été si frustré qu'elle avait été forcée de le calmer avec ses mains. Soudain, elle s'est souvenue que son père s'était mis à cheval sur elle par terre dans la cuisine pendant qu'elle tirait sur son truc jusqu'à ce qu'il n'ait plus de jus et que ça avait un goût écœurant, comme des olives.

Le taxi s'arrête à un feu rouge en bas de Folkungagatan et Sofia Zetterlund songe à Annette Lundström. Un autre souvenir surgi par hasard.

Dans le visage amaigri d'Annette Lundström, Sofia a reconnu une jeune fille de la première année de Victoria à l'internat de Sigtuna. Une fille de deux ans plus âgée, une de celles qui chuchotait dans son dos, qui la regardait de travers dans les couloirs.

Elle est certaine qu'Annette Lundström se souvient des événements de la cabane à outils. Qu'elle s'était moquée d'elle. Et tout aussi certaine qu'Annette ne se doute pas un instant que la femme qu'elle a chargée d'un entretien thérapeutique avec sa fille est celle dont elle s'était jadis moquée.

Elle s'apprête à rendre service à cette femme. Aider sa fille à sortir d'un traumatisme. Le même traumatisme qu'elle a subi et dont elle sait qu'il ne s'efface pas.

Pourtant elle s'accroche à l'espoir que c'est possible, qu'elle va pouvoir éviter de se confronter à ces souvenirs et de les reconnaître comme siens. Son cerveau a tenté de la préserver en l'en empêchant. Mais en vain. Sans ces souvenirs, elle n'est qu'une coquille vide.

Et ça ne s'arrange pas. Au contraire.

Quand le taxi s'engage dans Folkungagatan, Sofia se demande si le moment n'est pas venu de recourir à des méthodes plus drastiques. La régression, le retour sous hypnose aux souvenirs anciens pourrait être une solution, mais cette méthode nécessite l'intervention d'un thérapeute et elle voit tout de suite que ce n'est pas possible. C'est trop risqué dans la mesure où elle n'a pas la moindre idée des faits et gestes de Victoria, c'est-à-dire des siens, aussi bien autrefois que ces derniers mois.

Elle pense à toutes les conversations qu'elle a eues avec Victoria devant le magnétophone, ces séances qui ne sont rien d'autre qu'une thérapie sous auto-hypnose, mais elle sait aussi que cette méthode est incontrôlable. Les monologues de Victoria Bergman ont leur vie propre et pour vraiment découvrir ce que Victoria Bergman a vécu, il faut que ce soit elle, Sofia Zetterlund, qui guide les entretiens.

Elle a beau tourner et retourner le problème dans tous les sens, la seule solution est que Victoria Bergman et Sofia Zetterlund se fondent en une seule et même personne, en une seule conscience ayant accès aux pensées et souvenirs de l'autre.

Elle comprend aussi que c'est impossible tant que Victoria la rejette, voire méprise cette part d'elle-même qu'est Sofia Zetterlund. Et Sofia de son côté se cabre à l'idée de reconnaître les actes de violence commis par Victoria. Elles sont deux personnes sans aucun dénominateur commun.

À part celui de partager le même corps.

Quartier Kronoberg

“Tu as de la visite ! crie Hurtig à Jeanette à sa sortie de l’ascenseur. Charlotte Silfverberg est dans ton bureau. Tu veux que je vienne aussi ?”

Jeanette s’attendait à devoir prendre contact avec Charlotte Silfverberg, et non l’inverse. Juste après le meurtre, Charlotte était trop choquée pour pouvoir parler, mais aujourd’hui elle a visiblement quelque chose sur le cœur.

“Non, je m’en occupe.” Jeanette décline d’un geste de la main et continue dans le couloir. La porte de son bureau est ouverte.

Charlotte Silfverberg, de dos, regarde par la fenêtre.

“Bonjour.” Jeanette gagne son bureau. “Je suis contente que vous soyez venue. Je pensais vous appeler. Comment allez-vous ?”

Charlotte Silfverberg se retourne, mais reste près de la fenêtre. Elle ne répond pas.

Jeanette la voit hésiter. “Asseyez-vous, si vous voulez.” Jeanette lui montre le siège en face d’elle.

“Ça va, je préfère rester debout. Je ne vais pas m’attarder.

— Bon… Vous vouliez me parler de quelque chose en particulier ? Sinon, j’avais quelques questions.

— Allez-y.

— Sihtunum Diaspora, dit Jeanette. Votre mari fait partie des donateurs. Que savez-vous de cette fondation ?”

Charlotte se tortille. “Rien, à part que c’est un club d’hommes qui se réunissent une fois par an pour discuter d’œuvres de bienfaisance. Personnellement, je crois que c’est surtout un prétexte pour boire des alcools fins et parler du bon vieux temps. C’était une tradition, tous les ans ils faisaient une sortie en mer à bord du *Gilah*. Leur voilier.

— Jamais avec vous ?

— Non. On ne nous demandait jamais si nous voulions venir. C’était pour ainsi dire une affaire de garçons.

— Vous savez sûrement que Viggo et sa femme ont eu un accident voilà quelques semaines ?

— Oui, j’ai lu ça dans le journal. Le *Gilah* a brûlé.”

Jeanette songe à Bengt et Birgitta Bergman. Brûlés eux aussi. On considère que c’est un accident.

Il y a quelque chose qui lui échappe.

“Savez-vous si quelqu’un aurait pu vouloir tuer les Dürer ? Ou Viggo en particulier ?

— Aucune idée. Je le connaissais à peine.

— Et vous ne savez rien d’autre sur cette fondation ?

— Non, vraiment. Ça n’avait pas l’air de trop intéresser Peo, et il a plusieurs fois parlé d’arrêter de leur donner de l’argent.

— Il en donnait beaucoup ?

— Non, quelques billets de mille chaque année. Au maximum dix mille, je crois.”

Jeanette suppose que cette femme n’en sait pas plus qu’elle ne dit. “Bon… Et de quoi vouliez-vous me parler ? reprend-elle.

— Il y a quelque chose que je dois vous dire.” Charlotte s’interrompt, déglutit et croise les bras. “Je crois que c’est important.

— D’accord.” Jeanette feuillette son carnet jusqu’à une page vide. “Je vous écoute.

— Alors voilà, commence Charlotte, hésitante. Il y a treize ans, l'année avant notre installation ici, Peo a été accusé de quelque chose. Il a été mis hors de cause et tout s'est bien sûr arrangé…"

Accusé de quelque chose, pense Jeanette en se rappelant l'article lu dans le journal. Donc quelque chose de compromettant ? Elle est sur le point d'interrompre Charlotte, mais décide de la laisser continuer.

"Depuis, je… Bon, pas souvent… Et je ne crois pas que Peo ait rien remarqué."

Allez, accouche ! pense Jeanette, en s'efforçant de cacher son impatience.

Charlotte s'appuie au rebord de la fenêtre. "Parfois, je me suis sentie suivie, finit-elle par dire. J'ai reçu quelques lettres.

— Des lettres ?" Jeanette n'arrive plus à garder le silence. "Quel genre de lettres ?

— Eh bien, je ne sais pas bien. C'était bizarre. La première est arrivée juste après l'abandon des poursuites contre Peo. Nous avons supposé que c'était une féministe quelconque fâchée que Peo ne soit pas mis en examen.

— Que disait cette lettre ? Vous l'avez gardée ?

— Non, ce n'était qu'un fatras incohérent, alors nous l'avons jetée. Rétrospectivement, c'était bête."

Bordel, pense Jeanette. "Qu'est-ce qui vous fait croire que c'était une féministe ? De quoi était-il soupçonné ?"

Charlotte Silfverberg semble soudain hostile. "Ça, vous pouvez le vérifier vous-même, non ? Je ne veux pas en parler. Pour moi c'est du passé."

Jeanette sent que Charlotte la considère comme une ennemie. Certes policière, mais pas dans son camp. Ou alors justement à cause de ça, songe-t-elle en hochant la tête.

Mieux vaut ne pas la braquer. "Vous n'avez pas la

moindre idée de l'origine de cette lettre? dit Jeanette avec un sourire mielleux.

— Non. Comme je disais, c'était peut-être quelqu'un qui n'appréciait pas de voir Peo blanchi." Elle se tait, respire profondément et continue. "Il y a une semaine, une autre lettre est arrivée. Je l'ai avec moi."

Charlotte sort de son sac une enveloppe blanche et la pose sur le bureau.

Jeanette prend une paire de gants en latex dans le tiroir du bas et se dépêche de les enfiler. Bien sûr, la lettre a été touchée par Charlotte Silfverberg et d'innombrables postiers, mais c'est un réflexe.

Le cœur battant, elle prend la lettre.

Une enveloppe blanche, tout à fait ordinaire. Le genre qu'on achète à la dizaine au supermarché.

Postée à Stockholm, adressée à Per-Ola Silfverberg, en majuscules, à l'encre noire, d'une écriture enfantine. Jeanette fronce les sourcils.

Elle ouvre délicatement l'enveloppe avec le dos de l'index.

La lettre est une feuille A4 blanche ordinaire. Qu'on trouve partout en rames de cinq cents.

Jeanette la déplie et lit. Les mêmes majuscules à l'encre noire : ON EST TOUJOURS RATTRABÉ PAR SON PASSÉ.

Ça, c'est une phrase originale, pense Jeanette en soupirant. Elle regarde Charlotte Silfverberg. "Je remarque une faute d'orthographe, dit-elle alors. Ça vous dit quelque chose?

— Ce n'est pas forcément une faute, dit Charlotte. Ça peut aussi être du danois.

— Vous comprenez que ceci est une pièce à conviction. Pourquoi avoir attendu une semaine?

— Eh bien, je n'étais pas vraiment moi-même. Je viens juste d'avoir le courage de retourner à l'appartement."

La honte, pense Jeanette. La honte s'en mêle toujours.

Ce dont Per-Ola Silfverberg a été soupçonné avait forcément quelque chose de honteux.

"Je comprends. Vous pensez à autre chose ?

— Non... En tout cas rien d'aussi concret." Charlotte montre la lettre de la tête. "La semaine dernière, j'ai reçu deux coups de téléphone. Personne au bout du fil. Un silence, puis on a raccroché."

Jeanette secoue la tête. "Excusez-moi", dit-elle en décrochant son téléphone. Elle compose le numéro du poste de Hurtig.

"Per-Ola Silfverberg, dit-elle quand Hurtig décroche. Ce matin, j'ai contacté la police de Copenhague au sujet des poursuites contre lui qui avaient été abandonnées. Tu peux vérifier si je n'ai pas reçu de fax ?"

Jeanette raccroche et se cale au fond de son siège.

Les joues de Charlotte Silfverberg sont écarlates. "Je me demandais..." commence-t-elle d'une voix mal assurée. Elle se racle la gorge et poursuit. "Est-il possible de bénéficier d'une forme de protection policière ?"

Jeanette comprend que c'est nécessaire. "Je vais faire ce que je peux, mais ce n'est pas sûr que j'y arrive dès aujourd'hui.

— Merci." Charlotte Silfverberg semble soulagée. Elle se dépêche de rassembler ses affaires et se dirige vers la porte quand Jeanette ajoute : "Je peux avoir besoin d'un entretien complémentaire avec vous. Peut-être dès demain."

Charlotte s'arrête sur le pas de la porte. "D'accord", dit-elle dos tourné à Jeanette au moment où Hurtig entre avec un dossier brun. Il salue Charlotte de la tête, se fraye un passage et jette le dossier sur le bureau de Jeanette avant de ressortir.

Jeanette entend les pas de Charlotte s'éloigner vers l'ascenseur.

Avant de se plonger dans le dossier, elle va se chercher un café.

L'enquête préliminaire du cas Per-Ola Silfverberg comprend en tout et pour tout dix-sept pages.

La première chose qui frappe Jeanette est que Charlotte, en plus d'avoir tu l'objet de cette enquête, a omis un détail non sans importance.

Charlotte et Per-Ola Silfverberg ont une fille.

Tvålpalatset

Un insomniaque à neuf heures, un anorexique à onze.

Sofia se souvient à peine de leurs noms en parcourant à son bureau le résumé des séances.

Son corps est en désordre après le trou noir de la nuit. Ses mains moites et gelées, sa bouche sèche. Troubles qui s'accentuent à l'approche de la visite de Linnea Lundström. Dans quelques minutes, Sofia va se rencontrer elle-même à l'âge de quatorze ans. L'adolescente de quatorze ans à qui elle a tourné le dos.

Elle arrive au cabinet à une heure, accompagnée d'un aide-soignant de l'unité pédopsychiatrique de Danderyd.

Linnea semble plus mûre que son âge. Son corps et son visage ne sont pas ceux d'une gamine de quatorze ans. Forcée bien trop tôt à devenir adulte, elle porte déjà en elle un enfer qu'elle passera tout le reste de sa vie à tenter d'apprivoiser.

Sofia la salue de sa voix la plus engageante et la fait asseoir.

"Vous pouvez attendre à côté avec un journal, dit-elle à son accompagnateur. Nous en avons pour quarante-cinq minutes."

L'aide-soignant sourit et sort en fermant la porte. "À tout à l'heure, Linnea", dit-il, mais la fille ne répond pas.

Au bout d'un quart d'heure, Sofia comprend que ce ne sera pas facile.

Elle s'attendait à une jeune fille pleine de noirceur et de haine, prostrée dans le mutisme, mais aussi parfois sujette à des explosions impulsives autodestructrices. Sofia aurait alors su à quoi s'en tenir.

Mais c'est tout autre chose.

Linnea Lundström élude ses questions, son attitude est fuyante, elle ne la regarde jamais dans les yeux. Elle est assise à moitié détournée et tripote une poupée Bratz qui lui sert de porte-clés. Sofia s'étonne que le chef psychiatre de Danderyd ait réussi à lui faire accepter cette visite.

Au moment où Sofia s'apprête à demander à Linnea ce qu'elle attend de cette séance, la fille la devance avec une question qui la surprend.

“Mais que vous a dit papa, en fait?”

La voix de Linnea est étonnamment claire et ferme, mais son regard ne quitte pas le porte-clés. Sofia ne s'attendait pas à une question aussi directe, et elle hésite. Elle ne doit pas donner une réponse qui permette à la fille de prendre une posture complètement distanciée.

“Il a livré des aveux, commence Sofia. Beaucoup se sont révélés faux, d'autres plus ou moins véridiques.”

Elle marque une pause pour étudier la réaction de Linnea. La fille reste impassible.

“Mais qu'est-ce qu'il a dit de moi?” dit-elle après un moment.

Sofia songe aux trois dessins qu'Annette lui a montrés. Trois scènes dessinées dans son enfance par Linnea, qui décrivent probablement des abus sexuels.

“La même chose qu'à la police. Je n'en sais pas plus qu'eux.

— Pourquoi voulez-vous me voir, alors? demande Linnea en la regardant pour la première fois, même si ce n'est qu'un coup d'œil. Annette a dit que vous comprenez… compreniez papa. Il l'a dit à Annette. Que vous le compreniez. C'est vrai ?"

Encore une question directe. Sofia se réjouit de voir la fille commencer à s'intéresser et réplique par une question qu'elle s'efforce de prononcer avec le plus de douceur possible. "Si tu penses qu'en comprenant ton père tu iras mieux, alors on peut t'aider. Le veux-tu ?"

Linnea ne répond pas tout de suite. Elle se tortille un moment sur son siège. Elle hésite. "Vous pouvez m'aider ? finit-elle par dire en fourrant son porte-clés dans sa poche.

— Je crois. J'ai une longue expérience d'hommes comme ton père. Mais j'ai aussi besoin de ton aide. Peux-tu m'aider à t'aider ?

— Peut-être, dit la fille. Ça dépend."

La séance terminée – prolongée de dix minutes – Sofia ressent un grand soulagement. Le dos de Linnea disparaît dans l'ascenseur. Même si elle est rentrée dans sa coquille dès l'arrivée de l'aide-soignant, Sofia l'a vue s'ouvrir pendant la séance. Elle sait qu'il est encore trop tôt pour espérer quoi que ce soit, mais après la méfiance du début, l'entretien s'est passé mieux que prévu, et elle nourrit un bon espoir de réussir à s'approcher de la jeune femme, pour autant qu'elle ait vu la vraie Linnea, et non une coquille vide.

Elle referme la porte et s'installe à son bureau devant ses notes.

D'expérience, elle sait qu'on ne peut pas tout réparer. Il reste toujours quelque chose qui bloque.

Quartier Kronoberg

Jeanette vient juste d'avoir une longue conversation avec Dennis Billing. Des efforts de persuasion idoines lui ont permis de lui arracher deux policiers pour la protection de Charlotte Silfverberg.
Le téléphone raccroché, elle commence aussitôt à lire le dossier de l'enquête danoise sur Per-Ola Silfverberg.

La plaignante est la fille adoptive de Per-Ola et Charlotte.

Placée dès sa naissance chez la famille Silfverberg, dans une banlieue de Copenhague.

Le motif de son placement en famille d'accueil n'est pas précisé.

Comme le dossier est public, on a caviardé le nom de la plaignante, mais Jeanette sait qu'elle peut facilement retrouver le nom de la fille.

Elle est quand même dans la police.

Mais ce qui l'intéresse avant tout pour le moment, c'est de comprendre qui est Per-Ola Silfverberg. Ou plutôt était.

Cela commence à prendre forme.

Jeanette voit des erreurs, des négligences, des absences d'enquête et des manipulations. Des policiers et des procureurs qui n'ont pas fait leur travail, des personnes influentes qui ont menti ou déformé les faits.

De tout ce qu'elle lit transpire un manque d'énergie, de volonté ou de compétence pour aller au fond des choses. On s'est remarquablement évertué à ne pas enquêter sur Per-Ola Silfverberg.

Jeanette continue à feuilleter le dossier et, plus elle lit, plus grandit son découragement.

Elle s'occupe d'affaires criminelles, mais se sent littéralement cernée par les délinquants sexuels.

Un défilé.

Morts et vivants.

Violence et sexualité, songe-t-elle.

Deux comportements que tout devrait séparer, mais qui semblent pourtant aller de pair.

À la fin de sa lecture, elle est épuisée, mais elle doit aller mettre Hurtig au courant des faits nouveaux. Elle prend ses notes et se dirige en traînant les pieds vers son bureau.

Elle trouve Jens Hurtig plongé dans un dossier semblable à celui qu'elle vient de lire.

“Qu'est-ce que c'est que ça ? s'étonne Jeanette en montrant les papiers.

— Les Danois ont envoyé d'autres documents et je me suis dit que c'était aussi bien que je les lise, histoire de gagner du temps.” Hurtig lui sourit et continue. “Qui commence, toi ou moi ?

— Moi, dit Jeanette en s'asseyant. Per-Ola Silfverberg, ou Peo, comme on l'appelle, a donc été soupçonné voilà treize ans d'avoir abusé de sa fille adoptive, âgée de sept ans.

— Elle venait tout juste d'avoir sept ans, glisse Hurtig.

— D'accord. Sais-tu aussi qui a porté plainte ? Ce n'est pas dans mes papiers.

— Ni dans les miens. Mais sans doute quelqu'un de l'école de la fille.

— Probablement." Jeanette regarde ses notes. "En tout cas, sa fille a décrit en détail, je cite, *les châtiments corporels utilisés par Per-Ola à des fins éducatives, et autres violences subies, mais a eu des difficultés à évoquer des violences sexuelles.*" Jeanette repose les papiers, reprend son souffle et constate : "Mais elle a clairement exprimé un puissant dégoût et décrit les actes de Per-Ola comme anormaux."

Hurtig secoue la tête. "Quel porc! Si une fillette de sept ans trouve que son papa..." Il se tait et Jeanette reprend son élan.

"La fillette revient sur les descriptions de la violence physique exercée par Peo, des baisers avec la langue qu'il exigeait d'elle et des toilettes approfondies du bas-ventre qu'elle subissait.

— S'il te plaît..." Hurtig la supplie presque, mais Jeanette veut en finir et continue impitoyablement.

"La fillette a donné des détails précis et décrit en détail ses réactions émotives lors de visites nocturnes que Peo aurait faites dans sa chambre. La description déposée par la fillette sur son comportement dans son lit suggère qu'il s'est livré avec elle à des rapports anaux et vaginaux." Elle marque une pause. "Voilà, en gros, c'est tout."

Hurtig va à la fenêtre. "Tu veux bien que j'ouvre, j'ai besoin d'air." Sans attendre sa réponse, il pousse son pot de fleurs et ouvre la fenêtre. "Des rapports ? dit-il, le regard tourné vers le parc. S'agissant d'une enfant, on ne peut pas tout de suite appeler ça un viol, merde ?"

Jeanette n'a pas la force de répondre.

Le courant d'air fait trembler les papiers et le bruit des jeux d'enfants se mêle à celui des claviers qui crépitent et au ronron de l'air conditionné.

"Pourquoi a-t-on alors abandonné les poursuites ?" Hurtig se tourne vers Jeanette.

Elle soupire et lit : “*Considérant qu'aucun examen n'a pu être pratiqué sur la fillette, on ne peut cependant pas exclure qu'il y ait lieu de douter de la véracité des faits.*

— Quoi ? *Pas exclure qu'il y ait lieu de douter ?*” Hurtig tape du plat de la main sur la table. “Qu'est-ce que c'est que ce charabia ?”

Jeanette rit. “En clair, on n'a pas cru la fillette. Et le défenseur de Peo a eu beau jeu de souligner que, lors de son audition préliminaire, l'enquêteur orientait les déclarations par ses questions et avait parfois un peu tendance à forcer les réponses, alors…” Elle soupire. “Le délit ne peut être établi. Affaire classée.”

Hurtig ouvre son propre dossier et le feuillette à la recherche d'un document. Quand il l'a trouvé, il le pose sur la table.

Il s'apprête à lire quand dans le parc voisin un enfant se met à hurler et éclate en sanglots. Il s'interrompt et se gratte l'oreille en attendant que quelqu'un le console ou au moins le fasse taire.

“Alors, qu'est-ce que tu as ? Autre chose ?” Jeanette sort une cigarette et approche son fauteuil de la fenêtre. “Ça ne te dérange pas ?”

Hurtig secoue la tête, vide un porte-crayon en fer-blanc et le lui tend comme cendrier.

“Oui, il y a autre chose.

— J'écoute.” Jeanette allume sa cigarette et souffle la fumée par la fenêtre ouverte, mais remarque que la plus grande part est refoulée à l'intérieur.

“Après cette enquête, les Silfverberg, Per-Ola et Charlotte, donc, se sentent montrés du doigt et harcelés, et ne veulent plus entendre parler de cette fillette. Les services sociaux danois la placent dans une famille d'accueil. Là aussi dans la région de Copenhague.

— Et qu'est-elle devenue ?

— Je n'en sais rien, mais à mon avis, elle ne peut pas aller plus mal.

— Elle doit avoir dans les vingt ans aujourd'hui, constate Jeanette, et Hurtig opine du chef.

— Mais voilà le fait curieux." Il se redresse. "Les Silfverberg s'installent en Suède, à Stockholm. Achètent l'appartement de Glasbruksgränd et tout va pour le mieux dans le meilleur des mondes.

— Mais ?

— Pour une raison X, la police de Copenhague souhaite un interrogatoire complémentaire et nous contacte.

— Quoi ?

— Et nous l'avons convoqué.

— Qui était présent ?"

Hurtig pose le document et le fait glisser vers elle en montrant la ligne du bas.

Jeanette lit au-dessus de son doigt.

Responsable de l'interrogatoire : Gert Berglind, unité viol et inceste.

Les enfants du parc et les claviers de la pièce voisine se taisent.

Ne restent que l'air conditionné et la respiration rapide de Hurtig.

L'index de Hurtig.

Son ongle bien coupé, sans rognure.

Avocat de la défense : Viggo Dürer.

Jeanette lit et comprend que derrière un voile très mince gît une autre vérité. Une autre réalité.

Assistant : Kenneth von Kwist, procureur.

Mais cette réalité est infiniment plus horrible.

Danemark, 1988

Elle n'aimait pas les gens âgés et décatis. Au rayon lait, un vieux s'est approché beaucoup trop près avec son odeur douceâtre d'urine, de crasse et de graillon.
La bonne femme du rayon viande qui est arrivée avec un seau d'eau lui a dit que ce n'était pas grave et a essuyé tout ce qu'elle avait avalé au petit-déjeuner.

"Tu le sens ?" Le Suédois la regarde, tout excité. "Allez, enfonce encore un peu le bras ! N'aie pas peur !"

Les cris de la truie font hésiter Victoria. Elle est dedans presque jusqu'au coude.

Encore quelques centimètres et elle sent enfin la tête du porcelet. Le pouce sous la mâchoire, l'index et le majeur au-dessus du crâne, derrière les oreilles. Comme Viggo lui a enseigné. Puis tirer, doucement.

"Bien ! Ça vient. Sors-le !"

Ils pensent que c'est le dernier. Sur la paille, autour de la mère, dix porcelets jaunâtres et tachetés frétillent en se battant pour les tétines. Viggo a assisté à toute la mise bas. Le Suédois s'est occupé des trois premiers, les sept autres sont sortis tout seuls.

Les muscles de la vulve serrent fort le bras de Victoria et, un instant, elle croit que la truie a une crampe. Mais en tirant un peu plus fort, les muscles se détendent et, en moins d'une seconde, le porcelet est à moitié sorti. Une seconde encore et il est sur la paille sanglante et souillée.

Sa patte arrière tremblote, puis il reste immobile.

Le Suédois rit, soulagé. "Tu vois ! Ce n'est pas si dur que ça !"

Ils attendent. Viggo se penche et caresse le dos des porcelets.

"Pon dravail", dit-il avec un sourire de biais à Victoria.

Les porcelets restent toujours immobiles environ trente secondes après leur naissance. On les croit morts, puis ils se mettent d'un coup à gigoter à l'aveuglette à la recherche des tétines de la truie. Mais ce dernier porcelet a tremblé de la patte. Pas les autres.

Elle compte en silence et, arrivée à trente, elle s'inquiète. A-t-elle serré trop fort ? Tiré de travers ?

Le sourire de Viggo s'éteint tandis qu'il examine le cordon ombilical. "*Ach !* Il est bort…"

Mort ?

Bien sûr, qu'il est mort. Je l'ai étranglé. Ça doit être ça.

Viggo baisse ses lunettes et la regarde gravement. "Ça va. Le cordon est apîmé. Ce n'est bas ta faute."

Oh si, c'est ma faute. Et la truie va bientôt le manger. Dès qu'on sera partis, elle va se goinfrer, manger tout ce qu'elle pourra.

Dévorer son propre petit.

Viggo Dürer possède une grande ferme près de Struer et, après la mise bas, Victoria a pour seule compagnie, à part ses manuels scolaires, trente-quatre porcs de race danoise, un taureau, sept vaches et un cheval mal soigné. La ferme est une bâtisse à colombages mal entretenue dans un paysage triste et plat battu par le vent, comme la Hollande, en plus laid. Un patchwork de champs inhospitaliers, venteux et sinistres s'étend jusqu'à l'horizon où l'on entrevoit une mince bande bleue, le golfe de Venø.

Elle est là pour deux raisons, étudier et se changer les idées.

Les vraies raisons sont aussi au nombre de deux.

Isolement et discipline.

Il appelle ça se changer les idées, songe-t-elle en se levant de son lit. Mais il s'agit d'être isolée. D'être maintenue à l'écart des autres, dans la discipline. Rester dans un cadre strict. Travail domestique et études. Faire le ménage, la cuisine, et étudier.

Travailler avec les cochons. Et les porcs qui visitent régulièrement sa chambre.

Ce qui compte pour elle, ce sont ses études. Elle a choisi de s'inscrire par correspondance en psychologie à l'université d'Ålborg : son seul contact avec le monde extérieur est son tuteur, qui lui envoie de temps en temps des commentaires écrits et impersonnels sur ses travaux.

Elle rassemble ses livres sur son bureau et tente de se mettre à lire. Mais impossible. Les pensées tournent dans sa tête, elle referme presque aussitôt son livre.

La distance, songe-t-elle. Emprisonnée dans une ferme au milieu de nulle part. Distance de papa. Distance des gens. Cours de psychologie à distance, enfermée avec elle-même dans une pièce chez un éleveur de porcs diplômé de l'université.

L'avocat Viggo Dürer est venu la chercher à Värmdö sept semaines plus tôt et a roulé presque mille kilomètres avec elle à travers une Suède nocturne et un Danemark à peine réveillé.

Victoria regarde par la fenêtre embuée la cour de ferme où est garée la voiture. Elle est tellement ridicule.

Quand elle se gare, c'est comme si elle lâchait un pet, elle gémit et s'affaisse avec une génuflexion soumise.

Viggo est dégoûtant à regarder, mais elle sait que son intérêt pour elle diminue chaque jour. À mesure qu'elle grandit. Il voudrait qu'elle se rase, mais elle refuse.

"Va plutôt raser les cochons!" lui dit-elle.

Victoria baisse le store. Elle veut juste dormir, même si elle sait qu'il faudrait qu'elle se consacre à ses études. Elle est en retard, non qu'elle manque de motivation, mais parce qu'elle trouve que le cours se traîne. Un sujet après l'autre. Des connaissances superficielles, sans réflexion approfondie.

Elle ne veut pas se presser et pour cette raison s'enlise dans ses lectures, bat la campagne et rentre en elle-même.

Personne ne voit donc combien c'est important? On ne peut pas traiter de la psyché humaine en un devoir sur table. Deux cents mots sur la schizophrénie ou le trouble délirant, c'est risible. Rien qui puisse prouver qu'on a compris quoi que ce soit.

Elle se recouche sur son lit et songe à Solace. La fille qui a rendu supportable son séjour à Värmdö. Solace a servi d'ersatz à son père pendant presque six mois. À présent, voilà sept semaines qu'elle est partie.

Victoria sursaute en entendant la porte extérieure claquer un étage plus bas. Elle entend bientôt des voix à la cuisine et constate que c'est Viggo avec un autre homme.

Le Suédois, encore? pense-t-elle. Oui, sûrement.

Elle ne distingue pas un mot, le son des voix est déformé par l'épaisseur du vieux parquet, qui assourdit tout, mais elle reconnaît la mélodie de la langue.

Bien sûr, c'est le Suédois. Pour la troisième fois cette semaine.

Doucement elle descend du lit, vide son verre d'eau dans le pot de fleurs, le pose à terre, collé contre son oreille.

D'abord elle n'entend que son propre pouls, mais quand ils recommencent à parler, elle distingue clairement ce qu'ils disent.

"Oublie ça!" C'est la voix de Viggo. Le Suédois a beau vivre au Danemark depuis des années, il a du mal avec le dialecte du Jutland, et Viggo lui parle toujours en suédois.

Elle déteste le suédois de Viggo, son accent sonne forcé et il parle lentement, comme s'il s'adressait à un enfant ou à un idiot.

Les premières semaines, il lui parlait en suédois, à elle aussi, jusqu'à ce qu'elle décide de lui répondre systématiquement en danois.

Elle ne lui adresse jamais la parole.

"Et pourquoi pas?" Le Suédois semble irrité.

Viggo se tait quelques secondes. "C'est trop risqué. Tu comprends?

— Je fais confiance au Russe, et Berglind se porte garant. Si tu nous fais confiance, à moi et à Berglind, tu peux bien faire confiance au Russe. Putain, qu'est-ce qui t'inquiète?"

Le Russe? Berglind? Elle ne comprend pas de quoi ils parlent.

Le Suédois continue. "Et puis personne ne viendra réclamer un morveux russe?

— Mets-la en veilleuse. Il y a une morveuse là-haut qui entend peut-être ce que tu dis.

— À propos..." Le Suédois rit à nouveau et, ignorant les mises en garde de Viggo, continue à parler fort. "Comment ça s'est passé à Ålborg? Tout est prêt pour l'enfant?"

Viggo se tait avant de répondre. "Les derniers papiers seront faits cette semaine. T'inquiète pas, tu vas l'avoir, ta gosse."

Victoria est troublée. Ålborg? Mais c'était là que...

Elle les entend bouger là-dessous, des pas, puis la porte qui se referme. En écartant le rideau, elle les voit se diriger vers les communs.

Elle prend son journal dans la table de nuit, se blottit dans son lit et attend. Reste couchée tout éveillée avec comme toujours son sac à dos prêt au pied du lit.

Le Suédois reste à la ferme jusqu'aux petites heures. Ils s'en vont à l'aube. Il est quatre heures et demie quand elle entend le bruit des voitures qui s'éloignent.

Elle sait qu'ils vont à Thisted, de l'autre côté du Limfjorden, et que Viggo ne reviendra pas avant plusieurs heures.

Elle se lève, glisse son journal dans la poche extérieure de son sac, la referme et regarde l'heure. Cinq heures moins le quart. Il ne rentrera pas avant dix heures au plus tôt et alors elle sera loin.

Avant de sortir, elle ouvre l'armoire du séjour.

Il y a là une boîte à musique du XVIIIe que Viggo fait souvent admirer à ses visiteurs. Elle décide de voir si elle est aussi précieuse qu'il le raconte.

Dans le soleil vif du matin, elle marche jusqu'à Struer, où on la prend en stop pour Viborg.

Là, elle attrape le train de sept heures pour Copenhague.

Tvålpalatset

Il lui faut moins d'une minute sur l'ordinateur du cabinet pour trouver une photo de Viggo Dürer. Son cœur se met à battre à tout rompre quand elle voit son visage, et elle comprend que c'est Victoria qui tente de lui dire quelque chose. Pourtant, ce vieil homme au visage mince ne lui dit rien du tout, à part ce malaise en elle et le souvenir d'une eau de toilette.

Elle sauve l'image sur le disque dur et l'imprime en haute définition. Puis elle se donne dix minutes, assise à son bureau devant le tirage couleur, à essayer de se souvenir.

C'est un portrait en buste. Elle observe chaque détail du visage et des vêtements. Il est pâle, le cheveu rare, peut-être soixante-dix ans, mais pas particulièrement ridé. Son visage est plutôt lisse. Il a plusieurs gros grains de beauté, des lèvres charnues, un nez fin et des joues creuses. Costume gris, cravate noire et à la boutonnière une broche aux couleurs de son cabinet d'avocat.

Rien d'autre.

Aucun souvenir concret. Victoria ne lui donne aucune image, aucun mot, juste des vibrations.

Elle pose la photo sur le dessus de son classe-documents, pousse un soupir de découragement et regarde l'heure. Ulrika Wendin est en retard.

La jeune femme maigre répond au salut de Sofia par un faible sourire.

Elle accroche son manteau au dossier du fauteuil et s'assoit.

"Je suis venue aussi vite que j'ai pu."

Elle a les yeux cernés. Plusieurs jours de cuite, pense Sofia. "Comment allez-vous ?"

Ulrika sourit en coin et semble gênée, mais n'hésite pas à raconter. "Samedi dernier, j'étais dans un bar, j'ai trouvé un mec qui avait l'air OK et je l'ai ramené chez moi. On s'est partagé une bouteille de Rosita et on est allés au lit."

Sofia ne voit pas où elle veut en venir et se contente de hocher la tête en attendant la suite.

Ulrika rit. "Je ne sais pas si je l'ai vraiment fait. Je veux dire aller le pêcher, comme ça. J'ai l'impression que c'est quelqu'un d'autre qui l'a fait, mais en même temps, j'étais bien bourrée."

Ulrika marque une pause et extrait un paquet de chewing-gums de sa poche. Plusieurs billets de cinq cents viennent avec.

Elle se dépêche de les y remettre, sans faire de commentaire.

Sofia l'observe en silence.

Elle sait qu'Ulrika est au chômage et ne peut pas toucher de bien grosses sommes.

D'où vient cet argent ?

"J'ai pu me détendre avec lui, continue Ulrika sans la regarder. Parce que ce n'était pas moi qui couchais avec lui. Moi, je souffre de vestibulite. Gênant, hein ? Je ne peux faire entrer personne de mon plein gré, mais lui, j'ai pu, parce que ce n'était pas moi qui étais couchée là."

Vestibulite ? Pas elle qui était couchée là ? Sofia pense au viol que Karl Lundström a fait subir à Ulrika. Elle sait qu'une des causes présumées de la vestibulite est la toilette trop fréquente du bas-ventre. Les muqueuses s'assèchent et deviennent fragiles, les terminaisons nerveuses et les muscles subissent des lésions et la douleur est permanente.

Souvenirs d'heures passées sous la douche fumante à se récurer, la grosse éponge et l'odeur de savon, sans jamais parvenir à se débarrasser de sa puanteur.

"Tout était parfait, continue Ulrika. Le matin, il n'était plus là. Je ne l'ai même pas vu partir.

— Il vous a donné de l'argent ?" Sofia désigne de la tête la poche d'Ulrika. Question indélicate, elle s'en rend compte aussitôt.

"Non." Ulrika lorgne en direction de sa poche et en resserre le cordon. "Rien de ce genre. Je ne fais pas ça. Quelque chose en moi en avait vraiment envie."

Être obligée de devenir une autre pour ressentir du désir, l'intimité. Pour pouvoir être normale. Être détruite, à jamais, parce qu'un homme a fait son affaire. Sofia bout intérieurement.

"Ulrika…" Sofia se penche au-dessus du bureau pour appuyer sa question.

"Pouvez-vous me dire ce que c'est que la jouissance ?"

La fille reste un moment silencieuse avant de répondre. "Le sommeil.

— Comment est votre sommeil ? Pouvez-vous m'en parler ?"

Ulrika pousse un profond soupir. "Vide. Ce n'est rien.

— Donc pour vous, jouir, c'est ne rien sentir ?" Sofia songe à ses talons écorchés, à la douleur dont elle a besoin pour se sentir en paix. "Donc la jouissance n'est rien ?"

Ulrika ne répond pas. Elle se redresse et dit, furieuse, le regard noir :

"Après que ces salauds m'ont violée dans cet hôtel, j'ai picolé tous les jours pendant quatre ans. Après, j'ai essayé de me reprendre, mais à quoi bon ? Toujours les mêmes emmerdes." L'expression du visage d'Ulrika est pleine de haine. "Bien sûr, ça a commencé dans cette chambre d'hôtel, mais depuis, l'enfer n'a fait que continuer.

— Quelles emmerdes ?"

Ulrika s'affaisse dans son fauteuil.

"C'est comme si mon corps ne m'appartenait pas, ou qu'il s'en dégageait quelque chose qui fait croire aux gens qu'ils peuvent me faire n'importe quoi. Les gens peuvent me battre, me baiser, quoi que je fasse et quoi que je dise. Je leur dis que ça me fait mal, mais ils n'en ont rien à foutre."

La vestibulite, pense Sofia. Rapports non consentis et muqueuses sèches. Voilà une fille qui n'a jamais appris à vouloir, juste à espérer s'échapper. Se retrouver dans le vide qu'offre le sommeil est évidemment pour elle une libération.

Peut-être que le comportement d'Ulrika au bar contient un élément important. Une situation où c'est elle qui décide, elle qui a le contrôle. Ulrika a tellement peu l'habitude d'agir de son propre chef qu'elle ne s'est tout simplement pas reconnue.

On pourrait à tort penser qu'il s'agit de dissociation. Mais la dissociation ne se développe pas à l'adolescence, c'est un mécanisme de défense de l'enfant.

Il s'agit plutôt d'un comportement de confrontation, pense Sofia, faute d'un terme plus précis. Une sorte d'autothérapie cognitive.

Sofia sait que, lors de son viol à l'hôtel, la fille a été droguée avec des produits qui ont paralysé les muscles de son bas-ventre, l'empêchant de contrôler ses sphincters.

Elle comprend que l'état d'Ulrika, possible anorexie, dégoût de soi, alcoolisme probablement avancé et une propension à collectionner les petits amis qui la battent et l'exploitent vient sans doute d'un unique événement, sept ans plus tôt.

Tout est la faute de Karl Lundström.

Ulrika pâlit soudain. "Qu'est-ce que c'est que ça ?"

Sofia ne comprend pas ce qu'elle veut dire. Le regard de la fille reste accroché à quelque chose sur le bureau.

Cinq secondes de silence. Puis Ulrika se lève et saisit la feuille posée sur le dessus du classe-documents. Le portrait de Viggo Dürer.

Sofia ne sait pas comment réagir. Merde, pense-t-elle. Où ai-je la tête ? "C'est l'avocat de Karl Lundström." C'est tout ce qu'elle trouve à dire. "Vous l'avez rencontré ?"

Ulrika regarde l'image quelques secondes, puis la repose. "Non, rien, oubliez ça. Jamais vu ce type. Je l'ai pris pour un autre." La fille essaye de sourire, mais Sofia trouve qu'elle n'y arrive pas.

Ulrika Wendin a rencontré Viggo Dürer.

Gamla Enskede

“Bon, comment fait-on pour la fille ?” Hurtig regarde Jeanette.

“Elle nous intéresse bien sûr au plus haut point. Trouve tout ce que tu peux sur elle. Nom, adresse, etc. Enfin, tu sais.”

Hurtig hoche la tête. “Je lance un avis de recherche ?”

Jeanette réfléchit. “Non, pas encore. Attendons de voir ce qu’on trouve sur elle.” Elle se lève et s’apprête à regagner son bureau. “J’appelle von Kwist pour lui proposer de se voir demain, qu’on sache enfin ce qui s’est passé, merde !”

Hurtig regarde sa montre. “On casse la croûte avant de rentrer ?

— Non, je mange à la maison. Histoire d’entrevoir Johan avant qu’il ne file chez un copain ou s’enferme dans sa chambre.”

Après une courte conversation avec le procureur au cours de laquelle un rendez-vous est fixé pour évoquer l’enquête abandonnée contre Peo Silfverberg, Jeanette monte dans sa voiture pour rentrer chez elle.

Stockholm lui semble plus gris et humide que jamais. Un crépuscule terne. Une ville en noir et blanc. Décolorée.

Mais à l’horizon les nuages se déchirent, irisés de soleil, et elle entrevoit des bouts de ciel bleu. Elle descend de voiture dans une odeur d'herbe mouillée et de vers de terre.

Jeanette trouve Johan devant la télévision en rentrant juste après cinq heures et, à la cuisine, elle constate qu'il a déjà mangé. Elle va l'embrasser.

"Salut, bonhomme. Tu as passé une bonne journée ?"

Il hausse les épaules sans répondre.

"Qu'est-ce que tu veux faire, ce soir ?

— Oh, laisse tomber, grogne-t-il en ramenant les genoux sous lui pour attraper la télécommande. Grand-père et grand-mère ont envoyé une carte. Je l'ai mise sur la table de la cuisine." Il monte le son.

Jeanette va regarder la carte postale. La muraille de Chine, de hautes montagnes et un paysage vallonné et verdoyant.

Elle la retourne. Ils vont bien, la Suède leur manque. Les phrases convenues. Tout est sous contrôle. Elle colle la carte sur le frigo, range l'évier et remplit le lave-vaisselle avant de monter prendre une douche.

Quand elle redescend, Johan a disparu dans sa chambre et joue sur son ordinateur.

Elle a plusieurs fois tenté de s'y intéresser, mais a dû chaque fois abandonner devant des jeux trop compliqués et violents.

Avec Åke, elle avait envisagé de lui interdire les jeux les plus sanglants, puis avait très vite compris que ce serait vain. Tous ses copains les ont, alors à quoi bon ? Elle se souvient que Johan, à huit ans, après avoir dormi chez un camarade, était revenu tout fier d'avoir vu *Shining*. Un film que ni Åke ni elle ne l'auraient laissé regarder.

Et les parents du camarade étaient enseignants dans l'école de Johan.

L'a-t-elle trop couvé ? Soudain, elle a une idée. Qu'est-ce que c'était, ce jeu qu'il réclamait ces derniers temps ?

Que tout le monde avait, sauf lui. Elle va à la cuisine appeler Hurtig.

“Salut. Tu pourrais me donner un coup de main ?”

Il a l’air essoufflé. “Bien sûr, de quoi s’agit-il ? Ou tu veux que je te rappelle ? Je suis encore en train de me crever dans l’escalier.” Sa voix résonne et elle comprend qu’il se trouve dans la cage d’escalier de son immeuble. Six étages sans ascenseur.

“C’est une question facile, tu peux y répondre en dormant. Quel est le jeu le plus populaire en ce moment ?”

Il rit. “Tu parles des Jeux olympiques de Pékin, de jeux sur PC, sur Xbox, ou quoi ?

— PC.

— *Assassin’s Creed*, répond-il aussitôt.

— Non.

— Quoi, non ? Tu m’as demandé quel jeu…

— Pas celui-là, le coupe-t-elle. Un autre ?”

Elle entend un bruit de clés. “*Call of Duty* ?

— Non.

— *Counter Strike* ?”

Jeanette reconnaît ce nom. “Non, si je me souviens bien, ce n’était pas un jeu d’action.”

Hurtig respire fort dans le téléphone, puis on entend une porte se refermer. “Alors tu penses sûrement à *Spore* ? finit-il par proposer.

— Ouais, c’est ça. C’est violent ?

— Ça dépend quelle voie tu choisis. C’est un jeu d’évolution où tu es censé te développer de l’état de cellule à celui de maître du monde et pour ça, des fois, la violence marche pas mal.”

Évolution. Voilà, c’était ça, se dit Jeanette. “Intéressant. Comment on se le procure ?

— Tu peux l’acheter. Mais la première version a des bugs, un problème de numéro de série erroné et une protection anticopie dernier cri qui n'arrête pas de tout faire planter."

Jeanette pousse un soupir de déception. "OK, laisse tomber…

— Mais il y a bien sûr une autre possibilité, ajoute-t-il. Tu pourrais me l'emprunter, vu que j'en ai une version crackée. C'est l'anniversaire de Johan ?

— Non. Mais qu'est-ce que tu veux dire, crackée ? C'est une copie pirate ?

— Mouais, disons plutôt un software modifié."

À ce moment cesse le bruit de l'ordinateur dans la chambre de Johan, qui sort et va mettre ses chaussures. Jeanette demande à Hurtig d'attendre un peu, elle demande à Johan où il va, mais obtient pour toute réponse une porte qui claque.

Johan parti, elle sourit, découragée, en reprenant le téléphone. "Je suis rentrée tôt aujourd'hui parce que j'avais peur que Johan se soit enfermé dans sa chambre ou ait filé chez un copain. Et voilà, depuis que je suis là, j'ai eu droit aux deux.

— Je comprends, dit Hurtig. Et maintenant, tu voudrais lui organiser une petite surprise ?

— Dans le mille. Excuse mon ignorance, mais si tu me prêtes le jeu, est-ce que je pourrais le copier sur l'ordinateur de Johan puis te le rendre ?"

Hurtig ne répond pas tout de suite. Elle a l'impression qu'il pouffe.

"Écoute, dit-il ensuite. Voilà ce qu'on va faire… Je passe te voir tout de suite et j'installe le jeu, comme ça Johan aura la surprise dès ce soir."

Si elle a été froissée qu'il se moque de sa nullité, c'est aussitôt oublié. "Tu es vraiment un chic type. Si tu n'as pas encore mangé, je t'offre une pizza.

— Volontiers.

— Qu'est-ce que tu prends ?"

Il rit. "Eh bien, ça dépend laquelle est la plus populaire en ce moment."

Elle comprend le clin d'œil. "Provençale ?

— Non.

— Quattro Stagioni ?

— Non plus, dit Hurtig. Pas de pizza de snob.

— Alors tu veux dire Vesuvio ?

— Oui, c'est ça, Vesuvio."

Ce soir-là, Jeanette s'endort dans le canapé du séjour. Encore à moitié dans son rêve, il lui faut quelques secondes pour réaliser que le téléphone sonne. Elle se lève. "Allô ?" répond-elle mal réveillée, en voyant deux cartons à pizza vides sur la table. Mais oui, Hurtig est venu, on a mangé des pizzas et je me suis endormie pendant qu'il installait le jeu.

"Salut, c'est moi. Ça gaze ?"

Le ton faussement jovial d'Åke l'énerve. "Mais il est quelle heure ?" Elle se démanche le cou pour voir l'horloge de la chaîne et gémit en lisant quatre heures moins cinq. "Åke, j'espère pour toi que c'est important.

— *Sorry*, dit-il en riant. J'ai oublié le décalage horaire. Je suis à Boston. Je voulais causer un peu avec Johan."

Mais putain qu'est-ce qu'il raconte ?

"Boston ? Tu n'es pas à Cracovie ? Arrête ton char. Tu as bu ? De toute façon, Johan dort et je n'ai pas l'intention de..." Elle s'interrompt en voyant de la lumière sous la porte de sa chambre. "Ne quitte pas."

Elle pose le téléphone et va sur la pointe des pieds entrouvrir la porte.

Lui tournant le dos, Hurtig et Johan sont absorbés devant une sorte d'acarien bleu qui nage sur l'écran de l'ordinateur.

Ils sont tellement captivés qu'ils ne remarquent pas sa présence.

"Prends-le ! Prends-le !" chuchote Hurtig, visiblement excité, avant de donner une tape sur l'épaule de Johan quand l'acarien avale ce qui ressemble à une spirale rouge et poilue.

La première impulsion de Jeanette est de leur demander ce qu'ils fichent à quatre heures du matin et de les envoyer d'autorité au lit, mais au moment d'ouvrir la bouche elle se retient.

Et merde. Laisse-les jouer.

Elle les observe un moment et réalise que c'est la première fois depuis longtemps que Johan semble se plaire sous le même toit qu'elle, mis à part qu'il la croit en train de dormir. Elle referme doucement la porte et regagne le séjour.

"Bon, Åke, vas-y, explique-toi, dit-elle en se sentant approcher du point où elle va soit se fâcher, ce qu'elle regrettera ensuite, soit se calmer avec une boule étouffante au ventre.

— J'allais le faire, mais tu es partie au quart de tour, sans me laisser en placer une. Et puis j'ai été marié suffisamment longtemps avec toi pour savoir quand tu n'écoutes pas. Nous sommes en vacances ici depuis hier. Un coup de tête.

— Un coup de tête ? Se barrer à Boston sans même en parler à Johan ou à moi ?"

Il soupire. "J'ai appelé Johan hier. Il m'a dit qu'il te préviendrait que j'étais ici pour une semaine.

— Bon, bon, en tout cas il ne m'a rien dit. Ça ne change rien. Amuse-toi bien. Salut.

— Je…"

Jeanette raccroche. Pas la peine de se fatiguer à ergoter.

Elle se cache le visage dans les mains.

Elle ne pleure pas, mais des sanglots étouffés lui montent dans la gorge.

Elle se blottit à nouveau dans le canapé, remonte la couverture et essaye de se rendormir.

Le travail d'Åke est-il plus important que le mien ? pense-t-elle. Garde partagée ?

Åke considère Johan comme un fardeau et moi, de mon côté, je m'énerve contre son silence.

Peut-on penser du mal de son propre enfant ? Parfois, naturellement.

Elle se retourne sur le ventre tandis que des rires étouffés arrivent de la chambre de Johan. Elle remercie Hurtig en silence, mais s'étonne en même temps qu'il soit irresponsable au point de ne pas comprendre qu'un adolescent a besoin de dormir. Demain, il a l'école, puis l'entraînement. Comment Hurtig s'arrange pour être en état de travailler, c'est son problème, mais Johan va être un vrai zombie.

Elle comprend assez vite qu'il est vain d'essayer de dormir. Ses pensées bourdonnent comme un essaim d'abeilles dès qu'elle ferme les yeux. Elle se retourne sur le dos et fixe le plafond.

On y voit toujours les trois lettres peintes en vert par Åke un soir de cuite. Qu'il ait repeint par-dessus le lendemain n'a rien arrangé et, comme beaucoup de choses dont il a promis de s'occuper, c'est resté en plan. D'un blanc un peu plus sombre que le reste du plafond, on devine un H, un I et un F, comme le club de foot Hammarby IF.

Si on doit vendre la maison, il faudra qu'il m'aide, se dit-elle.

Encore une foutue tonne de paperasse, des agents

immobiliers qui chipotent sur le style de la maison. Mais non, Åke se barre en Pologne, boit du champ et vend ses anciens tableaux qu'il aurait détruits depuis longtemps si je ne l'en avais pas empêché.

Et il passe son temps en vacances. À Boston avec Alexandra.

Le délai de réflexion de six mois avant le divorce apparaît soudain à Jeanette comme des limbes. Que suivra l'enfer du partage des biens. Mais elle ne peut s'empêcher de sourire en songeant qu'elle a droit à la moitié de leurs ressources : et si elle s'amusait à faire peur à Åke en réclamant sa part, histoire de voir sa réaction ? Au fond, plus il vend de tableaux avant le divorce, plus il y aura d'argent pour elle.

On entend de nouveaux rires dans la chambre de Johan. Jeanette a beau être contente pour lui, elle se sent seule et aurait préféré que ce soit Sofia, pas Åke, qui appelle. En attendant les pizzas, elle l'a appelée deux fois, chez elle et sur son mobile, sans réponse.

S'il te plaît, Sofia, viens vite me voir, se dit-elle en se blottissant sous la couverture.

Elle rêve de sentir le dos de Sofia contre son ventre, ses mains qui lui enlèvent les cheveux du front lui manquent.

Jeanette reste longtemps blottie. Peu à peu ses sanglots cessent, comme chez un enfant.

Vita Bergen

Sofia prend le magnétophone, se met à la fenêtre et regarde dans la rue. Il a cessé de pleuvoir. Une femme avec un border collie noir et blanc en laisse passe sur le trottoir d'en face. Le chien lui fait penser à Hannah qui, peu après leur retour de voyage en train, avait été si méchamment mordue par un chien de ce genre qu'on avait dû lui amputer un doigt. Elle avait pourtant continué à aimer les chiens plus que tout.

Sofia lance le magnétophone et commence à parler.

Qu'est-ce qui ne va pas chez moi ?

Pourquoi suis-je incapable de ressentir de la tendresse et de l'amour pour les bêtes, comme tout le monde ?

Enfant, j'ai pourtant si souvent essayé.

D'abord, ça a été des phasmes, parce que c'était beaucoup plus pratique que des poissons rouges et ça lui allait bien, lui qui était si allergique qu'Esmeralda avait dû partir chez quelqu'un qui supportait les chats. Puis une tentative d'avoir un animal pour les vacances, et ça a été un petit lapin qui a crevé dans la voiture parce que personne n'a pensé à lui donner à boire, puis la chèvre prêtée tout un été, qui avait l'air d'attendre des petits et qui n'a laissé aucun autre souvenir que les crottes qu'elle semait partout et qui collaient sous les chaussures comme de petites billes. Puis la poule que personne n'aimait, puis le cheval du voisin, avant le lapin qui était fidèle, gai, obéissant, chaud, dont on s'occupait qu'il vente ou qu'il pleuve et qu'on nourrissait avant qu'on aille à l'école et que le lapin se fasse mordre par le berger allemand du voisin qui n'était sûrement pas méchant au fond mais tous ceux qui sont battus finissent toujours comme ça par s'attaquer aux plus faibles…

Cette fois, elle ne se lasse pas de sa propre voix. Elle sait qui elle est.

Elle est debout à la fenêtre, regarde à travers les persiennes baissées et laisse son cerveau travailler.

C'est le lapin qui n'a pas pu s'échapper parce qu'il y avait de la neige partout où il aurait pu sinon se cacher et le chien lui a mordu la nuque comme il avait auparavant mordu le gamin de trois ans qui lui avait donné de la glace. Comme le chien détestait tout, il devait aussi détester la glace et il a attrapé le gosse en plein visage, mais au fond personne n'en avait rien à faire, on l'a recousu au mieux et advienne que pourra. Après ça a été à nouveau les chevaux, les cours d'équitation et les poneys et les cœurs dans le journal intime pour un garçon plus âgé dont on aurait voulu être aimée ou au moins regardée quand on se pavanait dans les couloirs avec des seins tout neufs et des jeans les plus moulants possible. Capable d'avaler la fumée sans tousser ni vomir comme quand on avait pris du valium ou trop d'alcool et qu'on avait été assez bête pour rentrer à la maison et s'effondrer dans l'entrée et maman s'occupait de vous et on aurait juste voulu rester sur ses genoux et se faire aussi petite qu'on était en réalité et sentir ses câlins et l'odeur de cigarette qu'elle camouflait parce qu'elle aussi avait peur de lui et fumait en douce…

Elle coupe le magnétophone et va s'asseoir à la cuisine.

Rembobine et sort la cassette. À présent, il y a une quantité considérable de souvenirs alignés sur l'étagère de son bureau.

Les pas légers, presque inaudibles de Gao et le grincement de la porte cachée derrière la bibliothèque du séjour.

Elle se lève et le rejoint dans leur chambre secrète, moelleuse et rassurante.

Il dessine, assis par terre, elle s'assied sur le lit et insère une cassette vierge dans le magnétophone.

Cette chambre est une hutte, un refuge où elle peut être elle-même.

Lac Klara

Kenneth von Kwist déverse un flot de paroles en évoquant ses interventions lors de l'interrogatoire complémentaire de Peo Silfverberg. Jeanette remarque qu'à aucun moment il ne regarde ses notes. Von Kwist a tous les détails en tête, il semble réciter une leçon apprise par cœur.

C'est le matin, dans le bureau du procureur, avec vue sur le lac Klara où quelques canotistes défient la grisaille automnale et rament sur l'étroit canal. Comment fait-on pour manœuvrer des trucs aussi instables avec ce vent ? se demande-t-elle en attendant que von Kwist continue.

Le procureur plisse les yeux, la toise d'un regard critique, comme s'il tentait de savoir ce qu'elle cherchait.

Il se penche en arrière, sûr de lui, les mains jointes derrière la tête.

"Je me rappelle que la police de Copenhague m'a appelé dans la matinée, poursuit-il. Ils voulaient qu'en qualité de procureur je participe à l'entretien avec Silfverberg. L'interrogatoire était conduit par l'ancien chef de la police Gert Berglind, et Per-Ola Silfverberg était assisté de son avocat, Viggo Dürer.

— Donc vous étiez quatre ?"

Von Kwist opine du chef et respire à fond.

"Oui, nous avons parlé deux heures, il a nié toutes les accusations. Il a affirmé que sa fille adoptive avait toujours eu une imagination débordante. Bien sûr, la fille n'avait pas toujours eu la vie facile. Je me souviens qu'il nous a expliqué qu'elle avait été abandonnée à la naissance par sa mère biologique et placée dans la famille Silfverberg. Je me souviens qu'il était très affecté et extrêmement blessé d'avoir été ainsi montré du doigt."

Quand Jeanette lui demande comment il peut se souvenir avec tant de détails de faits si lointains, il répond en riant qu'il a une excellente mémoire et l'esprit vif.

"Y avait-il des raisons de le croire ? tente Jeanette. Je veux dire, Per-Ola et sa femme ont quitté le Danemark dès qu'on l'a relâché et, pour moi, on dirait qu'ils avaient quand même quelque chose à cacher."

Le procureur pousse un profond soupir. "Nous avons accordé foi à ses déclarations, c'est tout."

Jeanette secoue la tête, découragée. "Malgré sa fille qui affirmait qu'il lui avait fait toutes ces choses ? Pour moi, il est complètement incompréhensible qu'il ait été si facilement libéré.

— Pas pour moi." Les yeux du procureur se réduisent à deux fentes derrière ses lunettes. Un faible sourire joue à la commissure de ses lèvres. "Je m'occupe de ce genre d'affaires depuis si longtemps que je sais bien qu'il y a toujours des erreurs et des négligences."

Jeanette voit qu'elle n'arrivera à rien et change de sujet. "Et qu'avez-vous à nous dire de l'affaire Ulrika Wendin ?"

Son sourire s'éteint et von Kwist, victime d'une brusque quinte de toux, s'excuse et quitte un moment la pièce. Il revient avec deux verres et une carafe d'eau. Il pose les verres sur la table, les remplit et en tend un à Jeanette.

"Que voulez-vous savoir au sujet d'Ulrika Wendin ?" Il boit une grande gorgée d'eau. "C'était quand même il y a sept ans, dit-il ensuite.

— Oui, mais avec votre bonne mémoire, vous vous souvenez sûrement que c'est ce même ancien chef de la police, Gert Berglind, qui a mené l'enquête sur Lundström, une enquête elle aussi classée. Vous n'avez pas vu le lien ?

— Non, je n'y ai jamais réfléchi.

— Quand Annette Lundström a donné un alibi à Karl pour le soir où Ulrika Wendin a été violée, vous avez lâché l'affaire. Sans même vérifier ses dires. C'est bien ça ?"

Jeanette sent monter sa colère, mais s'efforce de la maîtriser. Elle n'a pas le droit de s'emporter. Elle doit garder son calme, peu importe ce qu'elle pense du procureur.

"C'était un choix, répond-il calmement. Mûrement réfléchi à partir des éléments en ma possession. L'interrogatoire visait à établir la présence de Lundström. Et l'interrogatoire a montré qu'il n'y était pas. C'est aussi simple que cela. Je n'avais aucune raison de le soupçonner de mensonge.

— Aujourd'hui, vous n'estimez pas qu'il aurait fallu approfondir un peu?

— La déposition d'Annette Lundström n'était qu'une partie des informations dont je disposais mais, bien sûr, on aurait pu approfondir. Et on aurait pu aussi approfondir tout le reste.

— Mais cela n'a pas été le cas ?

— Non.

— Et vous avez dit à Gert Berglind et aux enquêteurs qu'il fallait continuer ?

— Bien sûr.

— Et pourtant ça n'a pas été le cas ?

— Ils savaient sûrement ce qu'ils faisaient."

Jeanette regarde von Kwist sourire. Sa voix est celle d'un serpent.

Un beau jour, tu vas te prendre les pieds dans tes propres combines.

Jutas Backe

La réforme de la psychiatrie entrée en vigueur le 1er janvier 1995, consistant à intégrer dans la société les personnes souffrant de maladies mentales, était une mauvaise réforme. Le fait que son principal instigateur, le président de la commission des affaires sociales du Parlement Bo Holmberg, en ait été personnellement victime doit être considéré comme une ironie du sort.

En effet, son épouse, la ministre des Affaires étrangères Anna Lindh, a été assassinée par un homme que le tribunal a considéré comme malade mental, et qui aurait donc dû être interné.

Au lieu de quoi, le meurtrier, Mijailo Mijailović, était libre de ses mouvements et utilisait les rues de Stockholm comme un champ de bataille où affronter ses démons invisibles.

Bien sûr, beaucoup d'hôpitaux psychiatriques avaient déjà été fermés dans les années 1970, mais on ne peut s'empêcher de se demander ce qui se serait passé si la commission des affaires sociales avait pris une autre décision.

À Stockholm, les centres d'hébergement disposent d'environ deux mille lits : pour les cinq mille sans-abri, traînant souvent des problèmes d'alcool et de drogue, trouver un toit est un combat permanent.

Comme la moitié d'entre eux souffrent en plus de troubles psychiatriques, de fréquentes bagarres éclatent autour des lits disponibles, et beaucoup choisissent donc d'autres endroits pour dormir.

Dans les grands souterrains creusés dans la roche sous l'église Saint-Jean, dans le quartier de Norrmalm, se sont développées des colonies entières d'hommes qui ont en commun de se tenir à l'écart de la protection habituelle de la société.

Dans ces salles ruisselantes d'humidité, aux allures de cathédrale, ils ont au moins trouvé ce qui ressemble à un refuge.

Des petites huttes de plastique ou de bâche voisinent avec quelques cartons ou un simple sac de couchage.

La qualité de l'habitat varie énormément, et certains logements pourraient presque être considérés comme luxueux.

En haut de la montée de Jutas Backe, elle prend Johannesgatan sur la gauche et suit la clôture du cimetière.

Chaque pas la rapproche de quelque chose de neuf, d'un endroit où elle pourrait rester et être heureuse. Changer de nom, changer de vêtements et être quitte de son passé.

Un endroit où sa vie pourrait obliquer vers autre chose.

Elle sort le bonnet de la poche de son manteau et, en l'enfilant, veille à bien cacher ses cheveux blonds.

Son estomac dérangé se rappelle à son souvenir et, comme la dernière fois, elle se demande ce qu'elle fera si elle a besoin d'aller aux toilettes.

Tout s'était alors bien passé, puisque la victime n'avait

fait aucune difficulté à la faire entrer, l'y avait même invitée. Per-Ola Silfverberg avait été naïf, bien trop confiant, ce qu'elle trouvait étrange pour un homme qui avait malgré tout réussi dans le monde des affaires.

Per-Ola Silfverberg lui tournait le dos quand elle avait sorti son grand couteau et lui avait tranché les veines de l'avant-bras droit. Il était tombé à genoux, s'était retourné et l'avait regardée, presque étonné. Elle d'abord, puis la mare de sang qui se formait sur le parquet clair. Sa respiration était rauque, mais il avait pourtant tenté de se relever, et elle l'avait laissé faire, puisque de toute façon il n'avait aucune chance. Quand elle avait sorti son polaroïd, il avait eu l'air surpris.

Il lui a fallu presque deux semaines pour localiser la femme dans cette cavité sous l'église. Un mendiant place Sergel Torg lui a raconté que, malgré sa situation présente, elle continuait à parler et à se comporter comme l'aristocrate qu'elle se considérait toujours être.

En dépit de ses origines, Fredrika Grünewald avait échoué dans la rue où, ces dix dernières années, elle se faisait appeler la Comtesse. À cause des placements hasardeux de Fredrika, la famille Grünewald a perdu toute sa fortune.

Un temps, elle avait hésité à se venger de Fredrika, puisqu'elle connaissait déjà l'enfer, mais il fallait achever ce qui avait été commencé.

C'est décidé. Point. Pas de place pour la pitié. Qu'elle soit une marginale sans abri ou une dame de la haute.

Les souvenirs de Fredrika Grünewald lui reviennent.

Elle revoit un sol sale et entend des respirations. Une odeur de sueur, de terre mouillée et d'huile de moteur.

Que Fredrika Grünewald ait été instigatrice ou simple

exécutante, elle est coupable. Ne rien faire constitue aussi une faute.

Qui ne dit mot consent.

Elle tourne à gauche dans Kammarkargatan puis encore à gauche dans Döbelnsgatan. Elle se trouve maintenant de l'autre côté du cimetière, là où est censée être l'entrée. Elle ralentit l'allure et cherche la porte en fer dont le mendiant lui a parlé.

Un couple d'un certain âge arrive sur le même trottoir, et elle rabat son bonnet sur son front. Une cinquantaine de mètres plus bas, une silhouette sombre est debout sous un arbre. À côté, une porte métallique entrouverte d'où sort un vague murmure.

Elle a enfin trouvé le souterrain.

“Putain, t'es qui, toi ?”

L'homme sort de l'ombre.

Il est ivre, et tant mieux, car ses souvenirs d'elle seront vagues, voire inexistants.

“Tu connais la Comtesse ?” Elle le regarde dans les yeux mais, comme il louche beaucoup, elle a du mal à savoir où fixer son regard.

Il la dévisage. “Comment ça ?

— Je suis une amie, j'aurais besoin de la voir.”

L'homme ricane tout seul. “Alors comme ça la vieille a des amis ? J'étais pas au courant.” Il sort un paquet de cigarettes froissé et allume un mégot. “Et j'y gagne quoi, je veux dire si je te conduis jusqu'à elle ?”

Elle n'est plus aussi certaine qu'il soit saoul. La soudaine clarté de son regard l'effraye. Et s'il se souvenait d'elle ?

“Qu'est-ce que tu voudrais en échange ?” Elle baisse la voix, chuchote presque. Elle ne veut pas que des oreilles indiscrètes surprennent leur conversation.

“Deux cents, je dirais. Oui, ça me semble raisonnable.” L'homme sourit.

“Tu en auras trois cents si tu me montres où elle est. Marché conclu ?”

L’homme hoche la tête et claque la langue.

Elle sort son portefeuille et lui tend trois billets de cent, qu’il contemple avec un rictus satisfait avant de lui tenir la porte en lui faisant signe d’entrer.

Une puanteur douceâtre, écœurante, lui saute à la gorge et elle sort un mouchoir de sa poche. Le tient devant son nez pour ne pas vomir, tandis que sa réaction fait ricaner son guide.

L’escalier est long et, quand ses yeux se sont habitués à l’obscurité, elle aperçoit une faible lueur tout en bas.

“Attention à ne pas tomber. Ça peut être très glissant.”

L’homme lui attrape doucement le bras et ce contact la fait sursauter.

“OK, OK ! s’écrie-t-il. Je pige. Je suis contagieux, c’est ça ?” Il lâche prise, sincèrement blessé.

Dégoûtant. Tu n’es qu’un nid d’infection.

En entrant dans la grande salle, elle n’en croit d’abord pas ses yeux. C’est grand comme un petit terrain de foot, avec bien dix mètres sous plafond. Un pêle-mêle de tentes, de cartons et de baraques autour de braseros, avec une foule de gens couchés ou assis devant les feux.

Mais le plus frappant est le silence.

On n’entend qu’une faible rumeur de chuchotements et de ronflements.

Tout cela baigne dans une atmosphère respectueuse. Comme si ceux qui vivent ici avaient un accord tacite, ne pas déranger et laisser les autres tranquilles avec leurs soucis.

L’homme la dépasse et elle le suit parmi les ombres. Personne ne semble faire attention à elle.

L’homme ralentit et s’arrête.

“C’est là qu’elle est, la vieille.” Il montre une hutte

faite de sacs-poubelles noirs, assez grande pour au moins quatre personnes. L'entrée est fermée par une couverture bleue. "Je file. Si elle te demande qui t'a montré le chemin, dis-lui que c'était Börje.

— D'accord, merci."

L'homme tourne les talons et rebrousse chemin.

En s'accroupissant, elle voit quelque chose bouger à l'intérieur. Doucement, elle ôte le mouchoir de devant sa bouche et se risque à respirer. L'air est lourd, étouffant, elle s'efforce de n'inspirer que par la bouche. Elle sort la corde de piano et la dissimule dans sa main.

"Fredrika ? chuchote-t-elle. Tu es là ? J'ai besoin de te parler."

Elle s'approche de l'entrée, sort le polaroïd de son sac et écarte doucement la couverture.

Si la honte a une odeur, c'est celle qui lui pique les narines.

Tvålpalatset

Ann-Britt annonce sur la ligne interne que Linnea Lundström vient d'arriver et Sofia Zetterlund va l'accueillir dans la salle d'attente.

Comme pour Ulrika Wendin, Sofia prévoit une méthode en trois étapes pour la psychothérapie de Linnea.

La première étape du traitement vise exclusivement à la stabiliser et la mettre en confiance. Soutien et structure sont les mots-clés. Sofia espère que les médicaments ne seront pas nécessaires, ni pour Ulrika ni pour Linnea. Mais encore une fois, on ne peut pas complètement l'exclure. La deuxième étape consiste à se remémorer, élaborer, discuter et revivre le traumatisme sexuel. Enfin, dans la dernière phase, les expériences traumatisantes doivent être distinguées de la sexualité actuelle et future.

Sofia a été surprise par le récit qu'Ulrika lui a fait de sa rencontre au bar avec un inconnu, une affaire purement sexuelle qui lui a visiblement fait du bien.

Elle a subi des viols répétés et souffre de vestibulite. Une rencontre avec un inconnu l'a aidée à se détendre et, consciemment ou inconsciemment, elle a par elle-même expérimenté le lien entre intimité et sexualité.

Puis Sofia se rappelle la réaction d'Ulrika en voyant

la photo de Viggo Dürer. Viggo Dürer a eu un rôle central dans l'enfance de Linnea.

Quel rôle a-t-il joué dans la vie d'Ulrika ?

Linnea Lundström s'installe dans le fauteuil. "J'ai l'impression que je viens à peine de partir d'ici. Je suis donc malade au point de devoir venir tous les jours ?"

Sofia se réjouit de voir Linnea détendue au point même de plaisanter.

"Non, il ne s'agit pas de cela. Mais c'est bien de se voir souvent au début, cela permet de faire rapidement connaissance."

Les dix premières minutes de la conversation sont hésitantes. Il est question de l'état général de Linnea, physique et psychique.

Peu à peu, Sofia oriente l'entretien vers le sujet qui motive vraiment ces séances : les relations de la fillette avec son père.

Sofia préférerait que Linnea aborde d'elle-même le sujet, ce qu'elle a fait la veille et, bientôt, elle est exaucée.

"Vous avez dit qu'il s'agissait de s'aider mutuellement, dit Linnea.

— Oui, c'est une condition nécessaire.

— Vous croyez que je pourrai mieux me comprendre si je le comprends mieux, lui ?"

Sofia retarde sa réponse. "Peut-être… Je voudrais d'abord être tout à fait certaine que tu me considères comme la bonne personne à qui parler."

Linnea semble étonnée. "Ah, parce qu'il y en a d'autres ? Genre mes copines, ou quoi ? Je crèverais de honte…"

Sofia sourit. "Non, pas forcément une de tes copines. Mais il y a d'autres thérapeutes.

— Vous lui avez parlé. Vous êtes la mieux placée, c'est en tout cas ce que dit Annette."

Sofia regarde Linnea et constate que le meilleur mot pour la décrire est l'arrogance. Il ne faut pas que je la perde, se dit-elle. "Je comprends… Revenons à ton père. Si tu veux parler de lui, par où veux-tu commencer ?"

Linnea extrait un papier froissé de la poche de son blouson et le pose sur la table. On dirait qu'elle plaisante. "Je vous ai caché quelque chose, hier." Linnea hésite, puis pousse le papier vers Sofia. "C'est une lettre que papa m'a écrite ce printemps. Vous pouvez la lire ?"

Sofia regarde le papier. La lettre semble avoir été lue un certain nombre de fois.

Une feuille cornée arrachée à un cahier quadrillé, recouverte d'une écriture chantournée, minuscule. "Veux-tu que je la lise maintenant ?"

Linnea hoche la tête et Sofia prend la lettre.

L'écriture est jolie, mais difficile à déchiffrer. La lettre a été rédigée en avion pendant de violentes turbulences, elle est datée Nice-Stockholm le 3 avril 2008 et, d'après ce que Karl Lundström raconte, Sofia déduit qu'il est allé assister à un congrès de chefs d'entreprise sur la Côte d'Azur. La lettre a donc été écrite tout juste quelques semaines avant son arrestation.

Le début est de la pure flagornerie. Puis le texte se fait plus fragmentaire et incohérent.

Le talent est patience et crainte de la défaite. Tu possèdes ces deux caractéristiques, Linnea, tu as donc tout ce qu'il faut pour réussir, même si tu n'en as pas l'impression pour le moment.

Mais pour moi, tout est fini. Il y a dans la vie des blessures qui dévorent l'âme solitaire comme une lèpre.

Non, je dois rechercher l'ombre ! Saine et vivante,

approche-toi d'eux, suis-les tremblante et rends-les aimables, moi je vais chercher où habiter dans la maison des ombres.

Sofia reconnaît la formule. Lors de leur entretien à l'hôpital de Huddinge, Karl Lundström avait parlé de la maison des ombres. Il avait dit que c'était une métaphore pour désigner un lieu secret, interdit.

Elle jette un coup d'œil à Linnea par-dessus la feuille.

La fille hésite à sourire puis baisse à nouveau les yeux et Sofia reprend sa lecture.

Tout est dans ce livre que j'ai avec moi. Il s'agit de toi et moi.

Il est écrit que je ne fais que désirer ce que des milliers, peut-être des millions ont fait avant moi, et que mes actes sont donc sanctionnés par l'Histoire. Les pulsions qui me poussent vers ce désir n'habitent pas ma conscience, mais sont le contrecoup de l'interaction collective avec les autres. Avec le désir des autres.

Je fais juste comme les autres et ma conscience peut être quitte. Pourtant, elle me dit que quelque chose ne va pas ! Je ne comprends pas !

Je pourrais bien demander à l'oracle de Delphes, la Pythie, la seule femme qui ne mente jamais.

Grâce à elle, Socrate a compris que le sage est celui qui sait qu'il ne sait rien. L'ignorant croit savoir quelque chose qu'il ne connaît pas, et se trouve donc doublement ignorant, puisqu'il ne sait pas qu'il ne sait pas ! Mais moi je sais que je ne sais pas !

Suis-je sage pour autant ?

Suivent quelques lignes illisibles, puis une grosse tache rouge sombre que Sofia suppose être du vin rouge. Elle regarde à nouveau Linnea en soulevant un sourcil interrogatif.

"Je sais, dit la fille. C'est un peu embrouillé, il était sûrement saoul."

Sofia continue à lire en silence :

Tout comme Socrate, je suis un criminel accusé de corrompre la jeunesse. Mais il était pédéraste, n'est-ce pas, et peut-être ses accusateurs avaient-ils raison ? L'État vénère ses dieux et nous autres on nous reproche d'adorer des démons.

Socrate était exactement comme moi ! Avons-nous tort ? Tout est dans ce livre ! Au fait, sais-tu ce qui s'est passé à Kristianstad quand tu étais petite ? Viggo et Henrietta ? C'est dans ce livre !

Viggo et Henrietta Dürer, pense Sofia. Annette Lundström a parlé des époux Dürer, et Viggo est représenté dans les dessins de Linnea.

Sofia reconnaît l'ambivalence de Karl Lundström face au bien et au mal déjà constatée à Huddinge, les pièces du puzzle se mettent en place. Elle lit, même si cette lettre l'indigne.

Le grand sommeil. Et l'aveuglement. Annette est aveugle et Henrietta était aveugle, comme il sied aux jeunes filles bien éduquées à l'internat de Sigtuna.

L'internat de Sigtuna, pense Sofia. Henrietta ? Qui est-ce ? Elle interrompt sa lecture et pose la lettre. Quelques points l'ont fait violemment réagir.

Elle comprend que Henrietta Dürer a été camarade de classe d'Annette Lundström. Elle aussi portait un masque de cochon, grognait et riait. Elle portait un autre nom, passe-partout, Andersson, Johansson ? Mais elle était une d'entre elles, masquée et aveugle.

Et elle avait épousé Viggo Dürer. Sofia sent son ventre se serrer.

Linnea interrompt ses réflexions. “Papa a dit que vous l'aviez compris. Je crois que c'est de quelqu'un comme vous qu'il parle dans sa lettre, une pythie, comme il dit… mais il est si bizarre.

— Quels souvenirs as-tu de Viggo Dürer ? Et de Henrietta ?"

Linnea ne répond pas, retombe au fond de son fauteuil, le regard vide.

"Qu'est-ce que c'est que ce livre, auquel il se réfère ?"

Linnea soupire à nouveau. "Je ne sais pas... Il lisait beaucoup. Mais il parlait souvent d'un écrit qui s'appelle *Les Préceptes de la Pythie*.

— *Les Préceptes de la Pythie* ?

— Oui, mais il ne me l'a jamais montré.

— Et il mentionne Kristianstad. À quoi cela te fait-il penser ?

— Je ne sais pas."

En moins d'une semaine, elle a rencontré deux jeunes femmes détruites par un seul et même homme. Même si Karl Lundström est mort, elle va veiller à ce que ses victimes obtiennent réparation.

Qu'est-ce que la faiblesse ? Être une victime ? Une femme ? Exploitée ?

Non, la faiblesse est de ne pas le retourner à son avantage.

"Je peux t'aider à te souvenir", dit-elle.

Linnea la regarde. "Vous croyez ?

— Je le sais."

Sofia ouvre le tiroir de son bureau et en sort les dessins faits par Linnea à cinq, neuf et dix ans.

Souterrain Saint-Jean

Le nom Jean vient de l'hébreu Jehohanan, *Dieu est miséricordieux*. L'ordre de Saint-Jean existe depuis le XIIe siècle, au service des pauvres et des malades.

C'est donc une logique providentielle que le souterrain creusé sous l'église Saint-Jean à Stockholm serve de refuge aux pauvres et aux exclus.

Sur la porte du souterrain, un autocollant défraîchi qui ressemble à s'y méprendre au drapeau danois : l'écusson de l'ordre de Saint-Jean, une croix de Malte en négatif, blanche sur fond rouge, que quelqu'un a dû coller là pour signifier qu'ici, chacun, quel qu'il soit, était en sécurité.

Ce n'est en revanche pas une logique providentielle mais plutôt une ironie du sort que ce message de sécurité sonne aujourd'hui comme un appel au secours entre les parois rocheuses de cette crypte.

Jeanette Kihlberg est réveillée à six heures et demie par Dennis Billing, qui lui ordonne de se rendre immédiatement en centre-ville : on a trouvé une femme assassinée dans le souterrain Saint-Jean.

Elle griffonne en hâte un mot à Johan, qu'elle pose avec un billet de cent sur la table de la cuisine, avant de filer sur la pointe des pieds et de s'installer dans sa voiture.

Elle appelle Jens Hurtig. Il a déjà été averti et, si la circulation le permet, devrait être sur place d'ici quinze minutes. D'après ce qu'on lui a dit, c'est l'émeute dans le souterrain : ils décident donc de se retrouver en surface.

Un poids lourd a crevé dans le tunnel du périphérique sud, la circulation est presque au point mort. Elle comprend qu'elle sera en retard et rappelle Hurtig pour lui dire de descendre sans elle.

Le bouchon se débloque sur le pont central et, cinq minutes plus tard, elle emprunte le tunnel Klara, ressort sur Sveavägen et dépasse Konserthuset. Kammarkargatan étant en sens unique, elle fait le tour par Tegnérgatan puis remonte à droite dans Döbelnsgatan.

Un attroupement bouche la rue. Elle se gare sur le trottoir et descend de voiture.

Trois véhicules de patrouille sont là, gyrophares allumés, et une dizaine de policiers ont fort à faire pour sécuriser l'entrée du souterrain.

Jeanette se dirige vers Åhlund. Schwarz est un peu plus loin, devant une grosse porte métallique.

“Comment ça se passe ?” Elle est forcée de crier pour se faire entendre.

“C'est le bordel total.” Åhlund fait un geste d'impuissance. “On a évacué tout le monde, il y a presque cinquante personnes. Tu vois le tableau…” Il lui montre la foule. “Putain, ils n'ont nulle part où aller.

— Vous avez contacté la mission municipale ?” Jeanette s'écarte pour laisser passer un collègue qui s'apprête à prendre en charge une des personnes les plus agressives.

“Bien sûr, mais ils affichent complet, ils ne peuvent rien pour nous pour le moment.”

Åhlund attend ses instructions. Jeanette réfléchit, avant de reprendre :

“Voilà ce qu'on va faire. Fais venir au plus vite un bus

de ville. Ils se réchaufferont à l'intérieur en attendant et nous pourrons parler avec ceux qui ont quelque chose à raconter. Mais je suppose qu'ils ne sont pas trop causants pour la plupart, comme d'habitude."

Åhlund hoche la tête et prend son talkie-walkie.

"Je vais voir. Espérons qu'ils pourront redescendre dans pas trop longtemps."

Jeanette se dirige vers la porte métallique, où Schwarz l'arrête en lui tendant un masque blanc.

"Je crois que tu ferais mieux de mettre ça."

Il fronce le nez.

La puanteur est vraiment insupportable. Jeanette tend les élastiques autour des oreilles et vérifie que le masque est étanche autour du nez avant de descendre dans le noir.

La grande salle baigne dans la vive clarté des projecteurs alimentés par un bruyant groupe électrogène.

Jeanette s'arrête pour regarder cet étrange village souterrain.

Un bidonville tout droit sorti des faubourgs de Rio de Janeiro. Des habitations de bric et de broc, construites avec des matériaux récupérés dans la rue, certaines élaborées avec un visible souci d'esthétique, d'autres de simples cabanes enfantines. Malgré le désordre, il y a une forme d'organisation dans tout ça.

Un désir de structure sous-jacent.

Hurtig lui fait signe à une vingtaine de mètres de là. Elle le rejoint en enjambant prudemment duvets, sacs-poubelles, cartons et vêtements. Près d'une tente, une petite étagère de livres. Une pancarte en papier annonce la couleur : les livres sont en libre-service, mais ils s'appellent "reviens".

Elle sait combien sont faux les préjugés sur les sans-abris arriérés et incultes. Il suffit sans doute d'un peu de malchance, de quelques factures impayées ou d'une dépression pour faire la culbute.

Hurtig l'attend près d'une tente en sacs plastique. Une vieille couverture bleue pend à l'entrée et elle devine quelqu'un étendu derrière.

"Bon, qu'est-ce qui s'est passé ?" Jeanette se penche et essaie de voir à l'intérieur de la tente.

"La femme, là-dessous, s'appelle Fredrika Grünewald, surnommée la Comtesse, car censée être d'une famille aristocratique. On est en train de vérifier ça.

— Très bien. Autre chose ?

— Quelques témoins disent qu'un dénommé Börje est venu ici hier après-midi en compagnie d'une inconnue.

— On a trouvé ce Börje ?

— Non, pas encore, mais c'est une sorte de célébrité, par ici, ça ne devrait pas être trop dur. On a lancé un avis de recherche.

— Bien, bien." Jeanette s'approche de l'ouverture de la tente.

"Elle est dans un sale état. La tête est presque détachée du cou.

— Couteau ?" Elle se redresse.

"Je ne crois pas. On a trouvé ça." Hurtig lui tend un sachet plastique contenant un long fil métallique. "Sans doute l'arme du crime."

Jeanette hoche la tête. "Et ce n'est pas quelqu'un d'ici qui a fait le coup ?

— Je ne pense pas. Si elle avait été, disons, assommée puis volée, alors..." Hurtig semble perplexe. "Mais ça, c'est autre chose.

— On ne lui a donc rien volé ?

— Non. Son portefeuille est encore là, avec presque deux mille couronnes en liquide et une carte de transport valide.

— Bon. Qu'est-ce que tu en penses ?"

Hurtig hausse les épaules. "Une vengeance, peut-être. Après l'avoir tuée, l'assassin l'a couverte d'excréments. Surtout autour de la bouche.

— Quelle horreur !

— Ivo va vérifier s'il s'agit de sa merde, mais avec un peu de chance, ce sera celle du meurtrier." Hurtig fait un geste vers l'intérieur de la tente, où Ivo Andrić et deux collègues s'affairent à emballer le corps dans un sac gris en vue de son transfert à Solna.

Les techniciens de la police scientifique soulèvent la toile de tente en sacs plastique et Jeanette voit l'ensemble du logis. Un petit réchaud à alcool, quelques conserves et un tas de vêtements. Elle en attrape un délicatement et constate que c'est un tailleur Chanel. Presque neuf.

Elle regarde les conserves encore intactes. Plusieurs sont des produits importés : moules, foie gras, pâté. Pas le genre qu'on trouve au supermarché du coin.

Pourquoi Fredrika Grünewald se terrait-elle là ? Elle ne semblait pas complètement désargentée. Il devait y avoir une autre raison. Mais laquelle ?

Jeanette observe ses effets personnels. Quelque chose ne colle pas. Quelque chose manque. Elle plisse les yeux, efface tout et tente de regarder l'ensemble sans préjugé.

Qu'est-ce que je ne vois pas ? se demande-t-elle.

"Ah, Jeanette." Ivo Andrić lui donne une tape dans le dos. "Une chose, juste, avant que je file. Ce qu'elle a sur le visage, ce ne sont pas des excréments humains. C'est de la crotte de chien."

Au même moment, elle le voit.

Ce n'est pas quelque chose qui manque.

C'est quelque chose qui ne devrait pas être là.

Danemark, 1988

Alors, t'es cap aujourd'hui, sale trouillarde ? T'es cap ? T'es cap ?
Non, t'es pas cap ! Pas cap ! Trop la trouille !
T'es pathétique ! Pas étonnant que personne n'en ait rien à foutre de toi !

Les trottoirs d'Istedgade sont bordés de façades lépreuses, hôtels, bars et sex-shops. Elle sourit en reconnaissant la rue traversière un peu plus calme où elle s'engage, Viktoriagade. Voilà à peine un an qu'elle était là, et elle se rappelle que l'hôtel est tout près, le prochain pâté de maisons sur la gauche après le croisement, à côté d'un disquaire.

Un an plus tôt, elle avait soigneusement choisi cet hôtel. À Berlin, elle avait dormi à Kreuzberg, dans Bergmannstrasse et ici, le cercle se refermait. Viktoriagade était un endroit logique pour mourir.

Elle remarque que l'enseigne néon est toujours cassée, en poussant la vieille porte en bois de la réception. Le même homme que la dernière fois s'y ennuie. Alors il fumait, aujourd'hui il mâchonne un cure-dent. Il a l'air sur le point de s'endormir.

Il lui donne les clés, elle paye avec quelques billets

fripés trouvés dans une boîte à biscuits dans la cuisine de Viggo.

Elle a en tout près de deux mille couronnes danoises et plus de neuf cents suédoises. Cela suffira pour quelques jours. La boîte à musique qu'elle a volée à Viggo en rajoutera peut-être quelques centaines.

La chambre 7, où elle avait tenté de se pendre l'été dernier, est un étage plus haut.

En gravissant les marches grinçantes de l'escalier en bois, elle se demande si le lavabo a été réparé. Avant de décider de se pendre, elle avait cassé dessus une bouteille de parfum, fendant l'émail jusqu'au fond.

Puis tout s'était passé sans drame.

Le crochet du plafond avait lâché et elle s'était réveillée sur le sol des toilettes sa ceinture autour du cou, la lèvre fendue et une dent de devant cassée. Elle avait nettoyé le sang avec un tee-shirt.

C'était comme si rien ne s'était passé. À part le lavabo fendu et le crochet arraché au plafond. Un acte presque invisible, absurde.

Elle ouvre et entre dans la chambre. Le même lit étroit contre le mur de droite, le même placard à gauche, les vitres de la fenêtre sur Viktoriagade toujours aussi sales. Une odeur de tabac et de moisi. La porte des minuscules toilettes est ouverte.

Elle se débarrasse de ses chaussures, jette son sac sur le lit et ouvre la fenêtre pour aérer.

Dehors, on entend ronronner la circulation et aboyer les chiens errants.

Elle va alors aux toilettes. Le trou au plafond a été replâtré et la fente du lavabo bouchée au silicone n'est plus qu'un trait crasseux.

Elle ferme la porte des toilettes et s'étend sur le lit.

Je n'existe pas, songe-t-elle en éclatant de rire.

Elle prend un stylo, son journal dans son sac et écrit.

Copenhague, 23 mai 1988.

Le Danemark est un pays de merde. Des porcs et des paysans, des filles à Boches et des mioches de Boches.

Je ne suis qu'un trou, une fente et des actes absurdes. Viktoriagade ou Bergmannstrasse. Alors violée par des Allemands sur le sol danois. Au Festival de Roskilde, quatre jeunes Allemands.

Aujourd'hui souillée par un Danois fils d'Allemand dans un bunker construit par les Allemands au Danemark. Danemark, Allemagne. Viggo est les deux. Le fils danois d'une pute à Boches.

Elle rit tout haut. "Solace Aim Nut. Console-moi, je suis folle."

Comment peut-on s'appeler comme ça ?

Puis elle repose son journal. Elle n'est pas folle. Les autres le sont.

Elle songe à Viggo Dürer. La Caboche.

Il mérite d'être étranglé et jeté au fond d'un bunker sur l'Oddesund.

Né d'une chatte danoise et mort dans un trou à merde allemand. Alors les porcs pourraient le manger.

Elle reprend son journal.

S'arrête et le feuillette en arrière. Deux mois, quatre mois, six mois.

Elle lit.

Värmdö, 13 décembre 1987.

Solace ne se réveille pas après ce qu'il a fait au sauna. J'ai peur qu'elle ne soit en train de mourir. Elle respire les yeux ouverts, mais elle est complètement partie. Il a été dur avec elle. Sa tête cognait contre le mur pendant qu'il était en train et après elle ressemblait à un jeu de mikado, jetée en vrac sur la banquette du sauna.

J'ai humecté son visage avec un linge mouillé, mais elle ne veut pas se réveiller.

Est-ce qu'elle est morte ?

Je le hais. La bonté et le pardon ne sont que d'autres formes de l'oppression et de la provocation. La haine est plus pure.

Victoria avance de quelques pages.

Solace n'était pas morte. Elle s'est réveillée, mais n'a rien dit, elle avait juste mal au ventre et poussait comme si elle allait accoucher. Alors il est monté chez nous, dans notre chambre.

En nous voyant, il a d'abord eu l'air désolé. Puis il s'est mouché sur nous. D'un doigt, il s'est bouché une narine et s'est mouché sur nous !

Il n'aurait pas au moins pu cracher ?

Elle reconnaît à peine sa propre écriture.

24 janvier 1988.

Solace refuse d'enlever son masque. Son visage de bois commence à me fatiguer. Elle ne fait que rester couchée là à geindre. Elle grince. Le masque a dû se coller à son visage, comme si les fibres du bois l'avaient rongée.

C'est un pantin. Elle est couchée là, muette et morte et son visage de bois grince parce qu'il fait sacrément humide dans le sauna.

Les pantins n'ont pas d'enfants. Ils se contentent de gonfler à l'humidité et à la chaleur.

Je la hais !

Victoria referme le journal. Par la fenêtre, elle entend un éclat de rire.

La nuit, elle rêve d'une maison dont toutes les fenêtres sont ouvertes. Elle doit les refermer, mais dès qu'elle ferme la dernière, une autre se rouvre. Bizarrement, c'est elle qui a décidé que toutes les fenêtres ne peuvent pas être fermées en même temps, ce serait beaucoup trop simple. Fermer, ouvrir, fermer, ouvrir et ainsi de suite jusqu'à ce qu'elle se lasse et s'accroupisse pour uriner par terre.

Quand elle se réveille, son lit est si mouillé que ça a coulé par terre à travers le matelas.

Il n'est pas plus de quatre heures du matin, mais elle décide de se lever. Elle se lave, rassemble ses affaires, sort de la chambre avec les draps qu'elle jette dans une poubelle dans le couloir avant de descendre à la réception.

Elle s'assoit dans le petit café et allume une cigarette.

C'est la quatrième ou cinquième fois en moins d'un mois qu'elle se réveille parce qu'elle a fait pipi au lit. Cela lui est déjà arrivé, mais pas de façon si rapprochée, ni en liaison avec des rêves aussi marqués.

Elle sort quelques livres de son sac à dos.

Son manuel de psychologie et plusieurs ouvrages de Robert J. Stoller. Elle trouve que c'est un drôle de nom pour un psychiatre. Et que l'édition de poche des *Trois Essais sur la théorie sexuelle* de Freud, qu'elle a aussi avec elle, est ridiculement mince.

Son exemplaire de *L'Interprétation des rêves* tombe presque en miettes à force d'être lu. Contrairement à ce qu'elle pensait *a priori*, elle s'est retrouvée en totale opposition aux théories freudiennes.

Pourquoi les rêves seraient-ils l'expression de désirs inconscients et de conflits intérieurs cachés ?

Et à quoi rime le fait de se cacher à soi-même ses propres intentions ? Ce serait comme si elle était une personne quand elle rêve et une autre éveillée : quelle logique dans tout ça ?

Les rêves sont tout simplement le reflet de ses pensées et de ses fantasmes. Ils contiennent sans doute une symbolique, mais elle ne pense pas apprendre à mieux se connaître en réfléchissant trop à leur signification.

Il semble stupide de vouloir résoudre ses problèmes

dans la vie réelle en interprétant ses rêves et elle pense que cela peut même être dangereux.

Et si on leur donnait une signification qu'ils n'ont pas ?

Plus intéressant est le fait qu'elle rêve des rêves lucides, elle l'a compris en lisant un article sur le sujet. Elle est consciente qu'elle rêve quand elle dort et peut agir sur les événements dans ses rêves.

Elle pouffe en constatant que chaque fois qu'elle s'est pissé dessus en dormant, c'était un choix volontaire de sa part.

C'est encore plus drôle quand on pense que la recherche psychologique attribue au rêveur lucide des capacités cérébrales au-dessus de la moyenne. Elle se pisse donc dessus parce que son cerveau est nettement plus raffiné et développé que celui des autres.

Elle écrase sa cigarette et sort un autre livre. C'est une introduction à la théorie de l'attachement. Comment la relation du nourrisson avec sa mère a des conséquences sur la vie future de l'enfant.

Ce livre a beau ne pas être au programme de ses cours et en plus la déprimer, elle ne peut s'empêcher de le lire de temps en temps. Page après page, chapitre après chapitre, il est question de ce qu'on lui a volé et dont elle se prive elle-même.

Des relations avec d'autres personnes.

Tout a été détruit dès sa naissance par sa mère, et son père a tendrement veillé sur les ruines moussues de sa vie relationnelle en lui interdisant tout contact avec les autres.

Elle cesse de sourire.

Est-ce que cela lui manque seulement ? Une relation, quelqu'un ?

En tout cas, elle n'a pas d'amis et avoir quelqu'un à qui elle manquerait ne lui manque pas.

Hannah et Jessica sont depuis longtemps oubliées. L'ont-elles aussi oubliée ? Les promesses qu'elles s'étaient faites ? Fidélité éternelle et tout ça ?

Mais il y a une personne qui lui manque depuis qu'elle est venue au Danemark. Et ce n'est pas Solace. Elle, elle se débrouille sans.

C'est la vieille psychologue de l'hôpital de Nacka qui lui manque.

Si elle avait été là, elle aurait compris que Victoria était revenue dans cet hôtel pour une seule raison : revivre sa mort.

En même temps, elle a compris ce qu'il lui restait à faire.

Si elle n'arrive pas à mourir, elle peut devenir une autre, et elle sait comment.

Elle va d'abord prendre le bateau pour Malmö, puis le train pour rentrer à Stockholm et enfin le bus jusqu'à Tyresö, où habite la vieille femme.

Et cette fois, elle va tout lui raconter, absolument tout ce qu'elle sait d'elle-même.

Il le faut.

Si elle veut que Victoria Bergman meure pour de bon.

Institut médicolégal

La dernière fois qu'Ivo Andrić a vomi, c'était pendant le siège de Sarajevo, voilà plus de quinze ans, lorsqu'à la suite d'un raid serbe dans les faubourgs de la ville il avait fait partie d'un groupe de volontaires qui s'était occupé de rassembler ce qui restait de la dizaine de familles qui avait eu la malchance de croiser le chemin des escadrons de la mort.

Après à peine quinze minutes de travail sur le corps de Fredrika Grünewald, Ivo Andrić interrompt l'autopsie pour gagner les toilettes les plus proches.

Alors comme aujourd'hui. Haine, avilissement et représailles.

En retournant vers la salle d'autopsie, il essaye de ne pas penser à la fillette qu'il a sortie de l'immeuble d'Ilidža.

"*Jebiga!*" jure-t-il en entrant et en sentant à nouveau la puanteur du cadavre.

Oublie Ilidža, se dit-il en renfilant son masque.

C'est une grosse bonne femme, pas une petite fille.

Oublie-la.

Ivo Andrić n'a pas l'habitude de pleurer et il ne se rend pas compte qu'il est en train de le faire.

Son cerveau ne lui dit pas qu'il essuie ses larmes du revers d'une main tandis qu'il écarte de l'autre le drap qui recouvre le corps nu de Fredrika Grünewald.

Il prend son carnet et note avec dégoût que la pauvre femme a vraisemblablement été étouffée par les crottes de chien qu'on l'a forcée à avaler.

Dans la bouche et les voies respiratoires, on trouve aussi des traces de vomi de crevettes et de vin blanc.

Pourquoi je fais ce métier ? songe-t-il en fermant les yeux.

Contre sa volonté, ses pensées sont revenues à la petite fille qui était allée voir ses cousins à Ilidža.

Elle s'appelait Antonija. C'était sa fille cadette.

Tvålpalatset

Linnea Lundström est dans le fauteuil du patient de l'autre côté du bureau. Sofia s'étonne de la rapidité avec laquelle elle est parvenue à lui inspirer confiance.

Elle montre à Linnea les photos des trois dessins.

Linnea cinq, neuf et dix ans, dessinée aux crayons de couleur.

"C'est bien toi, là ? demande Sofia en montrant du doigt. Et là, c'est Annette ?"

Linnea semble étonnée, mais ne dit rien.

"Et là, c'est sans doute un ami de la famille ?" Sofia montre Viggo Dürer. "De Scanie. De Kristianstad."

Sofia a l'impression que la fille est soulagée. "Oui, soupire-t-elle, mais je trouve ces dessins ratés. Il ne ressemblait pas à ça. Il était beaucoup plus mince.

— Comment s'appelait-il ?"

Linnea hésite un moment, et finit par chuchoter :

"C'est Viggo Dürer, l'avocat de papa.

— Tu veux me parler de lui ?"

La respiration de la fille se fait plus superficielle et saccadée, comme si elle étouffait. "Vous êtes la première personne à comprendre mes dessins", dit-elle alors.

Sofia songe à Annette Lundström qui s'est trompée sur toute la ligne.

"Ça fait du bien que quelqu'un comprenne, continue

Linnea. Vous êtes comme celle dont papa parlait dans sa lettre ? Une pythie ? Qui comprend ?

— Je peux être celle qui comprend, sourit Sofia, mais pas sans ton aide. Veux-tu me parler de ce que signifient ces dessins ?"

La réponse est rapide, étonnamment directe, même si elle ne dit rien du contenu même des images : "Il était… je l'aimais bien quand j'étais petite.

— Viggo Dürer ?"

Elle regarde par terre. " Oui… Il était gentil, au début. Après, quand j'ai eu cinq ans, environ, il pouvait être très bizarre."

C'est Linnea elle-même qui prend l'initiative de parler de Viggo Dürer, et Sofia comprend que la deuxième phase de la thérapie a commencé. Se remémorer et élaborer le traumatisme.

"Tu veux dire qu'il a été gentil avec toi jusqu'à tes cinq ans ?

— Je crois.

— Tu as donc des souvenirs aussi précis de cette époque-là ?"

Linnea quitte le sol des yeux et regarde vers la fenêtre. "Précis, je ne sais pas trop. En tout cas je me rappelle que je l'aimais bien avant ce qui s'est passé à Kristianstad… Quand il est venu nous voir."

Sofia songe au dessin de Viggo Dürer avec son chien dans le jardin des Lundström à Kristianstad. Karl Lundström mentionne lui-même l'événement dans la lettre que Linnea lui a montrée. Linnea méprise son père, mais elle a peur de Viggo. Elle a fait comme disait Viggo. Annette et Henrietta n'étaient qu'aveuglement. Fermaient les yeux devant ce qui se passait sous leur nez.

Comme d'habitude, se dit Sofia.

Karl Lundström a ensuite écrit que Viggo était

doublement ignorant : dans sa lettre, il lui reproche de se tromper et de ne pas le savoir.

Ne reste qu'une question, constate Sofia. En quoi consiste la double ignorance de Viggo Dürer ?

Elle est certaine d'avoir compris ce que visait Karl Lundström. Elle se penche et regarde Linnea dans les yeux. "Veux-tu me raconter ce qui s'est passé à Kristianstad ?"

Lac Klara

Le procureur von Kwist n'a de noble que le nom. Il s'est contenté d'ajouter une particule à son nom pour se rendre intéressant au lycée. Il est toujours extrêmement vaniteux et veille jalousement à sa réputation et à son apparence.

Kenneth von Kwist a un problème qui l'inquiète beaucoup. Oui, il est si préoccupé par la conversation qu'il vient d'avoir avec Annette Lundström que son ulcère à l'estomac se réveille.

La benzodiazépine, pense-t-il. Une substance tellement addictive que le témoignage d'un individu à qui elle a été administrée doit fortement être mis en doute. Oui, ça doit être ça. Son lourd traitement médicamenteux a dû conduire Karl Lundström à tout inventer de A à Z.

Kenneth von Kwist considère la pile de documents accumulée sur son bureau.

5 milligrammes de Stesolid, lit-il. 1 milligramme de Xanor et enfin 0,75 milligramme d'Halcion. Par jour ! Complètement invraisemblable !

Le sevrage a dû être tellement violent que Lundström a pu avouer n'importe quoi juste pour avoir une autre dose, se dit-il tout en lisant le procès-verbal de son interrogatoire.

Il est très long, presque cinq cents pages tapées à la machine.

Mais le procureur von Kwist doute.

Il y a beaucoup trop de gens impliqués. Des gens qu'il connaît personnellement, ou du moins croyait connaître.

A-t-il été l'idiot de service qui aidait un groupe de pédophiles et de violeurs à échapper à la justice ?

La fille de Per-Ola Silfverberg avait-elle raison d'accuser son père adoptif d'avoir abusé d'elle ?

Et Ulrika Wendin avait-elle vraiment été droguée par Karl Lundström, conduite dans un hôtel et violée ?

La vérité grimace au visage du procureur Kenneth von Kwist. Il s'est laissé utiliser, tout simplement. Mais comment s'en sortir les mains propres sans trahir ses soi-disant amis ?

Dans sa lecture, il note des références récurrentes à un entretien effectué au département de psychiatrie médicolégale de Huddinge. Visiblement, Karl Lundström y a rencontré à deux reprises la psychologue Sofia Zetterlund.

Est-il possible d'étouffer tout ça ?

Kenneth von Kwist prend un Alka-Seltzer, appelle sa secrétaire et lui demande de trouver le numéro de Sofia Zetterlund.

Tvålpalatset

Après le départ de Linnea Lundström, Sofia reste un long moment à noter l'entretien.

Elle a l'habitude d'utiliser deux stylos-bille, un rouge et un bleu, pour distinguer le récit du client et ses propres réflexions.

En tournant la septième feuille A4 quadrillée pour en prendre une huitième, elle est saisie d'une fatigue paralysante. Elle a l'impression d'avoir dormi.

Elle recule de quelques pages pour se rafraîchir la mémoire, et commence à lire au hasard la page 5.

C'est le récit de Linnea, noté au stylo bleu.

Le rottweiler de Viggo est toujours attaché quelque part. À un arbre, à la rampe du perron, à un radiateur qui gargouille. Le chien attaque Linnea, elle fait des détours pour l'éviter. Viggo vient chez elle la nuit, le chien monte la garde dans le hall, Linnea se souvient des reflets de ses yeux dans le noir. Viggo montre à Linnea un album avec des photos d'enfants nus, de son âge, et elle se rappelle des flashs dans le noir et qu'elle porte un chapeau noir et une robe rouge que Viggo lui a donnés. Le père de Linnea entre dans la pièce, Viggo se fâche, ils se disputent et le père de Linnea sort en les laissant seuls.

Sofia a été surprise de voir Linnea déverser un flot de paroles. Comme si son récit existait déjà sous forme latente, déjà formulé depuis longtemps, et qu'il pouvait enfin s'écouler librement maintenant qu'elle avait quelqu'un avec qui partager ses expériences.

Linnea a très peur d'être seule avec Viggo. Il est gentil de jour et méchant la nuit, et il lui a déjà fait quelque chose qui l'a presque rendue incapable de marcher sans aide. Je demande ce que Viggo lui a fait, et Linnea répond qu'elle croit "que c'était sa main et son bonbon et puis il m'a photographiée et je n'ai rien dit à papa et maman".

Sofia sait ce que signifie l'euphémisme bonbon.

Linnea répète "ses mains, son bonbon, puis des flashs", puis dit que Viggo veut jouer au gendarme et au voleur, qu'elle est le voleur et doit mettre des menottes. La marque des menottes et le bonbon rugueux lui font mal toute la matinée alors que Linnea dort, mais ne dort pas vraiment à cause des flashs rouges à l'intérieur de ses paupières quand elle ferme les yeux. Et tout est dehors et pas dedans comme une mouche qui bourdonne dans la tête…

Sofia se met à respirer plus fort. Elle ne reconnaît plus ces phrases.

Elle découvre que le reste du texte est écrit à l'encre rouge.

… une mouche qui bourdonne et qui peut s'échapper si elle se cogne la tête contre le mur. Alors, la mouche pourra se sauver par la fenêtre, qui pourra aussi faire sortir la puanteur rance des mains de la Caboche qui sentent le cochon et il a beau les laver ses vêtements puent l'ammoniaque et son bonbon a goût de crin et on devrait le lui couper et le jeter aux cochons…

Elle est interrompue par quelqu'un qui frappe à sa porte.

"Entrez", dit-elle d'un ton absent, en continuant de feuilleter.

Ann-Britt entre, en faisant un geste pour dire que c'est urgent. "Tu as un coup de fil à passer. Le procureur von Kwist a demandé que tu l'appelles dès que tu as un moment."

Sofia se rappelle une maison entourée de champs.

Par la fenêtre sale de l'étage, elle avait l'habitude de regarder les évolutions des oiseaux marins dans le ciel.

La mer n'était pas loin.

"OK. Donne le numéro, je l'appelle tout de suite."

Et elle se rappelle le métal froid sous sa main quand elle tenait le pistolet d'abattage. Elle aurait pu tuer Viggo Dürer.

Si elle l'avait fait, le récit de Linnea serait différent.

Ann-Britt lui tend le post-it, l'air soucieux. "Tu es sûre que ça va ? Tu n'as vraiment pas l'air en grande forme." Elle pose la main sur le front de Sofia avec un sourire maternel. "Mais en tout cas, je ne crois pas que tu aies de la fièvre."

Les souvenirs pâlissent. Comme une impression de déjà-vu. Tout est d'abord si clair, on sait ce qui va se passer ou se dire, puis l'impression disparaît et il est vain de vouloir la retenir. Comme un glaçon qui fond d'autant plus vite qu'on le serre fort dans sa main.

"Oh, j'ai juste un peu mal dormi." Elle s'impatiente et ôte doucement la main de son front. "Laisse-moi, maintenant. J'appelle le procureur dans dix minutes."

Ann-Britt hoche brièvement la tête et quitte la pièce avec un air préoccupé.

Elle regarde à nouveau ses notes. Les trois dernières pages sont les mots de Victoria. Victoria Bergman qui parle de Viggo Dürer et Linnea Lundström.

… ses vertèbres saillantes se voient à travers ses vêtements, même en costume. Il force Linnea à se déshabiller et à jouer à ses jeux avec ses jouets dans la chambre de la fillette dont la porte est toujours fermée sauf la fois où Annette, à moins que ce ne soit Henrietta, les a surpris. Elle a eu honte d'être à

moitié nue à quatre pattes tandis que tout habillé il a expliqué que la gamine avait voulu lui montrer qu'elle savait faire le grand écart et ils ont alors voulu qu'elle le refasse et quand elle a eu fait le grand écart puis le pont ils l'ont tous les deux applaudie, mais c'était tellement malsain parce qu'elle avait douze ans et de la poitrine presque comme une adulte…

Sofia reconnaît une partie du récit de Linnea, mais les mots sont mélangés avec les souvenirs de Victoria. Pourtant, le texte ne réveille plus aucun souvenir en elle.

Les feuilles quadrillées ne sont couvertes que de lettres éparses.

Elle jette un coup d'œil à la dernière page et décide de regarder ces notes plus tard. Elle compose alors le numéro du procureur.

"Von Kwist." La voix est claire, presque féminine.

"Sofia Zetterlund à l'appareil. Vous avez cherché à me joindre. C'est à quel sujet ?"

Le procureur lui résume brièvement sa question : Karl Lundström recevait de la benzodiazépine en traitement, quelle est sa position sur ce sujet ?

"Ça m'est plus ou moins égal. Même si Karl Lundström a fait sa déposition sous l'influence de médicaments lourds, ses dires ont finalement été confirmés par sa fille. C'est elle qui compte, à présent.

— Des médicaments lourds ?" Le procureur pouffe. "Vous savez ce que c'est que le Xanor ?" Sofia reconnaît ce ton de supériorité masculine et commence à se sentir mal.

Elle se force à parler calmement et lentement, pédagogue, comme si elle s'adressait à un enfant. "Il est bien connu que les patients traités au Xanor développent à long terme une forme de dépendance. C'est pour cette raison qu'il est classé comme stupéfiant. Malheureusement, tous les médecins n'en tiennent pas compte."

Elle attend le procureur mais, comme il ne dit rien, elle continue. “Beaucoup ont de gros problèmes à cause de ce médicament. Le sevrage est difficile, et on se sent aussi mal sans qu'on se sentait bien avec. Un de mes clients m'a décrit le Xanor comme une partie de yoyo entre le ciel et l'enfer.”

Elle entend le procureur inspirer profondément. “Bien, bien. Je vois que vous avez bien appris votre leçon.” Il rit et essaie d'arrondir les angles. “Je ne peux pourtant pas m'empêcher de penser que ce qu'il dit avoir fait avec sa fille est faux…” Il s'interrompt au milieu de sa phrase.

“Vous voulez dire que j'aurais des raisons de ne pas accorder trop de crédit à ses déclarations ?” À présent, elle a l'air vraiment en colère.

“Quelque chose comme ça, oui.” Le procureur se tait.

“Je ne crois pas seulement que vous avez tort. Je le sais.” Sofia songe à tout ce que Linnea a raconté.

“Que voulez-vous dire ? Avez-vous une preuve, autre que les allégations de sa fille ?

— Un nom. J'ai un nom. Linnea a plusieurs fois parlé d'un certain Viggo Dürer.”

Au moment même où elle prononce le nom de l'avocat, Sofia le regrette.

Glasbruksgränd

Ce qui a attiré l'attention de Jeanette dans la tente de Fredrika Grünewald, c'est un bouquet de tulipes jaunes – elle n'a pas réagi seulement à la couleur, mais aussi à la carte enroulée autour d'une des tiges.

La cloche de l'église Catherine sonne six coups sourds. Une fois encore, Jeanette a mauvaise conscience d'être toujours au travail et pas chez elle avec Johan.

Mais après la découverte de Fredrika Grünewald, il est nécessaire d'agir vite. C'est pour cette raison qu'elle et Hurtig se présentent à la porte de l'appartement luxueux de la famille Silfverberg. Ils ont auparavant appelé pour convenir d'un rendez-vous.

Charlotte Silfverberg leur ouvre et les fait entrer.

Il flotte une odeur de peinture fraîche et le sol est encore recouvert de bâches tachées. Jeanette comprend que l'appartement a été entièrement rénové, ce qui était nécessaire vu l'état où il était la dernière fois. Du sang partout et le corps dépecé de Per-Ola Silfverberg.

Mais pourquoi reste-t-elle habiter là ? pense Jeanette en saluant Charlotte de la tête. Elle sait que Charlotte et elle ont presque le même âge, mais suppose qu'une vie sans problèmes, une nourriture saine et quelques opérations esthétiques expliquent pourquoi cette femme semble nettement plus jeune.

"Je suppose que c'est au sujet de Per-Ola." Son ton est presque autoritaire.

"Oui, si on veut." Jeanette regarde autour d'elle dans le hall.

Charlotte Silfverberg les précède au salon, Jeanette s'approche de la grande baie vitrée, estomaquée par la vue magnifique sur Stockholm.

Droit devant, le Musée national et le Grand Hôtel. À droite le bateau auberge de jeunesse *Af Chapman* : elle a sans doute sous les yeux une des meilleures vues sur la ville. Jeanette se retourne : Jens s'est assis dans un fauteuil, Charlotte est restée debout.

"Ce sera rapide, je suppose." Charlotte se place derrière l'autre fauteuil et en saisit le dossier à deux mains, comme pour garder l'équilibre. "Vous ne voulez rien, sans doute ? Pas de café, rien ?"

Jeanette secoue la tête et décide en même temps d'attendre pour mentionner la carte avec sa formule étrange. Il pourra s'avérer utile de l'avoir sous le coude, si Charlotte Silfverberg rechigne à répondre à leurs questions.

"Non, non, merci, c'est très bien comme ça." S'efforçant de paraître aimable, pour qu'elle s'adoucisse et soit coopérative. Jeanette va s'asseoir.

"Pour commencer, j'aimerais savoir pourquoi vous ne m'avez pas parlé de votre fille." Elle le dit comme en passant, se penche et sort son carnet. "Ou plutôt votre fille adoptive."

Charlotte Silfverberg sursaute, lâche le fauteuil, en fait le tour et vient s'asseoir.

"Madeleine ? Il lui est arrivé quelque chose ?"

Elle s'appelle donc Madeleine, pense Jeanette. "Pourquoi n'avez-vous pas parlé d'elle, la dernière fois que nous nous sommes vues ? Et de ses accusations contre Per-Ola ?"

Charlotte Silfverberg répond sans hésiter. “Parce qu'elle est pour moi un chapitre clos. Elle a dépassé les bornes une fois de trop et sa présence n'est plus souhaitée dans cette maison.

— Que voulez-vous dire ?

— Je vous la fais brève.” Charlotte Silfverberg inspire profondément avant de se lancer. “Madeleine est arrivée chez nous juste après sa naissance. Sa mère, très jeune, souffrant d'une grave maladie psychique, était incapable de s'en occuper. Elle est donc arrivée et nous l'avons aimée comme notre propre fille. Oui, et ce bien qu'elle ait été une enfant difficile. Souvent malade et geignarde. Je ne sais pas combien de nuits j'ai passées dans sa chambre alors qu'elle n'arrêtait pas de crier. Inconsolable, tout simplement.

— N'avez-vous jamais cherché à savoir ce qui n'allait pas chez elle ?” Hurtig se penche en avant, les mains posées sur la table basse.

“Savoir quoi ? Cette fille était… comment dire, défectueuse.” Charlotte Silfverberg fait la moue et Jeanette sent l'envie de la gifler.

Défectueuse ?

C'est comme ça qu'on dit quand on maltraite un enfant au point qu'il se défend de la seule façon dont il dispose. En criant.

Jeanette ne la quitte pas des yeux, un peu effrayée par ce qu'elle voit. Charlotte Silfverberg n'est pas qu'une femme en deuil. C'est aussi une femme méchante.

“Bref, elle a grandi et a commencé l'école. La fille de son papa. Elle et Per-Ola étaient toujours fourrés ensemble, et c'était sans doute ce qui n'allait pas. Une petite fille ne doit pas être aussi proche de son père.”

Le silence se fait autour de la table. Jeanette comprend qu'ils pensent à présent tous trois à l'affirmation de la fillette comme quoi Per-Ola aurait abusé d'elle mais, avant que Jeanette ait le temps de parler, Charlotte Silfverberg reprend.

“Elle a développé une telle dépendance à son égard que Peo a estimé que le moment était venu de lui tracer des limites claires. Elle s'est alors sentie trahie et s'est mise à inventer toutes sortes d'histoires déplacées à son sujet, pour se venger.

— Des histoires déplacées ?” Jeanette ne peut plus retenir sa colère. “Mais nom de Dieu, la fillette a dit que Per-Ola l'a violée !

— J'aimerais que vous surveilliez votre langage devant moi.” Charlotte Silfverberg lève les deux mains pour la faire taire. “Je ne veux plus en parler. Fin de la discussion.

— Désolée, mais nous n'avons pas encore tout à fait fini.” Jeanette pose son carnet. “Vous devez comprendre qu'elle est fortement soupçonnée du meurtre de votre mari.”

Charlotte Silfverberg semble comprendre seulement maintenant et hoche la tête en silence.

“Savez-vous où elle se trouve aujourd'hui ? continue Jeanette. Et pouvez-vous nous décrire Madeleine ? A-t-elle un quelconque signe particulier ?”

La femme secoue la tête. “Je suppose qu'elle est toujours au Danemark. Quand nos chemins se sont séparés, elle a été prise en charge par les services sociaux et placée dans un établissement psychiatrique, et après je ne sais pas.

— Bon. Autre chose ?

— Elle doit être adulte aujourd'hui et…”

Charlotte Silfverberg semble soudain très lasse et Jeanette se demande si elle ne va pas se mettre à pleurer. Mais après s'être reprise, elle continue. “Elle est blonde aux yeux bleus. Enfin, si elle ne s'est pas teinte. C'était une très jolie enfant, et elle a très bien pu devenir une belle jeune femme. Mais évidemment, je n'en sais rien…

— Pas de signe particulier ?"

Charlotte Silfverberg secoue énergiquement la tête. "Ah, si, murmure-t-elle. Justement.

— Quoi ?" Jeanette regarde Hurtig, qui hausse les épaules.

La femme lève les yeux. "Elle était ambidextre."

Jeanette est troublée de ne pas connaître le sens de ce mot, mais Hurtig éclate de rire. "Ah, ça alors ! Moi aussi !

— De quoi vous parlez, là ? dit Jeanette, frustrée de ne pas savoir si c'est un détail important ou non.

— C'est le fait d'être à la fois gaucher et droitier." Hurtig prend son stylo et écrit quelque chose dans son carnet. D'abord de la main gauche, puis de la droite. Puis déchire la feuille et la tend à Jeanette.

"Jimi Hendrix l'était, comme Shigeru Miyamoto."

Jeanette lit. Hurtig a écrit son nom deux fois, d'une écriture identique. Elle ne savait pas ça de lui.

"Shigeru Miyamoto ?

— Le génie du jeu vidéo chez Nintendo, explique Hurtig. L'inventeur de Donkey Kong."

Jeanette rejette de la main ces détails inutiles. "Donc Madeleine utilise indifféremment ses deux mains ?

— C'est ça, répond Charlotte Silfverberg. Souvent, elle dessinait de la main gauche tout en écrivant de la droite."

Jeanette songe à ce qu'Ivo Andrić a dit du dépeçage de Silfverberg. Que l'angle des coups de couteau suggérait la présence de deux meurtriers.

Un droitier et un gaucher.

Deux personnes avec des connaissances en anatomie différentes.

"Je vois", dit-elle, absente.

Hurtig regarde Jeanette. Elle le connaît : il se demande si le moment est venu de montrer la carte et, à son discret hochement de tête, il sort un petit sachet plastique contenant la pièce à conviction.

“Ça vous dit quelque chose?” Il tend le sachet à Charlotte Silfverberg, qui regarde interloquée la petite carte de vœux qu'il contient. Elle représente trois petits cochons, avec écrit dessous : FÉLICITATIONS POUR CE GRAND JOUR!

“Qu'est-ce que c'est que ça?” Elle prend le sachet et le retourne pour regarder le dos de la carte. D'abord étonnée, elle éclate ensuite de rire. “Où avez-vous déniché ça?”

Elle pose la carte sur la table et ils regardent à présent tous les trois la photo collée au dos.

Jeanette pointe la photo. “Qu'est-ce que c'est que cette carte?

— C'est moi, le jour du bac. Tous ceux qui étaient reçus avaient des cartes avec leur photo, à échanger avec les autres.” Charlotte Silfverberg sourit en se reconnaissant sur la photo. Jeanette lui trouve un air nostalgique.

“Pouvez-vous nous parler un peu de l'école que vous avez fréquentée, de votre lycée?

— Sigtuna? dit-elle. De quoi parlez-vous? Qu'est-ce que Sigtuna aurait à faire avec le meurtre de Peo? Et où avez-vous eu cette carte?” Elle fronce les sourcils et regarde d'abord Jeanette, puis Hurtig. “Oui, car c'est bien pour ça que vous êtes là, n'est-ce pas?

— Oui, tout à fait, mais, pour diverses raisons, nous aurions besoin d'en savoir un peu plus sur votre scolarité à Sigtuna.” Jeanette essaie de croiser le regard de la femme, mais elle reste tournée vers Hurtig.

“Je ne suis pas sourde!” Charlotte Silfverberg hausse la voix et finit par regarder Jeanette droit dans les yeux. “Je ne suis pas non plus une idiote! Alors si vous voulez que je vous parle de ma scolarité, il faut m'expliquer ce que vous voulez savoir et pourquoi."

Jeanette se dit qu'ils vont dans le mur : elle décide alors de faire un pas prudent vers elle.

"Pardon, je vais être plus claire." Jeanette cherche de l'aide du côté de Hurtig, mais il se contente de lever les yeux d'un air narquois. Jeanette sait ce qu'il pense. Putain de bonne femme de merde.

Jeanette inspire profondément et continue. "Ceci est juste pour nous une façon d'éclairer notre lanterne sur un certain nombre de choses." Elle marque une courte pause. "Nous enquêtons sur un autre meurtre et il s'agit cette fois d'une femme qui s'avère avoir un lien avec vous. Voilà pourquoi nous avons besoin d'en savoir un peu plus sur votre scolarité à Sigtuna. Il s'agit en effet d'une de vos anciennes camarades de classe. Fredrika Grünewald. Vous vous souvenez d'elle ?

— Fredrika est morte ?" Charlotte Silfverberg semble sincèrement secouée.

"Oui, et des signes semblent indiquer qu'il pourrait s'agir du même meurtrier. La carte était à côté du corps."

Charlotte Silfverberg pousse un profond soupir et rajuste la nappe sur la table. "On ne doit pas dire du mal des morts, mais Fredrika, ce n'était pas quelqu'un de bien, ça se voyait déjà à l'époque.

— Que voulez-vous dire ?" Hurtig se penche en avant, les coudes sur les genoux. "Pourquoi n'était-ce pas quelqu'un de bien ?"

Charlotte Silfverberg secoue la tête. "Fredrika est vraiment la personne la plus répugnante que j'aie jamais rencontrée, et je ne peux pas vraiment dire que sa mort me chagrine. Plutôt le contraire."

Charlotte Silfverberg se tait, mais ses paroles résonnent entre les murs fraîchement repeints.

Qu'est-ce que c'est que cette femme ? se demande Jeanette. Pourquoi tant de haine ?

Ils réfléchissent tous les trois en silence. Charlotte s'impatiente et se tortille sur son siège tandis que Jeanette promène le regard sur le spacieux séjour.

Une couche d'un millimètre de peinture blanche camoufle le sang de son mari.

Jeanette a du mal à respirer et commence à avoir hâte de partir.

Par la fenêtre, elle voit qu'il a recommencé à pleuvoir et elle espère rentrer à temps pour voir Johan avant qu'il ne se soit couché.

Hurtig se racle la gorge. "Racontez-nous."

Charlotte Silfverberg leur parle de sa scolarité à Sigtuna, sans que Jeanette ni Hurtig ne l'interrompent.

Jeanette l'estime sincère car elle dévoile même des événements qui ne sont pas à son avantage. Elle ne cache pas avoir été un second couteau de Fredrika Grünewald, et avoir participé à des brimades contre des élèves et des professeurs.

Plus d'une demi-heure durant, ils écoutent Charlotte Silfverberg. À la fin, Jeanette se penche sur ses notes.

"Pour résumer, vous vous souvenez de Fredrika Grünewald comme d'une intrigante manipulatrice. Qui vous a poussée à faire des choses contre votre gré. Vous et deux autres filles, Regina Ceder et Henrietta Nordlund, étiez ses amies les plus proches. C'est bien ça ?

— On peut dire ça, opine Charlotte.

— Et, un jour, vous avez fait subir à trois autres filles un bizutage assez dégradant, pour le dire gentiment. Le tout sous les ordres de Fredrika ?

— Oui."

Jeanette observe Charlotte Silfverberg et voit en elle comme de la honte. Cette femme a honte.

“Vous souvenez-vous des noms de ces filles ?

— Deux ont quitté l’école, je n’ai jamais vraiment fait leur connaissance.

— Mais la troisième ? Celle qui a continué ?

— Elle, je m’en rappelle assez bien. Elle a fait comme si rien ne s’était passé. Elle était glaciale et quand on la croisait dans les couloirs elle semblait presque fière. Après ce qui s’était passé, plus personne ne lui faisait rien. Je veux dire, la proviseur avait failli nous dénoncer à la police, alors la plupart d’entre nous avions compris avoir dépassé les bornes. Nous la laissions tranquille.” Charlotte Silfverberg se tait.

“Et comment s’appelait-elle ?” Jeanette referme son carnet, prête à rentrer enfin chez elle.

“Victoria Bergman”, dit Charlotte Silfverberg.

Hurtig pousse un gémissement comme s’il avait reçu un coup de poing dans le ventre et Jeanette, elle, sent son cœur s’arrêter de battre et laisse tomber son carnet par terre.

Abidjan

Regina Ceder quitte le consulat général en fin d'après-midi et demande au chauffeur de la conduire directement à l'aéroport. L'ombre des gratte-ciel du centre-ville, les vitres fumées de la limousine et l'air conditionné lui apportent enfin la fraîcheur. Depuis le début de la première réunion, après le déjeuner, elle n'en pouvait plus. La chaleur était insupportable et elle espérait qu'aucun des diplomates et membres du gouvernement ne remarquerait les auréoles de sueur sur son corsage. Elle n'avait pas eu le temps de passer aux toilettes avant cinq heures à cause de leurs chicaneries qui avaient fait traîner les choses en longueur.

On ne respecte pas les horaires, ici, se dit-elle. Ni les femmes de pouvoir, à en juger par la façon dont les émissaires du gouvernement l'avaient traitée. Même le ministre des Affaires étrangères, d'habitude poli avec elle, avait rejoint les autres dans leur mépris en pouffant bruyamment tandis qu'elle détaillait le dossier.

Les insultes, ils s'y connaissent. Le droit international, ils ont plus de mal à comprendre.

Regina Ceder regarde par la portière en étirant ses jambes sous le siège du chauffeur. Elle a beau être restée presque toute la journée à l'intérieur, son pantalon de toile claire est presque gris à cause de la pollution.

Comme d'habitude, la circulation est dense et bruyante, elle sait qu'il faudra au moins une heure pour rejoindre l'aéroport. L'avion pour Paris, avec correspondance vers Stockholm, décolle à sept heures et demie, enregistrement une heure avant. Elle regarde sa montre et constate qu'il est presque impossible d'arriver dans les temps. Mais son passeport diplomatique l'aidera probablement. Au pire, ils retiendront l'avion. Ça s'est déjà vu.

Le klaxon d'un poids lourd frôlant la voiture la tire de ses réflexions.

"À gauche!" crie-t-elle au chauffeur, sur le point de se tromper à un carrefour. Il effectue un virage serré juste avant que le feu ne passe au rouge.

Putain! pense-t-elle. Il est perdu, alors qu'il a dû faire ce trajet une centaine de fois.

Au bout d'une demi-heure, la circulation se fluidifie et le chauffeur s'engage sur la route qui conduit à la porte des Éléphants, une colonne de quatre éléphants de pierre blanche dressés sur leurs pattes arrière, à dix kilomètres de là, qui marque la sortie vers l'aéroport international d'Abidjan.

Elle se sent complètement épuisée.

La semaine écoulée a été catastrophique, mais elle a gardé la tête haute et s'est conduite de façon exemplaire. Elle a franchi méthodiquement les obstacles bureaucratiques, essuyé les sarcasmes des grouillots et autres sous-fifres, bref, supporté encore un mois dans ce pays. Maintenant qu'elle peut enfin se détendre, la fatigue s'abat sur elle comme une lourde couverture de torpeur tropicale.

Cinq ans…

Regina Ceder pousse un profond soupir. Cinq ans avec des gens invivables, manque de respect et de professionnalisme, incompétence généralisée et pure bêtise. Putain, au Nouvel An j'arrête, se dit-elle. Si tout se passe bien, j'aurai ce job à Bruxelles.

Ils s'arrêtent à un feu rouge devant une publicité pour un dentifrice importé. La circulation est à nouveau bloquée et ils restent un moment entourés de taxis rouges.

En bâillant, elle regarde l'affiche, de l'autre côté de la rue : une femme blonde souriante en robe rose brandissant un tube de dentifrice bicolore sur fond rouge. Sous l'affiche, un petit garçon a installé une table avec trois cages à volailles. Il tient par les pattes deux poulets qui se débattent et qu'il s'efforce de vendre aux passants.

Au moment où un gros oiseau noir s'envole devant l'affiche publicitaire pour se poser sur son cadre, son portable vibre dans la poche de sa veste.

Elle voit que c'est le numéro de sa mère et s'inquiète aussitôt.

Il s'est passé quelque chose, pense-t-elle instinctivement.

C'est comme si tout s'arrêtait.

Le chauffeur met la radio. Des informations en français. Le téléphone dans sa main, la publicité avec la femme souriante et le garçon qui vend des poulets. Le tout forme un instantané qu'elle n'oubliera jamais.

La voix à l'autre bout du fil lui annonce que son fils est mort.

Un accident à la piscine.

Le garçon et la publicité disparaissent derrière des taxis qui klaxonnent et le chauffeur se retourne. “Pourquoi tu pleures ?”

Elle regarde fixement par la portière, sans répondre. N'a pas de mots pour expliquer.

Escalier Sista Styvern

Le hasard est un facteur négligeable s'agissant de meurtres. Jeanette Kihlberg le sait bien, après des années d'enquêtes criminelles complexes.

Quand Charlotte Silfverberg a raconté que Victoria Bergman, fille du violeur Bengt Bergman, est allée dans la même école qu'elle, Jeanette a compris que ce n'était pas une coïncidence.

Devant le domicile de la famille Silfverberg, dans Glasbruksgränd, elle propose à Hurtig de le ramener chez lui, à cause de la pluie, mais il décline l'offre : il peut bien faire à pied le petit bout de chemin jusqu'au métro.

"Et puis qui sait si ce tacot peut rouler ne serait-ce que jusqu'à Slussen ?" Il montre en ricanant sa vieille Audi rouge toute rouillée et la salue en se dirigeant vers l'escalier Sista Styvern. Elle s'installe au volant et, avant de démarrer, envoie un SMS à Johan pour lui dire qu'elle sera rentrée d'ici un quart d'heure.

En route, Jeanette songe à la curieuse conversation qu'elle a eue au téléphone avec Victoria Bergman voilà quelques semaines. Elle avait appelé Victoria dans l'espoir qu'elle pourrait les aider dans l'enquête sur les jeunes garçons assassinés, dans la mesure où son père apparaissait dans plusieurs enquêtes pour viol et abus sexuels sur enfants. Mais Victoria avait été évasive, arguant ne plus avoir de contact avec ses parents depuis vingt ans.

Un certain temps s'est écoulé depuis cette conversation téléphonique, bien sûr, mais Jeanette se souvient que Victoria lui avait donné une forte impression d'amertume, suggérant que son père s'en était aussi pris à elle. En tout cas, une chose est tout à fait claire : il faut la retrouver.

La pluie redouble, la visibilité est mauvaise et, en passant au niveau de Blåsut, elle voit trois voitures sur le bas-côté. L'une d'elles est méchamment cabossée, Jeanette suppose qu'il s'agit d'un carambolage. À côté sont garés le véhicule des secours et une voiture de police au gyrophare allumé. Un collègue détourne les voitures, qui ralentissent et ne circulent plus que sur une file. Elle comprend qu'elle aura au moins vingt minutes de retard.

Que faire avec Johan ? se dit-elle. Peut-être va-t-il falloir malgré tout consulter un psychologue ?

Et pourquoi Åke ne donne-t-il pas de nouvelles ? Il pourrait peut-être un peu prendre ses responsabilités, pour une fois ? Mais comme d'habitude, il est en train de réaliser ses rêves et n'a pas le temps de s'occuper d'autre chose que de sa petite personne.

Ne jamais être à la hauteur, pense-t-elle, bloquée à cinquante mètres de la sortie vers Gamla Enskede.

La file d'attente du self de l'hôtel de police n'est peut-être pas l'endroit idéal pour aborder la question, mais comme Jeanette Kihlberg sait le chef de la police Dennis Billing rarement disponible, elle saisit l'occasion.

"Quelle opinion as-tu de ton prédécesseur Gert Berglind ?"

Jeanette lui trouve l'air embarrassé et a aussitôt l'impression d'avoir touché un point sensible. "Tu as travaillé plusieurs années directement sous ses ordres, n'est-ce pas, ajoute-t-elle. J'étais alors inspecteur, je l'ai à peine croisé.

— Monsieur Je-sais-tout", dit-il au bout d'un moment, avant de lui tourner le dos pour se servir une cuillère de purée. Elle attend une suite et, comme elle n'arrive pas, elle lui tape sur l'épaule.

"Monsieur Je-sais-tout? Qu'est-ce que tu veux dire?"

Dennis Billing continue de garnir son assiette. Quelques boulettes de viande, de la sauce à la crème, des cornichons et pour finir une noix de confiture d'airelles. "Plus universitaire que flic, continue-t-il. Entre nous, un mauvais chef qui était rarement là quand on avait besoin de lui. Bien trop occupé par ailleurs. Dans des commissions ici et là, et puis il y avait toutes ses conférences.

— Ses conférences?"

Il se racle la gorge. "C'est ça, oui… On s'assoit?"

Il choisit une table tout au fond de la salle : le chef de la police préfère la discrétion.

"Actif au Rotary Club et dans plein d'autres fondations, dit-il entre deux bouchées. Membre de la Ligue de tempérance, religieux, pour ne pas dire bigot. Il faisait des conférences sur des questions d'éthique à travers tout le pays. Je l'ai entendu une ou deux fois et je dois avouer qu'il était assez convaincant, même si en y réfléchissant après coup, on comprenait que ce n'était que du baratin. Mais c'est bien comme ça que ça fonctionne, non? Les gens veulent qu'on leur répète ce qu'ils savent déjà." Il ricane et, même si son ton cynique l'insupporte, Jeanette prend sur elle.

"Des fondations, tu disais? Tu te souviens desquelles?"

Billing secoue la tête en roulant une boulette alternativement dans la sauce et la confiture. "Des trucs religieux, je crois bien. Il était confit en dévotion, c'était notoire, mais entre nous, je peux dire qu'il n'était sans doute pas aussi blanc qu'il voulait le paraître."

Jeanette dresse l'oreille. "OK. J'écoute."

Dennis Billing pose ses couverts et boit une gorgée de bière légère. "Je te raconte ça en confiance et je ne voudrais pas que tu te montes le bourrichon, même si je me doute que ce sera le cas, puisque tu n'as pas encore tourné la page Karl Lundström."

Aïe, pense Jeanette en s'efforçant d'avoir l'air de rien, tandis que son ventre se serre. "Lundström ? Mais il est mort. Pourquoi je continuerais à me soucier de lui ?"

Il se cale au fond de sa chaise et lui sourit. "Ça se voit en te regardant. Tu n'arrives pas à lâcher l'affaire des gamins immigrés, et ce n'est peut-être pas si étonnant. Pas de problème tant que ça ne déborde pas sur ton travail, mais je sévirai si j'apprends que tu fais quelque chose dans mon dos."

Jeanette lui sourit à son tour. "Arrête ton char. J'ai suffisamment de boulot comme ça. Mais quel rapport entre Berglind et Lundström ?

— Il le connaissait, dit Billing. Ils se connaissaient *via* une fondation où Berglind avait des responsabilités, et je sais qu'ils se voyaient plusieurs fois par an lors de réunions au Danemark. Dans un bled du Jutland."

Jeanette sent son pouls accélérer. S'il s'agit de la fondation à laquelle elle pense, c'est peut-être une piste.

"Comme ça, rétrospectivement, continue Billing, après que nous avons appris les penchants de Lundström, je crois que les rumeurs qui florissaient au sujet de Berglind avaient peut-être un fond de vérité.

— Des rumeurs ?" Jeanette s'efforce de poser des questions courtes, pour que sa voix ne trahisse pas son excitation.

Billing hoche la tête. "On chuchotait qu'il fréquentait

des prostituées, et plusieurs collègues féminines ont parlé de propositions sexuelles et même de harcèlement. Mais rien n'en est sorti et il est mort brusquement. Crise cardiaque, bel enterrement et, en un tournemain, il était devenu un héros, dont on se souviendrait pour avoir jeté les bases d'une police nouvelle, préoccupée d'éthique. On l'a célébré pour avoir fait reculer le racisme et le sexisme dans la police, mais tu sais aussi bien que moi que c'est du pipeau."

Jeanette opine du chef. Soudain, Billing commence à lui être sympathique. Ils n'ont jamais parlé aussi ouvertement. "Ils se fréquentaient aussi en privé ? Berglind et Lundström, je veux dire.

— J'y venais… Berglind avait une photo punaisée sur le tableau d'affichage de son bureau, qui a disparu quelques jours avant que Lundström ne soit entendu dans l'affaire du viol à l'hôtel. Comment s'appelait la fille, déjà ? Wedin ?

— Wendin. Ulrika Wendin.

— C'est ça. C'était une photo de vacances de Berglind et Lundström tenant chacun un énorme poisson. Une partie de pêche en Thaïlande. Quand je lui ai fait remarquer qu'il n'était pas en mesure de conduire l'audition de la fille, il a nié connaître Lundström plus que superficiellement. Il pouvait être récusé, il le savait, mais a tout fait pour le cacher. La photo de vacances est partie en fumée et, du jour au lendemain, Lundström n'était plus qu'une vague connaissance."

Dennis Billing étonne Jeanette.

Pourquoi lui raconte-t-il tout ça ? S'il ne veut pas que je continue l'enquête sur Lundström, Wendin et les meurtres classés des gamins, il n'a aucune raison de le faire.

Ou peut-être pense-t-il simplement tant de mal de son prédécesseur qu'il verrait d'un bon œil quelqu'un le coincer, même six ans après sa mort.

“Merci pour cette intéressante conversation”, dit Jeanette.

Cette fondation, songe-t-elle. Bien sûr, c’est la même que finançaient Lundström, Dürer et Bergman. Sihtunum Diaspora.

Svavelsö

Jonathan Ceder a glissé sur le bord du bassin, s'est cogné la tête et a perdu connaissance avant de tomber à l'eau. Ses poumons étaient pleins d'eau, on n'a pu que constater la noyade.
Beatrice Ceder, la grand-mère de Jonathan, se maudit de l'avoir laissé jouer seul pendant qu'elle allait prendre un café à la cafétéria de la piscine. Devoir dire à sa fille Regina que son fils était mort a été le moment le plus difficile de sa vie.

Elle songe combien Jonathan avait pleuré en quittant Regina à l'aéroport d'Abidjan. Son unique enfant, il était tout pour elle. Beatrice Ceder se ressert un whisky et va regarder par la fenêtre.

À l'extérieur de la villa de Svavelsö, la nuit est froide et noire. Le brouillard a remonté l'allée et rongé la pelouse, elle distingue à peine les contours de sa voiture garée à vingt mètres de là.

Il ne reste plus que Regina et elle. Jonathan n'est plus et c'est sa faute.

Elle n'a même pas été capable de s'occuper de lui une semaine.

Elle regarde la balançoire rouge qui pend à un arbre du jardin et ne comprend pas ce qui lui a pris de l'accrocher là pour lui. Qu'est-ce qu'un ado de treize ans a à faire d'une balançoire ? Les balançoires, c'est pour les petits !

Elle a été une mauvaise grand-mère, qui ne voyait pas assez souvent son unique petit-enfant. Il s'est éloigné d'elle en grandissant. Pour elle, il avait toujours six ou sept ans, ils se voyaient au plus deux fois par an, d'habitude à Noël ou au Nouvel An, ou comme cette dernière fois, où elle était allée leur rendre visite à Abidjan. Elle ne sait pas si Jonathan avait vraiment envie de rentrer avec elle en Suède. Mais ce n'était que pour une semaine, Regina devait ensuite les rejoindre pour partir tous les trois deux ou trois semaines en vacances à Lanzarote.

Mais cela ne se fera pas. À la place, Regina Ceder arrive à minuit à l'aéroport d'Arlanda et Beatrice y sera dans tout juste une demi-heure à attendre sa fille sans savoir quoi lui dire.

Que dire ?

Désolée, c'est ma faute ? Je n'aurais pas dû… Pas dû le laisser… Lui qui était toujours si prudent…

Pourquoi n'y avait-il eu personne pour lui porter secours ? pense la grand-mère de Jonathan Ceder.

Personne n'a vu ce qui s'est passé. Pourtant, quand elle l'a laissé, il y avait encore au moins trois autres enfants dans le bassin, et une femme sur une chaise longue au bord.

Quand elle a parlé de cette femme à la police, ils n'y ont pas accordé la moindre importance.

Beatrice Ceder n'a pas fumé depuis bientôt dix ans, mais elle allume une cigarette. La première chose qu'elle a faite en apprenant ce qui était arrivé à son petit-fils a été d'acheter un paquet au kiosque de la piscine. Elle avait fait pareil dix ans plus tôt, quand les médecins lui avaient annoncé que le mari de Regina mourait d'un cancer du poumon. Elle avait acheté un paquet au kiosque de l'hôpital Karolinska.

Elle regarde l'horloge de la cuisine. Bientôt onze heures.

Le tic-tac de l'horloge lui rappelle que le temps continuera, quoi qu'il arrive.

Un enfant mort n'y change rien.

Ni la mère effondrée qu'elle va voir dans une heure, ni elle-même.

Le taxi arrive dans un quart d'heure. Que dira-t-elle au chauffeur s'il lui demande où elle part ? Eh bien oui, elle mentira, en disant qu'elle va en vacances à Lanzarote avec sa fille et son petit-fils. Ainsi, ce qui aurait pu être existera au moins pour cet étranger qui la conduira. Pour lui, elle sera juste une grand-mère se réjouissant d'aller passer deux semaines au soleil.

Il faut que je fasse mes bagages, se dit-elle. Valise et sac à main.

Elle éteint sa cigarette et monte à l'étage.

Culottes, maillot de bain, trousse de toilette, huile solaire. Serviette, passeport, trois livres de poche et des vêtements. Débardeurs, deux robes légères et un pantalon si les nuits sont fraîches.

Beatrice Ceder abandonne, s'assoit sur le lit et éclate en sanglots.

Quartier Kronoberg

Fredrika Grünewald a été tuée par quelqu'un qu'elle connaissait, pense Jeanette Kihlberg. C'est en tout cas à partir de cette hypothèse que nous devons travailler.

L'examen du corps de la victime n'a pas révélé de traces de résistance et sa misérable tente était dans l'état auquel on pouvait s'attendre. Le meurtre n'a donc pas été précédé d'une lutte : Fredrika Grünewald avait reçu l'assassin, qui l'avait ensuite prise par surprise. La victime était en outre en mauvaise condition physique. Elle avait beau n'avoir que quarante ans, ces dix années sans domicile fixe avaient laissé des traces.

D'après Ivo Andrić, son foie était en si mauvais état qu'elle n'en avait plus que pour deux ans, au mieux : le meurtrier s'est donné du mal pour rien.

Mais si, comme l'a dit Hurtig, cela sent la vengeance, son but principal n'était pas de la tuer, mais de l'avilir et de la torturer. Et de ce point de vue, le meurtrier a parfaitement réussi.

Les premières constatations ont montré que l'agonie a duré entre trente minutes et une heure. La corde de piano a fini par pénétrer si profondément dans le cou que la tête n'était plus retenue que par les vertèbres cervicales et quelques tendons.

On a ensuite retrouvé des traces de colle autour de sa

bouche, sans doute, pour Ivo Andrić, un banal ruban adhésif. Cela explique pourquoi tout a pu se passer sans un seul cri.

Puis il y a les remarques non dénuées d'intérêt du légiste au sujet du mode opératoire. Ivo Andrić a décelé une anomalie dans l'exécution de ce meurtre.

Jeanette prend le rapport d'autopsie et lit :

S'il s'agit d'un seul meurtrier, il est très fort physiquement ou a agi sous une forte poussée d'adrénaline. Il est par ailleurs très habile à utiliser simultanément ses deux mains.

Madeleine Silfverberg, pense Jeanette, mais était-elle assez forte, et pourquoi s'en prendre à Fredrika Grünewald ?

Elle continue sa lecture.

L'alternative est qu'il s'agisse de deux meurtriers, ce qui semblerait plus vraisemblable. Une personne qui étrangle et une autre qui tient la tête de la victime et la gave d'excréments.

Deux personnes ?

Jeanette Kihlberg feuillette les témoignages qu'on lui a envoyés. Les auditions des habitants du souterrain sous l'église Saint-Jean n'ont pas été faciles. Peu se sont montrés bavards, et parmi ceux qui ont parlé, la plupart n'étaient pas crédibles à cause de leur consommation d'alcool ou de drogue, ou de leur état mental.

La seule piste que Jeanette a jugée valable est l'indication concordante de plusieurs témoins qui disent avoir vu à l'heure du meurtre un certain Börje descendre dans le souterrain accompagné d'une inconnue. On a lancé un avis de recherche pour retrouver Börje, pour le moment sans résultat.

Concernant la femme qui l'accompagnait, les témoignages sont vagues. Certains étaient sûrs qu'elle portait une sorte de capuche, d'autres parlaient de cheveux blonds ou bruns. Dans les déclarations des témoins, son âge variait entre vingt et cinquante-cinq ans, et c'était la même chose pour sa taille et sa corpulence.

Une femme ? pense Jeanette. Cela semble invraisemblable. Jusqu'alors, elle n'est jamais tombée sur une femme commettant ce type de meurtre prémédité et brutal.

Deux meurtriers ? Une femme assistée d'un homme ?

Pour Jeanette, c'est une bien meilleure explication. Mais elle est certaine que ce Börje n'a pas participé. Bien connu depuis plusieurs années dans le monde souterrain, il n'est pas du tout violent. Même si l'argent peut pousser la plupart des gens à commettre tout et n'importe quoi, elle exclut la possibilité qu'on l'ait payé pour participer au meurtre. Ce genre de bestialité est le fait de purs psychopathes. Non, ce type a dû recevoir quelques billets de cent pour conduire la meurtrière jusqu'à Fredrika Grünewald, qu'il s'est dépêché d'aller boire.

Dans le couloir, en se dirigeant vers le bureau de Jens Hurtig, Jeanette se pose une question rhétorique.

S'agit-il du même meurtrier que pour Silfverberg, l'homme d'affaires dépecé ?

Pas impossible, se dit-elle en entrant dans la pièce sans frapper.

Jens Hurtig est près de la fenêtre, pensif. Il se retourne, fait le tour de son bureau et se laisse lourdement tomber sur son fauteuil.

"Au fait, j'ai oublié de te remercier pour le jeu et l'ordinateur, dit-elle avec un sourire. Johan est aux anges."

Il sourit avec un geste modeste. "Alors, ça lui plaît ?

— Oui, il est complètement accro.

— Bien."

Ils se regardent en silence.

"Et le Danemark, demande-t-elle alors. Ils disent quoi, de Madeleine Silfverberg ?

— Mon danois n'est pas fameux." Il sourit. "J'ai parlé avec un médecin du centre où elle a été placée après l'enquête sur le viol : toutes les années de son traitement, elle n'a cessé de répéter que Peo Silfverberg avait abusé d'elle. Il y aurait aussi eu d'autres hommes impliqués, et tout se serait passé avec la bénédiction de maman Charlotte.

— Mais personne ne l'a crue ?

— Non, elle a été considérée comme psychotique et gravement délirante, on l'a assommée de médicaments.

— Elle est toujours internée ?

— Non, elle est sortie il y a deux ans et s'est paraît-il installée en France." Il feuillette ses papiers. "À Blaron. J'ai mis Schwarz et Åhlund sur le coup, mais je pense qu'on peut l'oublier.

— Possible, mais je crois qu'il faut quand même vérifier.

— Surtout qu'elle est ambidextre.

— Oui, qu'est-ce que c'est que cette histoire ? Pourquoi tu ne m'en as jamais parlé ?"

Hurtig sourit en coin. "Je suis gaucher de naissance, et j'étais le seul à l'école. Les autres gamins se moquaient de moi, me traitaient de handicapé, alors j'ai appris à me servir de la main droite et, aujourd'hui, j'utilise les deux."

Jeanette songe à toutes les paroles qu'elle a elle-même pu laisser échapper à la légère, sans penser à leurs conséquences. Elle hoche la tête. "Mais pour revenir à Madeleine Silfverberg, tu as demandé au médecin s'il l'estime violente ?

— Bien sûr, mais il m'a dit que la seule personne à qui elle avait fait du mal pendant son séjour à la clinique, c'était elle-même.

— Oui, c'est souvent ce qu'elles font, soupire Jeanette en songeant à Ulrika Wendin et Linnea Lundström.

— Putain, j'commence à en avoir marre de r'muer c'te merde."

Jeanette remarque ses efforts maladroits pour cacher son accent du Norrland. D'habitude, il y arrive assez bien, mais dès qu'il s'emporte, il se trahit aussitôt.

Ils se regardent de part et d'autre de la table, et Jeanette se reconnaît dans le découragement soudain de Hurtig.

"On n'a pas le droit d'abandonner, Jens", tente-t-elle pour le consoler, mais cela sonne faux.

Il se redresse et s'essaye à sourire.

"Résumons-nous, commence Jeanette. Deux victimes Peo Silfverberg et Fredrika Grünewald. Des meurtres d'une rare brutalité. Charlotte Sifverberg est ancienne camarade de classe de Grünewald et comme le monde est petit, on peut supposer avoir affaire à un double meurtre. Éventuellement en tandem."

Hurtig semble sceptique. "Éventuellement ? À quel point es-tu sûre qu'il s'agit de deux meurtriers ? Tu veux dire que c'est notre hypothèse de départ ?

— Non, mais nous devons garder ça à l'esprit. Souviens-toi de ce que Charlotte Silfverberg nous a raconté de ce bizutage à l'internat."

Hurtig hoche la tête. "Victoria Bergman.

— Bien sûr, nous devons la retrouver, mais pas seulement elle. Qu'a dit d'autre Charlotte Silfverberg ?"

Il regarde par la fenêtre, et un sourire las se dessine sur ses lèvres quand il comprend ce que veut dire Jeanette. "Je vois. Les deux autres filles bizutées, celles qui ont disparu de la circulation. Silfverberg ne se rappelait pas leurs noms.

— Je veux que tu contactes l'internat de Sigtuna pour leur demander les listes des classes de ces années-là. Les annuaires de l'école aussi, si possible. Nous avons quelques noms intéressants. Fredrika Grünewald et Charlotte Silfverberg. Les deux amies Henrietta Nordlund et

Regina Ceder. Mais celle qui m'intrigue le plus est quand même cette Victoria Bergman, qui s'est évaporée. À quoi ressemble-t-elle ? Tu t'es posé la question ?

— Ben oui, dit-il – mais Jeanette voit que ce n'est pas le cas.

— Il serait très intéressant d'entendre ce que Regina Ceder et Henrietta Nordlund ont à nous dire au sujet de Victoria Bergman et Fredrika Grünewald. Et de Charlotte Silfverberg, d'ailleurs. Je vais convoquer une réunion cet après-midi, pour répartir les tâches."

Hurtig hoche à nouveau la tête et Jeanette lui trouve un air bizarre. Il a l'air de penser à autre chose. "Tu y es ?

— Oui, oui." Hurtig se racle la gorge.

"Il y a un autre facteur à prendre en compte avant de continuer, mais je ne vais pas aborder le sujet à la réunion, si tu vois ce que je veux dire ?" Une lueur se rallume dans ses yeux et il lui fait signe de continuer. "On a Bengt Bergman, Viggo Dürer et Karl Lundström. Vu que tous les trois, ainsi que Per-Ola Silfverberg étaient membres de cette fondation Sihtunum Diaspora, elle a peut-être quelque chose à voir avec tout ça. Et puis Billing m'a raconté quelque chose d'intéressant. L'ancien chef de la police Gert Berglind connaissait Karl Lundström."

Là, Hurtig se réveille. "Qu'est-ce que tu veux dire ? Ils se fréquentaient en privé ?

— Oui, et pas seulement. Ils se connaissaient par l'intermédiaire d'une fondation. Même un idiot devinerait laquelle. Une sale embrouille, tout ça, non ?

— Putain oui !" Hurtig est revenu sur le pont, et Jeanette l'y accueille d'un sourire.

"Dis-moi, dit-elle, j'ai remarqué que tu avais l'esprit ailleurs. Il s'est passé quelque chose ?

— Bah, rien de grave. Des bêtises, plutôt.

— Mais quoi ?

— Oh, c'est mon paternel. Je crains que la menuiserie et le violon, ce ne soit compromis pour lui."

Le pauvre, pense Jeanette.

"Je te la fais courte, vu qu'on a du pain sur la planche. D'abord il a été mal soigné après son accident avec la casseuse à bois. La chose positive, c'est que l'hôpital l'a reconnu et qu'il sera indemnisé. La négative, c'est qu'il a la gangrène et qu'on va lui amputer les doigts. Ensuite, il s'est pris une Ferrari GF sur la tête."

Jeanette reste bouche bée.

"Je vois que tu ne sais pas ce qu'est une Ferrari GF. C'est sa tondeuse, un assez gros truc."

Sans le sourire de Hurtig, Jeanette aurait pensé à quelque chose de vraiment grave.

"Qu'est-ce qui s'est passé ?

— Bah... Il voulait dégager quelques branches coincées dans les lames, alors il a mis la tondeuse sur des cales, s'est glissé dessous pour mieux voir et évidemment la cale est partie. Ma mère l'a rasé et le voisin lui a recousu le cuir chevelu. Quinze points de suture. Au sommet du crâne."

Jeanette est estomaquée. Deux noms lui viennent en tête, Jacques Tati et son cousin suédois Carl Gunnar Papphammar.

"Il s'en sort toujours." Hurtig fait un geste de la main pour passer à autre chose. "À ton avis, qu'est-ce que je dois faire après Sigtuna ? Il reste quand même quelques heures avant la réunion.

— Fredrika Grünewald. Vérifie son histoire. Commence par chercher comment elle a fini à la rue, puis tu remontes. On part sur cette idée de vengeance et on cherche dans son entourage. Des gens qu'elle aurait pu blesser ou qui d'une façon ou d'une autre auraient eu maille à partir avec elle.

— Les gens comme elle ont des ennemis un peu partout, je suppose. Dans la haute, c'est arnaque, embrouille et magouille. On marche sur des cadavres et on trahit ses amis pour une bonne affaire.

— Tu as vraiment de ces préjugés, Jens ! De toute façon, je sais que tu es socialiste." Elle éclate de rire.

"Communiste, dit Jens.

— Quoi ?

— Oui, communiste. Ça fait une putain de différence."

Les parties impures

se touchent et il faut se méfier des mains des étrangers ou des mains qui offrent de l'argent pour toucher. Les seules mains qui peuvent toucher Gao Lian sont celles de la femme blonde.

Elle peigne ses cheveux, qui ont poussé. Il les trouve aussi plus clairs, peut-être parce qu'il a passé beaucoup de temps dans le noir. Comme si le souvenir de la lumière s'était déposé dans sa tête et avait décoloré ses cheveux, comme des rayons de soleil.

À présent, tout est blanc dans la pièce et ses yeux ont du mal à voir. Elle a laissé la porte ouverte et apporté une bassine d'eau pour le laver. Il profite de ses caresses.

Alors qu'elle l'essuie, on entend une sonnerie dans le hall.

les mains

pillent si l'on n'y prend pas garde et elle lui a enseigné à avoir un contrôle total sur elles. Tout ce qu'elles font doit avoir un sens.

Il exerce ses mains en dessinant.

S'il parvient à capturer le monde, le faire entrer en lui pour ensuite le restituer par les mains, il n'aura plus rien à craindre. Alors, il aura le pouvoir de changer le monde.

les pieds
vont dans des endroits interdits. Il le sait, puisqu'il l'a une fois quittée pour aller visiter la ville, à l'extérieur de la chambre. C'était une erreur, il le comprend à présent. Dehors, il n'y a rien de bon. Hors de sa chambre, le monde est mauvais, et c'est pourquoi elle l'en protège.

La ville semblait si propre et pure, mais il sait à présent que, sous terre et dans l'eau, s'y accumule depuis des millénaires la poussière des cadavres et que, dans les maisons et à l'intérieur des vivants, il n'y a que mort.

Si le cœur est malade, tout le corps tombe malade et on meurt. Gao Lian de Wuhan songe à la noirceur du cœur humain. Il sait que le mal s'y manifeste comme une tache noire, et qu'il y a sept entrées dans le cœur.

D'abord deux, puis deux autres, et enfin trois.

Deux, deux, trois. Comme l'année de la fondation de Wuhan, sa ville natale. En l'an 223.

La première entrée vers la tache noire passe par la langue qui ment et médit, la deuxième par les yeux qui voient ce qui est interdit.

La troisième est par les oreilles qui écoutent les mensonges, la quatrième par le ventre qui digère les mensonges.

La cinquième est par les parties impures qui se laissent toucher, la sixième par les mains qui pillent et la septième par les pieds qui vont là où c'est interdit.

On dit qu'à l'instant de sa mort, l'homme voit tout ce qu'il y a dans son cœur, et Gao se demande ce qu'il verra.

Des oiseaux, peut-être.

Une main qui console.

Il dessine et écrit. Empile feuille sur feuille. Ce travail le calme et il oublie sa peur de la tache noire.

On entend à nouveau la sonnerie.

Gamla Enskede

Tout se tient, pense Jeanette Kihlberg en descendant prendre sa voiture au parking de l'hôtel de police. Sa journée de travail a beau être finie, elle ne peut pas cesser de songer à toutes ces étranges coïncidences.

Deux filles, Madeleine Silfverberg et Linnea Lundström. Leurs pères respectifs, Per-Ola Silfverberg et Karl Lundström. Tous deux soupçonnés de pédophilie. Lundström en plus du viol d'Ulrika Wendin. Et la femme du pédophile, Charlotte Silfverberg, ancienne camarade de classe à Sigtuna de Fredrika Grünewald, retrouvée assassinée.

Elle roule vers la sortie et salue de la main le gardien. Il la salue aussi et relève la barrière. La violente lumière du soleil l'éblouit et, un instant, elle ne voit plus rien.

Un avocat commun, Viggo Dürer, qui a également eu Bengt Bergman comme client. La fille disparue de Bergman, Victoria, est aussi allée à Sigtuna.

L'ancien chef de la police Gert Berglind, aujourd'hui décédé, qui a conduit les interrogatoires de Silfverberg et Lundström. Le procureur von Kwist ? Non, se dit Jeanette. Il n'y est pas mêlé. Juste l'idiot de service.

Per-Ola Silfverberg et Fredrika Grünewald assassinés. Peut-être par la même personne.

Karl Lundström décédé à l'hôpital. Bengt Bergman mort avec sa femme dans un incendie, tout comme Viggo.

De simples accidents ? Selon les rapports, oui, tout l'indique.

Mais Jeanette a des doutes. Quelqu'un veut du mal à ces personnes et ça a un rapport avec la fondation.

En entrant dans le tunnel sud, Jeanette s'aperçoit qu'elle n'a pas pris de nouvelles de Sofia depuis plusieurs jours : l'enquête qui bat son plein et l'avenir de Johan l'ont complètement accaparée.

En descendant de voiture, devant chez elle, Jeanette réalise qu'il lui faut de l'aide. Vite, quelqu'un de confiance à qui parler ouvertement de ses problèmes personnels. Pour le moment, Sofia est la seule à remplir ces critères.

Le vent claque dans le feuillage du grand bouleau avant de se frotter à la façade de la maison. C'est un vent traître, humide. Jeanette respire à fond, comme pour humer une fleur. Pourvu qu'il arrête de pleuvoir, songe-t-elle en regardant rougir le ciel pollué vers l'ouest.

La maison est déserte. Sur la table de la cuisine, un mot de Johan : il va dormir chez son copain David pour faire du lanning.

Du lanning ? se dit-elle, certaine qu'il a déjà dû lui expliquer ce que c'était. Est-elle une si mauvaise mère pour être aussi peu au courant des loisirs de son fils ? C'est sûrement une histoire d'ordinateur.

Pour calmer sa mauvaise conscience, elle descend au sous-sol lancer une lessive, puis se met à la vaisselle.

Quand elle a fini et que l'évier brille, elle se verse un verre de bière et s'assied à table.

Elle a beau essayer de se détendre, elle a du mal à ne pas penser aux problèmes liés au divorce et, surtout, à son travail.

Toute la journée, avec Hurtig, elle a passé en revue ce qu'ils savaient, ou plutôt ignoraient.

D'abord l'enquête classée sur les jeunes garçons assassinés.

Les recherches de Hurtig auprès de médecins s'occupant de sans-papiers n'avaient rien donné, et les interlocuteurs de Jeanette à l'UNHCR à Genève n'avaient pas grand-chose à offrir pour identifier les victimes.

Puis le meurtre de Per-Ola Silfverberg, un des plus brutaux qu'ils aient jamais vu.

L'utilisation d'un banal rouleau de peintre pour maculer de sang les murs de l'appartement était absurde. Et comme si ça ne suffisait pas, l'exécution de Fredrika Grünewald sous l'église Saint-Jean. Ils avaient du pain sur la planche.

Hurtig était découragé, malgré les vaines tentatives de Jeanette pour lui remonter le moral. Elle avait fini par lui demander ce que ça donnait du côté de Sigtuna, mais il s'était contenté de secouer la tête en disant qu'il attendait une réponse.

Putain de snobinards de Sigtuna, peste-t-elle en buvant sa bière.

Elle prend son téléphone et compose le numéro de Sofia Zetterlund. Au bout d'environ dix sonneries, Sofia répond. Sa voix est rauque, forcée.

"Salut, comment ça va ?" Jeanette s'adosse au mur. "Tu as l'air enrhumée."

Sofia met longtemps à répondre. Elle se racle la gorge. "Je ne crois pas. Je suis en pleine forme."

Jeanette est étonnée. Elle ne reconnaît pas le ton de Sofia.

"Tu as le temps de parler un peu ?"

Nouveau long silence de Sofia. "Je ne sais pas, finit-elle par dire. C'est important ?"

Jeanette se demande si elle a bien choisi son moment pour appeler, mais prend un ton enjoué pour amadouer un peu Sofia. “Important, important… rit-elle. Åke et Johan, comme d’habitude. Des soucis. J’ai juste besoin de quelqu’un à qui causer… merci pour la dernière fois, au fait. Tu en es où, avec tu sais quoi ?

— Quoi ? Qu’est-ce que tu veux dire ?”

On dirait que Sofia ricane, mais Jeanette suppose qu’elle a mal entendu. “Mais oui, ce dont on a parlé la dernière fois, chez moi. Le profil du meurtrier.”

Pas de réponse. Jeanette a l’impression que Sofia traîne une chaise. Puis le bruit d’un verre posé sur une table.

“Allô ? Tu es encore là ?”

Encore quelques secondes de silence avant la réponse de Sofia. Sa voix est à présent beaucoup plus proche, et Jeanette l’entend respirer.

Sofia parle plus vite.

“En moins d’une minute, tu as posé cinq questions, commence-t-elle. Salut, comment ça va ? Tu as le temps de parler un peu ? Tu en es où, avec tu sais quoi ? Allô ? Tu es encore là ?” Sofia soupire. “Alors voici les réponses : Bien. Je ne sais pas. Je n’ai pas encore commencé. Salut. Je suis toujours là, où serais-je partie ?”

Jeanette ne sait pas comment réagir. Sofia est-elle ivre ?

“Pardon si je dérange… On peut parler une autre fois.” Elle rit, hésitante. “Tu as bu ?”

Sofia disparaît à nouveau. Un choc, comme si elle posait le téléphone sur une table. Puis quelques pas légers et une porte qui se ferme.

“Allô ?

— Oui, allô, excuse-moi.”

Sofia pouffe, Jeanette souffle.

“Tu me faisais marcher ?”

Nouveau soupir de Sofia. “Trois autres questions. Tu as bu ? Allô ? Tu me faisais marcher ? Réponses : Non. Salut. Non.

— Tu es saoule, rit Jeanette. Je t'ai dérangée ?"

La voix est exagérément grave et sérieuse : "Question neuf, réponse : oui."

Elle me fait marcher, se dit Jeanette. "Tu veux qu'on se voie ?

— Oui, je veux bien. Il faut juste que je finisse ça. Ça irait demain soir ?

— Oui, parfait."

Après avoir raccroché, Jeanette va prendre une autre bière au réfrigérateur. Elle s'installe dans le canapé et ouvre la bouteille avec son briquet.

Depuis longtemps, elle a compris que Sofia était quelqu'un de compliqué, mais là, c'est le bouquet. Jeanette est forcée de s'avouer que Sofia Zetterlund exerce sur elle une fascination malsaine.

Connaître Sofia prendra du temps, pense Jeanette en buvant une gorgée de bière.

Mais merde, ça vaut le coup d'essayer.

Tvålpalatset

Sofia est assise, le téléphone posé sur les genoux. Elle se lève et va en titubant à la cuisine prendre une autre bouteille de vin. La pose devant elle sur la table et attrape le tire-bouchon. À sa deuxième tentative, le bouchon se casse : du pouce elle enfonce ce qui en reste et retourne dans le séjour.

Elle a la gorge sèche et boit quelques grandes gorgées au goulot. Il fait nuit dehors, elle voit son reflet dans les vitres.

"Tu es une vieille pute aigrie, se dit-elle à elle-même. Une vieille pute dégueulasse et alcoolique. Pas étonnant que personne ne veuille de toi. Moi-même je n'en voudrais pas."

Elle s'assoit par terre. Elle est rongée par le mépris de soi et la haine, et ne sait pas comment s'en sortir.

En arrivant au cabinet le lendemain à huit heures, elle regrette les deux bouteilles de la veille.

Elle a perdu le contrôle, puis Jeanette a appelé. Ça, elle s'en souvient. Mais ensuite ?

Sofia ne se souvient pas de ce qu'elle lui a dit, mais elle sent que Jeanette a été blessée. C'est Victoria qui lui a parlé, mais pour lui dire quoi ?

Et que s'est-il passé ensuite ?

En sortant de chez elle, elle a remarqué que ses chaussures étaient à nouveau sales, son manteau était trempé et puait la fumée.

Sofia lève son index devant elle et lui imprime un mouvement de pendule qu'elle s'applique à suivre des yeux.

Elle marmonne toute seule et laisse les images de la veille sourdre de son inconscient.

Lentement, par morceaux, lui revient le souvenir de la conversation.

C'est Victoria qui a parlé à Jeanette, et elle a été insolente.

Sofia comprend que sa personnalité est faite à parts égales de masochisme et de dissociation. Elle continue à se faire du mal en endossant les caractéristiques de son âme damnée et en revivant par là son propre enfer.

Mais en même temps elle dissocie, écarte cet enfer.

Il y a aussi une autre dimension chez Victoria. Parfois, il semble qu'elle comprenne Sofia mieux que Sofia elle-même.

Elle veut parler à Jeanette. S'ouvrir.

Sofia sombre dans des ténèbres grises où le temps n'existe pas et où le monde extérieur est figé. Aucun bruit, aucun mouvement. Rien que l'immobilité.

Dans ce silence complet, son pouls résonne régulièrement comme un marteau-pilon dans sa tête. Ses synapses grincent, son crâne craque et le sang transporté à travers son corps est un torrent de colère.

En même temps, le processus de guérison est à l'œuvre.

Derrière ses yeux clos, elle voit les plaies se refermer. Leurs lèvres nettes se referment sur le passé lancinant et douloureux. Sofia se frotte les yeux, se lève et va à la fenêtre pour aérer un peu.

Elle sent une démangeaison dans sa poitrine. Quelque chose est en train de cicatriser.

Sofia décide de s'occuper de ce que Jeanette lui a demandé. Établir le profil du meurtrier.

En s'installant à son bureau, elle ôte ses chaussures et constate que ses chaussettes sont tachées de sang.

Gamla Enskede

Jeanette croise Johan à la porte. Il va dormir chez un copain, jouer à des jeux vidéo, regarder des films. Elle lui demande de ne pas se coucher trop tard.

Il prend son vélo et descend l'allée. Quand il a disparu au coin de la maison, elle rentre et, de la fenêtre du séjour, le regarde enfourcher son vélo et pédaler dans la descente.

Jeanette pousse un soupir de soulagement. Enfin seule.

Elle se sent heureuse et, en songeant que Sofia va venir, son impatience a presque un goût de péché.

Elle va à la cuisine se servir un petit whisky. Lève le verre et boit lentement. Fait tourner le liquide jaune qui lui brûle la langue et le palais. Elle avale lentement, sent la brûlure dans sa gorge, la chaleur dans sa poitrine.

Elle emporte le verre à l'étage pour prendre une douche.

Après, elle se drape dans une grande serviette de bain et se regarde dans le miroir. Elle sort du placard sa trousse de maquillage, que recouvre une fine couche de poussière.

Elle souligne soigneusement ses cils.

Elle a plus de mal avec le rouge à lèvres. Un peu de vermillon dépasse, elle essuie le tout du coin de sa serviette et recommence. Quand elle a fini, elle mord une feuille de papier-toilette pour ôter le surplus.

Elle lisse soigneusement sa jupe et se caresse les hanches. Cette soirée est pour elle.

À sept heures et quart, elle appelle Johan pour savoir si tout va bien. Il répond sur le ton laconique et un peu brusque qu'il a pris ces derniers temps.

Quand Jeanette dit qu'elle l'aime, il se contente de répondre oui, oui, avant de raccrocher.

Aussitôt, elle se sent très seule.

Tout est silencieux, à part le faible ronron de la machine à laver, au sous-sol. Elle songe à Sofia et à leur dernière conversation téléphonique. Sofia était étrange, presque fuyante : Jeanette décide de l'appeler pour s'assurer qu'elle a toujours envie de venir.

Soulagement, elle répond gaiement qu'elle est en route.

Sofia semble choquée avant d'éclater de rire. "Sérieusement ?"

Elles sont assises face à face à la table de la cuisine, Jeanette vient d'ouvrir une bouteille de vin. Elle a toujours sur la langue le goût sucré du whisky.

"Martin ? Je l'ai appelé Martin ?" Sofia semble d'abord amusée, mais son sourire meurt vite. "Une crise de panique, dit-elle alors. Même chose pour Johan, à mon avis. Il a fait une crise de panique en te voyant en bas prendre cette bouteille sur la tête.

— Tu veux dire un traumatisme ? Mais en quoi cela explique-t-il son trou de mémoire ?

— Les traumatismes provoquent des trous de mémoire. Et il est habituel que ce trou comprenne aussi l'instant avant le traumatisme. Un motard qui va dans le décor ne se souvient généralement pas de ce qui s'est passé avant l'accident. Parfois, il peut s'agir d'un trou de plusieurs heures."

Jeanette comprend. Crise de panique, hormones adolescentes. Tout a bien sûr une explication chimique.

“Et ces nouveaux meurtres ?” Sofia semble curieuse. “Briefe-moi. Vous en êtes où ?”

Pendant vingt minutes, Jeanette expose les deux dernières affaires. En détail, sans être une seule fois interrompue. Sofia écoute attentivement en hochant la tête.

“La première chose que je remarque, concernant Fredrika Grünewald, commence Sofia quand Jeanette a fini son résumé, c’est la présence de matières fécales. Enfin, le caca.

— Et ?...

— Eh bien, ça semble symbolique. Presque rituel. Comme si le meurtrier essayait de dire quelque chose.”

Jeanette se souvient des fleurs trouvées dans la tente près du cadavre.

Karl Lundström lui aussi avait reçu des fleurs jaunes, mais ça pouvait être le hasard.

“Vous avez un suspect ? demande Sofia.

— Non, rien de concret pour le moment, commence Jeanette, mais nous avons un lien avec une fondation, Sihtunum Diaspora. Lundström et Silfverberg y avaient tous deux des intérêts. Un avocat y est également mêlé, Viggo Dürer. Mais il est mort lui aussi, on peut l’oublier.

— Mort ?

— Oui, il y a quelques semaines. Il a péri dans l’incendie de son bateau.”

Sofia se fige et Jeanette croit voir quelque chose dans ses yeux.

Une réaction. À peine perceptible, mais bien là.

“Récemment, j’ai reçu un curieux coup de téléphone”, dit ensuite Sofia. Jeanette voit qu’elle hésite à poursuivre.

“Ah oui ? Comment ça, curieux ?

— Le procureur Kenneth von Kwist m’a appelée, en

suggérant que Karl Lundström aurait menti. Que tout aurait été dicté sous l'influence de médicaments.

— Oh merde. Et il voulait savoir ce que tu en pensais ?

— Oui, mais je n'ai pas compris où il voulait en venir.

— Ce n'est pas compliqué. Il veut sauver sa peau. Il aurait dû s'assurer que Lundström n'était pas sous médicaments pendant son interrogatoire. S'il a oublié, c'est lui qui est grillé.

— Je crois avoir commis une erreur.

— Quoi ?

— Oui, j'ai mentionné le nom d'un des hommes que Linnea accuse d'abus sexuels, et j'ai eu l'impression qu'il le reconnaissait. Tout d'un coup, il n'a plus rien dit.

— Je peux te demander de qui il s'agit ?

— Tu viens de dire son nom. Viggo Dürer."

Jeanette s'explique en un éclair le ton bizarre du procureur Kenneth von Kwist. Elle ne sait pas si elle doit se réjouir, ce Dürer semble avoir été une belle ordure, ou s'attrister puisqu'il a visiblement abusé d'une petite fille.

Elle se reprend. "Je mettrais ma main à couper que von Kwist va essayer d'étouffer tout ça. On imagine sans peine le mal que lui ferait la révélation de ses fréquentations chez les pédophiles et les violeurs."

Jeanette saisit la bouteille de vin.

"Mais qui est ce von Kwist, à la fin ?" Sofia tend son verre vide pour que Jeanette la resserve.

"Il est procureur depuis plus de vingt ans, et il n'y a pas que l'affaire Ulrika Wendin dont l'instruction a échoué. Mais pas étonnant : s'il a fini chez nous, c'est bien qu'il n'était pas une flèche dans sa promo de droit." Jeanette rit et, en voyant la mine perplexe de Sofia, elle précise : "Ce n'est un secret pour personne que les juristes les moins bien classés atterrissent à la police, aux impôts ou à la Sécurité sociale.

— Et pourquoi ?

— C'est simple. Ils ne sont pas assez doués pour être avocats d'affaires pour une grosse société d'export, ni assez malins pour avoir leur propre cabinet, histoire de multiplier leur salaire. Von Kwist rêve peut-être de devenir une star du barreau, mais il est trop tordu pour y arriver jamais."

Jeanette songe à son grand chef, le directeur régional de la police, un des flics les plus médiatiques du pays. Jamais là pour parler sérieusement de criminalité, mais le premier à s'afficher dans la presse people avec ses costumes de luxe dans des soirées de gala.

"Linnea m'a montré une lettre où Karl Lundström fait allusion au fait que Dürer a abusé d'elle, dit Sofia en frappant son verre de l'index. Et Annette Lundström m'a laissée photographier des dessins de Linnea quand elle était petite. Des scènes décrivant des agressions sexuelles. J'ai tout sur moi. Tu veux voir ?"

Jeanette hoche la tête sans rien dire, tandis que Sofia sort de son sac les trois photos des dessins de Linnea et une photocopie de la lettre de Karl Lundström.

"Merci, dit-elle. Cela pourra sûrement nous servir. Mais j'ai peur que ce ne soit plus des indices qu'autre chose.

— Je comprends", dit Sofia.

Elles restent un moment silencieuses, avant que Sofia ne reprenne. "À part von Kwist et Dürer, tu as d'autres noms ?"

Jeanette réfléchit. "Oui, il y a un autre nom qui revient.

— Lequel ?

— Bengt Bergman."

Sofia sursaute. "Bengt Bergman ?

— Accusé d'agression sexuelle sur deux enfants. Un garçon et une petite fille d'Érythrée. Des enfants sans papiers, qui n'existent pas. Les poursuites ont été abandonnées. Signé Kenneth von Kwist. L'avocat de Bergman était Viggo Dürer. Tu vois le lien ?" Jeanette se cale au fond de son siège et boit une grande gorgée de vin. "Il y a aussi une autre Bergman. Elle s'appelait Victoria Bergman, la fille de Bengt Bergman.

— S'appelait ?

— Oui. Voilà environ vingt ans, elle a cessé d'exister. Après novembre 1988, plus rien. Pourtant, je lui ai parlé au téléphone, et elle n'a pas été particulièrement discrète sur sa relation avec son père. Je crois qu'il a abusé d'elle et que c'est la raison de sa disparition. La seule piste que nous ayons est un numéro de portable qui vient d'être coupé. Et les époux Bergman ne sont plus là non plus : morts récemment dans un incendie. Pof, disparus eux aussi."

Le sourire de Sofia est hésitant. "Excuse-moi, mais je ne comprends rien.

— L'absence d'existence, dit Jeanette. Le dénominateur commun des familles Bergman et Lundström est l'absence d'existence. Leur histoire a été gommée. Et je crois que Dürer et von Kwist ont été les artisans de ce camouflage.

— Et Ulrika Wendin ?

— Bon, elle, tu la connais : violée par plusieurs hommes, dont Karl Lundström, dans une chambre d'hôtel il y a sept ans. On lui avait injecté un anesthésiant. Affaire classée par Kenneth von Kwist. Encore un camouflage.

— Un anesthésiant ? Comme pour les garçons assassinés ?

— Nous ne savons pas s'il s'agit du même produit. Aucun examen médical n'a été pratiqué."

Sofia semble irritée. "Et pourquoi ?

— Parce que Ulrika a attendu plus de deux semaines avant d'aller porter plainte contre Karl Lundström."

Sofia semble pensive. Jeanette comprend qu'elle hésite. Elle attend.

"Je crois que Viggo Dürer a peut-être tenté de l'acheter, dit-elle au bout d'un moment.

— Qu'est-ce qui te fait croire ça ?

— Quand elle est venue à sa consultation, elle avait un nouveau smartphone et beaucoup de liquide sur elle. Elle a fait tomber de sa poche deux billets de cinq cents. Et puis elle a vu une photo de Viggo Dürer que j'avais imprimée et laissée sur mon bureau. Elle a sursauté en la voyant, puis a nié le connaître, mais je suis presque certaine qu'elle mentait."

Gamla Enskede

Le lotissement Gamla Enskede a été créé dans les années 1900 pour permettre à des gens ordinaires d'acquérir une maison de deux chambres avec jardin au prix d'un deux-pièces en centre-ville.

C'est le début de la soirée, les nuages s'accumulent, menaçants. Un crépuscule gris descend sur le quartier et le grand érable vert tourne au noir. La brume qui flotte au-dessus de la pelouse est presque gris acier.

Elle sait qui tu es.

Non. Arrête. Elle ne peut pas savoir. C'est impossible.

Elle ne veut pas se l'avouer, mais Sofia a quelque part l'impression que Jeanette Kihlberg a une arrière-pensée en l'impliquant dans cette enquête.

Sofia Zetterlund déglutit, la gorge sèche.

Jeanette fait tourner ce qui reste de vin dans son verre puis le porte à ses lèvres et l'avale. "Je crois que Victoria Bergman est la clé, dit-elle. Si nous la retrouvons, l'affaire sera résolue."

Du calme. Respire.

Sofia inspire à fond. "Qu'est-ce qui te fait croire ça ?

— Une impression, c'est tout, dit Jeanette en se grattant la tête. Bengt Bergman a travaillé pour l'agence Sida, entre autres en Sierra Leone. La famille Bergman y a séjourné un certain temps dans la deuxième moitié des années 1980. Encore une coïncidence.

— Là, je ne comprends pas."

Jeanette rit. "Mais si, Victoria Bergman a été en Sierra Leone dans sa jeunesse, et Samuel Bai était de là-bas. Et tiens, c'est frappant, non ? Toi aussi, tu y es allée. Décidément, le monde est petit."

Comment ça ? Est-ce qu'elle insinue quelque chose ?

"Peut-être, dit pensivement Sofia, tandis que l'inquiétude bouillonne en elle.

— Un ou plusieurs de ces individus sur lesquels nous enquêtons connaît l'assassin. Karl Lundström, Viggo Dürer, Silfverberg. Quelqu'un de la famille Bergman ou Lundström. L'assassin peut faire partie ou non de la constellation. Ça peut être n'importe qui. Mais je crois que Victoria Bergman sait qui c'est.

— Sur quoi te bases-tu ?"

Jeanette rit à nouveau.

"L'instinct.

— L'instinct ?

— Oui, le sang qui coule dans mes veines vient de trois générations de policiers. Mon instinct se trompe rarement et, dans cette affaire, dès que je pense à Victoria Bergman, je le sens couler plus fort. Appelle ça le flair, si tu préfères.

— J'ai fait un premier essai de profil psychologique du meurtrier, tu veux voir ?" Elle tend la main vers son sac, mais Jeanette l'arrête.

"Volontiers, mais je voudrais d'abord entendre ce que tu peux me dire de Linnea Lundström.

— Je l'ai rencontrée récemment. En thérapie. Et comme je disais, je pense qu'elle a été abusée par d'autres hommes que son père."

Jeanette la regarde au fond des yeux. "Et tu la crois ?

— Absolument.” Sofia réfléchit. C’est l’occasion de se mettre à nu et de dévoiler des parties d’elle tenues jusqu’alors cachées. “J’ai moi-même suivi une thérapie dans ma jeunesse, et je sais combien est libérateur le fait d’enfin pouvoir tout raconter. Pouvoir sans retenue et sans interruption dire ce qu’on a vécu, avoir quelqu’un qui écoute et laisse parler. Quelqu’un qui n’a peut-être pas vécu la même chose, mais qui a consacré beaucoup de temps et d’argent à comprendre la psyché humaine, qui prend votre histoire au sérieux et se donne le mal d’analyser, même si on n’a qu’un dessin ou une lettre à produire, et qui n’est pas juste préoccupé de savoir quel médicament vous administrer, et qui ne passe pas son temps à chercher l’erreur ou le bouc émissaire même si…

— Hé, ho !” Jeanette l’interrompt. “Qu’est-ce qui se passe, Sofia ?

— Quoi ?” Sofia ouvre les yeux et voit Jeanette devant elle.

“Tu as disparu un instant.” Jeanette se penche au-dessus de la table pour lui prendre les mains. Les caresse doucement. “Tu as du mal à en parler ?”

Sofia sent ses yeux la brûler, ses larmes monter, elle voudrait se laisser aller. Mais ce n’est plus le moment et elle secoue la tête.

“Non. Ce que je voulais juste dire, c’est que je crois que Viggo Dürer était impliqué.

— Oui, ça expliquerait pas mal de choses.” Jeanette marque une pause, comme pour tourner les mots dans sa bouche.

Attends, laisse-la continuer.

“Continue.” Sofia entend sa propre voix comme extérieure à elle-même. Elle sait ce que Jeanette va dire.

“Peo Silfverberg a vécu au Danemark. Comme Viggo Dürer. Dürer défend Silfverberg quand il est soupçonné d'abus sexuel sur sa fille adoptive. Il défend Lundström quand il est à son tour soupçonné du viol d'Ulrika Wendin.

— Fille adoptive ?" Sofia a du mal à respirer, saisit son verre pour donner le change et ne pas trahir son trouble, le porte à ses lèvres. Elle voit que sa main tremble.

Elle s'appelle Madeleine, elle est blonde et aime qu'on lui chatouille le ventre.

Elle a crié et pleuré quand on l'a accueillie dans ce monde en lui faisant une prise de sang.

La petite main qui attrape l'index par réflexe.

Stockholm, 1988

Elle n'avait pas besoin de se forcer, les histoires venaient d'elles-mêmes et parfois c'était comme si elles précédaient la vérité. Il lui arrivait de mentir sur quelque chose qui ensuite se produisait. Elle trouvait qu'elle possédait un curieux pouvoir. Comme si elle pouvait influencer son entourage par ses mensonges, et finalement obtenir ce qu'elle voulait.

L'argent lui suffit pour rentrer de Copenhague à Stockholm. La boîte à musique du XVIIIe volée dans la ferme de Struer, elle la donne à un ivrogne devant la gare centrale. Il est huit heures et quart quand Victoria monte dans un bus de Gullmarsplan à Tyresö, s'installe au fond et ouvre son journal.

La route est mauvaise à cause de travaux, le chauffeur roule beaucoup trop vite, elle a du mal à écrire. Les lettres sont déformées.

Elle se plonge plutôt dans ses entretiens avec la vieille psychologue. Elle a tout noté dans son journal, après chaque séance. Elle range son stylo et commence à lire.

3 mars.

Les Yeux me comprennent, c'est rassurant. Nous parlons d'incubation. Cela veut dire attente de quelque chose, et peut-être que mon temps d'incubation est bientôt fini ?

Est-ce que je m'attends à être malade ?

Les Yeux me demandent de parler de Solace et je raconte qu'elle est à présent sortie du placard. Nous dormons maintenant dans le même lit. La puanteur du sauna m'a suivie jusque dans le lit. Est-ce que je suis déjà malade ? Je lui dis que l'incubation a commencé en Sierra Leone. C'est là-bas que j'ai contracté la maladie, mais je ne m'en suis pas débarrassée en rentrant ici.

L'infection a continué à vivre en moi et me rend folle.

Son infection.

Victoria préfère ne pas appeler la psychologue par son nom. Elle aime penser aux yeux rassurants de la vieille femme. La thérapeute se confond avec ses yeux, alors elle l'appelle comme ça. En eux, Victoria peut aussi être elle-même.

10 mars.

J'ai parlé aux Yeux du matin d'hiver qui crisse. Asphalte noir et forêts blanches, les arbres comme des squelettes hérissés. Noir et blanc et les bouleaux vêtus de givre. Ces sapins noirs alourdis de neige fraîche et une lumière blanche dans le ciel nuageux. Tout est noir et blanc !

Le bus stoppe à un arrêt, le chauffeur descend ouvrir une trappe sur le côté. Sûrement un problème. Elle profite de l'occasion pour sortir son stylo et écrit :

25 mai.

L'Allemagne et le Danemark, c'est pareil. Frise-du-Nord, Schleswig-Holstein. Violée par des garçons allemands au Festival de Roskilde puis par un fils d'Allemand. Deux pays en rouge, blanc et noir. Les aigles survolent les champs plats, chient sur le patchwork gris et atterrissent en Helgoland, une île de Frise septentrionale où les rats ont fui quand Dracula a porté la peste à Brême. L'île ressemble au drapeau danois, les rochers sont rouge rouille, la mer couverte d'écume blanche.

Le bus repart. “Veuillez nous excuser pour cet arrêt. Nous continuons en direction de Tyresö.”

Pendant les vingt minutes que dure la fin du voyage, Victoria a le temps de lire tout le journal, feuillet après feuillet et, une fois arrivée à destination, elle s'assoit sur le banc en bois de l'arrêt de bus et se remet à écrire.

À la maternité on met au monde les bébés, BB comme Bengt Bergman, et si on met la lettre B devant un miroir ça fait un huit.

Huit, c'est le chiffre de Hitler, H étant la huitième lettre de l'alphabet.

Nous sommes en 1988. Quatre-vingt-huit. Huit huit.

Heil Hitler!

Heil Helgoland!

Heil Bergman!

Elle range ses affaires dans son sac et descend jusqu'à la maison des Yeux.

Le séjour de la villa de Tyresö est lumineux, le soleil brille à travers les rideaux de tulle blanc qui bougent doucement dans le vent et par la porte ouverte de la véranda entrent des gazouillis d'oiseaux, des cris de mouettes et le bruit de la tondeuse d'un voisin.

Elle est couchée sur le dos sur le canapé chauffé au soleil, la vieille femme en face d'elle.

Absolution. Le temps d'incubation de Victoria est achevé. Il n'a jamais existé. La maladie, en revanche, n'était pas imaginaire, elle a toujours été en elle et, enfin, elle peut en parler.

Elle va tout raconter, et c'est comme s'il n'y avait pas de fin à tout ce qu'il fallait dire.

Victoria Bergman doit mourir.

Elle commence par parler du voyage en train, un

an plus tôt. D'un homme sans nom à Paris dans une chambre aux murs couverts de moquette, avec des cafards au plafond et des canalisations percées. D'un hôtel quatre étoiles sur la promenade des Anglais à Nice. De l'homme couché à côté d'elle qui était agent immobilier et sentait la sueur. De Zurich, mais elle n'a aucun souvenir de la ville, juste la neige, les boîtes de nuit et qu'elle avait branlé un homme sur un banc public dans un parc.

Elle dit aux Yeux qu'elle est convaincue que la douleur extérieure peut anéantir la douleur intérieure. La vieille femme ne l'interrompt pas, la laisse parler librement et, quand elle a besoin de réfléchir, elles restent silencieuses tandis que la vieille note. Les rideaux se balancent dans la brise et elle sert du café et du cake à Victoria. C'est la première chose qu'elle mange depuis son départ de Copenhague.

Victoria lui parle d'un homme, Nikos, rencontré en arrivant en Grèce l'année d'avant. Elle se souvient de sa coûteuse Rolex attachée au mauvais poignet, d'un ongle presque noir à l'index gauche et qu'il sentait l'ail et l'après-rasage, mais ne se rappelle pas son visage ni sa voix.

Elle essaye d'être honnête. Mais en racontant ce qui s'est passé en Grèce, elle a du mal à s'en tenir aux faits. Elle entend elle-même combien tout semble idiot.

Elle s'était réveillée chez Nikos et était allée chercher un verre d'eau à la cuisine.

"À la table de la cuisine, Hannah et Jessica me crient qu'il faut que je me ressaisisse. Que je sens mauvais, que j'ai des ongles cassés qui font mal, des bourrelets et des varices. Et que j'ai été méchante avec Nikos." Victoria marque une pause et regarde la thérapeute. La vieille femme lui sourit, comme d'habitude, mais pas ses yeux. Ils sont inquiets. Elle ôte ses lunettes et les pose sur la table basse.

“Elles ont vraiment dit ça ?”

Victoria hoche la tête. “En fait, Hannah et Jessica ne sont pas deux personnes, dit-elle, et c’est comme si soudain elle se comprenait elle-même. Elles sont trois personnes.”

La thérapeute la regarde, intéressée.

“Trois personnes, continue Victoria. Une qui travaille, fait son devoir… Oui, obéissante et morale. Et une qui analyse, intelligente, qui comprend ce que je dois faire pour aller mieux. Puis une qui se plaint toujours, une geignarde. Elle me donne mauvaise conscience en me rappelant ce que j’ai fait.

— Une travailleuse, une analyste et une geignarde. Vous voulez dire que Hannah et Jessica sont deux personnes possédant plusieurs caractéristiques ?

— Mouais, répond Victoria, ce sont deux personnes qui sont trois personnes.” Elle rit, un peu hésitante. “C’est un peu confus ?

— Mais non. Je crois que je comprends.”

Elle se tait un moment, puis demande à Victoria si elle a envie de décrire Solace.

Victoria réfléchit, mais ne croit pas avoir de bonne réponse. “J’avais besoin d’elle, finit-elle par dire.

— Et Nikos ? Vous voulez en parler ?”

Victoria rit. “Il voulait se marier avec moi. Vous comprenez à quel point c’est ridicule ?”

La femme ne dit rien, change de position et se cale au fond de son fauteuil. On dirait qu’elle cherche quoi dire.

Victoria se sent soudain endormie et lasse. Elle voit l’enfant du voisin jouer au cerf-volant, un triangle rouge qui va et vient dans le ciel.

Ce n’est pas aussi facile à raconter, mais elle sent qu’elle en a envie. Ses mots lui semblent laborieux et contrefaits, elle doit faire des efforts pour ne pas mentir. Elle a honte devant les Yeux.

"Je voulais le faire souffrir", dit-elle au bout d'un moment, envahie alors par un grand calme.

Victoria ne peut s'empêcher de ricaner, mais quand elle voit que la vieille n'a pas du tout l'air de trouver ça drôle, elle se cache la bouche derrière la main. À nouveau, elle a honte et doit faire un effort pour retrouver la voix qui l'aide à raconter.

Un instant plus tard, quand la psychologue quitte la pièce pour aller aux toilettes, Victoria ne peut s'empêcher de regarder ce qu'elle a noté et va ouvrir son carnet dès qu'elle se retrouve seule.

Objet transitionnel.

Masque fétiche africain, symbole pour Solace.

Chien en peluche, Luffaren, symbole d'un lien rassurant avec l'enfance.

Qui ? Pas le père ni la mère. Peut-être un parent ou un camarade d'enfance. Plus vraisemblablement une personne adulte. Tante Elsa ?

Trous de mémoire. Rappelle TPM/TDI.

Elle ne comprend pas, et des pas dans le hall viennent bientôt l'interrompre.

"C'est quoi, un objet transitionnel ?" Victoria se sent trahie, parce que la thérapeute écrit des choses dont elles n'ont pas parlé.

La vieille se rassoit. "Un objet transitionnel est un objet qui représente quelqu'un ou quelque chose dont on a du mal à se séparer.

— Comme quoi ? réplique très vite Victoria.

— Eh bien, en l'absence de la maman, une peluche ou un doudou peuvent consoler l'enfant parce que cet objet symbolise la présence de la mère. Elle absente, l'objet la remplace et aide l'enfant à passer de la dépendance de sa mère à l'autonomie."

Victoria ne comprend pourtant pas. Elle n'est pas une enfant, mais une adulte.

Solace lui manque-t-elle ? Le masque en bois était-il un objet transitionnel ?

Luffaren, le petit chien en authentique peau de lapin, elle ne sait pas d'où il venait.

"Qu'est-ce que c'est, TPM/TDI ?"

La vieille sourit. Victoria lui trouve l'air triste. "Je vois que vous avez lu dans mon carnet. Mais ce ne sont pas des vérités absolues." Elle désigne son carnet de la tête. "Ce sont juste mes réflexions sur notre entretien.

— Mais qu'est-ce que ça veut dire, TPM/TDI ?

— Cela signifie que quelqu'un a plusieurs personnalités. C'est..." Elle s'interrompt et prend un air grave. "Il ne s'agit pas d'un diagnostic sur vous, reprend-elle. Je veux que vous le compreniez bien. C'est plus comme un trait de caractère.

— Que voulez-vous dire ?

— TDI signifie trouble dissociatif de l'identité. C'est un mécanisme logique d'autodéfense, une façon pour le cerveau de s'adapter aux difficultés. On développe différentes personnalités qui agissent de façon indépendante, distinctes les unes des autres, pour faire face aux situations différentes de manière optimale."

Qu'est-ce que ça veut dire ? pense Victoria. Indépendante, dissociative.

Est-elle dissociée et indépendante d'elle-même grâce aux autres qui sont en elle ?

Cela semble juste absurde.

"Pardon, dit Victoria. On peut continuer plus tard ? Je sens que j'aurais besoin de me reposer un peu."

Elle s'endort sur le canapé et dort plusieurs heures.

Quand elle se réveille, il fait toujours jour, les rideaux sont immobiles, la lumière est plus pâle, et tout est silencieux. La vieille tricote dans son fauteuil.

Victoria interroge la thérapeute sur Solace. Est-elle réelle ? La vieille femme dit que c'est peut-être une adoption, mais qu'est-ce à dire ?

Hannah et Jessica existent vraiment, ce sont ses anciennes camarades de classe de Sigtuna, mais elles sont aussi en elle, ce sont la Travailleuse, l'Analyste et la Geignarde.

Solace existe elle aussi, mais c'est une fille qui vit en Sierra Leone et elle a en fait un tout autre nom. Et Solace Aim Nut existe aussi en Victoria, et c'est la Servante.

Elle-même, elle est le Reptile, qui ne fait que ce dont il a envie, et la Somnambule, qui voit la vie lui passer devant sans rien faire. Le Reptile mange et dort et la Somnambule reste en dehors à regarder ce que font les différentes parties de Victoria, sans intervenir. La Somnambule est celle qu'elle aime le moins, mais en même temps elle sait que c'est elle qui a les plus grandes chances de survie, que c'est cette partie d'elle qu'il lui faut cultiver. Les autres doivent être éradiquées.

Puis il y a la Fille-corneille, et Victoria sait qu'il est impossible de l'extirper.

La Fille-corneille ne se laisse pas contrôler.

Le lundi, elles vont à Nacka. La thérapeute a pris rendez-vous avec un médecin qui va pouvoir établir que Victoria a bien subi des abus sexuels dans son enfance. Elle n'a aucune envie de porter plainte contre son père, mais la thérapeute dit que le médecin le fera vraisemblablement.

Elle sera ensuite probablement envoyée à l'institut médicolégal de Solna pour un examen plus approfondi.

Victoria a expliqué à la femme pourquoi elle ne voulait pas porter plainte. Elle considère Bengt Bergman comme mort et ne supporterait pas de le revoir dans un tribunal. Si elle veut que ses séquelles physiques soient attestées, c'est pour une autre raison.

Elle veut recommencer à zéro, obtenir une nouvelle identité, un nouveau nom et une nouvelle vie.

La thérapeute lui dit qu'elle obtiendra une nouvelle identité s'il y a suffisamment d'éléments. C'est pourquoi elle doit aller se faire examiner.

Lorsqu'elles arrivent sur le parking de l'hôpital de Nacka, Victoria a déjà commencé à faire des projets d'avenir.

Avant, l'avenir n'existait pas, puisque Bengt Bergman le lui avait volé.

Mais maintenant, elle va avoir une deuxième chance. Un nouveau nom, un numéro de Sécurité sociale protégé, elle va s'occuper d'elle, se former et trouver un emploi dans une autre ville.

Elle va gagner de l'argent et s'en sortir, peut-être se marier et avoir des enfants.

Être normale, comme n'importe qui.

Gamla Enskede

Jeanette et Sofia sont assises dans le séjour.

Le quartier est sombre et presque silencieux, on n'entend que les voix de quelques jeunes dans la rue. Une lueur bleutée arrive du salon des voisins à travers la maigre, dénudée et presque tragique haie de chèvrefeuille : comme la plupart des gens, à cette heure, ils sont devant la télévision.

Jeanette va baisser les persiennes, puis contourne le canapé et vient s'asseoir à côté de Sofia.

Elle attend, en silence. À Sofia de décider : continuer à parler boulot, ce qui était le prétexte de sa visite, ou passer à des sujets plus intimes.

À ce qui est en train de se passer entre elles.

Sofia a semblé un peu absente, mais elle rappelle à Jeanette le profil qu'elle a établi. "On y jette un coup d'œil ?" Sofia se penche pour prendre un carnet dans son sac. "C'est quand même pour ça que je suis venue.

— Bon, d'accord", répond Jeanette, un peu déçue que Sofia ait choisi de parler boulot.

Il n'est pas si tard, se dit-elle. Et Johan dort ailleurs. On aura aussi du temps pour autre chose. Elle se penche en arrière et écoute.

"Tout laisse à penser que nous avons affaire à un profil borderline." Sofia feuillette son carnet, comme si elle cherchait quelque chose.

“Et ça se manifeste comment ?

— Il ne perçoit pas clairement la frontière entre lui et les autres.

— Un peu comme un schizophrène ?”

Jeanette sait très bien ce qu’est un borderline, mais veut entendre Sofia le développer.

“Non, non, pas du tout. C’est tout à fait autre chose. Ici, on a une personne qui voit tout en noir et blanc. Bien et mal. Ami et ennemi.

— Tu veux dire que tous ceux qui ne sont pas ses amis deviennent aussitôt ses ennemis ? Un peu comme ce que disait George W. Bush avant d’envahir l’Irak ? sourit Jeanette.

— Oui, à peu près ça, répond Sofia en souriant à son tour.

— Et que peux-tu dire de ces meurtres si violents ?

— Il s’agit de voir l’acte, en l’occurrence le crime, comme un langage en soi. L’expression de quelque chose.

— Ah ?” Jeanette songe à ce qu’elle a vu.

“Bon. Le meurtrier met en scène son propre drame intérieur à l’extérieur de soi, et nous devons essayer de chercher ce que cette personne essaye de dire par ses actes en apparence si irrationnels.

— Il est décidément plus facile de comprendre un voleur ordinaire. Un qui vole parce qu’il a besoin d’argent pour se droguer.

— Évidemment. Même si là aussi il y aurait matière à interpréter… Mais certaines choses me laissent perplexe.

— Quoi par exemple ?

— Pour commencer, je pense que les meurtres étaient prémédités.

— J’en suis également tout à fait convaincue.

— Mais en même temps, ce déchaînement de violence suggère que le meurtre a eu lieu lors d’une explosion de colère passagère.

— De quoi peut-il alors s'agir ? De pouvoir ?

— Absolument. Un fort besoin de dominer et d'avoir un contrôle total sur une autre personne. Les victimes sont soigneusement choisies, mais en même temps arbitraires. De jeunes garçons, sans identité.

— Ça semble sadique, non ?

— L'assassin trouve une intense satisfaction à infliger des souffrances à sa victime. Il jouit de son impuissance et de son désarroi. Peut-être même avec une charge érotique. Le vrai sadique ne peut pas éprouver de jouissance sexuelle autrement. Parfois, il arrive que la victime soit faite prisonnière et que l'agression se prolonge sur une longue durée. Il n'est pas inhabituel que ces agressions s'achèvent en meurtre. Ces actes sont le plus souvent soigneusement planifiés et non impulsifs.

— Mais pourquoi tant de violence ?

— Comme je disais, c'est pour une partie des agresseurs une satisfaction de faire souffrir. Cela peut être un préliminaire nécessaire à d'autres formes de sexualité.

— Et l'embaumement du garçon que nous avons trouvé à Danvikstull ?

— Je pense que c'est une expérience. Une lubie passagère.

— Mais qu'est-ce qui a pu forger une personne avec ce profil ?

— À cette question, il y a autant de réponses que de meurtriers et, aussi, d'ailleurs, que de psychologues. Et je parle là en général, pas spécifiquement de ces meurtres d'enfants immigrés.

— Et à ton avis ?

— À mon avis, ce comportement vient de troubles précoces lors du développement de la personnalité, causés par des mauvais traitements physiques et psychiques réguliers.

— La victime devient à son tour agresseur?

— Oui. D'ordinaire, l'agresseur a grandi dans un environnement fortement autoritaire, violent par certains aspects, et où la mère était passive et fuyante. Enfant, il a peut-être vécu sous la menace permanente d'un divorce de ses parents et s'en est senti coupable. Il a très tôt appris à mentir pour éviter les corrections, a servi d'intermédiaire entre l'un et l'autre parent, ou eu à s'occuper d'un de ses parents dans des situations dégradantes. Il a eu à consoler ses parents, au lieu d'être consolé par eux. Il a peut-être assisté à des tentatives de suicide dramatiques. Très tôt, il a commencé à se bagarrer, boire et voler sans rencontrer la moindre réaction chez les adultes. Bref, il s'est toujours senti non désiré et importun.

— Tu penses donc que tous les meurtriers ont eu une enfance horrible?

— Je pense comme Alice Miller.

— Qui ça?

— Une psychologue qui affirme qu'il est absolument impossible pour une personne ayant grandi entourée de franchise, de respect et de chaleur de jamais ressentir l'envie de faire souffrir un plus faible que soi en le blessant à vie.

— Il y a du vrai là-dedans, mais je n'en suis pas convaincue.

— J'en doute aussi parfois. On a établi un lien direct entre la surproduction d'hormones masculines et la tendance à commettre des agressions sexuelles. Je viens de lire une étude sur la castration chimique, qui montre que les personnes castrées ne récidivent pas. On peut aussi considérer la violence physique et sexuelle dirigée contre les femmes et les enfants comme une façon pour l'homme de constituer sa virilité. L'homme obtient par la violence le pouvoir et le contrôle auxquels la structure des rôles sexuels et du pouvoir dans la société traditionnelle lui donne droit.

— Difficile.

— Il existe en outre un lien entre le niveau des normes sociales et le degré de perversion : schématiquement, la double morale crée le terreau des transgressions."

Jeanette a l'impression de parler avec une encyclopédie. Les faits froids et les explications limpides s'empilent les uns sur les autres.

"Bon, puisqu'on parle en général de ce genre de criminels, nous pourrions revenir à Karl et Linnea Lundström, tente Jeanette. Une personne victime d'abus sexuels pendant l'enfance peut-elle en avoir complètement perdu le souvenir ?"

Aucun retard dans la réponse de Sofia.

"Oui. La pratique clinique comme la recherche sur la mémoire confortent l'idée que des événements traumatiques de l'enfance peuvent être emmagasinés, tout en demeurant inaccessibles. D'un point de vue juridique, lors d'un dépôt de plainte, il peut y avoir un problème si de tels souvenirs sont en jeu pour attester que la prétendue agression a bien eu lieu. Mais il ne faut pas non plus négliger le risque tragique qu'un innocent soit accusé à tort et condamné."

Jeanette commence à prendre le rythme, elle a déjà une nouvelle question toute prête. "Et est-ce qu'un enfant, lors d'un interrogatoire, peut être amené à raconter des abus sexuels qui n'ont pas eu lieu ?"

Sofia la regarde gravement. "Les enfants ont parfois du mal avec le temps, par exemple pour dire quand quelque chose a eu lieu ou combien de fois. Pour eux, ils n'ont rien à raconter que les adultes ne sachent déjà, et ils auront tendance à négliger les détails sexuels plutôt qu'à les exagérer. Notre mémoire est intimement liée à nos perceptions.

— Tu peux me donner un exemple ?

— J'ai le cas clinique d'une adolescente qui, en sentant l'odeur du sperme de son petit ami, comprend que ce n'est pas la première fois qu'elle est en contact avec cette odeur. Et cette révélation est le début d'un processus où elle va se souvenir des abus sexuels de son père.

— Et comment expliques-tu que Karl Lundström soit devenu pédophile ?

— Certaines personnes peuvent prononcer des mots, mais il leur manque le langage. On peut prononcer le mot empathie, l'épeler, mais chez certains, il est totalement dénué de substance. Celui qui ne peut que prononcer le mot est capable du pire.

— Mais comment a-t-il pu le camoufler ?

— Dans une famille incestueuse, les frontières entre enfants et adultes sont floues. Tous les besoins sont satisfaits au sein de la famille. La fille change souvent de rôle avec la mère et la remplace par exemple à la cuisine, mais aussi au lit. La famille fait tout ensemble et, vue de l'extérieur, semble fonctionner de façon idéale. Les relations y sont pourtant fortement dérangées et l'enfant doit satisfaire les besoins des adultes. Les enfants s'occupent plus des parents que l'inverse. La famille vit isolée, même si elle peut avoir un semblant de vie sociale. Pour échapper aux regards, la famille déménage régulièrement. Karl Lundström était sûrement lui-même une victime. Pour citer Miller, il est tragique de frapper son enfant pour éviter de penser à ce que nous ont fait nos propres parents.

— Et à ton avis, que va devenir Linnea ?

— Au moins cinquante pour cent des femmes victimes d'inceste font des tentatives de suicide, souvent dès l'adolescence.

— Comme dit l'autre, il y a plusieurs façons de pleurer : fort, en silence, ou pas du tout.

— Qui dit ça ?

— Je ne sais plus.

— Et maintenant ?”

Sans que Jeanette le remarque, Sofia l’a prise dans ses bras et, quand elle se penche pour l’embrasser, ce n’est que le prolongement de cette étreinte.

Jeanette sent le même chatouillement au ventre que les autres fois.

Elle en veut plus. Elle veut Sofia tout entière.

“Johan dort ailleurs cette nuit et tu as bu. Tu ne veux pas rester dormir ?

— Si”, répond Sofia en prenant Jeanette par la main pour la tirer du canapé.

Quartier Kronoberg

Stockholm peut être un endroit affreux. L'hiver impitoyable souffle un vent hostile, le froid pénètre partout, il est presque impossible de s'en protéger.

La moitié de l'année, il fait nuit quand les habitants de la ville se réveillent, et nuit quand ils rentrent chez eux le soir. Des mois durant, les gens vivent dans un manque de lumière compact, étouffant, dans l'attente de la délivrance printanière. Ils se referment dans leur sphère privée, évitent de croiser inutilement le regard de leurs semblables et repoussent tout ce qui pourrait les déranger à l'aide de leurs iPod, lecteurs MP3 et téléphones portables.

Dans le métro, le silence est effrayant. Le moindre bruit, la moindre conversation bruyante attirent les regards hostiles et les commentaires sévères. Vue de l'extérieur, la capitale royale ressemble à une ville fantôme où le soleil n'a pas assez d'énergie pour percer de ses rayons le ciel gris acier et, ne serait-ce qu'une heure, briller sur ces hommes abandonnés des dieux.

En même temps, Stockholm peut être incroyablement beau dans ses atours d'automne. Sur la rive sud du Mälar, les péniches tranquillement amarrées s'ébranlent dans la houle et tanguent stoïquement dans les remous provoqués au passage par de vulgaires hors-bords, des yachts perfectionnés rattachés à Skeppsholmen ou les ferries en route vers le château de Drottningholm ou la ville viking de Björkö. L'eau pure et claire baigne les rochers escarpés gris ou couleur de rouille des îles au cœur de la ville, où les arbres font éclater leur palette jaune, rouge et verte.

Quand Jeanette Kihlberg part au travail, le ciel est dégagé et bleu clair pour la première fois depuis plusieurs semaines et elle fait un long détour le long des quais du Mälar.

Elle est enivrée.

La nuit a été fantastique, elle croit sentir le parfum de Sofia, comme si elle était encore tout près.

C'est presque électrique, pense Jeanette.

Elles se sont tendrement parlé et aimées jusqu'à quatre heures du matin, quand Jeanette, en sueur, essoufflée, a dit en riant qu'elle se sentait comme une adolescente qui vient de tomber amoureuse, mais qu'il fallait penser au lendemain.

Et elle s'est endormie blottie comme une enfant dans les bras de Sofia.

En entrant dans le bureau de Hurtig, elle le trouve en train de nettoyer son arme de service. Un Sig Sauer, 9 mm. Il n'a pas l'air content.

“Alors, on astique son pistolet ? ricane Jeanette.

— Tu peux bien rigoler, grommelle-t-il. Toi aussi, tu vas descendre tirer cet après-midi. Tu n'as pas vu la circulaire ?” Il enclenche le chargeur, met la sécurité et range l'arme dans son holster.

“Non. Cet après-midi ?

— Eh oui, on doit tous les deux être à trois heures au stand de tir.

— Alors tu vas aussi nettoyer le mien. Tu le fais beaucoup mieux que moi.” Elle se dépêche d'aller chercher son pistolet, qu'elle garde dans le tiroir de son bureau. "Bon, alors, qu'est-ce qu'on sait de Fredrika Grünewald ? demande Jeanette en tendant son arme à Hurtig.

— Elle est née ici, à Stockholm, dit-il tout en sortant le pistolet de son étui. Ses parents vivent du côté de Stocksund et n'ont pas eu de contact avec elle ces dix dernières années." Il démonte promptement l'arme de service avant de continuer. "Apparemment, elle a dilapidé en spéculations une grande partie de la fortune familiale.

— Comment ça ?

— À l'insu de ses parents, elle a injecté presque tout ce qu'ils avaient, environ quarante millions, dans des start-up. Tu te souviens de wardrobe.com ?"

Jeanette réfléchit. "Bof, vaguement. Ce n'est pas une de ces sociétés d'e-commerce encensées par tout le monde avant de faire la culbute en Bourse ?"

Hurtig hoche la tête, met un peu de graisse sur un chiffon et commence à astiquer le pistolet. "Exactement. Le concept était de vendre des vêtements en ligne, mais la boîte s'est plantée avec une ardoise de plusieurs centaines de millions. La famille Grünewald a été l'une des plus durement frappées.

— Et tout ça par la faute de Fredrika ?

— C'est ce que disent ses parents, je ne sais pas. En tout cas, ils n'ont pas trop l'air dans le besoin aujourd'hui. Ils vivent toujours dans la villa, et les voitures que j'ai vues garées devant valent un bon million pièce.

— Ont-ils une raison de vouloir être débarrassés de Fredrika ?

— Je ne crois pas. Après le krack boursier, elle a coupé les ponts avec ses parents. Ils pensent que c'est par honte.

— Mais de quoi vivait-elle ? Je veux dire, elle avait beau être sans domicile, elle semblait quand même avoir de l'argent.

— Son père m'a dit qu'il avait malgré tout pitié d'elle et versait chaque mois quinze mille couronnes sur son compte bançaire. Ceci explique cela.

— Rien de bizarre de ce côté, donc.

— À ce que je vois, non. Une enfance protégée. Des bonnes notes, puis le lycée à l'internat.

— Pas de mari ou d'enfants ?"

Il continue à astiquer le pistolet avec une expression absente. Jeanette devine qu'il doit trouver quelque chose de méditatif dans l'entretien des armes. "Pas d'enfants, reprend-il, et selon les parents pas de liaison. Pas à leur connaissance, en tout cas.

— Je suis peut-être conservatrice, mais je trouve ça un peu bizarre. Il devrait quand même y avoir un mec quelque part dans le tableau.

— Elle était peut-être gouine et ne voulait pas en parler à ses parents. On est assez coincé du cul dans ces milieux-là." Il remet en place les dernières pièces du pistolet puis le pose sur la table.

"C'est toujours une possibilité, mais pas un motif pour l'assassiner, non ?" Jeanette regarde Hurtig et surprend un instant l'expression espiègle qu'il prend toujours quand il a un as dans sa manche. Il garde toujours quelque chose pour la fin, qu'il lâche comme en passant.

"Bon, allez, accouche ! Qu'est-ce que tu mâchonnes ? Je te connais." Elle lui sourit.

"Devine qui était dans la même classe que Fredrika Grünewald ?" Il sort de son tiroir une liasse de papiers qu'il pose sur ses genoux en regardant par la fenêtre d'un air détaché.

"J'ai ma petite idée. Dis voir ?"

Il lui tend quelques feuilles. "Voici les listes des classes de l'internat de Sigtuna quand Fredrika y était.

— Oui, bon, qui c'est ? Quelqu'un qu'on a dans nos dossiers ?" Elle entreprend de feuilleter les listes.

“Annette Lundström.

— Annette Lundström ?” Jeanette Kihlberg regarde Hurtig, qui s’amuse de sa mine interloquée.

C’est comme si quelqu’un ouvrait la fenêtre pour faire entrer de l’air frais.

Le soleil brille à la fenêtre du bureau de Jeanette quand elle se plonge dans les documents fournis par Hurtig.

Ce sont les listes des classes les années où Charlotte Silfverberg, Annette Lundström, Henrietta Nordlund, Fredrika Grünewald et Victoria Bergman ont fréquenté l’internat de Sigtuna.

Elle parcourt les listes et note qu’Annette Lundström ne portait pas d’autre nom à l’époque. Ce qui signifie qu’elle et Karl ont choisi son nom à elle en se mariant.

Annette et Fredrika étaient donc camarades de classe.

Annette a les cheveux blonds : plusieurs des habitants de l’abri souterrain de l’église Saint-Jean ont témoigné avoir vu une belle femme blonde à proximité de la tente de Fredrika.

En revanche, Börje, l’homme qui a montré le chemin à cette femme et qu’on espère capable de la reconnaître, reste introuvable.

Va-t-elle convoquer Annette Lundström pour un interrogatoire ? Vérifier son alibi et peut-être même organiser une confrontation avec les témoins ? Mais de cette manière elle dévoilerait ses soupçons à l’encontre d’Annette et compliquerait la suite de l’enquête. N’importe quel avocat obtiendrait sa libération en moins de temps qu’il ne lui en faudrait pour prononcer le mot “sans-abri”.

Non, mieux vaut attendre et laisser Annette planer dans l’incertitude, au moins jusqu’à ce que Börje refasse surface. Mais elle pourrait toujours donner rendez-vous à Annette sous couvert de parler des abus subis par Linnea.

Elle pourrait mentir en prétendant agir sur demande de Lars Mikkelsen. Parce qu'il serait trop occupé et aurait demandé à Jeanette de l'aider. Ça pourrait marcher.

On va faire comme ça, se dit-elle, sans avoir conscience que son enthousiasme va retarder la résolution de l'affaire plutôt que l'accélérer, en causant à de nombreuses personnes des souffrances inutiles.

L'exercice de tir se passe moyennement bien. Jeanette obtient une note juste au-dessus de la moyenne, tandis que Hurtig brille et met presque tout dans le mille.

Il se moque d'elle : heureusement qu'ils n'ont pas souvent l'occasion d'utiliser leurs armes de service. Se retrouver avec elle dans une fusillade, ce serait être en danger de mort.

Lac Klara

Kenneth von Kwist se passe les mains sur le visage. Un petit problème s'est transformé en grand. Peut-être même insurmontable.

Il a fini par comprendre la longue série d'erreurs qu'il a commises.

Il a été idiot de se dévouer pour Peo Silfverberg et Karl Lundström. Il a été idiot d'être obnubilé par sa carrière et de se mêler des affaires des autres. Qu'y a-t-il gagné ?

Le destin a rattrapé Dürer, mais imagine si Karl Lundström et Peo Silfverberg étaient vraiment coupables ? Il commence à le soupçonner.

Avec le précédent chef de la police Gert Berglind, tout était plus simple. Tout le monde connaissait tout le monde, et il suffisait de fréquenter les bonnes personnes pour obtenir les meilleures affaires et monter les échelons de la hiérarchie.

Lundström et Silfverberg étaient des amis proches à la fois de Gert Berglind et de Viggo Dürer.

Quand Dennis Billing a pris la relève, les frictions ont commencé.

En tout cas, en ce qui concerne Kihlberg, il a un plan bien pensé pour améliorer leurs relations tout en détournant son attention, au moins provisoirement, ce qui lui donnera le temps de régler le problème de la famille Lundström.

D'une pierre deux coups, se dit-il. Il est temps de commencer à réparer ses erreurs.

Au sein de l'hôtel de police, c'est un secret de Polichinelle que Jeanette Kihlberg mène avec son assistant Jens Hurtig dans son sillage une enquête privée sur les affaires classées des jeunes immigrés assassinés. La rumeur est aussi parvenue jusqu'à ses oreilles.

Il sait également qu'une recherche officieuse pour retrouver la fille de Bengt Bergman est en cours, que tous les documents concernant Victoria Bergman sont confidentiels et que Kihlberg n'a eu qu'un dossier vide du tribunal de Nacka.

C'est là que réside son atout, car il sait comment mettre la main sur ces données et à quoi il pourrait les utiliser.

Il compose le numéro de son collègue du tribunal de Nacka. Il n'a pas été de meilleure humeur depuis longtemps. Son idée est aussi simple qu'astucieuse : une entorse juridique est toujours possible dès lors que toutes les parties concernées gardent le silence. Son collègue de Nacka restera muet comme une carpe et Jeanette Kihlberg viendra lui manger dans la main.

Cinq minutes plus tard, Kenneth von Kwist se cale au fond de son fauteuil, satisfait, joint ses mains derrière la tête et pose ses deux pieds sur le bureau. Et voilà. Ne reste plus qu'Ulrika Wendin et Linnea Lundström.

Qu'ont-elles raconté à la police et aux psychologues ?

Il n'en a aucune idée, en tout cas en ce qui concerne Ulrika Wendin. Linnea Lundström a visiblement dit des choses compromettantes sur Viggo Dürer, mais il ne sait pas encore de quoi il s'agit, même s'il craint le pire.

"Sale gamine", grommelle le procureur en pensant à Ulrika Wendin. Il sait que la jeune fille a rencontré Jeanette Kihlberg et Sofia Zetterlund, rompant ainsi les termes de leur contrat. Les cinquante mille couronnes qui devaient la faire taire n'avaient bien sûr pas suffi.

Il faut qu'il mette Ulrika Wendin au pied du mur pour qu'elle comprenne à quelles forces elle a affaire. Il ôte ses pieds du bureau, rajustant son costume et se redressant sur son fauteuil.

D'une façon ou d'une autre, il faut qu'il fasse taire Ulrika Wendin et Linnea Lundström.

À tout prix.

Place Greta-Garbo

L'ancien entrepreneur Ralf Börje Persson, fondateur de la société Persson BTP, est sans domicile fixe depuis quatre ans. Son destin ne se distingue pas de celui de beaucoup d'autres. Tout avait bien commencé : une entreprise florissante, un joli carnet d'adresses, une maison neuve, une nouvelle voiture et toujours plus de travail. Il avait une belle femme et une fille dont il était extrêmement fier. La vie lui souriait. Mais quand la concurrence s'est durcie, que des groupes mafieux sont entrés sur le marché en proposant des tarifs imbattables grâce au travail au noir d'ouvriers polonais ou baltes, tout s'est mis à dérailler. L'argent n'entrait plus au même rythme et la pile des factures impayées a fini par être si haute qu'il n'a plus été possible de garder la voiture et la maison.

Sa femme a fini par partir avec sa fille, et Börje s'est retrouvé seul dans un petit studio de Hagsätra.

Son téléphone, autrefois en surchauffe, restait silencieux : ceux qu'il appelait ses amis avaient disparu ou ne voulaient tout simplement plus rien avoir à faire avec lui.

Un soir, voilà quatre ans, Börje est sorti faire des courses et n'est jamais revenu. Ce qui devait n'être qu'un tour de la place de Hagsätra s'est transformé en longue promenade, qui dure encore.

À présent, il est sur Folkungagatan devant le magasin du monopole des alcools, il est dix heures passées de quelques minutes et il tient un sac violet foncé contenant six bières. De la Norrland Guld à sept pour cent. Il ouvre sa première bière en se répétant que c'est la dernière fois qu'il boit au petit-déjeuner, qu'il va reprendre sa vie en main, dès qu'il se sera débarrassé de ses tremblements. Une petite bière pour l'équilibre, voilà tout ce dont il a besoin. Celui qui se trompe lui-même se paye d'avance : ça vaut bien une bière. Puisqu'il va recommencer à zéro.

Aussitôt dit, aussitôt fait.

La première chose qu'il fera quand il aura bu cette bière et que la vie se sera un peu simplifiée, c'est de prendre le métro jusqu'à l'hôtel de police de Berggatan pour leur raconter ce qui s'est passé dans le souterrain sous l'église Saint-Jean.

Bien sûr, il a vu les manchettes des journaux sur le meurtre de la Comtesse, et bien sûr il a compris que c'était lui qui avait montré le chemin à la meurtrière. Mais cette femme blonde, pas beaucoup plus âgée que sa propre fille, pouvait-elle vraiment avoir procédé à l'exécution si bestiale de sa sœur d'infortune ? Ça en avait malheureusement l'air. Si jeune et déjà si pleine de haine.

La bière est tiède, mais remplit sa fonction. Il vide la boîte en une seule longue gorgée.

Il se met lentement en marche vers l'est, tourne à droite dans Södermannagatan devant le restaurant des frères Olsson et continue vers la place Greta-Garbo, près de l'école fréquentée dans son enfance par la farouche actrice.

La place circulaire pavée est bordée de charmes et de marronniers.

Ralf Börje Persson trouve un banc à l'ombre et s'assoit pour réfléchir à ce qu'il va dire à la police.

Il a eu beau tourner le problème dans tous les sens, il a fini par comprendre qu'il était le seul à avoir vu la meurtrière de Fredrika Grünewald.

Il peut décrire le manteau qu'elle portait.

Parler de sa voix sombre. De son dialecte étrange.

De ses yeux bleus qui semblaient tellement plus âgés.

Pour avoir lu tous les journaux qui ont parlé du meurtre, il sait que c'est Jeanette Kihlberg qui dirige l'enquête, et c'est elle qu'il demandera à l'accueil de l'hôtel de police. Mais il tergiverse. Ses années dans la rue lui ont fait développer une forte défiance vis-à-vis de la police.

Il vaut peut-être mieux qu'il écrive une lettre ?

Il sort son agenda de sa poche intérieure, en arrache une page blanche et la pose sur la couverture en cuir du carnet. Il sort un stylo et réfléchit à ce qu'il va écrire. Comment formuler les choses ? Qu'est-ce qui est le plus important ?

La femme lui a proposé de l'argent pour lui montrer le chemin. Quand elle a sorti son portefeuille, un détail a attiré son attention, d'une importance capitale pour la police : il permet de réduire fortement le nombre des suspects.

Il écrit, avec assez de précisions pour qu'il ne puisse pas y avoir de malentendu.

Ralf Börje Persson se penche pour prendre encore une bière, sent son ventre se comprimer contre sa ceinture et finit par attraper un coin du sac plastique au moment où un coup lui perce la poitrine.

Un éclair violent devant ses yeux. Il tombe sur le côté, glisse du banc et atterrit sur le dos, le papier toujours à la main.

Le froid du sol se répand dans sa tête et rencontre la chaleur de l'ivresse. Il frissonne, puis tout explose.

Comme si un train lui fonçait en plein crâne.

Quartier Kronoberg

Annette Lundström gobe le mensonge et se présente dès le lendemain.

Elle a semblé à la fois étonnée et réticente quand Jeanette l'a contactée pour lui demander si elle accepterait de se prêter à un entretien complémentaire au sujet des relations de Karl avec leur fille Linnea.

Jeanette la salue et lui avance un siège.

“Un café ?”

Annette Lundström secoue la tête et s'assoit.

Jeanette lui trouve l'air stressée.

“L'enquête n'est-elle pas abandonnée, maintenant que Karl est mort ? Et pourquoi n'est-ce pas Mikkelsen qui…

— Je vais vous expliquer, la coupe Jeanette. J'ai été contactée par Sofia Zetterlund. Vous savez, c'est elle qui s'occupe de Linnea.

— Bien sûr. Linnea est allée chez elle il y a seulement quelques jours et avant cela elle était passée me voir.

— Sofia s'est rendue chez vous ?

— Oui. Nous avons un peu parlé et regardé des dessins de Linnea.

— Oui, oui, bien sûr… Je suppose que cela faisait partie de la thérapie.” Jeanette réfléchit. Dans un premier temps, elle avait décidé d'attendre pour l'interroger sur ses relations avec Fredrika Grünewald mais, soudain, elle sent que c'est le moment.

"Je voulais aussi vous parler d'autre chose. Vous connaissez bien Fredrika Grünewald?" Elle observe la réaction d'Annette.

Annette Lundström fronce les sourcils et secoue la tête.

"Fredrika?" Son étonnement semble sincère.

"Oui, votre ancienne camarade de classe de Sigtuna, précise Jeanette.

— Eh bien? Qu'est-ce qu'elle a à voir avec Karl et Linnea?" Annette Lundström se cale au fond de son siège, les bras croisés, l'air buté.

Jeanette hoche la tête et attend qu'elle poursuive d'elle-même.

"Bon, qu'est-ce que vous voulez que je dise? Nous avons été trois ans dans la même classe, puis je ne l'ai plus jamais revue.

— Jamais?

— Non, pas que je me souvienne. Nous avons eu une réunion de promo l'an dernier, mais elle n'y était pas et je n'ai vraiment pas la moindre idée de..."

Elle se tait.

"Si je comprends bien, vous ne savez pas non plus où elle se trouve aujourd'hui?

— Non, je ne sais pas. Je devrais?

— Cela dépend si vous lisez les journaux. Que pouvez-vous me raconter à son sujet?

— Comment ça? Comment elle était au lycée? Mais enfin, c'était il y a vingt-cinq ans!

— Essayez quand même, insiste Jeanette. Vous ne voulez vraiment pas de café?"

Annette Lundström hoche la tête. Jeanette appuie sur l'interphone et demande à Hurtig d'apporter deux cafés.

"Bon, on ne se fréquentait pas trop. Nous étions dans

des bandes différentes, Fredrika traînait avec les filles branchées. La bande des affranchies, si vous voyez ce que je veux dire ?"

Jeanette opine du chef et lui fait signe de continuer.

"Dans mon souvenir, Fredrika dirigeait une bande de pantins." Annette se tait en voyant Jeanette sortir un carnet et noter les noms.

"C'est un interrogatoire ?

— Non, non, pas du tout, mais j'ai besoin de votre aide, et..."

Hurtig entre sans frapper et pose deux tasses de café fumant sur le bureau.

"Merci. Les annuaires du lycée sont-ils arrivés ?

— Sur ton bureau demain matin."

Jeanette voit qu'il est de mauvaise humeur : il n'aime pas qu'on le traite comme un garçon de courses.

"Vous voulez savoir ce que je pense de Fredrika Grünewald ?" crache Annette une fois Hurtig parti en fermant la porte derrière lui. Soudain, elle a l'air agressive. "Fredrika était une ordure qui obtenait toujours tout ce qu'elle voulait, entourée d'une petite cour de boniches prêtes à se dévouer pour elle !

— Et vous souvenez-vous des noms de ces boniches ?"

Jeanette verse un peu de lait dans sa tasse et tend le reste à Annette.

"Elles allaient et venaient, mais les plus fidèles étaient Regina, Henrietta et Charlotte."

Annette Lundström verse du lait dans son café, prend une cuillère et remue.

"Vous souvenez-vous de leurs noms de famille ?

— Attendez voir. Henrietta Nordlund et Charlotte..." Annette boit un peu de café en regardant le plafond. "Un nom banal. Hansson, Larsson ou Karlsson. Non, je ne me rappelle pas.

— Et Regina ? Vous vous souvenez comment elle s'appelait ?" Jeanette se penche au-dessus du bureau. Elle ne veut pas sembler trop insistante, mais elle a la forte impression que c'est important.

"Ceder ! dit Annette, en souriant pour la première fois. C'est ça. Regina Ceder..."

Les yeux toujours fixés sur son carnet, Jeanette demande, comme si de rien n'était : "Vous venez de dire que Fredrika était une ordure. Que voulez-vous dire ?"

Jeanette regarde Annette à la dérobée, en essayant de surprendre sa réaction, mais Annette reste impassible.

"Je ne trouve pas d'exemple particulier, mais elles étaient méchantes, et tout le monde avait peur de se retrouver dans la ligne de mire de leurs blagues.

— Leurs blagues ? Ça ne m'a pas l'air bien méchant.

— Non, la plupart du temps ça ne l'était pas. En fait, il n'y a eu qu'une fois où elles ont vraiment dépassé les bornes.

— Que s'est-il passé ?

— Il y avait deux, trois filles, j'ai oublié leurs noms, qui devaient être bizutées, et ça a dérapé. Mais je ne connais pas les détails." Annette Lundström se tait, regarde par la fenêtre et rajuste sa coiffure. "Mais pourquoi me posez-vous toutes ces questions sur Fredrika, à la fin ?

— Parce qu'elle est morte assassinée, et que nous devons cartographier sa vie."

Annette Lundström semble absolument perplexe. "Assassinée ? Mais c'est atroce ! Qui ferait une chose pareille ?" dit-elle, tandis que quelque chose de traînant passe dans son regard.

Jeanette a la très nette impression qu'Annette en sait plus qu'elle ne le prétend, mais la laisse s'en aller après encore quelques questions.

La femme qui répond semble fatiguée.

“Famille Ceder, ici Béatrice.”

Cette femme bredouille comme si elle avait bu ou était sous l’effet de puissants médicaments.

“Bonjour, Jeanette Kihlberg à l’appareil, je voudrais parler à Regina.”

Silence pendant quelques secondes, puis la femme revient.

“Désolée, Regina est absente, mais je peux peut-être vous aider. De quoi s’agit-il ?”

À l’arrière-plan, on entend une télévision ou une radio mélangée à ce que Jeanette suppose être une tondeuse à gazon.

“Je suis commissaire, police de Stockholm. J’aurais besoin d’entrer en contact avec Regina. Quand rentre-t-elle ?

— Regina se repose dans le Sud de la France. Elle traverse une période difficile depuis l’accident de son fils…” La femme renifle et Jeanette l’entend se moucher.

“Je suis désolée. C’est arrivé récemment ?

— Oui. Il… Jonathan s’est noyé il y a …” Elle s’interrompt. Jeanette attend qu’elle continue.

“Mais vous n’appeliez pas pour ça ? Que vouliez-vous ?”

Jeanette respire un grand coup avant de continuer. “Bon, c’était en fait à Regina que je souhaitais parler, mais puisqu’elle n’est pas joignable… Est-il exact que Regina a fréquenté le lycée de Sigtuna ?

— Tout à fait. Comme tout le monde dans la famille. C’est un excellent établissement, réputé pour ses traditions.

— Ça, j’ai cru comprendre.” Jeanette se demande si la femme a saisi son ton inutilement ironique. “J’ai entendu parler d’un événement assez désagréable survenu au cours de sa troisième année.

— Ah ? Que vous a-t-on dit ?”

Jeanette a l'impression que la femme s'est ressaisie. "Eh bien, c'est ce dont j'aurais aimé parler avec Regina, mais vous pouvez peut-être m'aider ?

— Je suppose que vous faites allusion à ce qui s'est passé avec ces filles ? Ce que Fredrika Grünewald leur a fait subir ?

— C'est ça. Que s'est-il vraiment passé ?

— C'était révoltant et ça n'aurait pas dû être étouffé comme on l'a fait. Mais si j'ai bien compris, le père de Fredrika était un ami proche de la directrice et un des plus gros donateurs de l'école. Ceci explique cela." Beatrice Ceder soupire. "Bon, mais tout ça, vous le savez sûrement déjà ?

— Bien sûr, ment Jeanette, mais j'aimerais malgré tout que vous me racontiez ce qui s'est passé. Si vous vous sentez le courage, bien entendu." Jeanette se penche en avant pour lancer le magnétophone.

Le récit de Beatrice Ceder est une histoire d'humiliation. Comment des adolescentes, encouragées par une meneuse despotique, s'entraînent mutuellement à faire ce qu'elles n'auraient jamais fait toutes seules. Pendant la première semaine de la nouvelle année scolaire, Fredrika Grünewald et ses acolytes ont contraint trois filles à subir un bizutage particulièrement de mauvais goût. Vêtues de tuniques noires, portant des masques de cochon bricolés, elles avaient conduit les trois filles dans une cabane à outils et les avaient aspergées d'eau glacée.

"Ma Regina y a participé au début, mais ce qui a suivi était entièrement l'idée de Fredrika Grünewald.

— Et que s'est-il passé ?"

La voix de Beatrice Ceder tremble. "Elles ont été forcées de manger de la crotte de chien."

Jeanette se sent complètement vide. "Un instant… Qu'est-ce que vous dites ?"

Un moment de silence.

“Des excréments, dit alors la femme d’une voix plus assurée. Je me sens mal rien que d’y penser.”

Jeanette sent son cerveau se réinitialiser, se mettre à jour et redémarrer.

De la crotte de chien. Charlotte Silfverberg n’en avait pas dit un mot. Peut-être pas si étonnant.

“Continuez, je vous écoute.

— Il n’y a plus grand-chose à en dire. Deux des filles se sont évanouies, tandis que la troisième en a visiblement mangé avant de vomir.”

Beatrice Ceder continue, et Jeanette écoute avec dégoût.

Victoria Bergman, songe-t-elle. Et deux autres filles, encore anonymes.

“Fredrika Grünewald, Henrietta Nordlund et Charlotte Hansson ont porté le chapeau avec ma Regina.” Beatrice pousse un profond soupir. “Mais il y avait d’autres filles dans le coup, et Regina n’était pas une des meneuses.

— Vous avez dit Charlotte Hansson ?

— Oui. Mais elle ne s’appelle plus comme ça aujourd’hui. Elle s’est mariée voilà quinze, vingt ans…” La femme se tait.

“Oui ?

— Elle s’est mariée avec Silfverberg, celui qu’on a retrouvé assassiné. C’est fou…

— Et Henrietta ?” la coupe Jeanette, pour ne pas avoir à entrer dans les détails de cette affaire.

La réponse arrive aussitôt, comme en passant.

“Elle s’est mariée avec un certain Viggo Dürer”, dit Beatrice Ceder.

Deux informations d’un coup, pense Jeanette.

Encore Dürer.

Et sa femme morte était donc cette Henrietta-là.

Les pièces du puzzle commencent à s'assembler et le tableau s'éclaircit lentement mais sûrement.

Jeanette est certaine que la personne qui a assassiné Per-Ola Silfverberg et Fredrika Grünewald se trouve dans cette constellation que deux noms viennent compléter. Elle regarde son carnet.

Charlotte Hansson, aujourd'hui Charlotte Silfverberg. Épouse/veuve de Per-Ola Silfverberg.

Henrietta Nordlund, puis Dürer. Épouse de Viggo Dürer. Morte.

Fredrika, Regina, Henrietta et Charlotte. Une jolie brochette de petites affreuses.

Et maintenant le plus important.

"Vous rappelez-vous les noms des trois victimes ?

— Non, désolée… C'était il y a longtemps."

Avant de raccrocher, Beatrice Ceder promet de se manifester si elle se souvient d'autre chose et de dire à sa fille Regina de contacter Jeanette dès son retour de vacances.

Jeanette pose son téléphone et coupe le magnétophone, quand la porte s'ouvre et Hurtig glisse la tête. "Je dérange ?" Il a l'air grave.

"Pas du tout." Jeanette tourne son fauteuil vers lui.

"Quelle est l'importance du dernier témoin dans une enquête criminelle ?

— Qu'est-ce que tu veux dire ?

— Börje Persson, l'homme qui a été vu dans le souterrain avant que Fredrika Grünewald ne soit retrouvée assassinée, est mort.

— Quoi ?

— Infarctus, ce matin. L'hôpital sud a appelé quand ils ont compris qu'il était recherché. Il avait visiblement un papier à la main, et j'ai envoyé Åhlund et Schwarz le chercher. Ils viennent de rentrer.

— Comment ça, un papier ?"

Hurtig s'approche du bureau. "Le voici." Il pose devant elle une page arrachée à un agenda.

L'écriture est soignée :

À Jeanette Kihlberg, police de Stockholm.

Je pense savoir qui a assassiné Fredrika Grünewald, également appelée la Comtesse, sous l'église Saint-Jean.

Je fais cependant valoir ici mon droit à l'anonymat, ne souhaitant pas avoir affaire aux forces de l'ordre.

La personne que vous cherchez est une femme aux longs cheveux blonds qui au moment du meurtre portait un manteau bleu. Elle est de taille moyenne, a des yeux bleus et une silhouette élancée.

J'estime vain de m'étendre davantage sur son apparence, dans la mesure où une telle description se baserait plus sur des jugements personnels que sur des faits.

Elle avait pourtant un signe distinctif qui devrait vous intéresser.

Il lui manque l'annulaire droit.

Vita Bergen

Pardonner est grand, pense-t-elle. Mais comprendre sans pardonner est bien plus grand encore.

Quand on ne voit pas seulement le pourquoi, mais qu'on comprend toute la suite d'événements qui conduisent à la maladie définitive, c'est vertigineux. Certains appellent ça atavisme, d'autres prédestination, mais au fond ce n'est qu'une conséquence glacée et privée de sentimentalisme.

Une avalanche ou les ronds dans l'eau après qu'on a jeté une pierre. Un fil de fer tendu en travers de la partie la plus sombre de la piste cyclable, un mot précipité et une gifle dans la chaleur du moment.

Parfois, il s'agit d'un acte préparé et conscient, dont la conséquence n'est qu'un paramètre et qui procure une satisfaction personnelle tout autre. Dans cet état dénué de sentiments, où l'empathie n'est plus qu'un vain mot, huit lettres vides de sens, on approche le mal.

On renonce à toute humanité et on devient une bête sauvage. La voix s'assombrit, on se meut différemment, le regard meurt.

Elle va et vient, inquiète, à travers le séjour, puis va chercher la boîte de calmants dans le placard de la salle de bains. Elle remplit d'eau son verre à dents, prend deux paroxétines et les fait descendre d'un coup sec de la nuque. C'est bientôt fini, pense-t-elle. Viggo Dürer est mort et Jeanette Kihlberg sait que Victoria Bergman est une meurtrière.

"Non, elle ne le sait pas, dit-elle alors à voix haute. Et Victoria Bergman n'existe pas." Mais inutile de se voiler la face. La voix est là, plus forte que jamais.

... finalement il suffit de fermer les yeux, de retenir son souffle, et de faire comme si ce n'était pas là, dehors, exactement comme le froid qui est là bien que la porte l'empêche d'entrer et alors on peut larver bien au chaud dans le canapé de la salle de jeux avec des popcorns et du sirop, du Rose's Lime qui sert en fait à faire les grogs...

Elle revient dans le séjour et continue jusqu'à la cuisine. Ses yeux se troublent comme au début d'une migraine.

Le voyant rouge est allumé, le petit dictaphone enregistre.

Elle le tient devant elle, ses mains tremblent, elle est trempée de sueur et, comme debout à côté de son corps, devant la table, elle se regarde elle-même, de l'extérieur.

... mais ça marche si on y ajoute un peu de sucre et qu'on dit aux copains que c'est le goût que doit avoir le vrai sirop, même si on sait qu'ils savent qu'on ment et que le lendemain on en prendra plein la gueule. Mais pour le moment ça n'a pas d'importance, puisqu'on est bien et qu'il va y avoir un bon film à la télé et tout le monde est bien content que ça ne soit pas ici qu'on fasse la guerre mais dans la sombre Afrique. Et la nourriture est servie sur la table, même si elle a un goût bizarre quand on y réfléchit, mais ça il ne faut pas, parce que alors on a mal au ventre et il faut rouler trente kilomètres jusqu'aux urgences...

Sofia a la sensation d'être en même temps à deux endroits.

Debout à côté de la table et à l'intérieur de la tête de

la fille. La voix est sombre et monotone et elle résonne en elle en même temps qu'entre les murs de la cuisine.

… mal au ventre et il faut rouler trente kilomètres jusqu'aux urgences où ils ne trouvent aucun problème et vous renvoient à la maison sur la banquette arrière d'une voiture glacée. Fichue chochotte incapable d'avoir un peu de cran, il faut qu'on fasse des chichis alors qu'on a de la visite et tout, et maintenant il va y avoir de la peau sur le grog et les invités vont se demander ce qui se passe, sauf que c'est justement ce qu'on veut qu'ils se demandent. Merde mais qu'est-ce que c'est que cette gamine qui a toujours comme ça un foutu mal au ventre et ne fait que crier et crier, jusqu'à ce que la voiture parte et qu'on promette d'être bientôt de retour parce que d'habitude ce n'est que passager, elle est juste un peu nerveuse et tendue, mais il n'y a qu'à continuer à faire la fête, ça va se régler, comme la constipation se règle avec un peu d'huile de ricin…

Pendant le travail pour comprendre Victoria Bergman, ces monologues enregistrés avaient servi de catalyseurs, mais à présent c'est l'inverse.

Les souvenirs contiennent des explications et des réponses. Ils forment un manuel, un mode d'emploi de l'existence.

… et puis tout va bien et la fête peut continuer avec guitares et violons et un putain de salut avec des tapes sur les fesses et arrête de bouder et ensuite collation quand le soleil se lève derrière les chiottes de chez Sjöblom et les brochets jouent dans la baie et le couteau qu'on tient à la main est coupant. Tout le monde crie et demande mais qu'est-ce qu'elle fout cette sale gosse quand on s'entaille le bras et le sang coule rouge et frais et on sent quelque chose qui signifie plus qu'une victoire écrasante au saut en longueur quand le seul adversaire avait trois ans de moins et avait un bec-de-lièvre mais ne le savait pas et disait juste que c'était normal, et comme

on savait qu'il savait que le sirop n'était pas du sirop mais du cordial à grog alors on a fermé sa gueule et on a sauté comme si la vie en dépendait alors qu'au fond il n'y avait qu'à jouer le jeu, faire ce que les adultes aimaient regarder, voir ces petits si mignons, si doués et pleins d'avenir...

Sofia est interrompue par un grand bruit dans la rue et la voix disparaît. Elle se sent étourdie de sommeil, coupe le magnétophone et regarde autour d'elle.

Une plaque vide de paroxétine froissée sur la table de la cuisine, le sol sale, couvert d'empreintes boueuses. Elle se lève et va dans l'entrée où elle trouve ses chaussures mouillées et souillées de terre et de graviers.

Elle est donc à nouveau sortie.

Revenue à la cuisine, elle s'aperçoit que quelqu'un, probablement elle, a mis le couvert pour cinq personnes et remarque qu'elle a même fait un plan de table.

Elle se penche au-dessus de la table pour lire les cartes. À gauche, Solace sera à côté de Hannah, en face Sofia aura Jessica pour voisine. En bout de table elle a placé Victoria.

Hannah et Jessica ? Mais que font-elles ici ? Hannah et Jessica qu'elle n'a plus revues depuis qu'elle les a laissées dans le train, voilà plus de vingt ans.

Sofia se laisse glisser à terre et découvre qu'elle tient un feutre noir. Elle se couche sur le côté et lève les yeux vers le plafond blanc. Elle entend la faible sonnerie du téléphone dans l'entrée, mais ne songe pas à aller répondre et ferme les yeux.

La dernière chose qu'elle fait avant que le hurlement dans sa tête ne noie tous les autres sons est d'enclencher le magnétophone.

... pleins d'avenir, qui seraient ingénieurs et chercheurs et n'iraient pas atterrir à la caisse du Konsum, ça non, il n'y avait que les communistes pour aller y faire leurs courses,

il valait mieux aller en voiture au supermarché ICA parce que c'était là que faisaient leurs courses les gens qui votaient bien, pas rouge, et qui avaient un peu de goût et de délicatesse. Qui ne mettaient pas au mur des merdes bon marché achetées chez Ikea mais de vrais dessins et de vrais tableaux qui étaient difficiles à faire, parce que l'art c'était quand on avait du mal à comprendre comment c'était fait, pas juste de la peinture balancée sur la toile comme l'autre Américain, là, qui en plus se baladait sur la toile en fumant et en expliquant combien il était génial. Mais il n'était rien du tout, juste un gros bluff, c'était ça la racine de tout le mal, s'amuser à balancer des couleurs, fumer, boire et vivre la grande vie, à court d'argent peut-être, penser que les femmes doivent être indépendantes et pouvoir dire non, et pas trouver amusant de baiser sa fille comme le Suédois faisait à Copenhague…

Puis noir et silence. Le hurlement cesse, elle se calme et peut se reposer tandis que les cachets commencent à agir.

Elle s'enfonce de plus en plus profondément dans le sommeil, et les souvenirs de Victoria affluent en couches fluctuantes, d'abord des sons et des odeurs, puis des images.

La dernière chose qu'elle voit avant que sa conscience ne finisse par s'éteindre est une fille en anorak rouge debout sur une plage, au Danemark, et elle comprend alors qui est cette fille.

Quartier Kronoberg

“La meurtrière n’a pas d’annulaire droit, répète Jeanette en envoyant par la pensée un merci posthume à ce Ralf Börje Persson.

— Non sans importance, ironise Hurtig.

— C’est tout à fait décisif, dit Jeanette en souriant à son tour. C’est juste tragique que notre meilleure piste nous vienne d’un témoin que nous ne pouvons pas auditionner. C’est la dernière chose qu’aura faite Börje de sa vie, et peut-être la plus importante.

— Bon, qu’est-ce qu’on fait, maintenant ?” Il regarde sa montre.

“On se met au boulot. Billing a mis à ma disposition une bande de jeunes de l’école de police pour éplucher les listes des classes de Sigtuna, toutes années confondues. Ils ont déjà commencé à appeler les anciens élèves et les profs, et il y a surtout trois noms que j’espère voir apparaître d’ici ce soir.”

Il semble réfléchir. “Je vois, tu parles des victimes du bizutage. Victoria Bergman et les deux autres qui ont disparu dans la nature.

— C’est ça. Ensuite, il y a un coup de fil important à passer. C’est le plus important, et je te le laisse, Hurtig.” Elle lui tend le téléphone. “Après ce que Beatrice Ceder nous a dit, il ne sera pas difficile d’identifier les deux anonymes. Leurs noms doivent manquer sur les listes, puisqu'elles ont quitté le lycée après seulement deux semaines, mais il y a quelqu'un qui sait sûrement qui elles sont, et je ne parle pas de Victoria Bergman.

— Euh… c'est qui, Beatrice Ceder ?"

Elle va trop vite pour Hurtig.

Il n'est sorti de son bureau qu'une demi-heure, pendant laquelle elle a eu le temps d'auditionner Annette Lundström et de s'entretenir au téléphone avec la mère de Regina Ceder.

"Plus tard. La personne que tu dois appeler était directrice du lycée, elle est à présent retraitée à Uppsala. Apparemment, elle a su ce qui s'était passé et a activement œuvré à étouffer l'affaire. En tout cas, elle peut nous aider pour les noms : si elle ne s'en souvient pas directement, elle peut nous aider à retrouver les dossiers de candidature. Appelle, toi, moi je n'en peux plus, je suis en hypoglycémie, je descends à la cafétéria chercher un café et un truc sucré. Tu veux quelque chose ?

— Non, merci." Hurtig rit. "Te casse pas la tête ! J'appelle la directrice, tu fais ta pause-café."

Jeanette achète une part de tarte princesse et un café grand format.

En remontant, elle calme tout de suite sa fringale en mangeant la couche de pâte d'amandes de sa tarte debout dans l'ascenseur, en remarquant qu'il se faisait tard et qu'elle ne serait peut-être pas rentrée à temps pour préparer le dîner de Johan.

Elle revient dans son bureau au moment même où Hurtig raccroche.

"Alors ? Comment ça s'est passé ? Qu'est-ce qu'elle a dit ?

— Les filles s'appellent Hannah Östlund et Jessica Friberg. Leurs coordonnées nous arrivent dans la soirée.

— Bon boulot, Hurtig. Tu penses que l'une d'entre elles a perdu un annulaire ?

— Friberg, Östlund ou Bergman ? Et pourquoi pas Madeleine Silfverberg ?”

Jeanette le regarde, amusée. “Bien sûr, elle aurait un mobile s’agissant de son père adoptif, mais je ne vois aucun lien avec Fredrika Grünewald, à part qu’elle a fréquenté la même école que Charlotte Silfverberg.

— OK, ça ne suffit pas. Mais qu’a dit de plus Ceder ?

— Que Henrietta Nordlund a épousé l’avocat Viggo Dürer.”

Hurtig hoche la tête en silence.

“Et surtout : au cours du bizutage à Sigtuna, Hanna Östlund, Jessica Friberg et Victoria Bergman se sont vu servir de la crotte de chien par Fredrika Grünewald. J’ai besoin d’insister ?”

Il respire soudain lourdement, l’air très las. “Non merci, ça suffit pour le moment.”

La journée a été longue, elle n’est pas finie et Hurtig lui fait un peu de la peine.

Qu’importe le surmenage, songe-t-elle. Il ne lâchera pas le morceau.

“Au fait, comment va ton père ?

— Mon paternel ?” Hurtig se frotte les yeux, l’air amusé. “Bon, à part son accident de tondeuse à gazon, on lui a amputé plusieurs doigts de la main droite. On le soigne avec des sangsues.

— Des sangsues ?

— Oui, elles empêchent le sang de coaguler après les amputations. Et ces bestioles ont même permis de lui sauver un doigt. Devine lequel ?”

C’est le tour de Jeanette de ne plus bien suivre.

Hurtig sourit tout en bâillant avant de répondre lui-même.

“L’annulaire droit.”

Gamla Enskede

Jeanette Kihlberg a emporté son travail à la maison.

Elle connaît déjà par cœur les numéros de Sécurité sociale de Hannah Östlund et Jessica Friberg, ainsi que les témoignages rapportés dans la soirée par les aspirants policiers. En franchissant le seuil de chez elle, elle est tellement épuisée qu'elle ne remarque d'abord pas l'odeur de graillon dans la cuisine.

Hannah et Jessica, pense-t-elle. Deux jeunes filles timides dont personne ne se souvient bien.

Et Victoria Bergman, que tout le monde connaît, sans vraiment la connaître.

Demain, si les annuaires du lycée arrivent comme prévu, elle espère pouvoir enfin mettre un visage sur Victoria Bergman. La fille qui avait les meilleures notes partout, sauf en conduite.

Elle se débarrasse de son manteau, entre dans la cuisine et constate que le plan de travail qu'elle avait en partant le matin laissé étincelant tend à présent vers le chaos. Une vague brume flotte sur le séjour, signe que quelque chose a brûlé, et un paquet ouvert de poisson pané traîne sur la table de la cuisine avec un trognon de salade.

"Johan ? Tu es là ?" Elle regarde dans le couloir et voit de la lumière dans sa chambre.

À nouveau, elle s'inquiète pour lui.

Pendant la semaine, selon son professeur principal, il a manqué plusieurs cours, et le reste du temps, s'est montré absent et désintéressé. Taciturne et introverti.

À plusieurs occasions, il s'est bagarré avec des camarades de classe, ce qui ne lui était encore jamais arrivé.

En sortant dans le couloir, elle manque de trébucher sur le sac qu'elle avait à son exercice de tir la veille.

Merde ! pense-t-elle. Son arme de service est dedans, et c'est une faute impardonnable de ne pas l'avoir mise sous clé.

Prête au pire, elle se dépêche d'ouvrir le sac et sort l'étui.

Le pistolet est à sa place. Le sang tambourinant aux tempes, elle le touche.

Glacé.

Elle compte les cartouches. Rien ne manque et elle souffle, en se maudissant.

Putain de négligence ! Putain de merde de négligence mortelle. Impardonnable.

La veille, elle était rentrée comme aujourd'hui au bout du rouleau, elle avait jeté son sac dans l'entrée puis l'avait oublié là. Ce matin elle était pressée et ne l'avait pas remarqué.

Ça ne doit plus arriver, se dit-elle en emportant l'étui sous le bras pour l'enfermer dans le placard sous son bureau.

Puis elle retourne dans le couloir devant la porte de Johan.

“Toc, toc.” Elle entrouvre la porte et le voit couché sur le ventre. “Comment ça va, mon chéri ?” Elle s'assoit sur le bord du lit.

“Je t'ai fait à dîner, marmonne-t-il. C'est dans le séjour.”

Elle lui caresse le dos, se retourne et par l'embrasure

de la porte voit qu'il a mis le couvert. Elle l'embrasse légèrement sur le front et sort.

Sur la table, une assiette avec des bâtons de poisson pané très cuits, des coquillettes et quelques feuilles de salade joliment disposées avec une copieuse noix de ketchup. Les couverts sont posés sur une serviette à côté, ainsi qu'un verre à vin à moitié rempli et une bougie allumée.

Elle ne sait pas comment réagir.

Il lui a préparé à dîner, c'est la première fois, et en plus il l'a fait avec grand soin.

Le souk dans la cuisine, on s'en fiche, se dit-elle. Il a fait ça pour me faire plaisir.

"Johan ?"

Pas de réaction.

"Tu ne peux pas savoir comme ça me fait plaisir. Tu ne veux pas manger, toi aussi ?

— J'ai déjà dîné" fait-il d'une voix irritée.

Elle sent soudain un vertige et une infinie lassitude. Elle ne comprend pas. S'il voulait lui faire plaisir, pourquoi la repousser ?

"Johan ?" répète-t-elle.

Le silence dure. Il est sans doute blessé qu'elle soit rentrée si tard. Elle regarde sa montre. Elle devait rentrer à huit heures et demie, et il est neuf heures dix.

Elle glisse un œil par l'embrasure de la porte. "Pardon d'arriver si tard, il y avait tellement de circulation…"

Mon Dieu, songe-t-elle. Je ne trouve donc rien de mieux ?

Elle s'assoit un moment au bord du lit. Johan endormi, elle éteint la lumière, ferme doucement la porte et retourne dans le séjour. Devant la table qu'il a mise, elle est au bord des larmes.

Elle commence à dîner. Bon, c'est froid, mais ce n'est pas si mauvais que ça en a l'air. Elle boit une gorgée de vin, racle à peu près tout le ketchup de la feuille de salade, avale quelques bouchées de pâtes avec un peu du poisson brûlé et constate qu'elle mourait de faim.

Johan chéri, pense-t-elle.

Quand elle a fini, elle range la table et met de l'ordre à la cuisine avant de revenir dans le séjour. Sur un coup de tête, elle appelle Åke, mais son téléphone est coupé. En essayant de le joindre par l'intermédiaire d'Alexandra, elle tombe sur le répondeur et, comme elle n'a pas envie de s'y étendre sur les problèmes de Johan, elle ne laisse qu'un bref message lui demandant de dire à Åke de se manifester au plus vite.

Elle espère qu'un programme léger à la télévision lui permettra de se détendre, mais seules les chaînes hertziennes fonctionnent.

Après avoir zappé deux documentaires déprimants sur les chaînes publiques et un divertissement débile sur la quatre, elle réalise qu'elle n'a pas encore payé son abonnement au fournisseur d'accès.

Elle soupire en se remémorant les soirées passées avec Åke à regarder la télé en mangeant des chips et en riant devant un film médiocre, mais se rend bientôt compte que ce n'est pas du tout une période de sa vie qu'elle regrette. C'était l'attente creuse de quelque chose de meilleur, une existence aride sur le plan sentimental, engloutissant impitoyablement soirée après soirée, puis des mois, des années.

La vie est bien trop précieuse pour être gaspillée à attendre que quelque chose se passe. Qu'un événement se produise et vous fasse avancer.

Elle n'arrive pas à se rappeler ce qu'elle espérait alors, ni ce qui la faisait rêver.

Åke, lui, fantasmait sur son succès futur, qui leur permettrait de réaliser leurs rêves communs. Il lui avait dit qu'alors elle pourrait arrêter la police si elle voulait, et il s'était fâché quand elle lui avait répondu que c'était sa vie et qu'aucun argent au monde ne l'y ferait renoncer. Son idée que les rêves devaient justement rester des rêves pour ne pas disparaître, Åke l'avait balayée comme de la philosophie de bazar tout droit sortie des magazines pour midinettes.

Après cette dispute, ils ne s'étaient plus parlé pendant plusieurs jours. Cette période n'avait peut-être pas été décisive, mais c'était en tout cas le début de la fin.

Vita Bergen

Sofia se réveille par terre dans le séjour. Il fait sombre dehors. Il est sept heures tout juste passées, mais elle n'a aucune idée si c'est le soir ou le matin. Elle se lève, va dans l'entrée et voit que quelqu'un a écrit au feutre sur le miroir, en lettres enfantines, *UNA KAM O!* et Sofia reconnaît aussitôt les pattes de mouche de Solace. La bonne africaine n'a jamais appris à écrire correctement.

UNA KAM O, pense Sofia. C'est du krio, elle comprend les mots. Solace appelle à l'aide.

Tandis qu'elle efface le feutre du revers de la manche, elle voit plus bas sur le miroir une autre inscription, en majuscules, avec le même feutre, mais d'une écriture minuscule, presque maladivement minutieuse.

FAM. SILFVERBERG, ALLÉE DUNTZFELT, HELLERUP, COPENHAGUE.

Elle va à la cuisine et trouve cinq assiettes sales sur la table, et autant de verres.

Il y a deux sacs-poubelles pleins devant l'évier. Elle les fouille pour se faire une idée de ce qui a été mangé. Trois paquets de chips, cinq tablettes de chocolat, deux barquettes de côtes de porc, trois grandes bouteilles de soda, un poulet grillé et quatre boîtes de glace.

Elle a un goût de vomi dans sa bouche et n'a pas le

courage de regarder dans l'autre sac-poubelle, car elle sait ce qu'il contient.

Son diaphragme se contracte douloureusement, mais le vertige diminue doucement. Elle décide de faire le ménage et de refouler ce qui s'est passé. Qu'elle a déraillé et s'est bâfrée de nourriture et de sucreries.

Elle prend une bouteille de vin à moitié pleine et se dirige vers le réfrigérateur. Elle s'arrête en voyant les mémos, les coupures de presse, les dépliants publicitaires et ses propres notes collés à la porte. Des centaines qui se recouvrent, scotchés, aimantés.

Un grand article sur Natascha Kampusch, cette jeune fille maintenue huit ans prisonnière dans une cave aux abords de Vienne.

Un plan détaillé de la cache que Wolfgang Přiklopil lui avait aménagée.

À droite, une liste de courses, de sa main : Polystyrène. Colle. Adhésif argenté. Bâche. Roulette en caoutchouc. Un crochet. Fil électrique. Clous. Vis.

À gauche la photo d'un taser.

Un pistolet électrique.

Plusieurs notes sont signées *Unsocial mate*.

Ami dérangeant.

Lentement, elle se laisse glisser à terre.

Quartier Kronoberg

Quand Jeanette Kihlberg le conduit à l'école, Johan semble de bonne humeur, alors à quoi bon ressasser les événements de la veille. Au petit-déjeuner, elle l'a remercié à nouveau pour le dîner et il lui a même adressé un petit sourire. Cela suffirait pour le moment.

Une fois arrivée à Kungsholmen, sa voiture garée sous l'hôtel de police, elle en profite pour appeler Åke qui, cette fois, répond.

"Salut, c'est moi, dit-elle par vieille habitude.

— Quoi ?" Åke a l'air étonné, et Jeanette comprend qu'elle n'est plus dans sa vie celle qui va de soi. La seule qui puisse désormais s'adresser ainsi à lui est Alexandra Kowalska.

"C'est moi, Jeanette, dit-elle en descendant de voiture. Encore ta femme sur le papier, puisque nous avons un enfant mineur et sommes donc astreints à un délai de réflexion de six mois avant le divorce. Mais tu nous as peut-être oubliés ? Ton fils s'appelle Johan et file un mauvais coton." Elle claque la portière beaucoup trop fort, ferme sa voiture et se dirige vers les ascenseurs.

"Pardon." La voix d'Åke est douce. "Je suis un peu occupé en ce moment et j'ai répondu sans regarder qui appelait. Je ne voulais pas paraître indifférent. Merde, je pense à toi et Johan tous les jours et je me demande comment vous allez.

— Dans ce cas, tu n'as qu'à décrocher ton téléphone et appeler, dit-elle en appuyant sur le bouton de l'ascenseur. J'ai laissé un message sur le répondeur de ta nouvelle femme, elle ne te l'a pas dit ?

— Alexandra ? Non, elle n'a pas mentionné ton appel. Elle a dû oublier. Qu'est-ce qui se passe ? Comment tu vas ?

— Moi, je vais aussi bien que je puisse aller. Je me suis trouvé un nouvel amant qui a vingt ans de moins, mais ton fils, lui, ne va pas fort. En plus, je crois que la voiture est en train de me lâcher, et je n'ai pas de quoi la faire réparer." Une amertume bien connue l'envahit.

L'ascenseur arrive avec un pling sonore, ses portes s'ouvrent, elle entre.

"Je viens de vendre deux tableaux, je peux te faire un petit virement.

— Que c'est gentil ! En même temps, je te rappelle que la moitié de ces tableaux m'appartient. Je veux dire, c'est quand même moi qui, pendant toutes ces années, t'ai acheté des toiles, des couleurs et t'ai permis de rester à la maison à t'épanouir dans ton art.

— Merde, Jeanette, tu es impossible. On ne peut pas parler avec toi. J'essaie d'être gentil et toi…

— Ça va, ça va !" Jeanette le coupe. "Je suis devenue une pauvre conne aigrie et pathétique. Pardon. Je suis contente pour toi, et moi, ça va très bien, en fait. C'est juste que j'ai du mal à comprendre ta façon de faire. Alexandra, je m'en fous, je ne la connais pas, peu importe, mais toi, c'est différent. On est quand même restés vingt ans ensemble, et je pensais mériter un peu plus de respect.

— Mais je t'ai demandé pardon. Ça n'a pas été si simple non plus pour moi. Comment aurais-je dû m'y prendre ?

— Oui, oui, tu as fait de ton mieux, dit-elle avec aigreur en descendant de l'ascenseur.

— On rentre demain. Je peux aller chercher Johan après l'école, si c'est OK pour toi. Il peut dormir chez nous, si tu veux souffler."

Souffler ? songe Jeanette. C'est donc comme ça qu'il voit les choses ?

"Vous ne deviez pas être partis un mois complet ?

— Les plans ont changé. On arrête Boston parce qu'il y a un gros truc qui se passe à Stockholm. Je t'expliquerai plus tard. Mais on sera juste quelques jours en ville avant de retourner à Cracovie.

— Il faut que je te laisse, mais tu peux appeler Johan pour lui dire qu'il te manque. Et que vous allez le chercher demain.

— D'accord. Promis."

Ils raccrochent. Jeanette fourre le téléphone dans son sac et va à la machine chercher un café, qu'elle emporte dans son bureau.

La première chose qu'elle voit en entrant est un gros paquet sur sa table. Elle entre, ferme la porte et s'installe. Trempe les lèvres dans le café brûlant avant d'ouvrir le paquet.

Trois annuaires du lycée classique de Sigtuna.

En deux minutes, elle la trouve.

Victoria Bergman.

Elle lit la légende, suit du doigt les rangées de futures étudiantes aux uniformes identiques et trouve Victoria Bergman sur le rang central, l'avant-dernière à droite : un peu plus petite que les autres, des traits plus enfantins.

La fille est mince, blonde, sans doute aux yeux bleus et ce qui saute aux yeux de Jeanette, c'est son air sérieux et qu'à la différence des autres filles elle n'a pas du tout de poitrine.

Jeanette trouve un air familier chez cette petite fille au visage grave.

Elle reconnaît quelque chose dans son regard.

Elle est frappée aussi par son allure banale : ce n'est pas du tout ce qu'elle imaginait. Le fait qu'elle ne soit pas maquillée lui donne un teint presque gris, comparé aux autres filles de la photo, qui semblent toutes s'être donné du mal pour se présenter à leur avantage. Elle est la seule à ne pas sourire.

Jeanette ouvre l'annuaire de l'année suivante et trouve Victoria Bergman sur la liste des absentes. Même chose la dernière année. La jeune fille n'apparaît pas non plus sur aucune des photos prises lors de fêtes ou d'activités associatives.

Jeanette se dit que, déjà à l'époque, Victoria Bergman était douée pour le camouflage. Elle reprend le premier annuaire et regarde sa couverture.

La photo a presque vingt-cinq ans, sans doute inutilisable pour une éventuelle identification.

Ou bien ?

Il y a malgré tout quelque chose qu'elle retrouve dans ce regard. Une expression fuyante.

Jeanette Kihlberg est profondément absorbée par la photographie et sursaute quand son téléphone sonne.

Elle regarde l'heure. Hurtig ? Il devrait être là depuis longtemps. S'est-il passé quelque chose ?

À sa grande déception, c'est le procureur Kenneth von Kwist qui se présente de sa voix la plus obséquieuse, ce qui irrite d'emblée Jeanette. “Ah, c'est vous. De quoi s'agit-il ?”

Il se racle la gorge. “Ne soyez pas si cassante. J'ai quelque chose pour vous que vous allez apprécier. Arrangez-vous pour vous retrouver seule dans dix minutes dans votre bureau, et surveillez le fax.

— Le fax ?" Aussitôt sur ses gardes, elle ne comprend pas où il veut en venir.

"C'est ça. Mon petit doigt me dit qu'on recherche Victoria Bergman."

Elle est troublée et son regard est aussitôt attiré vers la photographie.

"Vous allez bientôt recevoir des informations confidentielles, continue-t-il. Le fax que vous allez recevoir dans dix minutes est un document émanant du tribunal de Nacka, daté de l'automne 1988, et vous serez la première, à part moi, à l'avoir eu sous les yeux depuis. Je suppose que vous savez de quoi il s'agit ?"

Jeanette reste muette. "Je comprends, finit-elle par lâcher. Vous pouvez compter sur moi.

— Bien. Faites-en bon usage et bonne chance. Je vous fais confiance pour que ceci reste confidentiel."

Attends, pense-t-elle. C'est un piège.

"Attendez, ne raccrochez pas. Pourquoi faites-vous ça ?

— Disons que..." Il réfléchit un moment avant de se racler à nouveau la gorge. "C'est ma façon de m'excuser d'avoir dû, par le passé, vous mettre des bâtons dans les roues. Je voulais me faire pardonner et, comme vous le savez certainement, j'ai des contacts."

Jeanette ne sait toujours pas quoi en penser. Il s'excuse, mais semble comme toujours content de lui.

C'est louche, pense-t-elle. Mais qu'est-ce que je risque, à part une réprimande de Billing ?

"Excuses acceptées."

Quand ils ont raccroché, elle se cale au fond de son fauteuil et regarde à nouveau l'annuaire scolaire. Victoria Bergman a toujours le même air fuyant, et Jeanette n'arrive pas à savoir si elle est juste victime d'une plaisanterie sournoise, ou si elle est face à un vrai *deus ex machina*.

On frappe, Hurtig entre, cheveux mouillés et blouson trempé.

“Pardon pour le retard. Putain de temps de merde.”

Le fax semble ne devoir jamais cesser de cracher du papier. Jeanette ramasse les feuilles par terre au fur et à mesure. Quand la machine se tait enfin, elle les rassemble en pile sur son bureau.

Le premier document, presque soixante pages, est intitulé *Demande d'identité protégée*.

Puis suit la décision du tribunal concernant cette demande, encore quarante pages.

Il va falloir une bonne heure pour lire le tout : Jeanette demande à Hurtig d'aller leur chercher deux cafés.

La demande concerne Victoria Bergman, née le 7-6-1970, et elle est accompagnée d'avis émanant de trois instances : l'agence médicolégale, la police de Stockholm et le département psychiatrique de l'hôpital de Nacka. La décision vient du tribunal de Nacka. L'affaire est résumée tout en bas du document.

En septembre 1988, l'agence médicolégale a établi dans son rapport que Victoria Bergman a subi de graves agressions sexuelles avant d'avoir atteint son développement physique complet, en raison de quoi le tribunal de Nacka lui a consenti l'attribution d'une identité protégée.

La froideur du jargon juridique dégoûte Jeanette. Développement physique complet, qu'est-ce que ça veut dire ?

Elle trouve l'explication plus loin. Selon l'agence médicolégale, la fillette, Victoria Bergman, a été soumise à d'importantes violences sexuelles de zéro à quatorze ans.

Un gynécologue et un médecin légiste se sont livrés à un examen approfondi du corps de Victoria Bergman et ont constaté d'importants dégâts.

Oui, c'est bien le terme utilisé. Importants dégâts.

L'identité de l'auteur de ces agressions n'a pu être établie.

Jeanette est stupéfaite. Cette petite fille maigre, blonde, grave, au regard fuyant a donc choisi de ne pas dénoncer son père.

Elle songe aux autres plaintes contre Bengt Bergman dont elle a eu connaissance. Deux enfants érythréens victimes de coups de fouet et d'agression sexuelle, et cette prostituée brutalisée, frappée à coups de ceinture et sodomisée avec un objet. Jeanette croit se souvenir que c'était une bouteille.

Le second rapport, émanant de la police de Stockholm, affirme que les auditions ont permis d'établir que la candidate, Victoria Bergman, a subi des agressions sexuelles au moins depuis l'âge de cinq ou six ans.

Oui, avant, on ne se souvient pas, non ? pense Jeanette.

Il est toujours difficile d'estimer la crédibilité d'un tel témoignage. Mais si les agressions ont commencé quand elle était toute petite, on peut supposer qu'il s'agissait déjà d'abus sexuels.

Putain, il faut montrer ces documents à Sofia Zetterlund, malgré sa promesse à von Kwist. Sofia devrait pouvoir lui expliquer ce qu'une petite fille maltraitée à ce point devient du point de vue psychique.

Le policier responsable estimait enfin que les menaces pesant sur la candidate étaient d'une nature suffisamment grave pour justifier l'attribution d'une identité protégée.

Là non plus, on n'avait pas pu établir l'auteur des agressions.

Jeanette comprend qu'il lui faut au plus vite contacter les responsables de l'enquête, à l'époque. Bien sûr, c'était vingt ans plus tôt, mais avec un peu de chance les personnes en question sont toujours en service.

Jeanette s'approche de la petite fenêtre entrouverte. Elle allume une cigarette et aspire une grande bouffée.

Si quelqu'un vient se plaindre de l'odeur de tabac, elle le forcera à lire ces rapports. Puis lui passera le paquet de cigarettes.

Revenue à son bureau, elle entreprend de lire le rapport du département psychiatrique de l'hôpital de Nacka. Son contenu est à peu près semblable à celui des autres documents : la demande doit être acceptée, au vu des résultats d'une cinquantaine d'entretiens thérapeutiques portant d'une part sur des abus sexuels subis avant l'âge de quatorze ans, et d'autre part sur des abus subis depuis.

Sale porc, pense Jeanette. Dommage que tu sois mort.

Hurtig revient avec les cafés. Jeanette lui demande de lire la décision du tribunal depuis le début, elle prend de son côté le dossier de la demande.

Elle rassemble l'épaisse liasse et jette un œil à la dernière page, curieuse de connaître le nom du policier chargé de l'affaire à l'époque.

En voyant les noms de ceux qui ont signé la demande et recommandé Victoria Bergman pour l'obtention d'une identité protégée, elle manque d'avaler son café de travers.

Trois signatures en bas du document :

Hans Sjöquist, médecin légiste
Lars Mikkelsen, inspecteur de police
Sofia Zetterlund, psychologue

Vita Bergen

Ça aurait pu être autrement.

Le lino froid colle à l'épaule nue de Sofia Zetterlund. Dehors il fait nuit.

Au plafond les lumières des phares, et le bruissement sec des feuillages d'automne du parc voisin.

Étendue sur le sol de la cuisine, à côté de deux sacs-poubelles contenant des restes de nourriture et du vomi, elle fixe le réfrigérateur. Au plafond, une petite toile d'araignée. L'aération de la cuisine et la fenêtre entrebâillée du séjour créent un courant d'air qui agite les papiers fixés à la porte du réfrigérateur. En plissant les yeux, on dirait des ailes d'insectes affolés contre une moustiquaire.

D'en bas, on dirait qu'il y en a des centaines.

À côté d'elle, une table de fête, couverte à présent d'assiettes poisseuses et de couverts sales.

Nature morte.

Des bougies allumées ne reste que la paraffine fondue.

Sofia sait qu'elle ne se rappellera rien demain.

Comme la fois où elle avait trouvé cette clairière près du lac, à Dala-Floda, où le temps était suspendu et qu'elle avait ensuite passé des semaines à tenter de la retrouver, en vain. Depuis sa plus tendre enfance, elle a vécu avec des trous de mémoire.

Elle songe à Gröna Lund et à ce qui s'est passé le soir où Johan a disparu. Les images cherchent prise en elle.

Quelque chose veut s'exprimer.

Sofia ferme les yeux et tourne son regard vers l'intérieur.

Essaye de trouver le point de vue d'où regarder en arrière avec le recul nécessaire.

Johan était assis à côté d'elle dans la nacelle de la Chute libre, Jeanette les regardait, de l'autre côté de la clôture. Puis ils s'étaient lentement élevés, mètre après mètre.

À mi-hauteur, elle avait eu peur et, passé cinquante mètres, le vertige s'était emparé d'elle. L'irrationnel avait surgi de nulle part.

Une terreur incontrôlable. Le sentiment de ne pas maîtriser la situation.

Elle n'osait plus bouger. À peine respirer. Mais Johan, lui, riait en balançant les jambes. Elle lui avait demandé d'arrêter, mais il s'était contenté de ricaner et avait continué.

Sofia se souvient qu'elle avait imaginé que les boulons qui fixaient la nacelle allaient céder sous la charge anormalement lourde. Ils allaient s'écraser à terre.

La nacelle tanguait, elle l'avait supplié d'arrêter de rire, mais il ne l'avait pas écoutée. Arrogant, plein de morgue, il avait répondu à ses prières en balançant ses jambes de plus belle.

Et soudain Victoria était là.

Sa peur avait disparu, ses idées étaient plus claires, elle s'était calmée.

Puis à nouveau le noir.

Ça siffle dans sa tête, elle peine à se concentrer, mais lentement, très lentement le bruit de fond se tait et peu à peu la mémoire lui revient.

Elle était couchée sur le flanc. Le gravier avait rongé son manteau et son pull, lui avait écorché la hanche à travers.

Des voix inconnues, comme au loin.

Une odeur qu'elle reconnaissait. Une main fraîche sur son front brûlant.

Elle avait plissé les yeux et, derrière le mur de jambes et de chaussures, elle avait vu un banc et, près du banc, elle s'était vue elle-même, de dos.

Oui, c'est bien ça. Elle avait vu Victoria Bergman.

Avait-elle eu une hallucination ?

Sofia passe une main sur ses yeux, puis sur sa bouche. Sent la salive couler à la commissure de ses lèvres. Tâte sa dent cassée.

Elle n'avait pas rêvé. Elle s'était vue elle-même. Ses cheveux blonds, son manteau et son sac.

C'était elle. C'était Victoria.

Couchée par terre, elle s'était vue, vingt mètres plus loin.

Victoria s'était approchée de Johan et lui avait pris le bras.

Elle avait tenté de crier à Johan de faire attention, mais aucun son n'était sorti de sa bouche.

Sa poitrine se serre, elle a l'impression d'étouffer. Crise de panique, se dit-elle en s'efforçant de respirer plus lentement.

Sofia Zetterlund se souvient de s'être vue elle-même enfiler un masque rose à Johan.

Une voiture klaxonne dans la rue et elle ouvre les yeux. En s'appuyant sur ses coudes, lentement, elle entreprend de se relever.

Sofia Zetterlund est couchée sur le sol de sa cuisine rue Borgmästargatan et sait que, dans douze heures, elle n'aura plus le moindre souvenir d'avoir été couchée sur le sol de sa cuisine rue Borgmästargatan et d'avoir pensé qu'elle se réveillerait dans douze heures pour aller travailler.

Mais là, Sofia Zetterlund sait qu'elle a une fille au Danemark.

Une fille qui s'appelle Madeleine.

Et là, elle se souvient d'avoir une fois cherché à la retrouver.

Mais Sofia Zetterlund ne sait pas si elle s'en souviendra demain.

Danemark, 1988

Ça aurait pu être bien.
Pu être bon.

Victoria ne sait pas si elle est à la bonne adresse, elle se sent confuse et décide de faire le tour du pâté de maisons pour rassembler ses idées.

Elle s'est basée sur un nom de famille, et sait désormais que la famille habite Hellerup, une des banlieues les plus chics de Copenhague. L'homme est PDG d'une usine de jouets et habite avec sa femme allée Duntzfelt.

Victoria sort son walkman et met en marche la cassette. Un nouvel album de Joy Division. Tandis qu'elle marche le long des allées, elle entend dans ses écouteurs la pulsation monotone d'*Incubation*.

Incubation. Couver, éclore. Les poussins enlevés.

Elle avait été une couveuse.

Tout ce qu'elle sait, c'est qu'elle veut voir sa fille. Mais après ?

Et merde, tant pis si tout foire, se dit-elle en tournant à gauche dans la rue parallèle, encore une allée bordée d'arbres.

Elle s'assoit sur une armoire électrique, à côté d'une

poubelle, allume une cigarette et décide d'attendre la fin de la cassette.

She's Lost Control, Dead Souls, Love Will Tear Us Apart. La cassette change automatiquement de face : *No Love Lost, Failures…*

Les gens passent devant elle, elle se demande ce qu'ils regardent comme ça.

Une grosse voiture noire s'arrête et un homme en costume avec une petite barbe descend la vitre et demande si elle veut aller quelque part.

"Allée Duntzfelt, répond-elle sans enlever ses écouteurs.

— C'est ici." Il sourit, sûr de lui. "Qu'est-ce que fous écoutez ?

— La messe."

Il rit.

Elle détourne les yeux et donne un coup de pied dans l'armoire électrique. "Va te faire foutre, connard !"

Elle lui fait un doigt et il s'éloigne lentement. En le voyant s'arrêter une dizaine de mètres plus loin, elle saute à terre et part dans la direction opposée. Elle regarde par-dessus son épaule et, quand il a ouvert la portière et s'apprête à sortir, elle se met à courir.

Elle ne se retourne pas avant d'être revenue à la rue d'où elle était partie : l'homme n'est plus là.

De retour devant la villa, elle voit une grande plaque de laiton sur le mur de pierre à côté du portail : c'est bien la bonne adresse.

M. et Mme Silfverberg et leur fille Madeleine.

C'est donc comme ça qu'elle s'appelle ?

Elle sourit. C'est tellement ridicule. Victoria et Madeleine, comme les princesses de Suède.

La maison est énorme, le jardin impeccablement entretenu, avec une pelouse verdoyante, tondue comme une piste de golf.

Derrière le mur de pierre, de hauts lilas et trois puissants chênes.

Le portail est fermé par une clôture électronique. Dans un coin du mur, un arbre petit mais trapu.

Elle s'assure que personne ne la voit, puis escalade et saute de l'autre côté. De la lumière au rez-de-chaussée, rien aux deux étages. La porte du balcon du deuxième étage est ouverte.

Une gouttière lui sert d'échelle, et elle entrouvre la porte.

Un bureau plein de livres. À terre, un grand tapis.

Elle ôte ses chaussures et sur la pointe des pieds gagne un grand hall. À droite, deux portes, à gauche trois, dont une ouverte. À l'extrémité du hall, un escalier qui relie les étages. D'en bas provient le son d'un match de foot à la télévision.

Elle regarde par la porte ouverte. Encore un bureau, avec une table et des étagères couvertes de jouets. Des petites poupées en bois et en porcelaine, des maquettes ressemblantes de voitures et d'avions et, par terre, trois voitures de poupée. Elle ne s'intéresse pas aux autres pièces, car qui laisserait un nourrisson derrière une porte close ?

Elle se dirige plutôt sur la pointe des pieds vers l'escalier, qu'elle commence à descendre. Il tourne en U. Elle s'arrête au palier intermédiaire, d'où elle aperçoit une grande salle dallée et, tout au fond, une porte fermée, sans doute la sortie.

Au plafond, un énorme lustre de cristal et, contre le mur de gauche, un landau au soufflet remonté.

Elle agit d'instinct. Pas de conséquences, rien d'autre que l'instant présent, ici et maintenant.

Victoria descend tout en bas et pose ses chaussures sur la dernière marche. Elle ne cherche plus à être discrète.

Le son de la télévision est assez fort pour qu'elle e
le commentateur.

Demi-finale, Italie-Union soviétique, 0-0, Neckarstadio.
Stuttgart.

À côté du landau, une double porte vitrée ouverte. Là, Mme et M. Silfverberg regardent la télévision. Dans le landau, son enfant.

Incubation. Couveuse.

Ce n'est pas elle l'oiseau de proie, elle ne fait que reprendre ce qui est à elle.

Victoria s'approche du landau et se penche sur l'enfant. Son visage est tout à fait calme, mais elle ne le reconnaît pas. À l'hôpital d'Ålborg la fillette était différente. Ses cheveux étaient plus foncés, son visage plus maigre et ses lèvres plus fines. À présent elle a l'air d'un vrai chérubin.

Le bébé dort et il y a toujours 0-0, au Neckarstadion de Stuttgart.

Victoria écarte la fine couverture. Son bébé porte un pyjama bleu, ses bras sont pliés, ses poings reposent fermés sur ses épaules.

Victoria l'attrape. Le son de la télévision augmente, ce qui la rassure. La fillette continue à dormir, toute chaude contre son épaule.

Protasov, Aleinikov et Litovchenko. Et à nouveau Litovchenko.

Le son augmente et un juron sort de la pièce.

1-0 pour l'Union soviétique au Neckarstadion de Stuttgart.

Elle lève le bébé devant elle. La fillette est devenue plus lisse et aussi plus pâle. Sa tête ressemble presque à un œuf.

Soudain, Per-Ola Silfverberg est debout devant elle et, pendant quelques secondes, elle l'observe en silence.

Elle n'y croit pas.

Le Suédois.

Des lunettes, cheveux blonds coupés court. Une chemise de luxe comme en portent les banquiers. Elle ne l'a jamais vu qu'en vêtements de travail crottés, et jamais avec des lunettes.

Elle voit dedans son propre reflet. Son bébé repose contre son épaule dans les lunettes du Suédois.

Il a l'air d'un idiot, le visage livide, relâché, sans expression.

"Allez les Soviets!" dit-elle en berçant le bébé dans ses bras.

La couleur revient alors sur son visage. "Bordel! Qu'est-ce que tu fous là?"

Elle recule quand il fait un pas vers elle en tendant les bras vers le bébé.

Incubation. Temps entre la contamination et l'apparition de la maladie. Mais aussi temps de la couvaison. Attente de l'éclosion. Comment le même mot peut-il désigner à la fois l'attente d'une naissance et celle d'une maladie? Est-ce la même chose?

L'attaque du Suédois lui fait lâcher le bébé.

La tête est plus lourde que le reste du corps : elle voit la fillette faire un demi-tour en tombant vers les dalles de pierre.

La tête est comme un œuf qui éclôt.

La chemise de luxe tourne dans tous les sens. Elle est rejointe par une robe noire et un téléphone portable. La femme panique et Victoria rit, car plus personne ne fait attention à elle.

Litovchenko, 1-0, rappelle la télévision.

On repasse plusieurs fois au ralenti.

"Allez les Soviets!" répète-t-elle en se laissant glisser le long du mur.

Le bébé est un étranger, elle décide de ne plus s'en soucier.

Désormais, ce n'est plus qu'un œuf dans un pyjama bleu.

Quartier Kronoberg

Putain de bordel, pense Jeanette Kihlberg tandis qu'une sensation désagréable lui envahit le corps.

Est-elle victime d'une plaisanterie ? D'une conspiration ? Ses pensées tournent en rond.

Que Lars Mikkelsen apparaisse autrefois dans une enquête concernant Victoria Bergman n'a en soi rien d'étonnant, mais qu'il arrive à la conclusion qu'elle a besoin d'une identité protégée est curieux, dans la mesure où aucune condamnation n'a été prononcée.

Mais le plus bizarre est qu'une psychologue nommée Sofia Zetterlund ait rédigé le rapport psychiatrique. Absolument impossible que ce soit sa Sofia, elle n'avait pas vingt ans à l'époque.

Curieuse coïncidence.

Hurtig semble amusé. "Sacré hasard… Appelle-la tout de suite !"

C'est presque trop bizarre, pense Jeanette. "J'appelle Sofia, et toi Mikkelsen. Demande-lui de passer nous voir, si possible dans la journée."

Hurtig parti, elle compose le numéro de Sofia. Pas de réponse sur la ligne privée et, au cabinet, sa secrétaire lui dit que Sofia est malade.

Sofia Zetterlund, pense-t-elle. Quelle est la probabilité qu'une Sofia Zetterlund psychologue dans les années 1980 porte le même nom que la Sofia qu'elle connaît et qui, elle aussi, est psychologue ?

Une recherche sur son ordinateur l'informe qu'il existe quinze Sofia Zetterlund en Suède. Deux d'entre elles sont psychologues, toutes deux domiciliées à Stockholm. L'une est sa Sofia, l'autre, retraitée depuis plusieurs années, vit dans une maison de retraite de Midsommarkransen.

Ça doit être elle, pense Jeanette.

Tout semble presque téléphoné. Comme si quelqu'un se jouait d'elle et avait tout manigancé. Jeanette ne croit pas au hasard, elle croit à la logique, et la logique lui dit qu'il y a un lien. Elle est juste incapable de le voir.

Encore le holisme. Les détails semblent incroyables, incompréhensibles. Mais il y a toujours une explication naturelle. Un contexte logique.

Hurtig apparaît dans l'embrasure de la porte.

"Mikkelsen est dans la maison. Il t'attend à la machine à café. Comment on procède pour Hannah Östlund et Jessica Friberg ? Åhlund vient de m'informer que les deux femmes étaient célibataires, domiciliées dans la même zone résidentielle. Toutes les deux juristes dans l'administration communale de la même localité de la banlieue ouest.

— Deux femmes restées liées pour la vie, dit Jeanette. Continue à chercher. Vois si le démarchage téléphonique a donné quelque chose et envoie Schwarz éplucher les registres et les journaux locaux. On attend encore un peu avant d'aller les voir. Je ne veux pas de gaffe, il nous en faut bien plus sous le coude. Pour le moment, Victoria Bergman est plus intéressante.

— Et Madeleine Silfverberg ?

— Les autorités françaises n'ont pas grand-chose à nous en dire, et c'est visiblement une fichue bureaucratie. Tout ce que nous avons, c'est une adresse en Provence, et nous n'avons pas les moyens d'y aller pour le moment. Mais il faudra bien franchir le pas si le reste bloque."

Hurtig opine du chef, ils quittent la pièce et Jeanette va à la rencontre de Mikkelsen à la machine à café. Il tient deux gobelets à la main et lui sourit.

"C'est bien noir et sans sucre que tu l'aimes ?" Il lui tend un gobelet. "Moi, il faut qu'il y ait assez de sucre pour que la cuillère tienne toute seule." Il ricane. "Ma femme dit que je bois du sucre au café."

Jeanette prend le gobelet. "C'est bien que tu aies pu venir. On va chez moi ?"

Lars Mikkelsen reste presque une heure. Il lui raconte qu'on lui a confié le cas de Victoria Bergman alors qu'il était encore assez inexpérimenté.

Bien sûr, se pencher sur le destin de Victoria Bergman avait été très éprouvant, mais cela l'avait également conforté dans l'idée qu'il avait choisi le bon métier.

Il voulait aider les filles comme elle, et les garçons aussi, d'ailleurs, même s'ils étaient toujours sous-représentés dans les statistiques.

"Nous recevons en moyenne neuf cents plaintes pour abus sexuel chaque année." Mikkelsen soupire en écrasant son gobelet vide. "Dans quatre-vingts pour cent des cas, l'agresseur est un homme, souvent quelqu'un que l'enfant connaît.

— Mais ça arrive vraiment souvent ?

— Dans les années 1990, une vaste enquête auprès des jeunes filles de dix-sept ans a montré qu'une sur huit a subi des abus."

Jeanette fait un rapide calcul. "Cela veut donc dire que dans une classe normale il y a au moins une fille qui porte un sombre secret. Peut-être même deux." Elle songe aux filles de la classe de Johan et se dit qu'il en connaît probablement une qui est victime d'abus sexuels.

“Oui, c’est ça. Chez les garçons, on estime les victimes à un sur vingt-cinq.”

Ils restent un moment silencieux à considérer cette sombre statistique.

C’est Jeanette qui reprend la parole. “Donc tu as eu à t’occuper de Victoria ?

— Oui, j’ai été contacté par une psychologue de l’hôpital de Nacka, qui se faisait du souci pour une de ses patientes. Mais je ne me rappelle plus son nom.

— Sofia Zetterlund, glisse Jeanette.

— Oui, ça me dit quelque chose. Elle devait s’appeler comme ça.

— Ce nom ne te dit rien d’autre ?”

Lars Mikkelsen semble interloqué. “Non, pourquoi, il devrait ?

— La psychologue avec qui tu étais en contact dans l’affaire Karl Lundström s’appelait aussi comme ça.

— Ah merde alors… Maintenant que tu le dis.” Mikkelsen se gratte le menton. “C’est drôle… Mais je ne lui ai parlé qu’une ou deux fois au téléphone, et j’ai du mal à me souvenir des noms.

— Et ce n’est qu’une coïncidence de plus dans cette affaire.” Jeanette passe la main sur les dossiers empilés sur son bureau. “Ça commence à s’embrouiller. Pourtant je sais que tout ça se tient d’une façon ou d’une autre. Et on retrouve partout le nom de Victoria Bergman. Que lui est-il arrivé, à la fin ?”

Il réfléchit. “J’ai donc été contacté par Sofia Zetterlund qui, après de nombreux entretiens avec cette fille, en était arrivée à la conclusion qu’il fallait un changement radical dans sa vie. Qu’il fallait prendre des mesures drastiques.

— Comme une identité protégée ? Mais contre qui fallait-il la protéger ?

— Son père." Mikkelsen respire profondément et poursuit. "Souviens-toi que les abus ont commencé quand elle était toute petite, au début des années 1970, et la législation était alors tout à fait différente. À l'époque cela s'appelait *inconduite sexuelle avec descendants*, et la loi n'a été modifiée qu'en 1984.

— Dans mes documents, ces abus ne sont jamais mentionnés. Pourquoi n'a-t-elle pas dénoncé son père ?

— Elle s'y est tout simplement refusée. J'ai eu de nombreuses conversations à ce sujet avec la psychologue, en vain. Victoria disait qu'elle nierait tout en bloc si nous portions plainte à sa place. Tout ce que nous avions, c'était l'expertise de ses séquelles physiques. Tout le reste n'était qu'indices, ce qui ne faisait pas office de preuve à l'époque.

— Si Bengt Bergman était jugé aujourd'hui, quelle peine encourrait-il?

— Entre quatre et cinq ans de prison. Et des dommages pour disons un demi-million.

— Les temps changent, glisse amèrement Jeanette.

— Oui, et aujourd'hui, on a compris combien ces abus traumatisent la victime. L'autodestruction et les tentatives de suicide ne sont pas rares. Adultes, toutes les victimes sans exception souffrent d'angoisses et de troubles du sommeil, ajoute à cela une pression psychique qui rend difficile une relation amoureuse normale, et tu comprendras pourquoi aujourd'hui des dommages assez élevés sont requis. L'acte de l'adulte poursuivra l'enfant tout au long de sa vie.

— Il en a pour son argent, en somme." C'est peut-être ironique, mais Jeanette n'a pas le courage de s'expliquer. Mikkelsen doit comprendre ce qu'elle veut dire. "Et alors, qu'avez-vous fait ?

— La psychologue Sofia Zetterberg…

— Zetterlund, corrige Jeanette, en constatant que Mikkelsen n'a pas exagéré ses problèmes de mémoire des noms.

— Oui, c'est ça. Elle considérait comme extrêmement important que Victoria soit séparée de son père et puisse recommencer à zéro ailleurs, sous un nouveau nom.

— Alors vous avez fait les démarches ?

— Oui, avec l'aide du médecin légiste Hasse Sjöquist.

— J'ai vu ça dans le dossier. Comment c'était, de parler avec Victoria Bergman ?

— À la longue, nous sommes devenus assez proches, et elle a développé une sorte de confiance. Peut-être pas autant qu'avec sa psychologue, mais en tout cas quelque chose."

Jeanette regarde Mikkelsen, et comprend pourquoi Victoria a pu se sentir en sécurité auprès de lui. Il donne du courage et doit savoir s'y prendre avec les enfants. Comme un grand frère qui vous protège quand les autres enfants sont méchants. Les yeux de Mikkelsen sont empreints de gravité, mais ils brillent aussi de curiosité, et elle devine qu'il est passionné par son travail.

Elle ressent parfois quelque chose de semblable. La volonté de rendre l'existence un peu meilleure, même si ce n'est que dans son petit coin du monde.

"Vous avez donc obtenu une nouvelle identité pour Victoria Bergman ?

— Oui. Le tribunal de Nacka est allé dans notre sens et a décidé de tout classer confidentiel. C'est la procédure, et je n'ai donc aucune idée de son nom aujourd'hui, ni d'où elle habite, mais j'espère qu'elle va bien. Même si je dois avouer que j'en doute." Mikkelsen a l'air grave.

"J'ai donc un gros problème : Victoria Bergman est sans doute la personne que je cherche."

Mikkelsen regarde Jeanette sans comprendre.

Elle lui résume les conclusions auxquelles Hurtig et elle sont arrivés, en soulignant combien il est urgent de retrouver Victoria Bergman. Au minimum pour la mettre hors de cause.

Mikkelsen promet de se manifester s'il trouve quelque chose d'autre et prend congé.

Jeanette regarde l'heure : bientôt cinq heures, Sofia Zetterlund l'aînée attendra demain. Elle veut d'abord parler à sa Sofia.

Elle prend ses affaires et regagne sa voiture pour rentrer chez elle. Elle compose le numéro, coince le téléphone contre son épaule et recule.

Personne ne répond.

Victoria Bergman, Vita Bergen

Ça aurait pu être autrement. Ça aurait pu être bien. Pu être bon.
Si seulement il avait été autrement. Si seulement il avait été bien.

Sofia est assise sur le sol de la cuisine.

Elle marmonne toute seule en se balançant d'avant en arrière.

"Je suis le chemin, la vérité et la vie. Personne n'arrivera au Père sans passer par moi."

En voyant la porte du réfrigérateur couverte de notes, mémos et articles arrachés dans le journal, elle éclate de rire. Elle postillonne.

Elle connaît le phénomène psychique de l'homme aux petits papiers.

La manie de tout noter.

Remplir ses poches de petites notes froissées et d'articles de presse intéressants.

Toujours avoir un carnet et un crayon à portée de main.

Ami dérangeant.
Unsocial mate.
Solace Aim Nut.

En Sierra Leone, elle s'était fait une nouvelle camarade. Une copine dérangeante qu'elle avait baptisée Solace Aim Nut.

Une anagramme d'*unsocial mate*.

C'était un jeu de mots, mais un jeu du plus grand sérieux. Une stratégie de survie était de créer des personnes imaginaires pouvant prendre le relais quand les exigences de papa devenaient trop pénibles pour Victoria.

Elle a déversé sa culpabilité dans ses personnalités.

Elle prenait le moindre coup d'œil, le moindre sifflet, le moindre geste entendu pour une accusation d'indignité.

Elle a toujours été sale.

“Si nous confessons nos péchés, Il est fidèle et juste pour nous les pardonner, et pour nous purifier de toute iniquité.”

Perdue dans son labyrinthe intérieur, elle répand un peu de vin sur la table.

“Car je donnerai la force aux âmes lasses et je rassasierai les âmes affamées.”

Elle se sert un deuxième verre de vin et le vide avant d'entrer dans la salle de bains.

“Vous qui dressez à Gad une table et remplissez une coupe pour Meni, je vous destine au glaive, et vous fléchirez tous le genou pour être égorgés.”

Feu affamé, songe-t-elle.

Si le feu affamé s'éteint, c'est la mort.

Elle écoute ce qui gronde en elle, le sang qui brûle dans ses veines. Le feu finira par s'éteindre et le cœur carbonisé fera alors une grosse tache noire.

Elle se reverse du vin, se rince le visage, boit en hoquetant, mais se force à finir le verre, s'assied sur les toilettes, s'essuie avec une serviette éponge, se relève et se maquille.

Quand elle a fini, elle se regarde.

Elle a bonne mine.

Elle fera l'affaire.

Sait qu'installée au bar avec un air ennuyé elle n'a jamais longtemps à attendre.

Elle l'a déjà fait tant de fois.

Presque tous les soirs.

Plusieurs années.

Le sentiment de culpabilité l'a consolée parce que c'est dans la culpabilité qu'elle est sûre d'elle. Elle s'est anesthésiée avant d'aller chercher une confirmation parmi des hommes qui ne voient qu'eux-mêmes et ne peuvent donc rien confirmer. La honte devient une libération.

Mais elle ne veut pas qu'ils voient autre chose que la surface. Jamais en elle.

C'est à cause de ça que ses vêtements sont parfois sales et déchirés. Des taches d'herbe après avoir été couchée sur le dos dans un parc.

Une fois prête, elle retourne à la cuisine, prend la bouteille de vin et va dans la chambre. Elle boit au goulot en fouillant son placard, où elle trouve une robe noire. Elle l'enfile, trébuche, pouffe et se regarde enfin dans le miroir. Elle sait que cet instant sera demain un trou de mémoire. Elle aura beau vouloir se souvenir de ce qu'elle pense en cet instant, ces pensées ne reviendront jamais.

Comme des mouches sur un morceau de sucre.

Ils vont se battre à qui lui offrira le verre le plus cher. Le vainqueur aura une légère caresse sur la paume de la main et, après le troisième verre, sa cuisse frottée contre son entrejambe. Elle est vraie et son sourire toujours sincère.

Elle sait ce qu'elle veut qu'ils lui fassent et le demande toujours clairement.

Mais pour pouvoir sourire il lui faut encore du vin, songe-t-elle en buvant une gorgée à la bouteille.

Elle sent qu'elle pleure, mais c'est juste sa joue mouillée, elle essuie soigneusement le liquide avec le gras du pouce. Ne pas abîmer l'apparence.

Soudain son téléphone sonne dans la poche de son blouson et elle titube jusqu'à l'entrée.

La sonnerie est stridente, comme un clou dans ses tympans. À la dixième, elle met enfin la main dessus.

C'est Jeanette, elle appuie sur RACCROCHER puis coupe son portable. Elle va dans le séjour et s'assoit lourdement sur le canapé. Elle commence à feuilleter un magazine posé sur la table basse, jusqu'à la page centrale.

Tant de temps passé et pourtant la même vie, la même nécessité.

La photo aux couleurs vives d'une tour octogonale.

Elle plisse les yeux à travers son ivresse, fixe son regard, c'est une pagode à côté d'un temple bouddhique. C'est un article sur un voyage à Wuhan, la capitale de la province du Hubei, sur la rive orientale du Yang-tseu-kiang.

Wuhan.

À côté, un reportage sur Gao Xingjian, prix Nobel de littérature avec, en grand, une photo de son roman *Le Livre d'un homme seul.*

Gao.

Elle pose le magazine et s'approche de la bibliothèque, cherche quelque chose, a du mal à distinguer les petites lettres, respire à fond pour que son corps cesse de vaciller, s'appuie à un rayon et finit par trouver.

Elle sort précautionneusement le livre à la reliure de cuir usée.

Huit Traités sur la consolidation de la vie, de Gao Lian, 1591.

Elle voit le dispositif qui maintient la bibliothèque en place.

Gao Lian.

Gao Lian de Wuhan.

Elle hésite d'abord, puis lève le crochet et, avec un grincement imperceptible, la porte s'ouvre.

Bella vita, Victoria Bergman, Vita Bergen

Bella vita. *Belle vie.*
Ça aurait pu être autrement. Ça aurait pu être bien.
Pu être bon.
Si seulement il avait été autrement. Si seulement il avait été bien.
Seulement été bon.

Partout des dessins. Des centaines, peut-être des milliers de dessins enfantins, naïfs, jetés à terre ou collés aux murs.

Tous très détaillés, mais réalisés par un enfant.

Elle voit la maison de Grisslinge, avant et après l'incendie, et là, c'est la ferme de Dala-Floda.

Un oiseau dans son nid avec ses petits, avant et après les coups de bâton de Victoria.

Une petite fille près d'un phare. Madeleine, sa petite fille qu'ils lui ont enlevée.

Elle se rappelle l'après-midi où elle a dit à Bengt qu'elle était enceinte.

Bengt avait bondi de son fauteuil, l'air terrifié. Il s'était précipité sur elle en criant : “Debout !”

Puis l'avait prise par le bras et arrachée du canapé.

“Saute, bordel !”

Ils étaient face à face, il lui haletait sous le nez. Sentait l'ail.

"Saute!" avait-il répété. Elle se souvient d'avoir secoué la tête. Jamais, avait-elle pensé. Tu ne me feras jamais faire ça.

Il l'avait alors prise sous les bras et soulevée. Elle avait résisté, mais il était trop fort. Il l'avait portée jusqu'à l'escalier de la cave.

Elle pleurait.

Elle donnait des coups de pied dans tous les sens, morte de peur qu'il la jette dans l'escalier.

Mais avant d'atteindre le palier, il avait lâché prise et elle s'était blottie contre le mur. "Ne me touche pas!"

Elle se souvient qu'il pleurait lui aussi, quand il avait regagné son fauteuil en lui tournant le dos.

Elle regarde autour d'elle dans la pièce qui lui a servi de refuge. Parmi tous les dessins et les papiers collés au mur, elle voit un article sur les enfants chinois qui arrivent à l'aéroport d'Arlanda avec un faux passeport, un téléphone portable et cinquante dollars. Puis disparaissent. Des centaines, chaque année.

Un encadré sur le système du *hukou*.

Dans un coin, le vélo d'appartement qu'elle a utilisé elle-même. Pédalé des heures avant de s'oindre d'huiles parfumées.

Elle se souvient comment Bengt l'avait tirée par le poignet, en serrant très fort. "Monte sur la table! avait-il sangloté sans la regarder. Monte sur la table, bordel!"

Comme habitant un autre corps, elle avait fini par monter sur la table, face à lui.

"Saute..."

Elle avait sauté. Était remontée sur la table pour sauter encore. Encore et encore.

Après quelques minutes, il avait quitté la pièce mais

elle avait continué à sauter, comme en transe, jusqu'à ce que la petite Africaine descende l'escalier. Elle portait le masque. Son visage était froid et inexpressif. Des orbites noires, vides, sans rien derrière.

Ce n'est pas mort, pense Sofia.

Madeleine vit.

Le Tournesol

Le lendemain, Jeanette va directement à Midsommarkransen rendre visite à Sofia Zetterlund l'aînée. Elle finit par trouver une place où se garer près de la station de métro et coupe le moteur de sa vieille Audi.

Malgré plusieurs réparations au cours de l'année, elle a toujours des ennuis. Comme si les garagistes greffaient un problème nouveau chaque fois qu'ils en réparent un. Quand ce n'est pas le radiateur, la culasse ou la courroie du ventilateur, ce sont les pneus, un trou dans le pot d'échappement ou la boîte de vitesses. Quand elle coupe le contact, la voiture semble étouffer, elle pousse un râle humide suivi d'un soupir : le temps pluvieux des derniers jours se fait sentir.

La maison de retraite où Sofia Zetterlund est recensée est un des bâtiments jaunes en style fonctionnaliste près du parc de Svandamm.

Jeanette a toujours bien aimé les quartiers Aspudden et Midsommarkransen, bâtis dans les années 1930, comme des petites villes dans la ville. Sûrement un bel endroit où passer ses dernières années.

Mais elle sait aussi cette idylle fissurée. Jusqu'à quelques années seulement, une bande de loubards à moto, les Bandidos, avait ses locaux à un pâté de maisons de là.

Jeanette passe devant le cinéma Tellus, continue puis tourne à droite dans une rue plus petite. Au-dessus de la première porte du côté gauche, une plaque lui souhaite la bienvenue à la maison de retraite Le Tournesol.

Avant d'entrer, elle fume une cigarette en songeant à Sofia Zetterlund junior.

Est-ce à cause de Sofia qu'elle s'est remise à fumer tant ? Elle en est à un bon paquet par jour, et s'est plusieurs fois surprise à se cacher de Johan, comme une ado qui fume en douce. Mais la nicotine l'aide à penser plus clairement. Plus librement, plus rapidement. Et à présent elle songe à Sofia Zetterlund, la Sofia dont elle est amoureuse.

Amoureuse ? Mais qu'est-ce que c'est ?

Elle en a parlé une fois avec Sofia, et a découvert chez elle une façon toute nouvelle de considérer la chose. Pour Sofia, l'amour n'est pas ce chatouillement au ventre, quelque chose de mystérieux et d'agréable, comme le ressent Jeanette.

Sofia affirme qu'être amoureux est comme être psychotique.

L'objet de l'amour n'est qu'une image idéale qui ne correspond pas à la réalité, la personne amoureuse n'est amoureuse que du sentiment d'être amoureuse. Comme un enfant qui attribue à un animal domestique des caractéristiques qu'il n'a pas. Jeanette voyait ce qu'elle voulait dire, ce qui ne l'empêchait pas d'être blessée, car elle venait d'avouer à Sofia qu'elle était amoureuse d'elle.

Sofia Zetterlund. C'est quand même bizarre, se dit-elle. Comment diable se fait-il que je me retrouve ici pour voir une autre Sofia Zetterlund ?

Elle s'est fait aider par la jeune Sofia dans l'enquête sur le père de Victoria Bergman. Et elle va à présent rencontrer Sofia l'aînée, elle aussi psychologue, qui pourra peut-être fournir des informations sur le suspect principal de son enquête en cours, Victoria Bergman elle-même.

Elle écrase son mégot et sonne à la porte de la maison de retraite Le Tournesol.

Après une courte conversation avec la directrice, on la conduit dans la salle commune.

La télévision, à fond, rediffuse une série américaine des années 1980. Deux hommes et trois femmes sont installés sur les canapés, mais aucun ne semble particulièrement intéressé par le programme.

À l'autre bout de la pièce, près de la porte du balcon, une femme en fauteuil roulant regarde fixement dehors.

Elle est très maigre, vêtue d'une robe bleue qui lui descend jusqu'au bout des orteils, avec des cheveux tout blancs qui lui atteignent la taille. Un maquillage criard, bleu sur les yeux et rouge à lèvres rouge vif.

"Sofia ?" La directrice s'approche de la femme en fauteuil et lui pose une main sur l'épaule. "Tu as de la visite. Une certaine Jeanette Kihlberg, de la police de Stockholm, voudrait parler avec toi d'une ancienne patiente.

— On dit cliente." La réponse de la vieille femme est teintée d'une touche de mépris.

Jeanette prend une chaise et s'assoit à côté de Sofia Zetterlund.

Elle se présente, lui expose la situation, mais la vieille femme ne lui accorde pas un regard.

"Je suis donc ici pour vous poser quelques questions sur l'une de vos anciennes clientes. Une jeune femme que vous avez rencontrée il y a vingt ans."

Pas de réponse.

La vieille femme fixe quelque chose dehors. Ses yeux semblent embrumés.

Elle souffre sans doute de la cataracte, se dit Jeanette. Elle est peut-être aveugle ?

"La fille avait dix-sept ans quand vous l'avez traitée, tente Jeanette. Elle s'appelait Victoria Bergman. Ce nom vous dit-il quelque chose ?"

La femme tourne enfin la tête et Jeanette discerne un sourire dans le vieux visage. Il semble s'adoucir un peu.

"Victoria. Bien sûr que je me souviens d'elle."

Ouf. Jeanette décide d'aller droit au fait et rapproche un peu sa chaise. "J'ai ici une photo de Victoria. Je ne sais pas si vous voyez très bien, mais pensez-vous pouvoir l'identifier ?"

Grand sourire de Sofia. "Ça, non. Je suis aveugle depuis deux ans. Mais je peux la décrire. Cheveux blonds, yeux bleus, un peu mêlés. Un beau visage, nez droit et mince, lèvres charnues. Son visage avait quelque chose de spécial. Elle avait un sourire de travers et un regard intense, présent."

Jeanette regarde la photo de la jeune fille sérieuse de l'annuaire scolaire. L'apparence correspond à la description. "Qu'est-elle devenue, après son traitement ?"

Sofia rit à nouveau. "Qui ?"

Jeanette commence à s'inquiéter. "Victoria Bergman."

Le visage de Sofia reprend son expression absente et, au bout de quelques minutes, Jeanette répète sa question.

"Savez-vous ce qu'est devenue Victoria Bergman après la fin de sa thérapie avec vous ?"

Sofia se fend à nouveau d'un large sourire. "Victoria ? Oui, je me souviens d'elle." Puis son sourire s'éteint et la vieille femme passe la main sur sa joue. "Mon rouge à lèvres est bien ? Il n'a pas bavé ?

— Non, non, il est bien", répond Jeanette. Sofia Zetterlund a visiblement quelques problèmes de mémoire immédiate. Alzheimer, probablement.

"On a accordé à Victoria Bergman une identité protégée. L'avez-vous rencontrée après cela ?"

Sofia semble désemparée. “Victoria Bergman”, dit-elle à voix haute.

Un des vieillards assis devant la télévision se retourne. “Victoria Bergman est une chanteuse de jazz, croasse-t-il. Elle est passée à la télé hier.”

Jeanette lui sourit, et il hoche la tête, ravi.

“Victoria Bergman, répète Sofia. Une histoire singulière. Mais elle n’était pas chanteuse de jazz et je ne l’ai jamais vue à la télévision. Mais vous sentez la cigarette... vous m’en offrez une ?”

Jeanette est un peu désorientée par le tour que prend la conversation. Sofia Zetterlund a sûrement du mal à garder le fil d’une conversation en cours, mais cela ne veut pas dire que sa mémoire lointaine ne fonctionne plus.

“C’est malheureusement interdit de fumer ici, dit Jeanette.

— Mais non, pas dans ma chambre. Roulez-y-moi, qu’on s’en grille une.”

Jeanette range sa chaise et retourne doucement le fauteuil de Sofia. “D’accord, on va chez vous. Où est votre chambre ?

— Dernière porte du couloir à droite.”

Sofia semble revigorée. Est-ce la perspective de fumer, ou la compagnie ?

D’un geste de la tête, Jeanette indique à la directrice qu’elles se retirent un moment.

Une fois dans sa chambre, Sofia insiste pour être dans son fauteuil. Jeanette l’aide à s’y installer, puis s’assied à côté d’un guéridon près de la fenêtre.

“Maintenant, on fume”, dit Sofia.

Jeanette lui tend briquet et cigarettes. Sofia en allume une, très à l’aise. “Il y a un cendrier sur l’étagère, à côté de Freud.”

Freud ? Jeanette se retourne.

Derrière elle, elle trouve en effet un cendrier, un gros en cristal, à côté d'une boule à neige.

Au lieu des enfants en train de faire de la luge, du bonhomme de neige ou autre paysage hivernal, c'est bel et bien une effigie de Freud, sérieux comme un pape, qu'on voit sous la coupole en verre.

Jeanette va chercher le cendrier. Elle ne peut s'empêcher de secouer la boule.

Voilà Freud enneigé, se dit-elle. En tout cas, Sofia Zetterlund ne manque pas d'humour.

Jeanette lui tend le cendrier, puis répète sa question.

"Avez-vous revu Victoria Bergman après qu'on lui a attribué une nouvelle identité ?"

La vieille semble plus alerte une cigarette à la main. "Non, jamais. Il y avait une nouvelle loi sur les identités protégées et personne ne sait comment elle s'appelle aujourd'hui."

Pour le moment, rien de neuf, à part la confirmation que la mémoire ancienne de la vieille femme est intacte.

"Avait-elle quelques signes distinctifs ? Vous semblez très bien vous souvenir d'elle.

— Oh oui, dit Sofia. Elle était très belle."

Jeanette attend une suite, mais comme elle ne vient pas, elle repose sa question.

"C'était une fille très intelligente. Trop, malheureusement pour elle, si vous voyez ce que je veux dire ?

— Non. Comment ça ?"

La réponse de Sofia n'a pas grand-chose à voir avec la question. "Je ne l'ai plus revue personnellement depuis l'automne 1988. Mais dix ans plus tard, j'ai reçu une lettre d'elle."

Patience, pense Jeanette.

"Vous vous souvenez du contenu de cette lettre ?"

Sofia tousse et cherche le cendrier à tâtons. Jeanette le pousse vers elle. Le visage de la vieille femme reprend son expression d'absence. "Qu'est-ce qu'ils se disputent ceux-là !" dit-elle en regardant à travers Jeanette. Elle se retourne machinalement, mais comprend aussitôt que la femme parle de quelque chose d'insaisissable, imaginaire ou surgi du passé.

"Vous souvenez-vous de la lettre de Victoria Bergman ? tente à nouveau Jeanette. Celle qu'elle vous a écrite après avoir obtenu sa nouvelle identité ?

— La lettre de Victoria. Oui, je m'en souviens bien."

Le sourire maquillé de rouge de Sofia revient.

"Vous vous souvenez de ce qu'elle avait écrit ?

— En fait non. Mais je peux aller voir…"

Quoi ? Elle l'aurait ici ?

Sofia fait mine de se lever, mais grimace de douleur.

"Attendez, je vais vous soutenir." Jeanette l'aide à se rasseoir dans le fauteuil roulant et lui demande où elle veut aller.

"La lettre est dans mon bureau, la porte de droite en entrant dans la cuisine. Vous pouvez me conduire jusqu'au placard, mais je vous demanderai ensuite de sortir. Il s'ouvre avec un code et son contenu est confidentiel."

La pièce où elles se trouvent a bien plusieurs placards, mais c'est tout. Une chambre avec des toilettes.

Jeanette comprend que Sofia est revenue en pensée dans son ancienne maison.

"Vous n'avez pas besoin de me montrer la lettre, dit Jeanette. Vous souvenez-vous de son contenu ?

— Pas mot à mot, bien sûr. Mais il s'agissait principalement de sa fille.

— Sa fille ?" La curiosité de Jeanette est piquée au vif.

"Oui. Elle avait eu un enfant, qu'elle avait laissé adopter. Elle était assez discrète à ce sujet, mais je sais qu'elle est partie à la recherche de cet enfant au début de l'été 1988. Elle a habité chez moi à cette époque. Pendant presque deux mois.

— Elle habitait chez vous ?"

La vieille femme semble tout à coup très grave. Comme si sa peau se retendait et que ses innombrables rides s'effaçaient. "Oui. Elle avait des tendances suicidaires, il était de mon devoir de veiller sur elle. Je n'aurais jamais laissé partir Victoria si je n'avais pas compris qu'il était absolument nécessaire pour elle de revoir l'enfant.

— Et où est-elle allée ?"

Sofia Zetterlund secoue la tête. "Elle a refusé de me le dire. Mais quand elle est revenue, elle était plus forte.

— Plus forte ?

— Oui. Comme si elle avait laissé un poids derrière elle. Mais ce qu'on lui a fait au Danemark est mal. On n'a pas le droit de traiter les gens comme ça."

Stockholm, 1988

Seulement été bon.

"Vous êtes morts pour moi !" écrit Victoria au bas de la carte qu'elle poste à la gare centrale de Stockholm. C'est une photo du couple royal : Charles XVI Gustave est assis dans un fauteuil doré, la reine debout à côté sourit en montrant qu'elle est fière de son mari, soumise, et qu'elle obéit fidèlement à son compagnon.

Exactement comme maman, se dit-elle en descendant dans le métro.

Victoria trouve que le sourire de la reine Silvia rappelle celui du Joker, avec sa bouche rouge fendue d'une oreille à l'autre. Elle se souvient d'avoir entendu qu'en privé le roi était un salaud, et que quand il ne confondait pas dans ses discours les habitants d'Arboga et ceux d'Örebro, il s'amusait à lancer des allumettes sur la reine, rien que pour l'humilier.

C'est le soir de la Saint-Jean, et donc un vendredi. Cette tradition, liée à l'origine au solstice d'été, tombe à présent toujours le troisième vendredi de juin, quelle que soit la position du soleil.

Vous êtes des esclaves, pense Victoria en regardant avec mépris les voyageurs ivres monter dans le wagon avec leurs lourds sacs de victuailles. Des larbins obéissants. Des somnambules. Quant à elle, elle n'a rien à fêter, elle va juste rentrer chez Sofia à Tyresö.

Elle a bien fait de retourner à Copenhague, comme ça elle sait maintenant qu'elle s'en fiche.

Le bébé aurait pu mourir, ça aurait été pareil.

Mais il n'est pas mort quand elle l'a laissé tomber.

Elle ne se rappelle pas bien ce qui s'est passé après l'arrivée de l'ambulance, mais l'enfant n'est pas mort, elle le sait.

L'œuf est fendu mais pas perdu, et aucune plainte n'a été déposée à la police.

Ils l'ont laissée filer.

Et elle sait bien pourquoi.

Après la vieille ville, tandis que le métro traverse la baie de Riddarfjärden, elle regarde les ferries qui relient Djurgården et, là-bas, les montagnes russes de Gröna Lund, en se disant qu'elle n'est plus retournée dans une fête foraine depuis trois ans. Pas depuis la disparition de Martin. Elle ne sait pas vraiment ce qui lui est arrivé, mais croit qu'il est tombé à l'eau.

En franchissant le portail, elle trouve Sofia dans sa chaise longue devant la petite maison rouge et blanche. Elle est assise à l'ombre d'un grand cerisier et, en s'approchant, Victoria voit que la vieille femme dort. Ses cheveux blonds, presque blancs, tombent comme un châle sur ses épaules, et elle s'est maquillée. Ses lèvres sont rouges, et elle s'est mis du bleu aux yeux.

Il fait frais, Victoria couvre Sofia avec le plaid qu'elle a sur les pieds.

Elle entre dans la maison et, après avoir cherché un moment, trouve le sac de Sofia. Dans la poche extérieure, un portefeuille en cuir usé. Elle y voit trois billets de cent, décide d'en laisser un. Elle plie les deux autres et les glisse dans la poche arrière de son jean.

Elle remet le portefeuille à sa place et va dans le bureau de Sofia. Elle trouve son carnet dans un des tiroirs.

Victoria s'installe et commence sa lecture.

Elle voit que Sofia a noté tout ce que Victoria a dit, parfois mot à mot, et elle est stupéfaite de voir que Sofia a aussi eu le temps de décrire ses gestes et le ton de sa voix.

Victoria suppose que Sofia maîtrise la sténographie et met au propre les entretiens. Elle lit lentement en réfléchissant à tout ce qui s'est dit.

Elles se sont quand même vues plus de cinquante fois.

Elle prend un stylo et rectifie les noms. S'il est écrit que Victoria a fait quelque chose alors qu'en fait c'est Solace, elle corrige. Il faut mettre les points sur les *i* : elle ne veut pas porter le chapeau pour les frasques de Solace.

Victoria travaille d'arrache-pied, oublie le temps qui passe. En lisant, elle se met à la place de Sofia. Fronce les sourcils et s'essaye à diagnostiquer sa cliente.

En marge, elle note ses propres remarques et analyses.

Elle résume ce qu'elle trouve que Victoria devrait faire, quelles pistes il faudrait suivre.

Quand Sofia n'a pas compris de quoi parlait Solace, Victoria l'explique en marge en petits caractères très clairs.

En fait, elle ne comprend pas comment Sofia a pu aussi souvent se tromper.

La cliente est on ne peut plus claire.

Victoria est absorbée par son travail. Elle ne repose le carnet qu'en entendant Sofia faire du bruit à la cuisine.

Elle regarde par la fenêtre. De l'autre côté de la route, au bord du lac, des gens pique-niquent. Ils se sont installés près du ponton pour fêter la Saint-Jean.

De la cuisine arrive une odeur d'aneth.

“Bienvenue, Victoria ! lui crie Sofia. Comment s'est passé le voyage ?”

Elle répond brièvement que tout s'est bien passé.
Le bébé n'est qu'un œuf en pyjama bleu. Rien de plus. Tout ça, c'est derrière elle, elle a tourné la page.

La soirée claire se transforme en nuit tout aussi claire, et quand Sofia dit qu'elle va se coucher, Victoria reste sur le perron à écouter les oiseaux. Un rossignol se plaint dans un arbre chez le voisin, elle entend le bruit de ceux qui font la fête près du ponton. Elle se souvient des Saint-Jean en Dalécarlie.

On commençait par descendre au bord du Dalälven regarder passer les longues barques de fête puis on allait en forêt couper des branches de bouleau à clouer autour de la porte, avant qu'il soit l'heure d'aller danser autour du mât que les garçons hissaient d'ahan. Les rombières couronnées de fleurs riaient comme elles n'avaient plus ri depuis longtemps, mais ça ne durait pas parce que dès que le schnaps commençait à faire son effet et qu'on trouvait toutes les autres bonnes femmes beaucoup mieux que la sienne, leurs joues pouvaient brûler quand on leur expliquait à coups de poing qu'elles étaient de grosses vaches. Qu'ils avaient de la chance, les autres, d'avoir une bonne femme chaudasse, contente et qui dit merci, plutôt qu'une mocheté qui fait la tête. Alors autant aller se glisser près d'elle et la tripoter, même si on disait qu'on avait mal au ventre et il disait qu'on avait trop mangé de bonbons alors qu'on avait à peine eu de quoi se payer un soda et qu'on avait regardé les autres se mettre de la barbe à papa jusqu'aux oreilles…

Victoria regarde autour d'elle. Le silence s'est fait près du lac et on devine le soleil derrière l'horizon. Il ne va disparaître qu'une heure avant de se relever.

Il ne fera pas sombre.

Elle se lève, un peu engourdie d'être restée assise sur les marches de pierre.

Elle a un peu froid, pense rentrer, mais préfère aller se promener pour se réchauffer.

Elle n'est pas fatiguée, bien que ce soit presque déjà le matin.

Les graviers pointus font mal à ses pieds nus, elle va marcher au bord de la pelouse. Près du portail, un lilas croule sous les fleurs, apparemment fanées, mais encore odorantes.

La route est déserte. Il n'y a que le bruit d'un bateau au loin. Elle descend vers le ponton.

Quelques mouettes se régalent des restes du festin, éparpillées autour d'une poubelle qui déborde. Elles partent à contrecœur en criant.

Elle s'avance sur le ponton et s'agenouille.

L'eau est noire et froide, quelques poissons guettent les insectes qui volent à la surface de l'eau pour les gober.

Elle se couche sur le ventre et regarde fixement dans le noir.

Les rides à la surface de l'eau rendent son image floue, mais elle aime se voir ainsi.

Elle est plus jolie.

Lécher ses lèvres et fourrer leur langue dans sa bouche qui devait avoir goût de vomi parce que deux bouteilles de vin de cerise, ça remonte plus facilement que ça ne descend. Il y avait bien quinze mecs qui s'excitaient entre eux et la baraque de chantier n'était pas bien grande, surtout quand il pleuvait et qu'ils ne pouvaient pas sortir. Ils avaient l'habitude de jouer aux cartes celui qui irait avec elle dans l'autre pièce. Quand ils étaient dehors, c'était peut-être sur le talus derrière l'école, qu'on pouvait dévaler et se retrouver en tas à quelques mètres seulement de l'allée et les regards qui se détournaient quand on les voyait d'en bas et on hurlait au gosse qu'il avait pourtant dit qu'il voulait se baigner après la grande roue. Et voilà qu'on avait froid alors il n'y avait plus qu'à se mettre à l'eau plutôt que de continuer à rabâcher que la nouvelle babysitter serait tellement gentille…

Dans l'eau, Victoria voit Martin couler lentement et disparaître.

Lundi matin, elle est réveillée par Sofia qui lui dit qu'il est onze heures et qu'elles vont bientôt prendre la voiture pour aller en ville.

En se levant, Victoria voit que ses pieds sont sales, ses genoux écorchés et ses cheveux encore mouillés, mais elle ne se souvient pas de ce qu'elle a fait pendant la nuit.

Sofia a servi le petit-déjeuner dans le jardin. Pendant qu'elles mangent, Sofia lui explique qu'elle va rencontrer un docteur, Hans, qui va l'examiner et faire un rapport. Puis, si elles ont le temps, elles verront un policier, Lars.

"Lars ?" Victoria pouffe. "Je déteste les flics ! crache-t-elle en repoussant sa tasse d'un geste démonstratif. Je n'ai rien fait.

— À part prendre deux cents couronnes dans mon portefeuille. Je te préviens, quand on va faire le plein, c'est toi qui paieras l'essence."

Victoria ne sait pas ce qu'elle ressent, mais c'est comme si elle avait de la peine pour Sofia.

Elle n'a jamais vécu ça.

Hans est médecin à l'institut médicolégal de Solna et c'est lui qui examine Victoria. C'est son deuxième examen, après celui à l'hôpital de Nacka, une semaine plus tôt.

Quand il la touche, lui écarte les jambes et regarde en elle, elle se dit qu'elle aurait préféré être à Nacka, où le docteur était une femme.

Anita ou Annika.

Elle ne se souvient pas.

Hans lui explique que l'examen peut lui sembler désagréable, mais qu'il est là pour l'aider. N'est-ce pas là ce qu'elle a toujours entendu ?

Que ça va lui faire drôle, mais que c'est pour son bien ?

Hans regarde son corps sous toutes les coutures, en enregistrant ses commentaires sur un petit dictaphone.

Il éclaire l'intérieur de sa bouche avec une lampe de poche. Sa voix est objective et monotone. "Bouche. Lésion des muqueuses."

Et le reste de son corps.

"Bas-ventre. Organes sexuels internes et externes, cicatrices dues à la dilatation forcée à un âge prématuré. Anus, cicatrices prématurées, lésions refermées, dilatation forcée, étirement des vaisseaux, fissures du sphincter anal, fibrome… Cicatrices de coupures sur le torse, l'abdomen, les cuisses et les bras, dont environ un tiers prématures. Traces d'hémorragies…"

Elle ferme les yeux et pense qu'elle fait ça pour pouvoir recommencer à zéro, devenir une autre et oublier.

À quatre heures le même jour, elle rencontre Lars, le policier avec lequel elle doit s'entretenir.

Il semble attentif, par exemple il a compris qu'elle ne veut pas qu'on lui serre la main pour la saluer, et il ne la touche pas.

Le premier entretien avec Lars Mikkelsen a lieu dans son bureau, elle lui raconte la même chose qu'à Sofia Zetterlund.

Il a l'air peiné de ses réponses, mais ne perd pas contenance, et Victoria se sent étonnamment détendue. Au bout d'un moment, curieuse de savoir qui est vraiment Lars Mikkelsen, elle lui demande pourquoi il fait ce métier.

Il réfléchit, et tarde à répondre.

“Je considère ces crimes comme les plus répugnants. Beaucoup trop peu de victimes se voient rendre justice et trop peu de leurs auteurs sont punis, dit-il au bout d'un moment, et Victoria se sent touchée.

— Vous savez que je n'ai pas l'intention de dénoncer qui que ce soit, n'est-ce pas ?”

Il la regarde gravement. “Oui, je sais, et c'est dommage, même si ce n'est pas inhabituel.

— Et à quoi est-ce dû, à votre avis ?”

Il sourit prudemment, sans relever son ton désinvolte. “Là, j'ai l'impression que c'est vous qui m'interrogez. Mais je vais vous répondre. Je crois tout simplement que nous vivons encore au Moyen Âge.

— Au Moyen Âge ?

— Oui, parfaitement. Avez-vous entendu parler du rapt ?”

Victoria secoue la tête

“Au Moyen Âge, il était possible d'obtenir un mariage en enlevant et en violant une femme. L'abus sexuel la forçait à se marier et l'homme obtenait ainsi droit de propriété sur elle et ses biens.

— Bon, et alors ?

— Il s'agit de propriété et de dépendance. À l'origine, le viol n'était pas considéré comme une atteinte personnelle à la femme qui en était victime, mais comme un vol. Les lois sur le viol ont été instituées pour protéger la propriété sexuelle des hommes. La femme n'était pas partie prenante. Juste l'objet d'une négociation entre hommes. Aujourd'hui, dans les affaires de viol, il y a encore des relents de cette vision médiévale de la femme. Elle aurait pu dire non, ou : elle disait non, mais cela voulait dire oui. Elle portait des vêtements aguicheurs. Tout ce qu'elle cherche, c'est à se venger de l'homme."

Victoria est intéressée.

"Et de la même façon, une vision médiévale de l'enfant perdure encore en partie, continue-t-il. Jusqu'à très tard au XIXe siècle, on a continué à considérer les enfants comme de petits adultes à l'entendement limité. Les enfants étaient punis, exécutés même, en gros dans les mêmes conditions que les adultes. Une partie de cette façon de voir existe toujours. Même en Occident, on continue d'emprisonner des mineurs. Les enfants sont traités comme des adultes, sans avoir comme eux le droit de disposer de leur sort. Mineur, mais punissable. Propriété de l'adulte."

Son exposé étonne Victoria. Elle n'aurait jamais cru un homme capable de raisonner ainsi.

"C'est là le plus important, conclut Lars Mikkelsen, le fait que les adultes aujourd'hui considèrent l'enfant comme leur propriété. Ils le punissent et l'élèvent suivant leurs propres lois." Il regarde Victoria. "Ma réponse vous va ?"

Il a l'air sincère et passionné par son métier. Elle déteste les flics, mais il ne se comporte pas comme un flic. "Oui, répond-elle.

— Bien, on revient à vous ?

— D'accord."

Une demi-heure plus tard, le premier entretien est terminé.

C'est la nuit, Sofia dort. Victoria se glisse dans le bureau en refermant bien la porte derrière elle. Sofia n'a fait aucune remarque sur ce que Victoria a écrit dans son carnet : elle ne s'en est probablement pas encore aperçue.

Elle reprend là où elle s'était interrompue.

Elle trouve que Sofia a une jolie écriture :

Victoria montre une tendance à oublier ce qu'elle a dit, que ce soit dix minutes ou une semaine plus tôt. Ces blancs sont-ils de banals trous de mémoire, ou les symptômes d'un TDI ?

Je ne sais pas encore, mais ces blancs, combinés aux autres symptômes de Victoria, cadrent bien dans le tableau clinique.

J'ai remarqué qu'à l'occasion de ces blancs, elle aborde des sujets dont elle est d'habitude incapable de parler : son enfance, ses premiers souvenirs.

Le récit de Victoria est associatif, un souvenir conduisant au suivant. Est-ce le récit d'une personnalité partielle ? Victoria adopte-t-elle une attitude enfantine pour parler plus facilement des souvenirs de ses douze, treize ans ? Ces souvenirs sont-ils authentiques, ou mêlés des réflexions de la Victoria d'aujourd'hui ? Qui est cette Fille-corneille, qui revient souvent ?

Victoria soupire et écrit en marge :

La Fille-corneille est un mélange de toutes les autres, à part la Somnambule, qui n'a pas compris l'existence de la Fille-corneille.

Victoria travaille toute la nuit. Vers six heures du matin, elle commence à s'inquiéter que Sofia se réveille. Avant de remettre le carnet dans le tiroir, elle le feuillette, surtout parce qu'elle a du mal à s'en séparer. Elle remarque alors que Sofia a découvert ses commentaires.

Victoria lit le texte d'origine sur la toute première page du carnet.

Ma première impression de Victoria est qu'elle est très intelligente. Elle a une très bonne connaissance de mon métier et sait ce que signifie un travail thérapeutique. Quand à la fin de notre heure je le lui ai fait remarquer, il s'est produit un événement inattendu, qui m'a montré qu'en plus de son intelligence elle avait un tempérament bouillant. Elle m'a craché que je ne savais "que dalle" et que j'étais "une nulle". Je n'avais pas vu quelqu'un d'aussi en colère depuis longtemps. Cette éruption brutale chez elle m'inquiète.

Deux jours plus tôt, Victoria a commenté ce passage.

Je n'étais pas du tout en colère contre toi. Ce doit être un malentendu. J'ai dit que c'était moi qui ne savais que dalle. Moi qui étais une nulle. Moi, pas toi !

Et Sofia a donc lu ce commentaire, et y a répondu.

Victoria, pardon si j'ai mal compris la situation. Mais tu étais si en colère qu'on parvenait à peine à comprendre ce que tu disais, et tu donnais l'impression d'en avoir après moi.

C'est ta colère qui m'a inquiétée.

Sinon, j'ai lu tout ce que tu as écrit dans ce carnet, et je le trouve très intéressant. Sans exagérer le moins du monde, je peux dire que tes analyses sont souvent si sûres qu'elles surpassent les miennes.

Tu as l'étoffe d'une psychologue. Inscris-toi à l'université !

Comme la place manque en marge, Sofia a tracé une flèche invitant à tourner la page. Là, elle a ajouté :

J'aurais cependant apprécié que tu demandes la permission avant d'emprunter le carnet. Peut-être pourrons-nous toi et moi, quand tu te sentiras prête, avoir une conversation au sujet de ce que tu as écrit.

Bises de Sofia.

Lac Klara

Le mensonge est blanc comme neige, aucun innocent n'est lésé.

Le procureur Kenneth von Kwist est satisfait de son arrangement, persuadé d'avoir réglé les problèmes de manière exemplaire. Tout le monde est content.

Après le coup tactique du tribunal de Nacka, Jeanette Kihlberg va se focaliser entièrement sur Victoria Bergman.

Le procureur Kenneth von Kwist s'efforce de se persuader que tous les problèmes sont réglés, au moins provisoirement. Il a juste peur d'en voir surgir un nouveau.

Ce n'est pas un problème réel. De fait, il est le seul à en avoir connaissance et, tant qu'il est aux commandes, personne d'autre ne saura rien.

Il ne devrait donc pas y avoir de raison de s'inquiéter.

Mais ce problème lui donne la nausée, une sensation qu'il n'a plus ressentie depuis ses treize ans, quand il avait trahi son meilleur ami.

Voilà plus de quarante ans, deux gamins avaient volé quelques pièces de rechange pour une mobylette dans un garage et, quand ils s'étaient fait prendre, un des deux s'était défaussé sur son camarade, qui avait été passé à tabac par les trois fils du garagiste au point de devoir rester plusieurs semaines alité.

Kenneth von Kwist ressent aujourd'hui la même chose.

Le nouveau problème est sa conscience.

Il songe aux documents qu'il a réduits en charpie. Des actes qui auraient été utiles à Ulrika Wendin, mais clairement dommageables à l'avocat Viggo Dürer, à l'ancien chef de la police Gert Berglind et à la longue à lui-même.

Ai-je eu raison ? pense le procureur.

Kenneth von Kwist n'a pas de réponse à ses questions : sa nausée se transforme en reflux acides qui lui brûlent la gorge.

L'ulcère du procureur donne un goût à sa conscience.

Le Tournesol

“Qu’est-ce qu’on a fait à Victoria à Copenhague ? demande Jeanette. Et le contenu de cette lettre, vous vous en souvenez ?

— Donnez-moi une autre cigarette, ça me reviendra peut-être.”

Jeanette tend le paquet à Sofia Zetterlund.

“Bon, de quoi parlions-nous ?” dit-elle après deux bouffées.

Jeanette commence à s’impatienter. “Copenhague, la lettre de Victoria il y a dix ans. Vous vous souvenez ?

— Sur Copenhague, je ne peux malheureusement rien vous dire, et je ne me rappelle pas la lettre en détail, mais je me souviens qu’elle allait bien. Elle avait rencontré un homme avec qui elle se plaisait, elle avait fait des études et travaillait comme elle le souhaitait. À l’étranger, je crois…” Sofia tousse. “Pardon. Je n’ai pas fumé depuis si longtemps.

— Elle travaillait à l’étranger ?

— Oui, c’est ça. Mais ce n’était pas son activité principale, je crois, elle avait un autre travail à Stockholm.

— Elle écrivait ce qu’elle faisait ?”

Sofia soupire, l’air méfiant. “Mais qui êtes-vous, à la fin ? Vous savez bien que je ne peux pas écorner mon devoir de réserve, non ?”

Jeanette est sciée. Elle sourit en se souvenant que sa Sofia avait elle aussi invoqué le devoir de réserve. Elle lui répète qui elle est, que c'est très important, lié à plusieurs meurtres.

"Je ne peux pas en dire davantage, dit Sofia. Cette fille a obtenu une identité protégée. J'enfreindrais la loi."

Jeanette réagit instinctivement. "La loi a changé, ment-elle. Vous n'étiez pas au courant ? Le nouveau gouvernement l'a changée, un paragraphe a été rajouté, qui prévoit des exceptions. Par exemple en cas de meurtre.

— Ah ?" Sofia semble à nouveau absente. "Qu'est-ce que vous voulez dire ?

— Je veux dire qu'au contraire vous enfreindriez la loi en ne m'aidant pas. Je ne voudrais pas vous mettre la pression, mais j'apprécierais que vous me donniez au moins un indice.

— Un indice ? Quoi ?

— Si vous saviez quel travail faisait Victoria, ou n'importe quoi d'autre qui ferait avancer l'enquête, une piste."

Au grand étonnement de Jeanette, Sofia éclate de rire et demande encore une cigarette. "De toute façon, ça n'a plus d'importance, dit-elle. Pouvez-vous me passer Freud, s'il vous plaît ?

— Freud ?

— Oui, vous l'avez tripoté en allant chercher le cendrier. Je suis peut-être aveugle, mais pas encore tout à fait sourde."

Jeanette attrape sur l'étagère la petite boule à neige à l'effigie de Freud tandis que la vieille femme allume encore une cigarette.

"Victoria Bergman était très spéciale", commence Sofia en retournant doucement la boule à neige. La fumée de sa cigarette forme des volutes autour de sa robe bleue tandis que la neige tourbillonne dans la boule. "Vous avez lu mon avis dans le dossier de demande d'identité protégée, vous en connaissez donc la raison. Victoria a subi dès son enfance et jusqu'à l'âge adulte les abus sexuels de son père et probablement d'autres hommes."

Sofia marque une pause. Jeanette est stupéfaite de voir la vieille femme osciller ainsi entre acuité intellectuelle et confusion gâteuse.

"Mais vous ne savez sans doute pas que Victoria souffrait aussi d'un trouble de la personnalité multiple, ou trouble dissociatif de l'identité, si vous savez ce que c'est ?"

C'est à présent Sofia Zetterlund qui mène la conversation.

Jeanette sait vaguement de quoi il s'agit. Sofia – la jeune – lui a un jour expliqué que Samuel Bai souffrait d'un trouble de la personnalité de ce genre.

"Même si c'est extrêmement rare, ce n'est au fond pas si compliqué, continue Sofia l'aînée. Victoria a tout simplement été obligée d'inventer plusieurs versions d'elle-même pour survivre et faire face au souvenir de ce qu'elle a vécu. Quand nous lui avons donné une nouvelle identité, elle a reçu un papier qui prouvait qu'une partie d'elle-même existait vraiment. C'était la partie sérieuse, celle capable d'étudier, de travailler, etc., bref, de vivre une vie normale."

Sofia sourit à nouveau, fait un clin d'œil aveugle à Jeanette et secoue la boule à neige.

"Freud a parlé de masochisme moral, ajoute Sofia. Le masochisme d'une personne dissociative peut consister à revivre les agressions subies en laissant une de ses personnalités les faire subir à d'autres. J'ai soupçonné cette tendance chez Victoria : si elle n'a pas été prise en charge à l'âge adulte, le risque est grand que cette personnalité vive toujours en elle. Elle agit comme son père pour se faire du mal, pour se punir."

Sofia écrase sa cigarette dans le pot de fleurs posé sur la table, puis se cale au fond de son fauteuil. L'expression absente revient sur son visage.

Elle quitte Le Tournesol dix minutes et une engueulade plus tard. Sofia et elle ont fumé cinq cigarettes pendant leur conversation et ont été surprises par la directrice et une infirmière venue donner ses médicaments à Sofia.

Jeanette en a pris pour son grade et a été priée de quitter les lieux. Heureusement, elle en avait appris assez pour faire avancer l'enquête.

Elle s'assied au volant et tourne la clé de contact. Le moteur tousse, mais refuse de démarrer. "Et merde!" jure-t-elle.

Après une dizaine de tentatives, elle renonce et décide d'aller prendre un café dans les environs et d'appeler Hurtig pour qu'il vienne la chercher. Ce sera l'occasion de mettre à plat tout ce que Sofia Zetterlund lui a raconté.

Elle descend vers le centre de Midsommarkransen et le bar des Trois Amis, en face du métro. Le local est à moitié plein. Elle trouve une table avec vue sur le parc, commande un café et une eau gazeuse et compose le numéro de Hurtig.

Tvålpalatset

Ne dit-on pas que la satiété est un des plus forts symptômes de l'insatisfaction ? Sofia Zetterlund marche dans Hornsgatan, enfermée en elle-même. Et l'insatisfaction n'est-elle pas le coin qui ouvre la brèche à tout changement ?

Elle se sent persécutée, poursuivie, non par une personne physique, mais par ses souvenirs. Le passé surgit sans prévenir alors qu'elle réfléchit à ses courses ou à d'autres choses pratiques.

Un parfum familier la fait à l'improviste se sentir mal, un bruit et soudain son ventre se retourne en convulsions.

Elle sait qu'elle devra tôt ou tard dire à Jeanette qui elle est vraiment. Expliquer qu'elle a été malade, mais qu'elle va bien, à présent. Est-ce si simple ? Juste le dire suffira-t-il ? Et comment Jeanette va-t-elle réagir ?

Quand elle a essayé d'aider Jeanette à établir le profil du meurtrier, elle s'est au fond contentée de parler d'elle-même, froidement et sans pathos. Elle n'a pas eu besoin de lire la description des scènes de crime, puisqu'elle savait comment c'était. Comment cela avait dû être.

Les pièces du puzzle avaient retrouvé leur place, elle avait compris.

Fredrika Grünewald et Per-Ola Silfverberg.

Qui d'autre ? Regina Ceder, bien sûr.

Et finalement elle-même. Forcément.

C'était ce qui devait arriver.

Cause et effet. Elle viendrait couronner le tout. L'inévitable bouquet final.

Le plus simple serait de tout raconter à Jeanette et mettre fin à cette folie, mais quelque chose l'en empêche.

D'un autre côté, il est peut-être déjà trop tard. L'avalanche s'est déclenchée, et aucune force au monde ne peut l'arrêter.

Elle coupe la place Mariatorget et gagne son cabinet. À la réception, Ann-Britt la hèle. Elle a quelque chose d'important à lui dire.

Sofia Zetterlund est d'abord étonnée, puis en colère en apprenant les appels d'Ulrika Wendin et Annette Lundström plus tôt dans la matinée.

Toutes les prochaines séances d'Ulrika et Linnea sont annulées.

"Toutes ? Elles avaient une bonne raison ?" Sofia se penche au-dessus de la réception.

"Non, pas vraiment. La maman de Linnea a dit qu'elle allait mieux elle-même et que Linnea était revenue à la maison." Ann-Britt replie son journal avant de continuer. "Apparemment, elle a récupéré la garde de sa fille. Son internement n'était que provisoire, et comme tout va désormais pour le mieux, elle ne pense pas que Linnea ait besoin de continuer ses séances.

— Mais quelle idiote !" Sofia se sent bouillir. "Alors comme ça, d'un coup, elle s'imagine compétente pour décider de quel traitement sa fille a besoin ?"

Ann-Britt se lève et se dirige vers la fontaine à eau. "Elle ne l'a peut-être pas dit en ces termes, mais c'est à peu près ça.

— Et Ulrika, quelles raisons avait-elle ?"

Ann-Britt remplit un verre d'eau. "Elle a été très brève, a juste dit qu'elle ne voulait plus venir.

— Bizarre.” Sofia tourne les talons et se dirige vers son cabinet. “Donc j’ai ma journée libre, c’est ça ?”

Ann-Britt ôte le verre de sa bouche et sourit. “Oui, mais ça ne te fera pas de mal.” Elle remplit à nouveau le verre. “Fais comme moi quand je m’ennuie, des mots croisés.”

Sofia rebrousse chemin, redescend par l’ascenseur, sort dans la rue et prend Sankt Paulsgatan vers l’est.

Au niveau de Bellmansgatan, elle tourne à gauche et passe devant le cimetière Maria Magdalena.

Cinquante mètres devant elle, elle voit une femme de dos. Il y a quelque chose qu’elle reconnaît dans ces larges hanches qui roulent et ces pieds un peu en dehors.

La femme marche tête basse, comme écrasée par un poids intérieur. Ses cheveux gris sont attachés en chignon.

Sofia sent son ventre se serrer, elle a des sueurs froides et, en s’arrêtant, elle voit la femme tourner à l’angle de Hornsgatan.

Des souvenirs difficiles à reconstituer. Fragmentaires.

Pendant plus de trente ans, les souvenirs de son ancien moi sont restés profondément enfouis en elle comme des tessons coupants – les morceaux brisés d’un autre temps, en un autre lieu.

Elle se remet en marche, hâte le pas, court jusqu’au coin de la rue, mais la femme a disparu.

Svavelsö

Le vol en provenance de Saint-Tropez se pose à l'heure. Regina Ceder descend de l'avion dans ses vêtements beaucoup trop légers. Il fait froid en Suède, la pluie déprimante lui fait un instant regretter d'avoir interrompu ses vacances.

Mais quand sa mère l'a appelée pour lui dire que la police l'avait cherchée, elle a trouvé qu'il était temps de rentrer. Il fallait malgré tout aller de l'avant et essayer d'avoir ce poste à Bruxelles.

Elle sait que travailler dur est une bonne façon de traverser les crises, elle en a déjà fait l'expérience. D'autres la trouveraient peut-être insensible, mais elle se trouve rationnelle. Seuls les losers s'apitoient sur leur sort et c'est bien la dernière chose qu'elle veut être.

Elle traverse le hall d'arrivée, récupère ses bagages et va prendre un taxi. Quand elle ouvre la portière, son téléphone sonne. Avant de répondre, elle jette sa valise sur le siège arrière et grimpe à bord. “Svavelsö, Åkersberga.”

Le numéro est caché : elle suppose que c'est cette policière qui, quelques jours plus tôt, a téléphoné à Beatrice. Elles avaient parlé de Sigtuna et des camarades de classe de Regina.

“Oui, Regina à l'appareil ?”

Ça crachote, puis on entend comme un gargouillis dans l'eau, ce qui lui met aussitôt à l'esprit Jonathan et l'accident à la piscine.

"Allô ? Il y a quelqu'un ?"

Elle entend quelqu'un rire, puis on raccroche. Un faux numéro, se dit-elle en remettant le téléphone dans son sac à main.

Le taxi s'arrête devant la villa. Elle paie, prend sa valise et remonte l'allée de gravier. Elle s'arrête en bas de l'escalier et regarde fixement la maison.

Tant de souvenirs. Souvenir d'une vie qui n'est plus. Va-t-elle vendre et déménager pour de bon ?

Au fond, plus rien ne la retient ici, et puis résider en Suède n'est pas avantageux d'un strict point de vue économique, et ce malgré le nouveau gouvernement. Si elle a le poste à Bruxelles, elle pourra acheter une maison au Luxembourg et y transférer tout son argent.

Elle sort ses clés, ouvre et entre. Elle sait que Beatrice joue au bridge et ne rentrera que plus tard dans la soirée, c'est pourquoi elle est inquiète en allumant dans l'entrée.

Le sol est mouillé et boueux, comme si quelqu'un était entré en gardant ses chaussures.

Il y a aussi une forte odeur de chlore.

Beatrice a fait une jolie pile avec son courrier sur la table de la cuisine. Sur le dessus, une petite enveloppe blanche. Elle n'est pas affranchie. Quelqu'un a écrit dessus À QUI DE DROIT en majuscules maladroites, presque enfantines.

Elle ouvre. L'enveloppe contient une photo.

Un polaroïd qui représente une femme cadrée sous la poitrine, debout dans un bassin, de l'eau jusqu'à la taille.

Regina regarde de plus près et aperçoit quelque chose sous l'eau.

À gauche de la femme, un visage flou sous la surface de l'eau, les yeux vides, morts, et la bouche formant un cri.

À l'instant où elle voit son fils et la main droite de la femme, elle comprend.

En entendant quelqu'un entrer dans la pièce elle lâche la photo et se retourne, puis une douleur au cou et elle tombe à la renverse.

Quartier Kronoberg

C'est la fin de l'après-midi. Jeanette est dans son bureau devant une feuille A3 où sont inscrits tous les noms apparus au cours de l'enquête.

Tout arrive alors en même temps.

Elle a groupé les noms, marqué les relations et, au moment où elle prend le stylo pour tirer un trait d'un nom à un autre, Hurtig fait irruption quand son téléphone sonne.

C'est Åke. D'un geste, Jeanette demande à Hurtig d'attendre.

“Il faut que tu viennes chercher Johan.” Åke a l'air dans tous ses états. “Ça ne va pas.”

Hurtig ronge son frein. “Il faut raccrocher. On doit filer.”

“Qu'est-ce qui ne va pas ?” Jeanette fixe Hurtig en levant deux doigts. “Tu devrais quand même être capable de t'occuper de ton fils, bordel ! En plus je travaille et je n'ai pas le temps.

— Peu importe. Il faut qu'on parle de…

— Pas maintenant, le coupe-t-elle. Il faut que je parte. Si Johan ne peut pas rester chez toi, tu n'as qu'à le ramener. Je serai à la maison dans une heure environ.”

Hurtig secoue la tête. “Non, non, non, fait-il à voix basse. Tu ne seras pas rentrée avant minuit. Un nouveau meurtre. Åkersberga.”

"Åke, ne quitte pas." Elle se tourne vers Hurtig. "Quoi ? Åkersberga ?

— Oui, Regina Ceder est morte. Abattue. On doit…

— Une minute." Elle reprend le téléphone. "Encore une fois : je ne peux pas parler maintenant.

— Comme d'habitude, quoi." Åke soupire. "Tu comprends, maintenant, pourquoi j'en ai eu assez de vivre avec…

— La ferme ! hurle-t-elle. Tout ce que tu as à faire, c'est de ramener Johan à la maison. Tu devrais y arriver, non ? On causera une autre fois !"

Silence à l'autre bout du fil. Åke a déjà raccroché et Jeanette sent les larmes couler sur ses joues brûlantes.

Hurtig lui tient son blouson. "Pardon, je ne voulais pas…

— T'inquiète." Elle enfile son blouson tout en poussant Hurtig dehors. Elle éteint la lumière et ferme la porte. "C'est l'effet ketchup."

Tandis qu'ils descendent au parking au pas de course, Hurtig la met au courant.

Beatrice Ceder a trouvé sa fille Regina morte sur le sol de la cuisine.

Hurtig saute les trois dernières marches.

Jeanette est encore remuée par la conversation avec Åke, elle a du mal à se concentrer. Que se passe-t-il encore avec Johan ? Åke et Alexandra sont censés l'avoir pris à la sortie de l'école il y a moins d'une heure, et il y a déjà des embrouilles ?

Hurtig conduit vite. D'abord la voie rapide d'Essinge, à droite avant le tunnel Eugenia, puis Norrtull et direction Sveaplan. Il slalome entre les files et klaxonne rageusement après les voitures qui continuent à bloquer le passage malgré le gyrophare et la sirène.

"Dis-moi que c'est Ivo Andrić qui vient." Jeanette s'agrippe à la poignée de la porte.

“Je ne sais pas. Schwarz et Åhlund doivent en principe être déjà sur place.” Hurtig pile derrière un bus qui accoste à un arrêt.

Après le rond-point de Roslagstull, la circulation se fluidifie et ils s'engagent sur l'autoroute E18.

“Åke te fait la vie?”

La file de gauche est dégagée, Hurtig accélère. Ils vont à plus de cent cinquante.

“Non, non. C'est juste Johan qui...” Elle sent revenir ses larmes, mais ce n'est à présent plus la colère, plutôt la tristesse de ne pas être à la hauteur.

“Ça va. Johan aussi va bien.”

Jeanette remarque que Hurtig la regarde à la dérobée en s'efforçant d'être discret. Jens Hurtig peut être rude et laconique, mais Jeanette sait que, au fond, c'est un être sensible qui s'intéresse vraiment à elle.

“Il est dans l'âge ingrat, continue Hurtig. Les hormones, et toutes ces conneries. Et puis le divorce, là-dessus...” Il s'interrompt, conscient de ce que sa remarque a de déplacé. “C'est quelque chose de bizarre, en tout cas.

— Qu'est-ce qui est bizarre?

— Cet âge. Je pensais à ce qui s'est passé à Sigtuna. Hannah Östlund, Jessica Friberg et Victoria Bergman? Je veux dire, à cet âge, tout prend tout de suite des proportions. Comme la première fois qu'on tombe amoureux.” Hurtig sourit, gêné.

Ce que vit alors Jeanette doit être un des plus grands mystères de l'intellect humain. L'étincelle. L'éclair de génie.

Le moment où tout se met d'aplomb, où des liens insoupçonnés apparaissent, où les dissonances s'harmonisent et où le non-sens se charge d'une signification nouvelle.

Svavelsö

Les blessures par balle, *vulnera sclopetaria*, résultent d'un meurtre, d'un accident ou d'un suicide. En temps de paix, le dernier cas est de loin le plus fréquent, et ce sont surtout des hommes qui se donnent la mort de cette façon.

Ivo Andrić voit tout de suite que Regina Ceder ne s'est pas tiré une balle. C'est limpide. Cette femme a été assassinée.

Le corps est tombé en avant sur le sol de la cuisine, le visage dans une grande flaque de sang. Elle a été touchée par trois balles, une dans le cou et deux dans le dos. Impossible pour le moment de dire dans quel ordre ni laquelle a été mortelle, mais l'absence de poudre sur le corps indique qu'elles ont été tirées à plus d'un mètre. Les trous d'entrée ne portent pas d'autres traces que celle de la balle, et la peau a été violemment tirée vers l'intérieur là où la balle a pénétré.

D'expérience, Ivo Andrić sait que d'ici quelques heures ces trous prendront un aspect de cuir rouge-brun.

Il quitte la cuisine, traverse le hall et sort sur l'allée de gravier. Pendant que les techniciens de la police scientifique relèvent les empreintes et les traces d'ADN, il n'a plus rien à faire et ne veut pas être dans leurs pattes.

Là, il aimerait surtout être chez lui.

Svavelsö

Ils font les derniers kilomètres en silence.

Maintenant que tout prend forme, Jeanette veut voir Beatrice Ceder au plus vite, pour confirmer ses soupçons.

La logique est un rocher dressé en pleine mer, contre lequel les vagues de bêtise sont impuissantes.

Tout était sous ses yeux depuis le début mais, parfois, l'arbre cache la forêt. Pas de faute professionnelle, plutôt du mauvais travail de police.

En s'engageant dans l'allée, Jeanette aperçoit Ivo Andrić debout sur le perron de la grande villa. Elle le trouve las et voûté.

Ce foutu boulot vous fait vieillir trop vite. Dans quelques années, elle ressemblera à ça.

Usée, découragée, écrasée de soucis.

Mais c'est peut-être déjà le cas ?

Une ambulance est garée là, portes arrière ouvertes. Jeanette s'attend à y trouver Beatrice Ceder enveloppée de couvertures, en état de choc, surveillée par des infirmiers. Mais le véhicule est vide.

Ivo Andrić vient à leur rencontre.

"Salut, Ivo. Tout est sous contrôle ?

— Bien sûr. Il faut juste attendre qu'ils aient fini, là-dedans." Il a l'air sombre. "Abattue de trois balles, d'assez près. Trois mètres maximum. Mort immédiate.

— Nénette !” Schwarz est dans l’embrasure de la porte. “Dépêche-toi de venir causer avec la mère. On dirait qu’elle a quelque chose à raconter.

— J’arrive.” Elle se tourne vers Hurtig. “Tu vas voir les techniciens et quand ils ont fini tu rejoins Ivo. OK ?”

Hurtig hoche la tête.

Deux infirmiers ressortent de la maison. Jeanette les arrête pour connaître l’état de Beatrice Ceder.

“Le pire est passé. Nous restons là au besoin. Un traumatisme reste un traumatisme.

— Très bien”, dit Jeanette en entrant.

Beatrice Ceder se trouve dans la bibliothèque, à l’étage. Elle est effondrée dans un fauteuil en cuir rouge sombre. Jeanette embrasse la pièce du regard. Les murs sont couverts de rayonnages croulant de livres, la plupart reliés plein cuir, mais aussi quelques poches ordinaires.

Sur la table, une bouteille de cognac à côté d’un cendrier qui déborde. Beatrice Ceder tire avidement sur une cigarette, l’air de la pièce est étouffant.

“Tout est ma faute. J’aurais dû en parler plus tôt.” La femme a une voix monocorde : ce n’est pas que l’alcool qui lui donne cet air apathique. On a dû lui administrer un calmant.

Jeanette approche un fauteuil. “Je peux en prendre une ?” Elle montre le paquet de cigarettes.

La femme regarde fixement devant elle et hoche la tête.

“De quoi auriez-vous dû parler ?”

Jeanette allume une cigarette et, en tirant la première bouffée, se rend compte qu’elle est au menthol.

“Je l’ai vue dès la piscine, et j’aurais dû le dire plus tôt. Mais je ne savais pas qui c’était. Cela faisait si longtemps, et puis…” La femme se tait, Jeanette attend la suite.

“Ce n’était pas un accident. Elle l’a tué.

— Tué qui ?" Jeanette ne suit plus vraiment.

"Jonathan. Le garçon de Regina. J'ai raconté qu'il s'était noyé."

Jeanette se souvient de leur conversation téléphonique. Beatrice lui avait dit que Regina était partie en vacances pour essayer de surmonter la mort de son fils.

"Donc, vous voulez dire que Jonathan a été…

— Jonathan a été assassiné !" Beatrice Ceder éclate en sanglots. "Et maintenant elle a aussi assassiné Regina !

— Qui ça, elle ?"

Malgré la triste situation, avec cette femme assassinée au rez-de-chaussée et cette autre à l'étage qui, dans un court laps de temps, a perdu sa fille et son petit-fils, Jeanette ressent ce qui ressemble à du soulagement.

"C'est elle, sur la photo."

La photo ? Jonathan assassiné ? Tout va trop vite, et en même temps Jeanette a l'impression d'un film au ralenti. "Bon, où est cette photo ?

— C'est ce policier qui l'a prise."

Jeanette comprend qu'elle parle de Schwarz ou d'Åhlund. Elle se lève et va en haut de l'escalier appeler : "Åhlund !"

Quelques secondes plus tard, le policier lève les yeux vers elle. "Oui ?

— Apparemment Schwarz ou toi avez saisi une photo. Tu peux me la monter ?

— Un instant, je dois…

— Tout de suite !"

Jeanette revient s'asseoir auprès de Beatrice Ceder.

"Pourquoi pensez-vous qu'on a abattu Regina ?"

Jeanette regarde ses yeux rougis de larmes. Son regard est ailleurs, elle met longtemps à répondre.

"Aucune idée, mais je pense qu'il s'agit du passé. Regina est quelqu'un de bien, elle n'a pas d'ennemis…

Elle est… ou plutôt était…” Elle se tait, comme à court de souffle. Jeanette espère qu'elle ne va pas faire de l'hyperventilation et une crise d'hystérie.

Åhlund entre sur la pointe des pieds. Il tient un petit sachet plastique qu'il tend à Jeanette. “On aurait dû te donner ça tout de suite, mais Schwarz…

— On verra ça plus tard.”

Jeanette regarde la photo et Beatrice Ceder se penche pour voir. “C'est elle!”

La photo montre une femme debout dans un bassin.

L'image est coupée au niveau du haut du bikini, l'eau lui arrive à la taille et, sous la surface, on aperçoit un petit visage la bouche grande ouverte et le regard vide.

N'importe qui, ça pourrait être n'importe qui. Mais peu importe. L'essentiel est qu'il lui manque l'annulaire droit.

“C'est Hannah Östlund”, dit Beatrice Ceder et Jeanette comprend qu'elle a eu raison.

Quartier Kronoberg

Beatrice Ceder a confirmé les soupçons de Jeanette, les fils se nouent et forment un tout. Elle va bientôt savoir si ce tout est solide.

Elle le sent bien, mais sait aussi que le flair peut jouer des tours. Dans une enquête de police, le flair est important, mais il ne faut pas le laisser passer au premier plan et masquer tout le reste. Ces derniers temps, par peur de se laisser guider par ses sentiments, elle a fait la sourde oreille et s'en est tenue aveuglément aux faits.

Jeanette songe au cours du soir de dessin qu'elle a suivi pendant ses premières années avec Åke. Le professeur avait expliqué comment le cerveau passe son temps à tromper l'œil, qui à son tour trompe la main qui tient le fusain. On voit ce qu'on pense devoir voir, sans voir à quoi ressemble vraiment la réalité.

Une image avec deux motifs, selon la façon de la regarder.

Les gens n'ont pas tous la même capacité à voir en trois dimensions.

La phrase innocente de Hurtig dans la voiture en route pour Åkersberga l'avait fait tiquer, baisser la garde et voir tout simplement ce qu'il y avait à voir.

Comprendre ce qu'il y avait à comprendre, en se fichant bien de ce que les choses auraient dû être.

Si elle a raison, elle aura juste fait son travail et mérité son salaire. Rien d'autre.

Si en revanche elle a tort, on la critiquera et on mettra ses compétences en question. On ne dira pas tout haut que son erreur vient de ce qu'elle est une femme, et donc par définition incapable de diriger une enquête, mais on le suggérera entre les lignes.

Dans la matinée, elle s'enferme dans son bureau, dit à Hurtig qu'elle ne veut pas être dérangée et envoie des demandes de vérifications d'empreintes digitales et ADN.

Ivo Andrić travaille à son rapport sur Regina Ceder, elle l'aura dès qu'il sera prêt.

Elle aura une réponse dans la journée.

Pour l'heure, l'important est de retrouver Victoria Bergman. En attendant, elle relit les notes prises pendant son entretien avec la vieille psychologue et s'interroge à nouveau sur le destin de la jeune Victoria.

Violée et abusée sexuellement par son père durant toute son enfance.

Sa nouvelle identité secrète lui a permis de commencer une nouvelle vie, ailleurs, loin de ses parents.

Mais où s'est-elle installée ? Qu'est-elle devenue ? Et que voulait dire la vieille psychologue à propos du mal qu'on lui a fait à Copenhague ? Que lui a-t-on fait au Danemark ?

Est-elle mêlée aux meurtres de Silfverberg, Grünewald et Ceder ?

Elle ne le croit pas. La seule chose qu'elle sait pour le moment avec certitude, c'est que Hannah Östlund a noyé Jonathan Ceder. Que Jessica Friberg ait tenu l'appareil photo n'est pour le moment qu'une hypothèse, théoriquement, la photo aurait pu être prise avec le retardateur.

Qu'avait dit Sofia du meurtrier ? Qu'il s'agissait d'une personne avec une image d'elle-même clivée. Un profil borderline, avec une perception floue de la frontière entre soi et les autres. Est-ce vrai ? L'avenir le dira. Pour le moment, c'est secondaire.

Sofia a aussi expliqué que le comportement destructeur est souvent causé par des mauvais traitements physiques et psychiques au cours de l'enfance.

Sans le meurtre du mari de Charlotte, Peo Silfverberg, elle aurait compris beaucoup plus tôt.

En fait, c'est Charlotte qui aurait dû être assassinée. Elle avait reçu une lettre de menace. Pourquoi son mari ? On ne peut que spéculer, mais il s'agissait indéniablement d'une effroyable vengeance.

Tout est si évident, pense Jeanette. C'est une loi de la nature humaine que ce qui se cache au fond de l'âme lutte pour remonter à la surface.

Elle aurait dû se concentrer sur Fredrika Grünewald et ses camarades de classe de Sigtuna, sur cet incident dont tout le monde parle.

On frappe à la porte, Hurtig entre.

"Comment ça va ?" Il s'adosse au mur à gauche de la porte, comme s'il n'allait pas rester longtemps.

"Ça va. J'attends un certain nombre d'informations, qui devraient arriver dans la journée. D'un moment à l'autre, j'espère. Quand je les aurai, on pourra lancer un avis de recherche.

— C'est elles, tu penses ?" Hurtig va s'asseoir en face d'elle.

"Probablement." Jeanette lève les yeux de son carnet, recule son fauteuil et croise les bras derrière sa nuque.

"Que voulait Åke, hier ?" Il semble soucieux.

"Johan a apparemment du mal à accepter Alexandra."

Hurtig fronce les sourcils. "La nouvelle femme d'Åke ?

— Oui, c'est ça. Johan l'a traitée de pute et tout est parti en vrille."

Jens Hurtig rit. "Ce garçon a du tempérament, à ce que je vois."

Swedenborgsgatan

Sofia Zetterlund s'apprête à rentrer chez elle. Elle se sent complètement vidée.

Dehors, le soleil de l'été indien colore la rue d'une lumière orange, tandis que le vent qui secouait la fenêtre s'est calmé.

Il y a de l'hiver dans l'air.

Sur la place Mariatorget, des corneilles se rassemblent pour migrer vers le sud.

Sofia passe devant le métro, le pub écossais en face puis continue à descendre la rue, où le soleil se reflète dans les vitrines.

Devant la gare de Stockholm sud, elle voit à nouveau cette femme.

Reconnaît sa démarche, le balancement de ses larges hanches, les pieds en dehors, la tête courbée et le chignon gris serré.

La femme disparaît dans la gare, Sofia se dépêche de la suivre. Les deux lourdes portes battantes la freinent et, quand elle débouche dans le hall, la femme a disparu.

Le hall a la forme d'une rue bordée de réverbères. L'entrée de la gare de banlieue est à l'autre bout.

À gauche un tabac, à droite le restaurant Lilla Wien.

Sofia court vers le portillon.

La femme n'est pas là, mais elle n'a pas pu avoir le temps de passer les contrôles et de descendre l'escalator.

Sofia fait demi-tour. Regarde dans le restaurant et le tabac.

La femme n'est nulle part.

Le soleil couchant jette des reflets orangés sur les fenêtres et les façades au-dehors.

Feu, se dit-elle. Restes carbonisés de vies, de corps et de pensées.

Quartier Kronoberg

Le soleil perce à travers les nuages et la commissaire Jeanette Kihlberg se lève de son bureau. Elle va à la fenêtre et regarde les toits de Kungsholmen. Elle s'étire et respire à fond. Elle remplit ses poumons, retient l'air un peu plus longtemps que nécessaire puis le rejette avec un profond soupir libérateur.

Hannah Östlund et Jessica Friberg. Camarades d'école de Charlotte Silfverberg, Fredrika Grünewald, Regina Ceder, Henrietta Dürer, Annette Lundström et Victoria Bergman au lycée classique de Sigtuna.

On est toujours rattrapé par son passé.

L'effet boomerang.

Comme elle s'en doutait, Hannah Östlund et Jessica Friberg ont disparu toutes les deux. Après qu'elle a présenté ses preuves au procureur von Kwist, il a accepté de lancer un avis de recherche les concernant. Comme suspectes des meurtres de Fredrika Grünewald, ainsi que de Jonathan et Regina Ceder.

Jeanette et von Kwist sont convenus ensemble que les circonstances pouvaient raisonnablement conduire à les suspecter aussi du meurtre de Per-Ola Silfverberg, même si c'était à un degré moindre.

Le procureur von Kwist doutait qu'on ait en l'état assez de preuves pour une mise en examen, mais Jeanette a tenu bon.

Il faudrait bien sûr d'autres preuves matérielles, mais elle était persuadée que tout s'arrangerait une fois les deux femmes arrêtées.

On comparerait les empreintes digitales et ADN relevées sur les lieux des crimes.

Puis on les interrogerait, et il n'était pas impossible qu'elles avouent.

Il n'y a plus à présent qu'à attendre de voir comment les choses vont tourner et prendre son mal en patience.

La grande question reste cependant le mobile. Pourquoi ? Est-ce tout simplement une vengeance ?

Jeanette a une théorie de cause à effet toute prête, mais le problème est que, quand elle s'essaye à formuler comment tout se tient, le tout semble complètement invraisemblable.

Peuvent-elles aussi avoir assassiné les couples Bergman et Dürer ? Provoqué les incendies ? Et Karl Lundström ?

Mais pourquoi alors vouloir faire croire à des accidents ?

Elle est interrompue par l'interphone.

“Oui ?

— C'est moi, dit Jens Hurtig. Viens dans mon bureau, j'ai quelque chose d'intéressant à te montrer.”

Jeanette sort dans le couloir et se dirige vers le bureau de Hurtig.

Les bizarreries, j'ai eu ma dose. Ça suffit maintenant.

La porte de Hurtig est grande ouverte. En entrant, elle voit qu'Åhlund et Schwarz sont là eux aussi. Schwarz ricane en secouant la tête.

“Écoute un peu ça”, dit Åhlund en désignant Hurtig.

Jeanette se fraye un passage entre eux, avance un siège et s'assoit. “Voyons voir.

— Polcirkeln, commence-t-il, district de Nattavaara, registre paroissial. Annette Lundström, née Lundström et Karl Lundström. Ils sont cousins.

— Cousins ?" Jeanette ne comprend pas bien.

"Oui, cousins, répète-t-il. Nés à trois cents mètres l'un de l'autre. Les pères de Karl et d'Annette sont frères. Deux maisons dans une localité de Laponie qui s'appelle Polcirkeln. Passionnant, non ?"

Jeanette ne sait pas si c'est vraiment le mot. "Inattendu, plutôt, répond-elle.

— Mais il y a mieux."

Jeanette a l'impression que Hurtig va éclater de rire.

"L'avocat Viggo Dürer a habité à Vuollerim. C'est à trente, quarante kilomètres de Polcirkeln. Rien du tout, dans ce coin. Un voisin. Mais j'ai autre chose sur Polcirkeln.

— Et ça, c'est bon", glisse Schwarz.

D'un geste Hurtig le fait taire. "Dans les années 1980, une affaire a fait les gros titres. Il s'agissait d'une secte avec des ramifications dans tout le Nord de la Laponie et du Norrbotten, et son siège à Polcirkeln. Des adeptes du læstadianisme qui ont mal tourné. Tu connais peut-être le mouvement Korpela ?

— Non, pas vraiment, mais je suppose que tu vas nous expliquer ça.

— Les années 1930, commence Hurtig sur un ton dramatique. Une secte apocalyptique dans l'est du Norrbotten. Prophéties sur la fin du monde et un vaisseau d'argent censé venir chercher les fidèles. On se livrait à des orgies où, sur fond de citations bibliques, chacun laissait s'exprimer l'enfant en lui, grimpait aux rideaux, se baladait à poil, et autres joyeusetés baptisées psaumes de l'Agneau. Des abus sexuels sur enfants se sont produits. Cent dix-huit personnes ont été entendues, quarante condamnées, dont certaines pour relations sexuelles avec mineurs.

— Et à Polcirkeln, que s'est-il passé ?

— Quelque chose du même genre. Ça a commencé par une plainte déposée contre un mouvement qui se faisait justement appeler confrérie des Psaumes de l'Agneau. La plainte portait sur des agressions sexuelles d'enfants, mais elle était anonyme et ne visait personne en particulier. Les articles de presse que j'ai lus sont très spéculatifs, basés sur des rumeurs, comme par exemple que quatre-vingts pour cent de la population des villages autour de Polcirkeln en auraient été membres actifs. Annette et Karl Lundström ont été montrés du doigt, ainsi que leurs parents, mais rien n'a pu être prouvé. L'enquête de police a été abandonnée.

— Je suis sciée, dit Jeanette.

— Moi aussi. Annette Lundström avait juste treize ans. Karl dix-neuf. Leurs parents la cinquantaine.

— Et après ?

— Eh bien, rien. Cette histoire de secte s'est éteinte. Karl et Annette ont déménagé plus au sud et se sont mariés quelques années plus tard. Karl a repris l'entreprise de construction de son père, a acheté des parts dans un groupe de BTP, puis est devenu PDG d'une société à Umeå. Puis la famille a déménagé à travers tout le pays, au rythme de la carrière de Karl. À la naissance de Linnea, ils étaient installés en Scanie, mais ça, tu le sais déjà.

— Et Viggo Dürer ?

— Il est cité dans un des articles écrits à l'époque. Il travaillait dans une scierie et a fait une déclaration dans le journal. Je le cite : « La famille Lundström est innocente. La confrérie des Psaumes de l'Agneau n'a jamais existé, c'est une invention de vous autres les journalistes. »

— Et la plainte déposée ?

— Dürer a prétendu qu'elle a dû être déposée par un journaliste.

— Pourquoi l'a-t-on interviewé ? Était-il mis en cause lui aussi ?

— Non. Mais je suppose qu'il voulait se pavaner dans le journal. Il devait déjà nourrir des ambitions."

Jeanette songe à Annette Lundström.

Née dans un village isolé du Norrland. Peut-être mêlée, toute petite, à un mouvement sectaire où avaient lieu des abus sexuels contre des enfants. Mariée à son cousin Karl. Les agressions sexuelles continuent, se propagent comme un poison d'une génération à l'autre. Des familles s'effritent. Implosent. Se déracinent elles-mêmes.

"Tu es prête pour la suite ?

— Bien sûr.

— J'ai vérifié le compte en banque d'Annette Lundström et…

— Qu'est-ce que tu as fait ? le coupe Jeanette.

— Une idée comme ça." Hurtig se tait un instant et réfléchit avant de continuer. "Tu dis toujours qu'il faut y aller au flair, et c'est ce que j'ai fait. Et j'ai découvert que quelqu'un venait de déposer un demi-million de couronnes sur son compte."

Et merde, pense Jeanette. Quelqu'un veut cacher ce que Linnea a subi.

Le prix de la trahison.

Johan Printz väg

Ulrika Wendin éteint son portable et descend dans le métro à Skanstull. Elle est soulagée que ce soit la secrétaire et non Sofia Zetterlund en personne qui ait répondu quand elle a téléphoné pour dire qu'elle n'avait plus l'intention de venir.

Ulrika Wendin a honte de s'être laissé réduire au silence.

Cinquante mille, ce n'est pas tant d'argent que ça, mais elle a pu payer d'avance six mois de loyer et s'offrir un nouvel ordinateur portable.

Elle passe la jambe sous la barrière métallique pour activer les capteurs qui permettent d'entrouvrir le portillon suffisamment pour s'y glisser.

Von Kwist était dans tous ses états en apprenant qu'elle avait vu Sofia. Sans doute craignait-il qu'au cours des séances thérapeutiques elle ne révèle ce que Viggo Dürer et Karl Lundström lui avaient fait subir.

Deux minutes d'attente pour le métro de la ligne verte direction Skarpnäck.

La rame est à moitié pleine, elle trouve une place assise.

Ulrika Wendin songe à Jeanette Kihlberg. Elle a beau être flic, elle a l'air d'être quelqu'un de bien.

Aurait-elle dû tout lui dire ?

Mais non. Elle n'a pas le courage de revenir encore une fois sur tout ça, et puis elle doute qu'on la croie.

Mieux vaut la fermer : celui qui la ramène risque d'en prendre sur la gueule.

Neuf minutes plus tard, elle descend sur le quai de Hammarbyhöjden et franchit sans problème le portillon.

Pas de contrôleur ni dans le train ni à la sortie.

Elle prend la rue Finn Malmgren, passe l'école, traverse le petit bosquet entre les maisons. Johan Printz väg. Franchit le porche, monte l'escalier, ouvre la porte et entre.

Un tas de courrier.

Des publicités et des journaux gratuits.

Elle referme derrière elle en mettant la chaîne de sécurité.

Elle se met à pleurer en se laissant glisser sur le sol de l'entrée. Le tas de courrier forme un matelas moelleux, elle se couche sur le côté.

Toutes ces années passées avec des petits amis qui la battaient, elle n'a jamais pleuré.

Le jour où, en rentrant du collège, elle a trouvé sa mère étalée sur le canapé, elle n'a pas pleuré.

Sa grand-mère maternelle l'a décrite comme une enfant bien élevée. Une enfant silencieuse qui ne pleurait jamais.

Mais maintenant elle pleure et, en même temps, elle entend bouger dans la cuisine.

Ulrika Wendin se lève et s'approche.

Dans la cuisine attend un inconnu et, avant qu'elle puisse réagir, il la frappe au nez.

Elle entend l'os craquer.

Edsviken

Linnea Lundström tire la chasse et regarde disparaître les restes carbonisés des lettres de son père, puis retourne dans sa chambre. Les vêtements dont elle n'aura plus besoin sont soigneusement pliés sur le lit fait au carré. Sa valise rouge attend par terre.

Tout est prêt.

Elle songe à sa psychologue, Sofia Zetterlund, qui, à une occasion, lui a raconté comment Charles Darwin a eu l'idée de son livre *De l'origine des espèces* : une vision instantanée, qu'il avait ensuite passé le reste de sa vie à étayer.

Même chose pour la théorie de la relativité d'Einstein, née dans son cerveau en moins de temps qu'il ne faut pour claquer des mains.

Linnea Lundström comprend tout à fait, car c'est avec la même clarté qu'elle regarde à présent son existence.

La vie qui était jadis un mystère n'est à présent qu'une réalité grossière et elle-même qu'une coquille.

À la différence de Darwin, elle n'a pas à chercher de preuves, et à la différence d'Einstein elle n'a pas besoin de théorie. Certaines preuves sont en elle, comme des cicatrices roses sur sa conscience. D'autres sont visibles sur son corps, lésions au bas-ventre, déchirures.

Très concrètement, les preuves sont là quand elle se

réveille le matin dans un lit trempé d'urine, ou quand elle est nerveuse et n'arrive pas à se retenir.

La thèse, son père l'a formulée voilà une éternité. À une époque où elle ne savait elle-même dire que quelques rares mots. Dans une pataugeoire gonflable dans le jardin de Kristianstad, il avait mis sa thèse en pratique et, depuis, elle était devenue à jamais une vérité.

Elle se rappelle ses mots pour l'endormir au chevet de son lit.

Ses mains sur son corps.

Leur prière commune du soir.

"Je désire te toucher et te satisfaire. C'est ma satisfaction de te voir jouir."

Linnea Lundström tire la chaise du bureau et la place sous le crochet du plafond. Elle connaît les versets par cœur.

"Je veux faire l'amour avec toi et te donner tout l'amour que tu mérites. Je veux te caresser tendrement partout, comme moi seule sais le faire."

Elle enlève la ceinture de son jean. Cuir noir. Œillets.

"Je jouis quand je te vois, tout chez toi me donne désir et jouissance."

Un nœud coulant. Monter sur la chaise, passer le fermoir autour du crochet.

"Tu connaîtras un degré bien plus élevé de satisfaction et de jouissance."

La ceinture autour du cou. Le son de la télévision dans le séjour.

Annette avec une boîte de chocolats et un verre de vin.

Demi-finale de la *Star Ac'*.

Demain interro de maths. Elle a bûché toute la semaine, elle sait qu'elle aurait eu une très bonne note.

Un pas en l'air. Le public applaudit à tout rompre quand le chauffeur de salle brandit un panneau.

Un petit pas et la chaise se renverse vers la droite.
“C’est en vérité un jaillissement de gloire.”

Hammarbyhöjden

Ulrika ne sait pas comment, mais elle tient toujours debout. Le visage engourdi, elle regarde l'inconnu droit dans les yeux. Un bref instant, elle croit y déceler ce qui ressemble à de la compassion. Un éclair de pitié.

Elle reprend alors pied dans la réalité et recule en chancelant dans le hall, sous le regard de l'inconnu.

Puis tout se passe très vite, mais pour Ulrika c'est une éternité.

Elle se jette de côté, glisse sur des prospectus mais parvient à se rétablir avant de se précipiter sur la poignée de la porte.

Bordel, pense-t-elle en entendant les pas rapides derrière elle.

Le verrou et la chaîne.

Ses mains ont l'habitude, et pourtant elle a l'impression de tâtonner de longues minutes. Au moment où elle pousse la porte pour sortir, elle sent une main dans son dos.

Quelque chose lui serre le cou. Elle l'entend haleter tout près et comprend qu'il l'a attrapée par la capuche.

Elle ne pense pas. N'a même pas le temps d'avoir peur. Agit sous adrénaline.

Elle se dégage d'une torsion, se retourne et assène un coup de pied à la volée, de toutes ses forces.

Elle l'atteint entre les jambes.

Cours, cours, putain – mais ses jambes ne lui obéissent pas.

Elle reste plantée là, à regarder le grand corps de l'inconnu s'affaisser sur les dalles du palier. Ce n'est que lorsqu'il relève vers elle sa face grimaçante qu'elle remarque qu'elle tremble comme une feuille.

Il marmonne un juron incompréhensible et tente de se relever.

Alors elle se met à courir.

Dévale l'escalier. Franchit la porte et file droit devant. Passe le local à vélos. Contourne les arbres le long de la piste cyclable et s'engouffre dans les ombres de la forêt. Court sans se retourner.

Personne en vue. Elle n'ose pas revenir sur ses pas. Devant elle, une petite colline broussailleuse et de l'autre côté on devine les lumières d'un immeuble.

Crépuscule. De hauts sapins, un terrain pierreux, accidenté – merde, qu'est-ce qui lui a pris de fuir dans la forêt ?

C'est alors qu'elle le voit.

À dix mètres. Il la regarde en ricanant, elle croit voir un couteau dans sa main. Son bras est étendu, raide, comme s'il tenait quelque chose, mais elle ne voit pas la lame. Il s'avance très calmement vers elle et elle comprend bientôt pourquoi. Sa seule issue est la colline derrière elle, couverte de buissons touffus.

Elle tente le coup. Tourne les talons et s'élance dans le noir parmi les branches et les épines.

Elle crie tout ce qu'elle peut, sans oser se retourner.

Grimpe, les branches lui égratignent le visage et les bras.

Elle croit entendre sa respiration, mais c'est peut-être elle.

Elle crie à nouveau. Mais c'est étouffé, rauque, et ça l'essouffle. Elle a franchi les broussailles. Quelques sapins bas et la colline se met à descendre. Elle court.

L'arrière d'une maison. L'escalier d'une cave. Son ventre se serre en voyant la porte ouverte et de la lumière à l'intérieur.

S'il y a de la lumière, il y a quelqu'un. Quelqu'un qui pourra l'aider.

Elle écarte les dernières branches et dévale l'escalier, entre dans la cave. "À l'aide !" Ce n'est qu'un râle. Un couloir avec des portes de remises. "À l'aide !" répète-t-elle.

La porte. Ferme la porte.

Elle se retourne. Entend dehors sa respiration haletante, approchant de l'escalier. Rassemblant ses dernières forces, elle se précipite sur la porte et la claque.

Deux secondes. Elle a le temps de remarquer quelques cartons de déménagement dans le couloir, sur l'un d'eux des tapis empilés. Une des portes des remises est coincée par une cale en bois.

"Il y a quelqu'un ?"

Pas de réponse. Son front est trempé de sueur, sa respiration violente. Son cœur bat à tout rompre. Il n'y a personne.

La poignée de la porte. Il appuie dessus. Deux fois. Puis elle entend du bruit dans la serrure.

Des clés ?

Comment était-il entré chez elle, d'ailleurs ? Avait-il des clés ?

Peu importe.

Elle se retourne pour continuer dans le couloir quand la lumière s'éteint. Le bruit continue dans la serrure. À côté de la porte, l'interrupteur luit, un point rouge dans le noir. Mais elle recule. N'ose pas s'approcher de la porte.

Elle s'enfonce dans le bâtiment. Rase un des murs et alors seulement sent l'odeur.

Douceâtre, étouffante. Égouts, excréments ? Elle ne sait pas.

Le couloir tourne à gauche, elle suit le coin. Mais pas d'interrupteur, et elle se hâte dans le noir. Les remises sont des cages grillagées. Elle sait exactement de quoi elles ont l'air, même sans rien voir elle sent les mailles de métal sous ses doigts.

Puis elle aperçoit la lumière rouge d'un interrupteur à quelques mètres seulement.

Elle entend alors la porte extérieure s'ouvrir, et il allume.

Devant elle, à cinq mètres, une porte fermée. Pas de poignée. Juste une serrure.

À gauche, une niche dans le mur avec un gros réservoir métallique et quantité de tuyaux.

Assez de place derrière pour se cacher.

Vite, elle s'y glisse, rampe parmi les tuyaux et se plaque contre le mur.

C'est de là que vient l'odeur.

Du soufre. Le gros réservoir est un séparateur à graisses, elle croit se souvenir qu'il y a une pizzéria dans cet immeuble.

Elle l'entend approcher. Ses pas s'arrêtent tout près. Continuent.

Elle ferme les yeux. Pourvu qu'il n'entende pas sa respiration lourde et les battements de son cœur.

Surtout, qu'elle ne se mette pas à renifler. Elle a pris un mauvais coup sur le nez. Elle saigne, incapable de respirer. Sa lèvre supérieure est cuisante.

Elle comprend que c'est fichu.

Fichu, bordel.

Elle entrevoit ses chaussures dans une fente entre le

séparateur à graisses et l'un des gros tuyaux. Il est là, à moins d'un mètre. Se tait.

Elle reste assise, coincée entre le mur et le réservoir. Les secondes passent, au moins une minute s'écoule avant qu'il ne commence à frapper contre le tuyau.

Cling, cling, cling. Des coups légers, elle sait que c'est avec le manche de son couteau.

Elle a un goût aigre dans la bouche, un haut-le-cœur.

Il commence à faire les cent pas. Ses chaussures grincent et il frappe de plus en plus fort le tuyau métallique, comme s'il perdait patience.

Elle voit alors ce qu'il y a dans le coin, à portée de main. Quelques fins tuyaux de cuivre, coupés en biseau. De quoi faire assez mal si on vise bien.

Elle tend le bras, mais hésite.

Sa main ouverte tremble, elle comprend que ça n'a pas de sens.

Elle n'a pas la force. Plus la force, bordel !

Tue-moi, alors, pense-t-elle. Tue-moi !

Tantoberget

Elle voit la voiture arriver et se cache dans un buisson.

Derrière elle s'étend le parc de Tantolunden. Le soleil qui vient de disparaître derrière l'horizon n'est plus qu'une frange de lumière au-dessus des toits. La fine flèche de l'église d'Essingen trace un trait entre Smedslätten et Ålsten.

En contrebas, sur la vaste pelouse du parc, quelques personnes s'attardent en bravant le froid, assise sur des couvertures, buvant du vin. Quelques-uns jouent au frisbee, alors qu'il fait presque nuit. Du côté de la baignade, elle voit quelqu'un piquer une tête.

La voiture s'arrête, le moteur est coupé, les phares éteints, le silence s'installe.

Pendant toutes ces années dans des institutions danoises, elle a essayé d'oublier, sans jamais y parvenir. Elle va à présent achever ce qu'elle a décidé de faire il y a une éternité.

Achever l'inéluctable.

Ce sont ces femmes dans la voiture qui vont lui permettre de rentrer.

Hannah Östlund et Jessica Friberg doivent être sacrifiées. Tomber dans l'oubli avec les autres noms.

À part le garçon à Gröna Lund, il s'est agi de gens malades. Prendre le garçon était une erreur et, quand elle s'en est rendu compte, elle l'a laissé vivre.

Quand elle lui a injecté l'alcool pur, il s'est évanoui et

elle lui a mis le masque de cochon. Ils ont passé toute la nuit sur la pointe de Waldemarsudde et, quand elle a fini par comprendre qu'il n'était pas son demi-frère, elle a changé d'avis.

Le garçon était innocent, mais pas ces femmes qui l'attendent dans leur voiture.

Elle est déçue de ne ressentir aucune joie.

Pas de bonheur euphorique, non, pas même de soulagement. Sa visite à Värmdö avait été une déception. La maison de grand-père et grand-mère avait brûlé, et ils étaient morts tous les deux.

Elle aurait aimé voir leur tête quand elle serait entrée pour se confronter à eux.

L'expression de son visage quand elle lui aurait dit qui était son père.

Son père et son grand-père, le porc Bengt Bergman.

Son père adoptif Peo, en revanche, avait compris. Il lui avait même demandé pardon et lui avait offert de l'argent. Comme s'il était assez riche pour compenser ce qu'il lui avait fait.

Une telle somme n'existe pas.

La pathétique Fredrika Grünewald ne l'avait d'abord pas reconnue. Ce qui en soi n'avait rien d'étonnant, il s'était quand même écoulé dix ans depuis leur dernière rencontre à la ferme de Viggo Dürer à Struer.

La fois où Fredrika avait parlé de Sigtuna.

Regina Ceder était là elle aussi. Enceinte jusqu'aux yeux et grasse comme une truie, avec Fredrika, elles étaient restées à côté à prendre leur pied.

Parfois, il faut sacrifier des vies. La mort de Jonathan a servi son but et, en le tuant, elle a donné un sens à sa vie.

Elle se rappelle leurs yeux brillants, la sueur et l'excitation collective qui régnait dans la pièce.

Elle resserre son manteau bleu cobalt autour de son

corps et décide de s'approcher de la voiture et de ces deux femmes dont elle sait tout.

En mettant les mains dans ses poches pour vérifier si elle n'a pas oublié les polaroïds, sa droite l'élance.

C'était un petit sacrifice de se couper l'annulaire.

On est toujours rattrapé par son passé.

Retrouvez la trilogie
Les Visages de Victoria Bergman
dans les collections Babel noir et Actes noirs.

PERSONA

LES VISAGES DE VICTORIA BERGMAN I

traduit du suédois par Rémi Cassaigne

Une psychothérapeute suit deux patients difficiles : Samuel Baï, un enfant soldat de la Sierra Leone, et Victoria Bergman, une femme visiblement traumatisée depuis l'enfance. Tous deux présentent les mêmes symptômes : des signes de personnalités multiples. Avec ce premier roman sombre et rageur, Erik Axl Sund signe un polar post-punk électrisant et remet l'urgence au cœur du genre.

CATHARSIS

LES VISAGES DE VICTORIA BERGMAN 3

traduit du suédois par Rémi Cassaigne

Dans ce dernier volet de la trilogie, Victoria Bergman tente de soigner sa personnalité fragmentée par le biais de l'autothéraphie. Peu à peu, sa santé mentale s'améliore. De son côté, la psychothérapeute Sofia Zetterlund prodigue à la commissaire Jeanette Kihlberg des conseils de plus en plus précieux dans son enquête sur les troublantes séries de meurtres à Stockholm.

BABEL NOIR

Extrait du catalogue

89. COLIN NIEL
Les Hamacs de carton

90. LOUISE PENNY
Sous la glace

91. DMITRI STAKHOV
Le Retoucheur

92. CAMILLA LÄCKBERG
Le Tailleur de pierre

93. JULIA LATYNINA
Caucase Circus

94. KJELL ERIKSSON
Le Cri de l'engoulevent

95. JEAN-FRANÇOIS VILAR
Bastille Tango

96. JAN COSTIN WAGNER
Le Silence

97. KEIGO HIGASHINO
Un café maison

98. LOTTE ET SØREN HAMMER
Le Prix à payer

99. NELE NEUHAUS
Blanche-Neige doit mourir

100. CLARO
Les Souffrances du jeune ver de terre

101. PETER MAY
Le Braconnier du lac perdu

102. LARS KEPLER
Le Pacte

103. KYLIE FITZPATRICK
Une fibre meurtrière

104. WALTER MOSLEY
Le Vertige de la chute

105. OLIVIER BARDE-CABUÇON
Messe noire

106. DAVID BELL
Fleur de cimetière

107. SHAUGHNESSY BISHOP-STALL
Mille petites falaises

108. PERCIVAL EVERETT
Montée aux enfers

109. INDREK HARGLA
L'Énigme de Saint-Olav

110. LUIZ ALFREDO GARCIA-ROZA
L'Étrange Cas du Dr Nesse

111. CAMILLA LÄCKBERG
L'Oiseau de mauvais augure

112. LOUISE PENNY
Le Mois le plus cruel

113. RYAN DAVID JAHN
Emergency 911

114. TOVE ALSTERDAL
Femmes sur la plage

115. MONICA KRISTENSEN
Opération Fritham

116. PETER GUTTRIDGE
Le Dernier Roi de Brighton

117. ERIK AXL SUND
Persona

118. ALEX BERG
Zone de non-droit

119. URBAN WAITE
La Terreur de vivre

120. JOSÉ CARLOS SOMOZA
L'Appât

121. CAMILLA LÄCKBERG
L'Enfant allemand

122. JULIA LATYNINA
Gangrène

123. LARS KEPLER
Incurables

124. NELE NEUHAUS
Vent de sang

125. WALTER MOSLEY
Les Griffes du passé

126. CARLOS SALEM
Un jambon calibre 45

127. MARTTI LINNA
Le Royaume des perches

128. KEIGO HIGASHINO
La Prophétie de l'abeille

129. ANDREA MARIA SCHENKEL
Un tueur à Munich

130. JAN COSTIN WAGNER
L'Hiver des lions

131. INDREK HARGLA
Le Spectre de la rue du Puits

OUVRAGE RÉALISÉ
PAR L'ATELIER GRAPHIQUE ACTES SUD.
REPRODUIT ET ACHEVÉ D'IMPRIMER
EN AVRIL 2015
PAR NORMANDIE ROTO IMPRESSION S.A.S.
À LONRAI
POUR LE COMPTE DES ÉDITIONS
ACTES SUD
LE MÉJAN
PLACE NINA-BERBEROVA
13200 ARLES.

DÉPÔT LÉGAL
1RE ÉDITION : MAI 2015
N° impr. : 1501464
(Imprimé en France)